Das Buch

Oberstaatsanwa[illegible] begeistert, daß eine [illegible]em hohen Polizeibeamten zusammen[illegible] West, Anwältin der Krone, und Geoffrey Bailey, Chefinspektor bei der Polizei, haben sich in voller Absicht ein Haus in einer trostlosen Kleinstadt in der Nähe von London gemietet. In einem einjährigen Experiment wollen sie ergründen, ob ihre Beziehung auch noch Bestand hat, wenn sie tagtäglich Tisch und Bett teilen. Ein Mordfall stellt das Paar bald auf die Probe. Als im Wald eine Tote gefunden wird, steht für Bailey der Mörder nämlich schnell fest. Alle Indizien deuten auf Antony, einen jungen Englischlehrer, der mit der Ermordeten ein Verhältnis hatte. Nun ist der Verdächtige aber zum einen ausgerechnet der Lebensgefährte von Helens einziger Freundin am Ort, zum anderen ist der Mord für ihren Geschmack auch zu sauber, zu vollständig und zu rasch geklärt worden. Helen beginnt auf eigene Faust zu ermitteln ... Ein nicht alltägliches Liebespaar, eine intelligente, emanzipierte Heldin, ein spannender Fall und seine unerwartete Lösung machen diesen Kriminalroman zu einem hohen Lesevergnügen. »Frances Fyfield – ein neuer Name und eine Autorin mit einem verblüffend aktuellen Blickwinkel!« (P. D. James)

Die Autorin

Frances Fyfield wurde 1948 in Derbyshire geboren. Seit 1976 arbeitet sie in London als Anwältin, speziell im Bereich des Strafrechts. Darüber hinaus ist sie für die juristische Berichterstattung der Zeitschrift ›Woman's Realm‹ zuständig. Frances Fyfield hat bisher fünf Romane verfaßt.

Frances Fyfield:
Feuerfüchse
Kriminalroman

Deutsch von Anette Grube

Deutscher
Taschenbuch
Verlag

Von Frances Fyfield
sind im Deutschen Taschenbuch Verlag erschienen:
Schatten im Spiegel (11371)
Im Kinderzimmer (11516)
Dieses kleine, tödliche Messer (11536)
Tiefer Schlaf (11786)

Für Jennifer Kavanagh zum Dank
für all ihre Hilfe und Ermutigung

Deutsche Erstausgabe
Oktober 1991
5. Auflage September 1995
Deutscher Taschenbuch Verlag GmbH & Co. KG,
München

Titel der englischen Originalausgabe:
›Trial by Fire‹ (William Heinemann Ltd., London)

Umschlaggestaltung: Ute Stüver
Gesamtherstellung: C. H. Beck'sche Buchdruckerei,
Nördlingen
Printed in Germany · ISBN 3-423-11451-7

1

Im Nordosten Londons leben Füchse, die so gefährlich und scheu sind wie Wölfe; nachts suchen sie entlang der toten Eisenbahnstrecken Nahrung, und wenn die Hungersnot groß ist, verlassen sie die Wälder und dringen in Gärten ein, um Mülltonnen zu plündern. In den dichtbesiedelten Außenbezirken, wo sich die Großstadt mit unzähligen ländlichen Gemeinden vermischt, verringern der Sommer und der ständige Nachschub an weggeworfenen Lebensmitteln die Not und machen sie vernachlässigbar. Für diese Füchsin hier herrschte Hochsommer, sie war wohlgenährt dank vieler alter Hamburger, aber in ihrem Magen hatte sich seit langem nichts so Köstliches wie der Ursprung dieses unwiderstehlichen Gestanks, dieses verführerischen Geruchs nach Aas befunden. Sie bebte von der spitzen, gierigen Schnauze bis ins hinterste Ende ihres eingezogenen Schwanzes, in den Augen glomm Neugier, das Fell stand ahnungsvoll zu Berge – ein speichelnder Räuber in der Dunkelheit.

Die Füchsin kratzte an der lockeren, trockenen Erde, die um eine menschliche Hand herum abbröckelte. Sie prüfte und schnüffelte. Gefleckte Finger, erdverschmiert, aber trotzdem köstlich weiß und leuchtend in der schwindenden Dunkelheit. Ihre starken Zähne gruben sich in die Finger, bissen und kauten die splitternden Knochen, dann legte sie eine Pause ein, scheu und mißtrauisch. Mit plötzlicher Dringlichkeit schlossen sich ihre Kiefer um die Knöchel, sie stemmte die Pfoten in die Erde, um sich abzustützen, und zerrte. Besser wäre es, die Beute nach Hause zu tragen, nicht um sie zu verschlingen, sondern um sie zu vergraben; sie handelte jetzt weniger aufgrund von Gier als vielmehr pragmatisch. An der Hand hing das ganze Gewicht eines Körpers, der ihr jenseits des Ellbogens widerstand, und die Erde senkte sich seufzend wieder um die leblose Form. Die Füchsin packte den Unterarm, biß in den dickeren Knochen, zerrte daran zur Melodie eines sachten Knackens. Sie knurrte leise, ließ sich vom heller werdenden Licht nicht abhalten, warf den Kopf hin und her, unfähig, die Last zu bewegen. Sie hielt inne, um die Lage zu prüfen, streckte die Schnauze witternd in die Luft, hörte in der Ferne ein Auto auf der Straße, die kaum wahrnehmbaren Dämmerungsgeräusche menschlichen Lebens, die, noch weit weg, erst allmählich anschwollen, aber schon zu nah waren, um sie nicht zu stören.

Sie wandte den Kopf vom Aas, scharrte plötzlich desinteressiert in der Erde, kratzte und wand sich und tanzte in der einsetzenden Wärme zwischen den Bäumen, es war ein ritueller Tanz im Licht der aufgehenden Sonne, graziös und sorglos. Dann putzte sie ihre Schnauze und schlüpfte ins Unterholz. Licht, Wärme, Freiheit und Sicherheit waren wichtiger noch als Beute.

Das Grab ließ sie zerwühlt zurück, als habe ein Schläfer sich, während er träumte, unter der Decke gewälzt. Unter der Oberfläche setzten die Maden unsichtbar ihre langsame, aber stetige Arbeit fort, unaufhaltsam.

Die Hand blieb sichtbar über der Erde, die Finger gesplittert und angenagt, die Knöchel brauner und klebriger als zuvor, mürbe von Zähnen und einer Zunge wie Schmiergelpapier. Es war das Leichentuch aus Fliegen, das ihre Gegenwart anzeigte, ein wütend summender Schwarm, der den bei Sonnenuntergang durch den Wald streunenden Hund anzog. Der Arm ragte krumm aus der Erde, das Handgelenk stand im rechten Winkel ab wie ein Wegweiser. Der Besitzer des Hundes, früher einmal Wilderer, betrachtete die Szene mit einer lakonischen Neugier, die nur spärlich mit Entsetzen gefärbt war; er setzte sich auf den Boden und wog träge ab, was zu tun sei; dabei hielt er den Hund am Halsband fest, als dieser, erregt durch den Geruch des Fuchses, verängstigt durch die Gegenwart des Todes, sich loszureißen versuchte. Als der Mann aufstand und in Richtung der nächsten Telefonzelle lostrottete, war er erleichtert, daß er nicht die Überreste eines Gesichts gesehen hatte, daß der Fuchs nichts Schlimmeres ausgegraben hatte als den bleichen, schlanken Arm von der Farbe eines gut abgehangenen, schlecht gerupften Vogels. Einst der Arm einer Frau.

Abends, um Viertel vor neun, dämmerte das Dorf Branston bereits vor sich hin. Nach halb acht fuhren die Züge der East London Line – von der Liverpool Street aus eine einundzwanzig Stationen lange und rüttelnde Fahrt in Wagen mit schmutzigen Fenstern – bereits in größeren Abständen, und auch die zweite mögliche Linie – die Central Line nach Epping, gleichfalls ein alter Wagenbestand, der noch mehr Lärm produzierte – kürzte ihren widerwilligen Service. Die Pendler hatten das letzte Wagnis des Tages hinter sich; an einem Tag wie diesem blieb niemand in einem Weinlokal in der Stadt. »Wir wohnen auf dem Land«, sagten sie. »Es ist einfach wunderbar, ich muß jetzt nach Hause. Schon mal was von Branston gehört? Nein? Dann haben Sie das wahre Leben noch nicht kennengelernt. Ein phantastisches Fleckchen Erde, ist noch ein Geheimtip, die Preise sind noch erschwinglich, bezahlt haben wir lediglich ... Sie müssen verrückt sein, daß Sie in Surrey wohnen. Nach Osten müssen Sie gehen, der Osten ist das einzig Wahre.« Vom Bahnhof mühten sie sich die Steigung hinauf, trugen den Tribut für Partner und Kinder, die Männer schleppten Wein in handlichen Kartons, während die Frauen irgendwelchen dekorativen Nippes nach Hause schafften in ihrem ewigen Streben, die solide gebauten Häuser Branstons – manche waren alt, manche abscheulich neu – stilistisch auf Vordermann zu bringen. Auf der einen Seite von Wald umgeben, auf der anderen von flachen Feldern, erreichbar über drei zwischen Hecken versteckten Straßen, war Branston ein recht gemütliches Nest. Es gab eine annehmbar häßliche, unscheinbare Hauptstraße. »Zur Kutsche« hieß Barios in pinkfarbenem und grauem Plüsch gehaltenes Restaurant – »ein tolles Restaurant, besser als alles, was wir in London kennen. Ich meine, hier gibt's einfach alles.« –, und ein paar Kilometer weiter weg lockten die Einkaufsparadiese von Chelmsford, die alles boten, was das menschliche Herz begehrte und wohin sich die Branstoner an Samstagen flüchteten, um Begegnungen mit Mutter Natur zu vermeiden. Die Einwohnerschaft bestand überwiegend aus Pendlern, in Branston lebten respektable, ehrgeizige Eigenheimbesitzer, die keine Anstrengung scheuten, um vorwärtszukommen, ihre neumodischen Kinder in altmodische Schulen schickten und von den wenigen Ureinwohnern verwundert beobachtet wurden, weil sie die Gewohnheit hatten, ihr Zuhause täglich zwölf Stunden leerstehen zu lassen.

Branston hatte keine Geschichte. Es spiegelte den Geschmack der Zeit wider und wurde der Vergessenheit nur durch die Notwendigkeit entrissen, einen olympischen Steinwurf von London entfernt Wohnraum zu schaffen. Vor kurzem noch waren die drei Straßenzüge nahezu ausgestorben gewesen, im Stich gelassen von Jung und Alt gleichermaßen, von den Jungen, weil sie sich langweilten und nichts geboten war, von den Alten, weil sie die Feuchtigkeit anfällig für Lungenentzündung machte und weil es einfach Zeit war abzutreten. Jetzt wurde das, was übriggeblieben war, wiederentdeckt, übernommen und erobert von den ehrgeizigen Nachkommen der nächsten Generation. Zusätzlich zu denen, die nicht den Instinkt besaßen, sich nach Süden oder Westen zu wenden, kamen diejenigen, die ein Fleckchen grüner Wiese möglichst nah am East End suchten, das sich für Spekulationen und kleine Betrügereien eignete, oder einen Ort, in dem man ein Haus besitzen konnte und der zugleich von einer Mutter akzeptiert wurde, die noch in den Rauchschwaden von Bethnal Green zwischen lauter Schwarzen gleich neben ihrer Stammkneipe lebte. Branston war nie eine richtige Gemeinde gewesen, immer nur ein Ort. Jetzt versuchten seine Bewohner, es in ein Dorf umzugestalten. Das dörfliche Konzept überzeugte nicht ganz, da die Hauptstraße nur mit einem chaotischen Supermarkt protzen konnte, mit einer kleinen Niederlassung von Woolworth, einem Laden, der Behälter für selbstgemachten Wein und selbstgebrautes Bier verkaufte, und neben dem Restaurant befanden sich eine Art Café namens »La Taverna«, eine Pizzeria und eine Hamburger-Bude, in der diejenigen, die es gern ausländisch hatten, auch Kebab essen konnten. Zu den zehn Läden zählten außerdem ein Geschäft, das todschicke Trainingsanzüge für unverbesserliche East-End-Ehefrauen feilbot, eines, das prosaischere und teure Freizeitkleidung offerierte, ein exklusives Blumengeschäft, ein Juwelier, ein Feinkostgeschäft und zwei Zeitungshändler, die schon immer dagewesen und der Ursprung allen Klatsches waren. Neben diesen Einrichtungen, die über Mittag und zudem einen halben Werktag geschlossen hatten, kämpfte der Rest darum, die Kundschaft, die das erst kürzlich ins Leben gerufene Neubaugebiet bewohnte, mit Lebensmitteln zu versorgen. Parallel zu den Läden befand sich eine kleine Grünanlage, die normalerweise von den Bussen verborgen wurde, die an zwei Haltestellen keuchend hielten, bevor sie wendeten und zu Größerem zurückkehrten. Die Menschen versammelten sich in dieser Grünanlage, um sich dem Dorfklatsch hinzugeben, wobei allerdings ihre unterschwellige Londoner Widerwilligkeit, einander zu kennen, ein wenig hinderlich war.

Sie sah den springenden Punkt. Gelegentlich genoß sie die Idylle und den vielen Platz, den sie hatte, aus dem Instinkt heraus, sich, wenn möglich, an allen Aspekten des Lebens zu erfreuen. Aber meistens haßte Helen West, Emigrantin aus den schmutzigeren Straßen Islingtons und den verrußten Büros des Londoner Zentrums, Branston mit einer stillen Leidenschaft, die sie selbst überraschte.

Nicht immer und auch nicht jetzt. Pfeifend, die Hände im Spülwasser, das den Abwasch vom letzten Abend bedeckte, blickte sie aus dem achteckigen Fenster des modernen Hauses in Invaders Court und sagte sich, daß es keine Entschuldigung dafür gab, irgendeinen Ort zu hassen – Orte waren nicht wichtig genug, um diese Art von heftigem Gefühl dafür aufzubringen. Nachlässig legte sie einen Teller auf das Trockengestell und fing ihn nicht auf, als er zurück ins Wasser glitt. Zum Teufel damit, es gab Besseres zu tun, und darüber hinaus schien auch noch die Sonne. Schaum klebte vorn an der weiten Jacke, die bequem und locker an ihrer schlanken Gestalt herunterhing. Helen fühlte sich in Kostümen wohl, trug sie wie eine zweite Haut, fühlte sich in der Rolle der Karrierefrau, die sie symbolisierten, weit wohler als am Spülbecken, dem sie sich mit der Vorsicht eines Gegners näherte, der nur unwillig den Kampf aufnahm. Sie war klein, dunkelhaarig und, wie es der Gerichtssaal erforderte, schwarz-weiß gekleidet, wie immer mit einem auffälligen Farbtupfer – eine Elster mit roten Schwanzfedern. Es gab eine Geschirrspülmaschine, die sie in Baileys Abwesenheit nicht zu benutzen wagte, so angsterregend waren die Instruktionen, und schon aus diesem Grund fehlte er ihr. Sie vermißte ihn, zog das Vergnügen seiner Gegenwart ständig und entschieden vor, obwohl es ungewöhnlich für sie war, nicht gern allein zu sein; dieser Widerwille entsprang ihrer ewigen Ungeduld im Umgang mit den Ecken und Kanten dieses stromlinienförmigen Hauses. Sie blinzelte durch das Fenster und sah, wie sich Isobel Eastwood, beladen mit Paketen, auf dem Heimweg an ihrem Haus vorbeimühte. Ach du meine Güte, was hat sie heute wohl wieder gekauft? Wo um alles in der Welt verstaut sie die ganzen Sachen, die sie nach Hause schleppt? Helen duckte sich unter das Fensterbrett und vermied so die Notwendigkeit zu winken. Mehr an Kommunikation hatten sie und Mrs. Eastwood sowieso noch nie zustande gebracht. Helen und Bailey waren glühende Klatschbasen geworden, diskret, aber leidenschaftlich in ihrer Neugier auf das Leben anderer Leute. Beide waren sichtbare Nachbarn nicht gewöhnt und entdeckten in ihnen faszinierenden Stoff für Stunden behaglicher Spekulation; ihre Verwunderung und Lust zu beobachten ließen nie nach. Er müsse jetzt zu einer Leiche, hatte er am Telefon gesagt; in dieser Ankündigung hatte kein gesteigertes Selbstwertgefühl mitgeklungen, es war eine sachliche Feststellung gewesen. Er würde lange wegbleiben, möglicherweise die ganze Nacht, aber zumindest könnten sie ihren üblichen, genußreichen, täglichen Bericht mit etwas ungewöhnlich Gehaltvollem würzen. In dieser Gewißheit und plötzlich der Notwendigkeit enthoben, die Küche aufräumen zu müssen, gab Helen diesbezügliche Bestrebungen auf, schenkte sich großzügig Gin ein und schnurrte nach dem ersten Schluck vor Zufriedenheit. Ich wette, sie trinken jetzt alle was, dachte sie und blickte aus dem Fenster auf die Ziegelmauer gegenüber.

Es war eine ebenso sichere Wette, daß niemand sie dazu einladen würde. Die Bewohner von Invaders Court, Branston, waren Menschen, die Reiche aufbauten und nicht teilten, und außerdem ermutigte sie ihr vages Wissen um den unverheirateten Status und den jeweiligen Beruf von Geoffrey Bailey und Helen West nicht gerade zur Warmherzigkeit. »Was machen

Sie beruflich, Mrs. Bailey? Wir dürfen Sie doch Mrs. Bailey nennen?«

»Nein«, hatte Helen gutgelaunt gesagt. »Nennen Sie mich Helen West. Ich lebe mit Geoffrey zusammen, aber wir sind nicht verheiratet. Ich bin Rechtsanwältin. Nein, ich bin nicht Notar, ich bin Staatsanwältin. Nein, wir haben keine Kinder. Und nein, das Haus gehört nicht uns, wir haben es gemietet.«

»Oh. Und was macht Mr. Bailey?« wollten sie wissen und strahlten dabei wohlwollende, etwas ins Wanken geratene Neugier aus.

»Er ist Detective Chief Superintendent bei der Polizei.« Wenn sie Bailey beschrieb, gelang es ihr nie, den Ton defensiven Stolzes aus ihrer Stimme zu bannen; nicht auf seinen Rang war sie stolz, sondern darauf, daß er Bailey war, und sie konnte nicht aufhören, ihn zumindest in der Öffentlichkeit zu loben, aber ihr entging nicht, wie lang die Gesichter der Leute wurden.

Sie dachten an kriminelle Jugendliche, unbezahlte Bußgeldbescheide für falsches Parken, hinterzogene Steuern, und damit war die Unterhaltung zu Ende. »Na ja, mein Mann arbeitet in der Stadt.«

Helen verstand diese Reserviertheit nur zu gut. Sie wußte, daß sie etwas so Natürliches war wie Atmen und nicht etwa auf Boshaftigkeit oder Dummheit schließen ließ, es war einfach ein Rückzug, der ungeschehen gemacht worden wäre, hätten sie sich nur etwas mehr für die dörfliche Gemeinschaft interessiert. Ihre Rolle verlangte wie die aller anderen Frauen soziale Anstrengungen von ihr, aber Geschwätz erstarb ihr auf den Lippen, so wie ein Regenschauer abrupt endet. Sie verachtete häusliches Glück keineswegs, aber nachdem sie ein Dutzend Jahre in ihrem Beruf gearbeitet hatte, wunderte sie sich, wie jemand, der die Wahl hatte, sich für etwas anderes entscheiden konnte. Es gab so wenig, worüber sie mit ihren Nachbarn hätte reden können: Sie und Geoffrey hatten keine Kinder, keinen Geschäftswagen, und obwohl sie über Details der weitgehend identischen Häuser stundenlang hätten sprechen können, liebte und schätzte sie ihr Heim dafür zu wenig. Sie hatten es für ein Jahr gemietet, die Hälfte der Zeit war bereits vorbei. Nicht in einer Million Jahre hätte sie es gekauft, und nie und nimmer hätte sie es mit diesen ausladenden, harten, unbequemen, aber absurd teuren Gegenständen vollgestellt, die ihre jungen Vermieter, die ihrerseits die Erfolgsleiter auf einem fremden Territorium erklommen, ausgesucht hatten. Helen empfand sich nicht als erfolgreiche Frau, rechnete auch nicht damit, es je zu tun, fragte sich, wie es wäre. Ihre sonstige Umgebung, die sie für dieses einjährige Experiment aufgegeben hatte, spiegelte ihre Vorlieben wieder: kräftige Farben, viele Bilder und einen Hang zur Unordnung. In Helens Haus dauerte es mindestens ein Jahr, bis ein kaputter Gegenstand repariert wurde; hier wurde alles, was mit einem Makel behaftet war, auf den Müll geworfen und innerhalb von Stunden ersetzt. Die blasse Harmonie von Wänden, grauen Teppichen, cremefarbenen Sofas beleidigte ihr ästhetisches Empfinden, ebenso das Fehlen von irgend etwas, was nicht völlig neu, geschweige denn alt war.

Sie setzte sich auf das inkriminierte Sofa und dachte, daß es, wenn es nicht hier stünde, eigentlich ganz hübsch wäre. Diese Art von windelweichem Urteil traf auch auf Branston zu. Ein Dorf, das nicht wirklich ein Dorf war. Es war eins von vielen, austauschbaren Dörfern und zeichnete sich allein dadurch aus, daß es zwischen Autobahnen und Schnellstraßen in einem abgeschnittenen Dreieck lag, in dem die Zeit stillstand und die Baupreise nicht stiegen. Aber es war kein wirkliches Dorf, weil täglich sein Herz aussetzte, wenn drei Viertel der Einwohner sich daran erinnerten, daß es nur ein Vorposten war, und sich in Taxis und Züge drängten. Das immerhin, sagte sich Helen, beim Gedanken an diese Alternative erfreut, tue ich nicht. Ich setze mich in mein zerbeultes Auto, fahre damit so selten wie möglich ins Büro und zu den Amtsgerichten in Cheshunt und Epping, wo ich gewöhnliche Diebe, Einbrecher und manchmal auch Wilderer strafrechtlich verfolge, und ich sage alles zweimal und mache alles im Schneckentempo, um dem Untersuchungsrichter einen Gefallen zu tun. In dieser Hinsicht war der Kontrast am auffälligsten – die Langsamkeit, die Bedächtigkeit, mit der entschieden wurde, die endlose Wiederholung der Fakten. Was bei einem reizbaren Berufsrichter in London eine halbe Stunde gedauert hätte, dauerte hier einen halben Tag und zeitigte nicht immer die gleichen Ergebnisse. Hier schickten sie Straftäter schneller ins Gefängnis, setzten höhere Geldstrafen fest, und für fahrlässiges Verkehrsverhalten hätten sie am liebsten die Todesstrafe verhängt. Aber sie mußte zugeben, daß hier Recht und Ordnung herrschten auf eine Art, die nicht ungerecht war, neu allerdings auch nicht. Es wurde weniger geschrien, die Mühlen mahlten langsamer, es ging zivilisierter zu.

Auch die subtile Degradierung, die ihre Versetzung mit sich gebracht hatte, störte sie nicht. Helen war nicht dafür geschaffen, auf der streng hierarchischen Erfolgsleiter der königlichen Staatsanwaltschaft oder in einer der großen, namhaften Anwaltskanzleien weit nach oben zu steigen; was ihren Rang betraf, hatte sie es nicht weit gebracht, weil sie zum einen mit einer für andere oft peinlichen Offenheit Verhöre durchführte und zum anderen sich willentlich nicht darum kümmerte, wem sie gefällig sein und schmeicheln sollte. Befördert zu werden wäre eine Übung in Macchiavellismus gewesen, die eine Fähigkeit zur Speichelleckerei erfordert hätte, über die sie nicht verfügte. Baileys vergleichbare Indifferenz hatte ihn wie eine Rakete durch die Ränge der Polizei katapultiert, Helens Gleichgültigkeit dagegen hatte sie aufgehalten und in ihrem alten

Büro auf eine Weise belohnt, die ihr lieber war. Sie hatte Talente, die die ihrer Vorgesetzten bei weitem übertrafen. Sie erkannten ihre Fähigkeiten und beuteten sie aus durch eine Arbeitsteilung, die Vorteil aus ihnen schlug und Helen einen Berg schwieriger und gefährlicher Fälle aufbürdete. Hier im Hinterland verunsicherten ihre Kompetenz, ihre Erfahrung mit Mord, schwerer Körperverletzung und Betrug ihre Arbeitgeber mehr als nur etwas, und sie versuchten, sie von den wichtigen Fällen möglichst fernzuhalten. Für Miss West waren die Amts- und Jugendgerichte von Cheshunt und Epping gut genug. Beschäftigt sie außerhalb des Büros, sie weiß zuviel. Helen lächelte und beschämte sie noch mehr, weil sie es ihnen nicht übelnahm. Schließlich hatte die Sache einen Zweck jenseits aller Karriere: Sie hatte nur am Leben festhalten und sehen wollen, ob sie und Geoffrey Bailey miteinander auskämen, wenn sie zusammenlebten. Nichts war wichtiger, nichts absorbierender. Wenn etwas in ihr zur Zeit brachlag, mußte es eben warten.

»Verdammt.« Zum zweitenmal innerhalb einer Stunde war sie zum falschen Schrank gegangen. Eine Freudsche Fehlleistung, das Ergebnis verdrängten Heimwehs, das dazu führte, daß sie sich verhielt, als ob sie zu Hause wäre. Und sie wünschte, sie wäre es, sogar um den Preis der dazugehörigen Streitereien – zu mir oder zu dir? –, die das letzte Jahr belastet hatten. Was für ein unwahrscheinliches Liebespaar sie doch waren, Polizist und Rechtsanwältin, beide zu ängstlich, zu mißtrauisch und viel zu unabhängig, um entscheiden zu können, welche Wohnung ihr Zuhause sein sollte, getrennt fühlten sie sich elend, gemeinsam hatten sie aber auch ihre Probleme. Sie hatte in Betracht gezogen, ihre Wohnung aufzugeben, aber daran war nicht zu denken; sie hatte eine Heirat in Betracht gezogen, aber daran war auch nicht zu denken. Es wäre eine Heirat aufrechter Geister gewesen, das wohl, die jedoch in entgegengesetzte Richtungen zogen. Dann war Bailey in diesen Bezirk versetzt worden; dieses Haus war zu mieten gewesen. Sie wollten es ein Jahr lang versuchen, geborgte Räume, geborgte Zeit, keine weiterreichenden Verpflichtungen. Helen als Hausfrau, an dieser Vorstellung erstickte sie fast, aber es lag auch etwas erfrischend Neues darin. So weit, so gut; aber es wäre besser gewesen, wenn es Bailey weniger gut gefallen hätte. Er stammte schließlich aus dem East End; wie viele Menschen dort strebte er möglicherweise nach einem besseren Leben. Helen stammte von nirgendwo und glaubte an sehr wenig.

»Wir können genausogut nach Hause gehen«, sagte Superintendent Bailey. »Wenn wir in der Dunkelheit weitersuchen, verwischen wir womöglich Spuren. Der Arzt wird um kurz nach fünf morgen früh hier sein. Ich auch.«

»Ich lasse Smith und Peters hier. Die sollen aufpassen.«

»Und Füchse schießen«, fügte Bailey lächelnd hinzu.

»Womit, Sir? Die Geister machen ihnen Sorgen.« Der Inspektor grinste, fühlte sich im Gegensatz zu den meisten anderen wohl in Baileys Gegenwart, war dankbar für seinen Pragmatismus, der zumindest einigen gestattete zu schlafen, statt die Nacht über rumzupfuschen und zu spekulieren, bis das Tageslicht enthüllte, was sie jetzt schlicht übersehen würden.

»Riegeln Sie den Weg und den Parkplatz ab.«

»Machen wir, Sir. Bowles wird sich darum kümmern. Das Komische ist, daß er erst gestern wiedereröffnet wurde. Der Belag ist erneuert worden. Hat Wochen gedauert. Die Leute haben ihre Autos woanders abgestellt.«

»Gut. Das erhöht unsere Chancen, Spuren zu finden von demjenigen – wer auch immer es gewesen ist –, der die Leiche hierhergebracht hat.«

»Armes Schwein.«

»Ja«, sagte Bailey und blickte auf die aus der Erde ragende Hand, die jetzt in einem Plastiksack steckte. »Ich frage mich, wer sie ist.«

Der Inspektor grinste. »War, Sir.«

Bailey seufzte. »Eindeutig. War. Kommen Sie, lassen Sie uns schlafen, bevor wir uns den Rest von ihr ansehen müssen – vorausgesetzt, es ist eine Frau. Sagen Sie ihnen, sie sollen sich vorsichtig bewegen. Vielleicht hat der Täter ein paar Andenken hinterlassen.«

Es war jetzt elf Uhr abends, und auf dem Weg waren bereits beunruhigend viele Stiefel unterwegs. Man müßte ihnen sagen, sie sollen um Himmels willen nicht kreuz und quer durch den Wald brechen und zertrampeln, was der Ausführende dieser rohen und eiligen Begräbnisriten hinterlassen haben mag. Während er auf das flache Grab blickte, die plattgeklopfte Erde und die geknickten Zweige in der Nähe, vermutete Bailey, daß es Spuren gab. Das war kein gewissenhafter Unternehmer gewesen; kein Wunder, daß der Fuchs sie gefunden hatte. Morgen wäre es noch früh genug für Entdeckungen, wenn die willigen Truppen nach kurzem Schlaf ungeordnet ausschwärmen würden. Nur Peters, Smith und Bowles würden nicht mal morgen früh zum Schlafen kommen. Bailey versuchte, sie alle auf dem Nachhauseweg zu vergessen, versuchte, auf dem Weg zu Helen diesen anstößigen, fleckigen Stumpf einer Hand zu vergessen, der sich anklagend aus der Erde streckte.

Auf dem Parkplatz, eine halbe Meile von der Grabstätte entfernt, klopfte Constable Bowles an das Fenster des einzigen Wagens, der unter den Bäumen geparkt war, und trat höflich einen Schritt zurück. Im Innern, jenseits des beschlagenen Glases, sah er Bewegung – eine Brust, die hastig bedeckt wurde, einen Arm, der sich schuldbewußt erhob, ein Gesicht, das sich dem

Heckfenster näherte, Augen, die sich weiteten angesichts der Uniform –, bis ein Jugendlicher vorn heraus kroch, sich das Hemd zuknöpfte und auf Bowles Lächeln mit Wut reagierte.

»Was is' los, verdammte Scheiße? Dagegen gibt's doch kein Gesetz, oder? Soweit ich weiß.«

»Hoffentlich ist sie sechzehn, Junge. Du mußt hier weg. Der Parkplatz wird geräumt, verstehst du. Tut mir leid.«

»Warum? Warum verdammt noch mal ... muß ich?« Die Fäuste geballt, aggressiv wie ein Rammbock.

»Reg dich ab. Ist das dein Auto? Oder gehört's deinem Vater? Oder deinem Chef? Hast was getrunken, oder?«

»In Ordnung, in Ordnung, in Ordnung.« Nörgelnde Furcht schwang in der Stimme mit. Der Kopf eines jungen, aber nicht ganz jungen Mädchens tauchte im Fenster auf. Bowles wurde nachgiebiger.

»Haben im Wald eine Leiche gefunden, Miss. Müssen die Gegend hier räumen, absperren. Also verschwindet.«

Das Mädchen kreischte einmal kurz und schrill – ein schauriges Geräusch –, dann drückte sie sich in den Beifahrersitz und zog den Jungen neben sich. Der Motor heulte auf, der Wagen schoß mit der ganzen Wut des Jungen davon und ließ eine tiefe Stille zurück. Bowles sperrte mit gelbem Band die Einfahrt ab, vermißte die Gesellschaft und fragte sich, wie sie den Streifenwagen, der am anderen Ende parkte, hatten übersehen können. Schäm dich, Junge, das hätte dir nicht passieren dürfen.

Das Brummen von Baileys Diesel am Tor war ein willkommenes Geräusch. Bis er seine Tasche genommen, in den Himmel geblickt, seinen Verstand gesammelt, die Tür geöffnet und sich gefragt hatte, ob Helen noch wach sei, war sie in die Küche getappt, hatte den

Scotch gefunden, das Badewasser aufgedreht und den Wasserkessel aufgesetzt. Es war nicht die erste Leiche, zu der er während ihres sechsmonatigen Aufenthalts in diesem gar nicht so friedlichen Ort gerufen worden war, und es war auch nicht der erste Abend, an dem er spät nach Hause kam und Helen die Gelegenheit gab, sich in Häuslichkeit zu üben, was Bailey weder forderte, noch erwartete, was ihn aber insgeheim bis ins Mark seiner kräftigen, schlanken Knochen freute.

Bailey begeisterte sich über diese Aufmerksamkeiten wie ein Kind. Es war, als ob er eine Frau hätte, wie sie in Romanen beschrieben wurde, eine wahre Trösterin, wie er ihr bislang noch nie begegnet war, und offiziell war sie noch nicht mal seine Frau. Bailey bedauerte das und respektierte es. Es war Helens Entscheidung, nicht seine. Nach dreizehn Stunden Pflichterfüllung war Schlaf weniger wichtig als der Austausch von Neuigkeiten und eine lange, vertraute Umarmung. Eines Tages würden sie über seine Vorbehalte gegenüber diesem Ort, diesem entsetzlichen Haus, das sie zu mögen schien, sprechen, aber nicht jetzt. Es gibt nichts Schöneres, dachte er, als eine Frau, die glücklich ist, dich zu sehen.

Es gibt nichts Anziehenderes, dachte Helen, als die Falten in Baileys Gesicht.

»Sehr makaber«, sagte er. Er saß im Bett mit Scotch und Kaffee, Helen lag neben ihm, so einladend, wie die Nacht frostig gewesen war, beide gaben sich einem regelmäßigen, wenn auch dekadenten nächtlichen Ritual hin. »Makaber, aber mit der üblichen Komik. Ich muß jedesmal lachen, wenn der Bezirksarzt auftaucht. Du weißt schon, der, der vor dem Pathologen kommt und uns erlaubt weiterzumachen.«

Helen wußte es.

»Dr. Flick, ein kleiner, eifriger Mann, sieht auf diese Hand, diesen Ansatz einer nicht mehr gerade taufrischen Leiche und sagt: ›Ich glaube, im Augenblick ist sie tot. Ich werde eine Bescheinigung ausstellen.‹ Sehr wichtigtuerisch und sehr irisch. Ich weiß nicht, warum wir einen Arzt brauchten, um das zu erfahren. ‚Ich glaube, ich werde ›leblos‹ schreiben‘, sagte Flick. Das gleiche würde er sagen, wenn er einen Haufen Knochen vor sich hätte. Ziemlich schlaue Diagnose, hab' ich mir gedacht. Anschließend nimmt er einen kräftigen Schluck aus seinem Flachmann« – Bailey hob zur Illustration sein eigenes Glas – »und dann hastet er davon, so schnell ihn seine Füße tragen.«

»Zurück zu den Lebenden. Oder in die Kneipe. Kann ich verstehen.«

»Ja«, sagte Bailey und drehte sich zu ihr, »ich auch. Die Lebenden haben mehr zu sagen. Ich bin auch lieber bei dir, statt draußen im Wald eine Totenwache zu halten.«

Sie lächelte ihn an, vergaß ihre kleinen Sorgen, hatte wie fast jeden Tag das Gefühl, ihn zum erstenmal zu sehen. »Na, wenn das der Fall ist, bin ich froh, daß du keine andere Wahl hast.«

»Wer behauptet das?«

»Ich.«

Später, als sie in seinen Armen lag, murmelte Bailey schläfrig in Helens Ohr: »Du brauchst mir kein Bad einlaufen lassen. Ich komme mit den Leichen nicht in Berührung. Heutzutage nicht mehr.«

Sie bewegte sich kurz. Er spürte, wie sie die Stirn runzelte. »O doch. Sie berühren dich und du sie. Das machst du immer.«

»Ja«, sagte er und erinnerte sich an das Aufwallen von Wut, als seine Finger diese mitleiderregende und bittende Verstümmelung einer Hand berührt, in der Dunkelheit den eiskalten, fleckigen Unterarm gefühlt hatten. Er hatte ihr Lebwohl gesagt und bei dem Gedanken an die morgige Obduktion gefröstelt und gewünscht, sie könnten sie einfach in Ruhe lassen.

»Das machst du immer«, wiederholte Helen.
»Du hast recht.« Er seufzte. »Das mache ich immer.«

2

Detective Constable Amanda Scott traf fünfzehn Minuten zu früh ein; sie kam immer vor dem Boß, sorgfältig darauf bedacht, diesbezüglich sowie auch in allen anderen Dingen den guten Ruf zu wahren, den sie sich so sehr bemüht hatte zu verdienen. Sie stieg aus ihrem gepflegten Auto, ohne seinen hochglanzpolierten Lack auch nur eines Blickes zu würdigen, freute sich jedoch an ihren glänzenden Lederpumps und ihren wohlgeformten glatten und gebräunten Waden, als sie mit präzisen Bewegungen einen Schritt zurücktrat. Sie kontrollierte ihre Frisur im Seitenspiegel unter Mißbilligung der eigenen Eitelkeit, während sie den Wagen mit automatischer Sorgfalt verschloß. Miss Scott war wie immer vernünftig, aber feminin gekleidet. Eine langärmlige, geknöpfte weiße Bluse, ein marineblauer Faltenrock, der zu Handtasche und Schuhen paßte, und dazu winzige Perlohrringe. Es war nichts Auffälliges an Miss Scott – sie war weder Hausmütterchen noch Emanze –, sie steckte in guten Kleidern von der Stange und hatte stets mehr ein Auge auf den Preis und das perfekte Aussehen als auf luxuriösen Flair. Sie hatte auch die weniger nervenaufreibende Zeit, als sie noch Dienst in Uniform versah und die sich noch in ihrer Kleidung widerspiegelte, gemocht, aber ihre jetzige Arbeit gefiel ihr besser, und sie wußte, daß sie auf bescheidene, bisweilen rauhe Art bewundert wurde.

Sie atmete tief durch. Waldluft vermischt mit Teergeruch vom Parkplatz, der wann fertig geworden war? Vor ein oder zwei Tagen, schätzte sie. Der Wald war von hier aus über zwei Wochen lang für die Öffentlichkeit nicht zugänglich gewesen. Sie sah sich um, bemerkte den Weg, der zwischen den Bäumen verschwand, und im Geist erhob sie sich in die Lüfte, um sich einen Überblick über das Gebiet zu verschaffen. Vielleicht würden sie eine Luftaufnahme brauchen, aber mit der ihr eigenen Gewandtheit glaubte sie, sich und den Fundort der Leiche aus der Vogelperspektive betrachten zu können. Ein Dreieck, die Leiche in der Mitte. Ich stehe, sagte sie zu sich, wie sie zu einer Schulklasse gesprochen hätte, eine Meile von Branston entfernt auf der Straße nach Epping, am Rand des Walds von Bluebell. Hier ist ein Parkplatz, mit Tisch und Bänken für Picknicks, zur Verfügung gestellt vom Gemeinderat, und dort ist der Fußweg, der in den Wald führt, sich aber nach einer halben Meile verliert; nur eiserne Spaziergänger gehen weiter und werden bitter enttäuscht, weil es einfach nichts zu sehen gibt. Nach einer weiteren halben Meile kommt das Tal, hügelaufwärts ein kleines Feld und dann das bißchen Wald, das dieses grauenhafte Hotel umgibt. Man könnte geradewegs auf das Hotel zugehen, wenn man es schaffen würde, diesen Dschungel von einem Hotelgarten zu durchdringen. Es ist ungefähr eine Meile von hier bis dort. Wald erstreckt sich zu beiden Seiten des Punktes, auf dem ich stehe, zwei Picknickplätze auf der anderen Seite. Abseits des Fußwegs findet sich nichts besonders Schönes oder Sehenswertes, und angesichts des Mangels an Grün in diesem Grenzgebiet zwischen London und den ländlichen Gefilden ist diese Gegend erstaunlich unbeliebt. Das müßte nicht sein, wenn sich das Etablissement auf der anderen Seite, das darauf besteht, sich Hotel zu nennen statt ungemütliche Kneipe, die es de facto ist, sich dazu entschließen könnte, tatsächlich Gäste aufzunehmen. Amandas einziger Besuch dort war zusammengefallen mit dem einer Kakerlake. Sie war niemals wiedergekommen und konnte sich nicht erinnern, wie das Gasthaus jetzt hieß – der Name änderte sich mit jeder Erneuerung der Schanklizenz und mit den Launen der Pächter. »Die Krone«, so hieß es, und niemand, absolut niemand würde sich den Zugang zum Wald und den Feldern über den dazugehörigen Garten ertrotzen. Verglichen mit dieser Wildnis, war der Wald hier passierbar wie eine Straße.

Amanda Scott ging drei kurze, zackige Schritte nach links und drei nach rechts. Sollte sie hier bleiben und die Leute begrüßen oder den Weg entlang zu dem mit einem Tuch bedeckten Grab gehen? Sie haßte es stillzustehen; sie würde jetzt losgehen; nein, sie würde auf den Boß warten und ihm hinterher gehen. Bailey würde gleichzeitig reden und denken, den Wald für die Suche in Abschnitte aufteilen, Ideen und Instruktionen über die Schulter weitergeben, und Amanda würde sich alles merken, beobachten und lernen. Sie war nur da, um zu lernen, sie würde sich kein Fitzelchen Wissen entgehen lassen, und ihre scharfen blauen Augen würden nicht die kleinste Gelegenheit übersehen, die ihr einen bescheidenen professionellen Beitrag ermöglichte. Sie würde sein, was sie immer war: sein ruhiger, effizienter Schatten, der vollstes Vertrauen verdiente. Ihr kam nie in den Sinn, sich zu fragen, ob sie Bailey oder ihre Kollegen überhaupt mochte. Amanda dachte stromlinienförmig. Ihre eigenen Gefühle waren unwichtig, wurden suspendiert, als Bailey eintraf und Dr. Vanguard wie einen alten Freund begrüßte. Beide hatten ihren Wagen schräg geparkt, und sie fragte sich, warum sie bei ihren Gehältern so schäbige Karren fuhren.

Das Team versammelte sich wie Schauspieler auf der Bühne; als es heller wurde – es versprach, ein heißer Tag zu werden –, ging Bailey voran. Vanguard folgte. Schneller, sagte Vanguard. Je schneller wir hier wieder rauskommen, um so besser. Bowles und Peters erhoben sich steif von ihren Campingstühlen, als der Rest im Gänsemarsch eintraf. Keiner wich vom Weg ab, wie Bailey allen eingebleut hatte. Hinter den Sanitätern, die sich als einzige unterhielten, trotteten Fotografen her und Beamte, welche die Beweise sicherstellen sollten, mit Tüten, Aufklebern, Handschuhen und Pinzetten.

»Wie gesagt, Fred, eigentlich ist das jetzt nicht meine Schicht.«

»Mach dir nichts draus«, sagte Fred. Das übliche Gebrumm in der Dämmerung.

Die Sucher, Durchkämmer des Unterholzes, Abfallsammler, Tütenträger folgten ihnen, das Fußvolk hinter der Kavallerie.

Der Dreck schien Vanguard nie etwas auszumachen. Er war durch stinkenden Themseschlamm gewatet, um daraus irgendwelche Gliedmaßen herauszuholen, hatte in einer Jauchegrube ein Bein aus einem Hüftgelenk gezogen und fand die trockene Erde hier relativ harmlos. Er kniete sich neben das Grab und begann die Leiche mit der Sorgfalt eines Archäologen auszubuddeln, warf häufchenweise und systematisch Laub beiseite, bis das Wesen darunter hervortrat. Der Fotograf hielt jede Phase dieses Prozesses fest. Die anderen standen zu beiden Seiten und beobachteten, wie die Gestalt klare Konturen annahm; sie lag mit ausgestreckten, nicht überkreuzten Beinen da, das Gesicht seitlich auf die Erde gedrückt, als ob sie sich weigerte mitanzusehen, was man ihr antat. Einzelheiten waren noch nicht sichtbar, aber nach den Gliedmaßen zu urteilen, handelte es sich unverkennbar um eine Frau, und als Vanguard das Gesicht von Krümeln befreite, konnte Amanda nicht verhindern, daß ihr übel wurde; sie blickte zu Bailey und riß sich zusammen, obwohl es sie vor Ekel schüttelte. Das Gesicht war grün und schwarz verfärbt, es wimmelte vor leuchtendweißen Maden, die sich in leeren Augenhöhlen wanden, in geblähten Nasenlöchern, sich auf scheußliche und empörte Weise in den Augen und im lippenlosen Mund bewegten, wo ihr

Zerstörungswerk die Zähne in einem obszönen Grinsen entblößt hatte.

Bailey fragte sich, warum sie das Gesicht als erstes in Angriff genommen hatten, was für ein entsetzlicher Mangel an Erbarmen; sie gaben der Erde zurück, was dazu bestimmt war, ihr zurückgegeben zu werden, aber zuerst entstellten sie, machten unkenntlich, was einst menschlich gewesen war, vielleicht sogar schön. Nur im Gesicht hatten sie bislang Schaden angerichtet; abgesehen von der angenagten Hand ohne Fingerspitzen, waren die Glieder intakt, gefleckt wie grüner Marmor, aber unversehrt. Zweifellos hätten die Maden auch noch die anderen Öffnungen gefunden, feuchte, verletzliche, intime Stellen.

Amanda drehte den Kopf zur Seite, als der Arzt und die Sanitäter die Leiche auf die bereitliegende Plastikplane hoben: Sie schämte sich für die Nacktheit der Frau, hatte nur Ekel und Verachtung übrig für jemanden, den man unter solchen Umständen auffand, empfand eine heftige Antipathie für die Tote und Widerwillen gegenüber ihrer eigenen Zimperlichkeit und der beständigen Anstrengung, sie zu unterdrücken. Gott sei Dank, daß Vanguard den üblichen Vaginal- und Analabstrich nicht hier vornahm. Dieser Anblick bliebe ihnen erspart, bis das Ding schließlich bar jeder Menschlichkeit auf dem Obduktionstisch liegen würde. Im Dunst ihres Ekels, mit angehaltenem Atem, um den Gestank nicht einzuatmen, und während ihre Haut juckte, als ob die Maden auf ihr herumkröchen, nahm Amanda ihre Sinne zusammen und zwang sich zur Härte. Sie war nicht hier, um Schmerz zu empfinden; sie bemerkte die klaffende Wunde auf der Stirn, die Schnitte am Hals. In Ordnung. Bald wüßten sie mehr. Die Beamten sammelten behutsam Maden aus dem Gesicht und steckten sie wortlos und vorsichtig in eine Tüte. Amanda fragte sich, wer sie wohl untersuchen würde.

»Wie lange, Doc? Können Sie das schon sagen?«

Vanguard fuhr mit seiner oberflächlichen Untersuchung fort, rief die Sanitäter für den mühsamen Weg zurück zum Krankenwagen, brummte in seinen Bart. »Wie lange? Bis mein Bericht fertig ist? Aah, ich verstehe – wie lange sie schon tot ist. Schwer zu sagen. Mindestens eine Woche, wahrscheinlich länger. Hängt davon ab, ob sie sofort vergraben wurde. Das hätte die Verwesung verlangsamt. Wissen wir, wer sie ist?«

»Nein, noch nicht. Außer Kindern wurde im Ort niemand als vermißt gemeldet.«

Vanguard ächzte, kratzte sich, und Amanda fragte sich, warum seine Frau ihn jemals über ihre Türschwelle gelassen hatte. »Suchen Sie nach einer Frau um die Vierzig, dunkelhaarig, mit breitem Hintern, aber ansonsten guter Figur, wahrscheinlich hübsch.« Er lachte gackernd, Bailey schnitt eine Grimasse. Er mochte den Mann, nahm sich Zeit für ihn, aber manchmal war sein Humor schwer zu verkraften. »Und nach einem Messer, würde ich sagen. Und nach einem stumpfen Gegenstand. Bis um drei Uhr nachmittags, okay? Ich muß zuvor noch einen anderen Bericht schreiben.«

Bailey kannte das, was nun kam, bis zum Überdruß. Eine weitere Sitzung in Formaldehyddämpfen und in der Behaglichkeit eines Schlachthauses. Die Aversion gegen seine notwendige Anwesenheit, wenn der Arzt mit dem Messer hantierte, basierte weniger auf Empfindlichkeit als vielmehr auf einem Gefühl der Würdelosigkeit. Es war traurig genug, so begraben zu sein, niedergemetzelt vor der Zeit, unheilbar mißbraucht, auch ohne exhumiert und obduziert zu werden, weit davon entfernt, mit Würde aufbewahrt und anständig beerdigt zu werden, was gewöhnliche Menschen für gewöhnlich hoffen konnten. Für ein Mordopfer gab es keine Barmherzigkeit, keine Würde im Tod oder in irgend etwas, was auf den Tod folgte, und der Schmach des heimlichen Getötetwerdens folgte weitere Schmach. In Bailey brodelte die dumpfe, altbekannte Wut auf den Täter, der zu solcher Brutalität fähig war und diese Schmach im Schlepptau mit sich brachte. Diese klägliche Nacktheit. Sie hatte nichts an oder bei sich. Nicht einmal den Trost aller Frauen, die allgegenwärtige Handtasche.

Er wandte sich um, gab Anweisungen. Fangt dort an, verteilt euch auf die Abschnitte, Augen auf den Boden. Zigarettenkippen, erkennbare Fußabdrücke, abgebrochene Zweige, die auf Hast hindeuten; eine Woche reicht, um die Hälfte der Spuren, falls es Spuren gab, zu verwischen, und was für ein schäbiges, armseliges, bedrückendes Stück Wald das hier ist. Kein richtiger Wald oder ein richtiges Stück Land und auch nicht die mit Ölfässern und Müll verschmutzten Abenteuerspielplätze zwischen Ruinen, die er als Jugendlicher gekannt hatte. Er spürte ein Woge des Hasses gegen Branston und seine Umgebung in sich aufwallen, die aber gleich wieder in der Notwendigkeit zu handeln verebbte. Zwei Dutzend Männer, wenn nötig mehr, durchkämmen das Gebiet hier in einem Umkreis von einer Quadratmeile! Amanda, schreiben Sie eine Pressemitteilung, ich sehe Sie im Hotel, nein, ich will nicht im Auto mitgenommen werden, ich gehe zu Fuß, und ich wünschte, du wärst nicht so unterwürfig und daß mir irgend etwas an diesem Ort gefallen würde.

Bailey hatte diese Gegend Zentimeter für Zentimeter abgeschritten, manchmal allein, manchmal mit Helen, war wie eine Katze über das Territorium seines neuen Zuhauses gepirscht im Bewußtsein, daß er, wäre nicht Helen gewesen, sofort nach London zurückgekehrt wäre. Aufgrund der Größe des Bezirks, für den er zuständig war, hatte er es sich zur Aufgabe gemacht, über jeden Feldweg zu fahren und sich jedes Wahrzeichen, jede Straße, jede Kneipe, jeden Bahnhof, alles, was unbeweglich war, einzuprägen. Er kannte die Busstrecken und die Orte, an denen es häufig Ärger gab, sowie die Gebiete, in denen nie etwas vorfiel. Sein Bezirk dehnte sich weit über Branston aus bis an die Ränder des nordöstlichen London, wo sein Büro in einem Bau von monumentaler Häßlichkeit untergebracht war. Die drei anderen Leichen, deren Bergung er in den letzten zwei Monaten beigewohnt hatte, waren in einer Wohnung, hinter Mülltonnen und auf dem Vordersitz eines Autos gefunden worden. Ein Minicar-Fahrer mit eingeschlagenem Schädel, Stadtgesindel, klebrig von Blut, aber aufgefunden, bevor Räuber und Fliegen über sie herfallen konnten. Nicht wie diese Tote. Sie lag jenseits der Stadtgrenzen und der Zone, in der alles möglich war. Hier durfte so etwas nicht passieren. Wegen Helen, wegen ihm und wegen allen, die hier lebten.

Als er sich umblickte, kam ihm im Nachhinein ein Gedanke. »Bleiben Sie hier und helfen Sie, Bowles, ja?«

»Sir.« Das Grinsen auf Bowles Gesicht wurde breiter. Überstunden und außerdem die Art Arbeit, die er gern tat; es erinnerte ihn an Unkrautjäten und Bäumebeschneiden, pedantische Gartenarbeit, die er liebte. Bowles war fünfzig und hatte Augen, die wie Magneten alles anzogen, was sich nicht am rechten Platz befand. Ein Mann mit unendlicher Geduld, die seine Kinder nicht verstanden, so daß er sich ab und zu gezwungen sah, Unruhe vorzutäuschen, die einem Pflanzenliebhaber und Detektor metallischer Gegenstände im Essexer Ufergebüsch fremd war. Bowles genoß es, Rasensamen und Sandkörner zu sieben, den Boden mit seiner Maulwurfs-Nase und seinen braunen, weitsichtigen Augen abzusuchen, sich hinzuhokken, Dinge aufzuheben, zu sortieren und auszuwählen. Eine oberflächliche Suche hinter dem Parkplatz hatte Schachteln und Coladosen, Hamburger-Verpakkungen, Plastiktüten und mehrere benutzte Kondome zu Tage gefördert. Bowles war immer wieder erstaunt über die menschliche Gewohnheit, sich zusammenzuscharen, auch wenn es darum ging, Abfall loszuwerden. Er war mehr fürs Alleinsein, und er war mit genug Frauen zusammengewesen, um alles zu erkennen, was möglicherweise aus einer Handtasche stammte. Er würde jede Ablenkung vermeiden und keine Zeit damit verschwenden, nach dem Offensichtlichen zu suchen – was hatte Vanguard gesagt? Messer, stumpfer Gegenstand. Schwächere Augen als seine würden diese Dinge entdecken, wenn sie zu entdecken waren, was Bowles bezweifelte, während seine nach nichts Besonderem Ausschau halten würden. Er zog sich die Hosen hoch und das Jackett zurecht. Die zunehmende Hitze machte ihm nichts. Ja. Er war ein Arbeitstier und würde Anzeichen von Hast erkennen, auch wenn sie älter als eine Woche waren, und er würde zwischen Spuren, die auf Erwachsene, und solchen, die auf Fangen spielende Kinder hindeuteten, unterscheiden können. Er fröstelte, gewöhnte seinen kalten, steifen Körper an den Gedanken, aktiv zu werden, überlegte langsam, erinnerte sich an das Paar, das er letzte Nacht vertrieben hatte. Picknickplatz oder nicht, das hier war irgendwie kein Wald für Kinder.

Bowles und die gewissenhafteren seiner Kollegen wußten, daß sie nach allem suchten, was sie nur finden konnten. Kein systematisches Vorgehen, sondern eine Sammelübung. Später, wenn sie den Täter gefunden hätten – Bowles sagte immer »wenn« und nicht »falls« –, würden vielleicht ein paar ihrer Fundstücke eine leere Stelle im Bild schließen. »Man kann nie wissen«, war Bowles berühmt-berüchtigter und irritierendster Ausspruch; er hatte berechtigterweise seine Beförderung verhindert, weil er seine Vorliebe, ohne Grund aktiv zu werden, zum Ausdruck brachte. In diesem Fall war es natürlich Bowles, der die Zigarettenschachtel und die zwei Kippen, eine mit Lippenstifträndern, eine ohne, fand. Er legte die Kippen wie ein Junge eine seltene Spinne in eine Zündholzschachtel und trug sie unbeschadet nach Hause.

Im Gegensatz zu Amanda Scott, die das Weinlokal in der Hauptstraße vorzog, hatte Bailey nichts dagegen, der »Krone« einen Besuch abzustatten, verschwieg aber seiner Assistentin seine Vorliebe für dieses Etablissement, obwohl er sich vorstellen konnte, daß sich hinter ihrer Diskretion Nerven wie Drahtseile verbargen. Von Anfang an hatte das Hotel ihn und Helen in höchstem Maß angezogen – aus Gründen, die sie nicht hätten angeben können –, so daß sie es öfter frequentierten als irgendeinen anderen Gastronomiebetrieb in Branston.

»Es ist nicht das Essen«, hatte Helen bemerkt und sich glücklich und aufs vollendetste mit einem Käsebrötchen amüsiert; sie hatte auf der Suche nach dem Käse die obere Hälfte abgenommen und in der Mitte einen riesigen, aber trockenen Käseklumpen gefunden.

»Auch nicht das Bier«, hatte Bailey hinzugefügt und argwöhnisch ein dunkles Bier beäugt.

»Was ist es dann?« sagte Helen.

»Die ›Krone‹ ist unberechenbar, absolut nicht in Mode, und hier kennt uns keiner«, sagte Bailey prompt.

»Oje, viele Worte für einen Sonntag. Du hast mal wieder Zeitung gelesen. Glaubst du, daß du dich hier verstecken kannst, ohne zu erfahren, was in der Welt geschieht?« Sie zog ihn auf und grinste zufrieden. Es war Sonntag, Feiertag.

»Nein, mir gefällt es hier, weil es sonst kaum jemandem gefällt.« Er deutete auf die Bar, wo es mehr freie Plätze als Gäste gab. »Und weil man von einem aufs andere Mal nicht weiß, wie es sein wird oder ob das Haus überhaupt noch stehen wird.«

»Mir gefällt's hier«, sagte Helen, »wegen der ›Pfeifauf-die-Kundschaft-Haltung‹, die eigentlich nur in London üblich ist. Dieser Wozu-wollen-Sie-was-trinken-das-ist-nur-eine-Kneipe-Ansatz. Ein sauberes Glas? Pingelig, was? Man kann auch aus einem schmutzigen Glas trinken. Sie sind aber anspruchsvoll. Ich bin hier nur zum Arbeiten. Warum sollte ich mir Mühe geben? Und so weiter.«

»Aber sie geben sich Mühe«, sagte Bailey. »Sie geben sich verzweifelt Mühe, und deswegen ist es hier so komisch.« Er hielt inne und grinste. »Gib's zu, Helen, dir gefällt's hier, weil immer gestritten wird.«

»Ja, das stimmt.« Helen seufzte. »Ich höre für mein Leben gern zu, wenn sich andere Leute streiten. Besonders wenn es sich um laute, öffentliche, dumme, böse Ehestreitigkeiten handelt.«

»Dann bist du hier am richtigen Ort, Liebling«, sagte Bailey lächelnd. »Der siebte Himmel für jemand wie dich.«

»Wenn du dabei bist, bin ich fast überall glücklich«, hatte sie gesagt.

Er erinnerte sich schmunzelnd an dieses Gespräch, während er um den Hotelgarten herumging, auf der anderen Seite ein Feld überquerte und über einen Zaun stieg, um regulär auf der Straße zur Vorderseite des Gebäudes zu gelangen, statt sich unbefugt durch die Wildnis des Gartens zu kämpfen. Bailey war immer höflich. Seine Höflichkeit war der kälteste und wärmste Zug seines öffentlichen Auftretens, und er verschaffte ihm Zugang zu zahlreichen sozialen Nischen, in denen Höflichkeit ein Fremdwort und eine unbekannte Umgangsform war. »Mr. Bailey ist immer höflich«, hatte eine Information aus dem Strichmilieu einmal festgestellt. »Er weiß immer, wenn man im Bad ist.« Er wußte auch, wann er offensichtliche Lügen kommentarlos hinnehmen mußte, um jemandem den Verlust des Gesichts oder Schmerzen zu ersparen, und er wußte auch, bei wem er sich nicht als Freund einführen durfte, obwohl Mr. und Mrs. Featherstone, Schankwirte des Hotels »Krone« und Besitzer desselben, ihn auf ihre bizarre Art und Weise als solchen willkommengeheißen hätten. Unser Mann mit Geschmack, Mr. Bailey, der Bulle. Jeder, der an ihre Pforte klopfte und die Beleidigungen und den Radau, das schwindelerregende Dekor, die Schilderung der Pläne zur Verschönerung und der daraus resultierenden Reichtümer sowie die experimentellen Kochgewohnheiten widerspruchslos hinnahm, wurde in ihren Augen zu einem Menschen mit Geschmack. Bailey war sich bewußt, daß er diese Kategorie erreicht hatte, setzte ihrer Definition seines Geschmacks Ausdauer und ratlose Neugier entgegen und begab sich nie zu ihnen, ohne sich vorher innerlich zu wappnen.

Soweit die Featherstones überhaupt Freunde hatten, gehörte er zu ihnen, was jedoch keine Garantie dafür war, daß sie sich ihm gegenüber höflich verhielten. Als sich Bailey dem Eingang der Bar näherte – die Tür war unverschlossen, ein Zeichen dafür, wie wenig sich die Eigentümer um ihren Besitz sorgten und wie gleichgültig ihnen eventuelle Diebe waren –, hörte er den Lärm eines Streits. Zehn Uhr vormittags, die Featherstones lagen sich in den Haaren, die Welt war in Ordnung. Eine Neuregelung der Schankzeiten und als Folge davon längere Öffnungszeiten führten zu keinem veränderten Geschäftsgebaren der Wirte, aber schließlich hatten sie sich auch früher nicht um die Vorschriften gekümmert. Die örtlichen Gesetzeshüter ignorierten dank ihrer allseits bekannten Diskretion, daß die Bar vormittags wie nachmittags geöffnet war, und verhalfen dem Gesetz nur in den Kneipen zur Geltung, in denen es Ärger gab. In der »Krone« wurde nicht mit Drogen gehandelt und kein Alkohol an Minderjährige ausgeschenkt, und die einzigen Kämpfe, die dort stattfanden, trugen die Eigentümer unter sich aus. Bei den Behörden war das Etablissement in Vergessenheit geraten.

In der riesigen, potentiell eleganten Bar saß Mrs. Banks, die Putzfrau, in einer Ecke, erschöpft vom häufigen Ausschütteln des feuchten Mops, rauchte eine Zigarette und trank das Glas Guiness, das sie sich selbst eingeschenkt hatte. Sie war um acht gekommen und hatte ihre gelangweilten Bemühungen um Sauberkeit eingestellt, als die Featherstone-Familie aus ihren Löchern gekrochen war. »Ich ertrag' den Krach nicht, mein Lieber«, sagte sie zu Bailey, zog ihren Mantel an, trank das Glas aus, das sie nicht abwaschen würde, und deutete in Richtung Küche. »Sie sind da drin.« Als ob das nicht unüberhörbar gewesen wäre.

»Ach, halt's Maul, Harold. Friß dich voll und halt's Maul. Ich will kochen.«

»Kochen! Das nennst du Kochen? Dich sollte man nicht mal die Schweine füttern lassen.«

»Und was is' mit dir? Dieses Dreckwasser nennst du Kaffee? Das würde ich nicht mal der verdammten Katze zum Trinken geben.« Auf dieses Crescendo folgte wiederum Harold.

»Warum verpißt du dich nicht, na los, mach schon.« Er schrie nicht, aber seine Stimme war laut genug, ruhig genug, um auch in taube Ohren zu dringen; Baileys Anblick bremste ihn. »Ach, Sie sind's, Mr. Bailey. Sie hab' ich nicht gemeint, sondern die da.«

»Halt's Maul, Harold, halt's Maul.« Sie hatte laut gesprochen, lauter als Harold seinen beiläufigen, bösartigen Vorschlag. Bernadette Featherstone, deren Stimme schriller als die ihres Mannes war, die sich jedoch schneller als er erholte, rang sich ein so flüchtiges Lächeln ab, daß man es, hätte man in diesem Augenblick gezwinkert, übersehen hätte. »Ja, es ist Mr. West«, sagte sie. »Chefinspektor Geoffrey. Nett, Sie zu sehen. Normalerweise brauchen Sie so früh kein

Stärkungsmittel. Mrs. West hat Sie hinausgeschmissen, nicht wahr?« Bernadette machte sich einen Spaß daraus, Bailey Mr. West zu nennen; es war ihre Art, weibliche Solidarität auszudrücken. »Kann mir gar nicht vorstellen, warum. Was wollen Sie? Tee, Kaffee, Gin, Whisky? Harold hat sich an letzterem bereits vergriffen. Macht ihn ganz friedfertig, wie man sieht.« Ihre abgehackte, nur von leisen irischen Untertönen durchsetzte Sprechweise verriet eine Niederlage, aber Bernadette sammelte bereits wieder Kräfte für den nächsten Angriff. Noch bevor Bailey eingetreten war, hatte sie beschlossen, Harold das letzte Wort zu lassen. Die Warum-verziehst-du-dich-nicht-wenn-du-so-schlecht-drauf-bist-Routine beendete für gewöhnlich die erste Runde und kündigte den Beginn von Runde zwei eine Stunde später an. Sie hatte nie eine Antwort auf Harolds letzte Fragen. Während er ihre unförmige Gestalt, das müde Gesicht, die narbigen Hände, das wirre, früher blonde Haar betrachtete, verstand Bailey, warum sie die Antwort nicht wußte. Das Hier und Jetzt mochte fürchterlich sein, aber sie war süchtig danach, und es gab keinen anderen Ort, an den sie hätte gehen können.

»Ich bin leider von Berufs wegen hier, nicht zum Vergnügen«, sagte Bailey, und um Protestgeschrei zu verhindern, fügte er sofort hinzu: »Wir haben ungefähr eine dreiviertel Meile von hier entfernt eine Leiche gefunden. Im Bluebell-Wald. Und weil Sie nur einen Katzensprung davon entfernt wohnen, bin ich hier. Vielleicht haben Sie etwas gesehen oder wissen, wer sie ist. Was mehr wäre, als wir wissen.«

»Eine Leiche? Herr im Himmel«, sagte Bernadette, ließ ihr Gewicht auf einen Stuhl sinken und tatschte sich – plötzlich atemlos – auf Haar und Brust, um nachzuprüfen, ob sie selbst noch am Leben war, und schoß einen giftigen Blick zu Harold, mit dem sie ihn jeder Schandtat, auch dieser, zieh. »Richtig tot?«

»Mausetot. Seit ein paar Tagen. Künstliche Beatmung zwecklos.«

Bernadette bekreuzigte sich hastig – das letzte, in ihrer Angst vor der Hölle erinnerte Überbleibsel einer gründlichen katholischen Erziehung, deren Sprache sie längst vergessen hatte. »Die arme Seele«, sagte sie. Bailey mochte sie, weil sie entsetzt war und weil sie Mitleid ausdrückte, bevor sie wieder gereizt wurde.

»Aber warum«, fragte Harold, der stets ruhiger war, aber schneller mißtrauisch wurde, »warum fragen Sie uns? Warum sollten wir irgendwas darüber wissen?«

»Ich nehme nicht an, daß Sie irgend etwas wissen«, erwiderte Bailey geduldig und mit einem Lächeln, das sein Gesicht von der Stirn bis zum Kinn in Falten legte. »Aber dieses Haus ist das am nächsten gelegene, und ich habe gedacht, wenn ich sie Ihnen kurz beschreibe, daß Ihnen dann vielleicht was einfällt. Vielleicht war sie mal hier. Vielleicht haben Sie ein Paar beobachtet, daß sich gestritten hat, ungefähr vor einer Woche oder zehn Tagen. Eine Frau um die Vierzig, dunkles Haar, gute Figur. Ich tappe im Dunkeln. Vielleicht war sie depressiv.«

»Ach«, sagte Bernadette, und ihre Gesichtszüge hellten sich auf, »dann war es also Selbstmord?«

»Nein«, sagte Bailey, »außer sie hätte sich auch selbst begraben.«

Es herrschte kurz Schweigen, Sonnenlicht strömte durch unglaublich verschmutzte Fenster auf Harolds blasse Haut. Ein unschuldiges Schweigen, getränkt mit dem Wunsch zu helfen, so empfand es Bailey jedenfalls, nicht mit dem Zögern schuldbewußter Verwirrung, aber es war kein produktives Intermezzo. Wenn ihnen das Opfer nicht augenblicklich in den Sinn kam, war es zwecklos, von diesem sauertöpfischen, anstrengenden Paar auch nur zu erwarten, daß einer von beiden noch wüßte, was am Tag zuvor geschehen war, geschweige denn vor einer Woche. Außer es wären Schläge ausgeteilt worden oder Wände eingestürzt.

Harold kicherte. »Die einzige dunkelhaarige Dame, die hierherkommt, ist Ihre Frau«, sagte er und fügte boshaft hinzu: »Manchmal auch allein.«

»Ja, ich weiß«, sagte Bailey, »aber daß man sie für vierzig hält, würde ihr nicht gefallen. Dazu fehlen ihr noch ein paar Jahre. Fast so viele, wie ich darüber bin.«

»Paare«, sagte Bernadette plötzlich. »Paare. Zu uns kommen selten Frauen allein, außer Mrs. West, die ruhig dasitzt und Zeitung liest. Denk an Paare, Harold, du Idiot. Es gibt ein, zwei Frauen, eindeutig vom anderen Ufer, die immer auf die Tür schielen für den Fall, daß sie bemerkt werden. Sie sitzen in einer Ecke und begrabschen sich gegenseitig. Ekelhaft – na ja, irgendwie auch süß. Schön wär's, nicht wahr, Harold, Liebling? Ein achtbares Paar – das heißt, es waren keine Minderjährigen – ist öfter mal hier gewesen. Die Frau ungefähr achtunddreißig. Aber jetzt auch schon länger nicht mehr oder zumindest nicht regelmäßig. Vielleicht letzte Woche, vielleicht auch nicht, ich weiß es nicht, warum sollte ich auch? Ich erinnere mich bloß an sie, weil ich mal mit ihr quatschen wollte. Hab' sie nach ihrem Namen gefragt, und sie ist nicht damit rausgerückt. ›Warum wollen Sie das wissen?‹ hat sie gesagt. ›Dann eben nicht‹, hab' ich gesagt. Ich frag' gern, wie die Leute heißen. Vielleicht letzte Woche, vielleicht auch nicht.«

Bailey konnte sich eine heimliche Geliebte vorstellen, die davor zurückschreckte, ihre Identität preiszugeben, vor allem auf eine Aufforderung hin, die wie in einem Kreuzverhör – Bernadettes Version von Small talk – herausgebellt wurde. Er lächelte bei dem Gedanken. »Noch jemand?« fragte er sanft. Die Featherstones saßen an ihrem langen Küchentisch, auf dem noch die Krümel vom Frühstück verstreut waren, ihre Gesichter starr vor Konzentration.

Über den hölzernen Boden der Bar näherten sich Schritte, und eine ruhige, aber bestimmte Stimme war zu hören. »Ist deine Mutter da?« Eine gemurmelte Antwort, schwergewichtigere Schritte, die nach oben stapften, und dann stieß die strahlende Amanda Scott die Tür auf. Das Lächeln erstarb auf ihrem Gesicht, als sie Bernadettes finsteren und Harolds lüsternen Blick bemerkte. »Kann ich reinkommen?« fragte sie artig. »Ihr Sohn sagte, Sie wären hier.«

William, Sohn und Erbe. Bailey hatte ihn vergessen; seine Haltung gegenüber Kindern war von einer traurigen Naivheit. William, der an der Tür horchte, das arme, bekloppte Kind, ein Leben verbracht damit, an Türen zu horchen. Bailey sah ihn vor sich: Harolds blasse Haut auf einem ausdruckslosen Gesicht, nichts von Harolds Schläue oder schalem gutem Aussehen, ein unbeholfener und einsamer Junge. In der Ferne schlug eine Tür zu; ein dumpfer Aufprall oben, als sich William auf sein Bett warf. Ertappt, gleichgültig, gelangweilt.

Bernadette sprach schnell, richtete die Worte an Bailey, während sie nach wie vor voller Zorn Amanda Scott anblickte, als ob sie eine Decke über diese unbefleckte Gestalt werfen wollte. »Reden Sie nicht mit William, Geoffrey. Nicht heute, wenn es Ihnen verdammt noch mal nichts ausmacht. Er hat eine seiner Launen.«

Bailey sah zu Amanda, spürte, wie sie vergeblich auf ein Zeichen autoritären Beharrens seinerseits wartete, und erwiderte dann ruhig: »Nein, natürlich nicht, wenn es Ihnen lieber ist. Ein andermal vielleicht, wenn wir mehr wissen, vielleicht auch nicht. Wenn es ihm recht ist.«

Bernadette entspannte und erholte sich. »Wer zum Teufel sind Sie eigentlich, Miss Quietschmaus?« fragte sie Amanda in dem willentlichen Versuch, sie in Verlegenheit zu bringen. »Sein heimliches Verhältnis?«

Auch Bailey konnte ein kleines Grinsen nicht unterdrücken angesichts des Ausdrucks wütender Empörung auf Amandas glattem Gesicht. Er sagte schnell: »Amanda ist anderweitig gebunden, Bernadette. Miss Scott ist meine Assistentin. Sie kommt immer rechtzeitig, um mich vom Trinken abzuhalten.«

Amanda war etwas besänftigt, fühlte sich aber, wie Bernadette beabsichtigt hatte, unbehaglich, wollte weitermachen und gehen, rätselte über den Sinn des ziellosen Geplauders, das folgte, war verstimmt, weil Bailey offensichtlich überhaupt nicht den Wunsch verspürte, Aufgaben zu verteilen. Schließlich geht es hier um einen Mord, sagte sie sich, und du stehst in einer dreckigen Küche und hältst einen Schwatz. Verzichtest darauf, dir diesen wahnsinnigen Halunken vorzuknöpfen, der an der Tür gehorcht hat. Wenn es einen Verdächtigen gibt, dann ihn, immerhin ist er bekannt für seine Neigung zur Gewalttätigkeit. Na los, Chefinspektor, laß uns gehen. Mir gefällt's hier nicht, und die zwei mögen mich nicht. Es gibt Tage, an denen ich dich nicht so mag oder bewundere wie andere, wie gut du auch aussiehst. Hier gibt's nichts weiter zu tun. Laß uns gehen, bevor ich anfange, an dir zu zweifeln. Sie stand stumm da und lächelte. Bernadette konnte sie nicht ausstehen. Die Antipathie beruhte auf Gegenseitigkeit. Bailey bedauerte beider Unbehagen.

Oben, halb auf, halb neben dem ungemachten Bett lauschte William, das Ohr auf den Boden gepreßt, mit den Fersen trommelte er leise gegen die tapezierte Wand, in seinem Kopf rauschte unangenehm viel Blut und wenig sonst. Willam hatte sich dieses kleine, schäbige Zimmer vor fünf Jahren ausgesucht, an seinem zwölften Geburtstag, und seitdem steckte er immer hier, obwohl er aus dem Bett und den sonstigen Möbeln herausgewachsen war und in diesem edwardianischen Schuppen weit würdevollere Räume zur Auswahl standen. Theoretisch war der Großteil der sieben Schlafzimmer den Gästen vorbehalten, aber abgesehen von dem seltsamen Handlungsreisenden, der sich verfahren hatte und nie wiedergekommen war, oder dem noch seltsameren Paar, dessen Leidenschaft von der Unbequemlichkeit, dem Frühstück, den inquisitorischen Verhören und von William, der an der Tür lauschte, nicht beeinträchtigt wurde, war nie jemand geblieben. William mochte die heraufziehenden Küchengerüche, ignorierte die lautstarken Begleitumstände oder verwandelte die Geräusche in seinem Kopf zu Rhythmen, ahnte die nächsten Schritte oder ein mögliches Schweigen voraus. Besonders mochte er das laute, brummende Geräusch der Waschmaschine, die sein Zimmer zum Vibrieren brachte, und er mochte die Kinderkommode, die kleine Garderobe, die für einen Jungen angeschafft worden waren, der jetzt mannsgroß war – einen Meter neunzig – mit riesigen Händen, geschwollenen Genitalien, dem Verstand eines Zehnjährigen und einem Gehör, so scharf wie das einer Eule.

Sie gingen. William hievte sich zurück aufs Bett, alle Angst war gebannt. Sie hatten über Belangloses gesprochen, und was immer sie gesagt hatten, ihn würden sie in Frieden lassen. Er kannte die Wörter, aber nicht immer konnte er die Verbindung zwischen ihnen herstellen. Erwachsene sprachen immer über Belangloses. Warum sie so lange brauchten, um sich schließlich doch an nichts von Bedeutung zu erinnern, war ihm unbegreiflich. Und man würde ihm nicht die Leviten lesen, weil er an der Tür gehorcht hatte, zumindest heute nicht. Sie bemerkten es nie, Mama und Papa, alle diese Leute, die kamen und gingen, Zeit vertrödelten, tranken, sich betranken, lachten, schrien und das ganze Zeug, bemerkten es nie. Dunkel war er sich der Grenzen seines Verstands bewußt, wußte um die Überlegenheit seiner Augen und seiner hochentwickelten Sinne, hielt alle anderen für Narren und beschäftigte sich nur mit sich selbst.

Ausgestreckt auf der abgewetzten Bettdecke, die nackten Füße schmutzig, weil er während der Dämmerung barfuß durch den Garten getappt war, betrachtete William sein Reich und horchte auf die höflichen Abschiedsworte. Er war der einzige Featherstone, der an seiner Existenz Gefallen fand.

Unten begann die Waschmaschine zu rattern.

William kratzte sich müßig den Bauch, zog langsam den Reißverschluß seiner Jeans auf und begann eine schnelle Massage, befingerte zum zweitenmal an diesem Morgen das Ding, das er seit jeher seinen Stummel nannte. Esel William riefen sie ihn in der Schule, eine unfreundliche, aber zutreffende Anspielung sowohl auf die Größe seines Penis als auch auf die Kräfte seines Verstands. Dummer William, glücklich wie ein Kind im Sandkasten, die Augen geschlossen, die Hände geschäftig, das Gesicht eine entspannte Grimasse, dann Sternschnuppen.

3

»Die Rasenmäher nerven mich am meisten«, sagte Helen zu Christine Summerfield. »Rasenmäher im Sommer. Hecken- und Baumscheren, alles elektrisch. Im Winter sind es Hämmer und Bohrmaschinen. Aber Rasenmäher sind am schlimmsten.«

»Hattest du in London einen Garten?« Weitentferntes London, als ob es ein anderer Planet wäre. Ganze zwölf Meilen entfernt. Ein anderes Leben.

»O ja. Hatte? Habe ich noch. Und sogar einen Rasen. Na ja, so eine Art Rasen. Ich habe ihn mit einer großen Schere geschnitten, nachdem der mechanische Rasenmäher seinen Geist aufgegeben hat. Heillos verrostet, es schien unwürdig, ihn in seinem hohen Alter noch zu benutzen. Ich hoffe, daß sie – die Mieter, meine ich – auf ihn aufpassen. Aber ich hatte nie diese lauten Maschinen, die wie ein Schwarm wütender Fliegen klingen.«

Dagegen war Christine immun. Sie lebte schon länger hier und fand Gefallen an den Geräuschen der ländlichen Vorstadt. »Aber es geht so schnell«, sagte sie gutgelaunt. »Es ist ja auch nur ein kleines Fleckchen Rasen. Wie auch immer, Stillsitzen ist mir die liebste Freizeitbeschäftigung, so daß ich alle Begleiterscheinungen ertrage.«

»Apropos begleiten«, sagte Helen. »Ich sollte mich formell bei dir dafür bedanken, daß du mir Gesellschaft leistest. Du bist es, der ich hier meine geistige Gesundheit verdanke.«

»Bei mir bedanken? Es ist dein Haus, dein Kaffee, dein Samstagvormittag, den du mir opferst, Unsinn. Oder willst du, daß ich gehe?«

»O nein, bitte bleib. Trink noch einen Schluck Kaffee, was du willst, ein Stück Kuchen, einen Gin Tonic? Bleib und unterhalt dich mit mir. Sonst heule ich Geoffrey die Ohren voll, wenn er kommt. Nein, ich wollte nur sagen, daß ich dankbar bin für eine verwandte Seele, falls das der richtige Ausdruck ist. Iß den Kuchen, ich tu alles, nur damit du bleibst.«

»Den Kuchen essen? Mich auch noch in Versuchung führen, du dürre Heuchlerin. Du kannst dir den Kuchen erlauben. Ich nicht, aber ich werd' ihn trotzdem essen.«

»In mir drin«, sagte Helen, »steckt eine fette Person, die heraus möchte. Noch ein halbes Jahr häuslicher Wonne in Branston und dieser angeknackste Schmetterling wird sich wieder einpuppen. Eine fette Puppe. Auch ich kann mir keinen Kuchen erlauben. Kuchen und Land: warum gehören sie zusammen? Iß deine Kalorien, werde lethargisch, lehn dich zurück und horch auf die Schmetterlinge. Okay, ich gebe zu, manchmal macht es auch Spaß.«

Die zwei Frauen bildeten einen scharfen Kontrast. Christine Summerfields Name paßte zu ihrem blumigen Naturell, sie erinnerte an einen gelungenen Werbespruch für Molkereiprodukte – auf angenehme Weise plump und blond, großer Busen, blaue Augen und ein Ausdruck gewitzter Aufrichtigkeit im Gesicht. Auf den ersten Blick schien sie die geborene Umsorgerin von Mensch oder Tier: sie sah einfach so aus. Helen hatte zuerst auf Krankenschwester getippt, dann auf Sozialarbeiterin. Beim zweitenmal hatte sie ins Schwarze getroffen. Christine sah aus wie der gute Engel, der sie war; in jeder Linie ihres Gesichts spiegelte sich Anteilnahme, während Helen – die sich so leicht von Mitleid, Schuld, Verwirrung und Wut übermannen ließ, die so schnell zu Freundlichkeit und Erbarmen neigte, wenn es ihre Arbeit oder ihr Leben erforderte – das Mitgefühl nicht ins Gesicht geschrieben stand. Sie war klein und dunkel, schlank, aber muskulös, gelegentlich aufbrausend. Sie hatte ein von ein paar Fältchen gezeichnetes Gesicht voller verstecktem Humor, große Augen und eine Narbe auf der Stirn. Christine hielt sie für eine Schönheit, Bailey auch. Helens letzter Boß hingegen hatte sie ein dummes, kleines Scheusal genannt. Sie war nach übereinstimmender Einschätzung überaus attraktiv, aber nicht wie Christine jemand, den man nach dem ersten Händedruck bereits umarmte. Sie war zu schnell, zu artikuliert, um sofort als die Trösterin mit dem großen Herzen für alle Sorgen dazustehen, die Christine offenkundig war, und trotzdem fanden sie Helen, die Lahmen und Ausgestoßenen, die Sorgenvollen und die Kinder. Dürfen wir in Ihrem Garten spielen, Miss? Dürfen wir uns in Ihr Auto setzen? Natürlich dürft ihr. Sagt eurer Mutter, wo ihr seid, und wenn ihr die Pflanzen eßt oder die Reifen durchstecht, dann schlag' ich euch den Schädel ein, verstanden? Habt ihr Verwendung für die Kekse? Das hab' ich mir gedacht. Barscher gesunder Menschenverstand, endlose Großzügigkeit, die sich schroff gebärdete, das waren Helens unverwüstliche Eigenschaften. Alte Männer in Kneipen, junge Frauen in Läden redeten auf sie ein, sie hörte zu und verstand, war geduldig mit den Narren. Sie erfaßte instinktiv das Wesentliche einer Geschichte. Christine, der gute Engel, fühlte sich auf die gleiche Weise von diesem ruhigen Verständnis angezogen, das nur selten Kritik beinhaltete, fühlte sich geschmeichelt und erleichtert, als die Vertraulichkeiten, die sie bereitwillig mitteilte, mit Vertraulichkeiten vergolten wurden. Mit halben Vertraulichkeiten, aber gleichbedeutend mit geteilten Geheimnissen. »Ach du meine Güte«, sagte sie zu Helen. »Eine Sozialarbeiterin und eine Staatsanwältin, ich bitte dich. Traditionellerweise stehen wir nicht auf derselben Seite des Zauns, aber wir bringen es fertig, stundenlang miteinander zu reden.«

»Nicht auf derselben Seite?« sagte Helen. »Unsinn. Wir stehen alle auf derselben Seite. Zwei Frauen, die ihre Arbeit machen. Gegen Tradition gibt es einiges einzuwenden.« Um solche Überlegungen hatte das Gespräch gekreist, und noch immer diskutierten sie darüber.

»Mir gefällt es hier«, sagte Christine. »Aber ich kann verstehen, warum du dich hier nicht wohlfühlst. Du spielst nach Bailey die zweite Geige – beruflich, meine ich.«

»In dieser Hinsicht habe ich immer die zweite Geige gespielt. Das ist schließlich die Aufgabe von Anwälten in meiner Position. Wir machen nie Schlagzeilen, zumindest nicht in der Öffentlichkeit.«

»Aber hier hast du nicht mal mit Fällen zu tun, die Schlagzeilen machen.«

»Stimmt«, gab Helen zu. »Sie sind eine Nummer kleiner, als ich es gewöhnt bin, aber meistens macht mir das nichts aus. Manchmal, aber nicht oft. Es ist sogar eine gewisse Erleichterung, und um der Wahrheit die Ehre zu geben, die kleinen Fälle sind oft so kompliziert wie die großen. Es ist eine Schande, daß sie nicht so aufmerksam verfolgt werden.«

»Wie hältst du es mit den Klienten bei kleinen Fällen? Zweifelst du je an ihrer Schuld?«

»Ich bezweifle selten, daß sie dessen schuldig sind, wessen man sie anklagt, falls es das ist, was du meinst, besonders hier, wo ehrliche Zeugen die Regel sind. Trotzdem halte ich sie in vieler Beziehung für unschuldig. Ein Fehltritt oder ein Vergehen ist oft unwichtig.«

Eine Weile schwiegen sie zufrieden, Christine wartete, Helen fühle sich endlich einmal entspannt.

»Dieser verdammte Rasenmäher. Ich werde nie verstehen, warum ein Zeitalter, das die Menschen dazu zwingt, enger zusammenzuleben als je zuvor, ihnen auch noch die Werkzeuge in die Hand gibt, die ebendieses unmöglich machen. Stereogeräte, Rasenmäher, Küchenmaschinen, dieser ganze verdammte Mist. Verglichen mit hier war London ruhig. Weil wir gerade von Zusammenleben sprechen, wie geht es Antony? Na los, erzähl schon.«

Helen wußte sehr genau, daß ihre Freundin die letzte Stunde über nur darauf gewartet hatte, von ihm erzählen zu können; es hatte nur eines Stichwortes bedurft, seitdem sie sich auf der Hauptstraße begegnet waren; sie hatten sich über die Köpfe der Einkäufer hinweg angegrinst, sie kaufte für Bailey ein, Christine für Antony, Helen veranstaltete ein Theater um Dinge, die Christine leicht fielen. Ach, ich kann mich nicht entschließen. Was zum Teufel soll ich bloß kaufen? Es gibt soviel Auswahl. Entscheidungen in Läden waren wesentlich schwieriger als im Beruf. Auch ihre Liebesbeziehungen waren verschieden.

»Antony? Er ist zu Hause und macht das Mittagessen.« Christine errötete etwas. »Er kocht gern.«

»Da hast du aber Glück. Ihr seid wahrscheinlich noch immer verliebt, vermute ich?«

»Jaaa... Aber nicht blind. Wir kennen uns noch nicht lange, eigentlich erst seit kurzem. Aber ich bin optimistisch. Ich weiß, wie er ist, verstehst du, und es macht mir nichts aus.« Sie entspannte sich in dem Gartenstuhl, der nach Helens Ansicht die einzig bequeme Sitzgelegenheit im Haus darstellte, war bereit zu erzählen. »Ich weiß, daß er ein Träumer ist und früher ein übler Draufgänger war. Steckt bis zum Hals in Gedichten, klagt über sein Los – er muß mit widerspenstigen Kindern Shakespeare lesen. In Wirklichkeit gefällt es ihm aber. Als Lehrer hat er eine besondere Fähigkeit. Dafür verzeihe ich ihm viel.«

»Was für eine besondere Fähigkeit? Eine spezielle Technik?«

»Er bringt die Kinder dazu, daß sie Spaß am Schreiben haben«, sagte Christine. »Ich weiß nicht, wie er das macht. Er behauptet, das wäre der Kern des Englischunterrichts. Er bringt sie dazu, alles aufzuschreiben, was sie denken, und dem Ganzen eine Form zu geben. Das scheint ihnen zu gefallen, obwohl die Ergebnisse eher komisch und bisweilen beunruhigend sind. Erzählt es wie eine Geschichte, sagt er zu ihnen, und das tun sie. Und dann, man höre und staune, beginnen die kleinen Kerle auch noch mit Vergnügen zu lesen. Er steht hoch im Kurs, unser Antony. Nur weil er das Talent hat, sie dazu zu bringen, ihre Lebensläufe schriftlich niederzulegen.«

»Das gefällt mir«, sagte Helen. »Er steigt in meiner Wertschätzung ungemein. Das ist also etwas, was dir an ihm gefällt. Aber du hast auch Vorbehalte erwähnt.«

»Na ja, er kann nichts dafür, daß er wie Byron aussieht. Das hat ihm den Kopf etwas verdreht, er hat diese verhängnisvolle Anziehungskraft auf das andere Geschlecht. Mich schließe ich natürlich mit ein. Er behauptet, die Liebe einer blonden Frau würde ihn erlösen. Und vorausgesetzt, ich kann mich sowohl mit dieser Art Unsinn als auch mit der Naivität, die all die Schuljahre überlebt zu haben scheint, abfinden, und das kann ich, dann ist er ein liebevoller, großzügiger, offenherziger Mann. Genau der Richtige für eine frustrierte zweiunddreißigjährige Sozialarbeiterin. Ich wünschte nur, er wäre ehrlicher. Den Rest nehm' ich gern in Kauf.«

Helen, die wußte, daß diese schüchterne Beschreibung eine große Sehnsucht nach Liebe in der einzigen Einwohnerin Branstons, der sie nahe gekommen war, verbarg, fuhr in ihrem sanften Kreuzverhör fort.

»Was meinst du mit ›ehrlicher‹? Schwindelt er?«

»Na ja, das tun doch alle, oder?« sagte Christine unsicher. »Männer, meine ich.«

Nein, nicht alle, dachte Helen. Bailey nicht. An Lügen erstickt er. Unglücklicherweise zieht er es vor zu schweigen.

»Ich meine eigentlich nur, daß er nicht immer die ganze Wahrheit sagt. Diese Affäre, die er hatte, ich hab' dir davon erzählt, vor mir – mein Gott, ist das wirklich erst drei Monate her? Ich kann's kaum glauben, mir kommt's vor wie eine Ewigkeit. Ist auch egal. Diese verheiratete Frau, deren Tochter er Nachhilfe in Englisch gegeben hat, Extra-Englischstunden ... er hat der Tochter diesen Dreh und die Gewohnheit beigebracht, Sachen aufzuschreiben, obwohl ich glaube, daß die auch vorher schon clever war. Ziemlich reich, die Familie. Er will mir nicht sagen, wer die Frau war, aber auf jeden Fall war sie älter als er. Er hatte eine Affäre mit ihr, mit Unterbrechungen ein Jahr lang. Dann hatte er genug. Aber sie hat nicht lockergelassen, sagt er, ist ihm hinterhergelaufen wie ein junger Hund. Er behauptet felsenfest, daß es vorbei ist, seitdem er mich kennt, ich sei die Frau seines Lebens und so weiter. Er schwört, daß er sie seitdem nicht mehr angerührt hat, und ich glaube ihm. Aber letzte Woche hatte er sie noch einmal getroffen, weil sie ihn in der Schule angerufen und geheult und damit gedroht hat, ihrem Mann alles zu erzählen, sich umzubringen und all so 'nen Quatsch. Er war etwas beunruhigt. Sie haben sich in der ›Krone‹ getroffen – ich habe davon gewußt – und einen endgültigen Schlußstrich gezogen, sagt er, und auch das glaube ich ihm. Er mag eine Schwäche für Frauen haben, aber immer nur für eine. Ich wundere mich nur, das ist alles. Ich habe ihn zwei Tage lang nicht gesehen, und als er wieder auftauchte, sah er aus, als ob er mit einem Tiger gekämpft hätte. Tut er auch jetzt noch. Behauptet, er sei bei dem Versuch, in seinem Garten einen Zaun zu reparieren, in einen Brombeerstrauch gefallen. Antony repariert keine Zäune. Er kocht, aber er repariert keine Zäune.«

»Ich verstehe. Kein Wort, wie das Treffen mit der Dame verlaufen ist?«

»Da liegt der Hase begraben. Ich weiß es nicht. Er weigert sich, darüber zu sprechen. Das ist völlig untypisch für Antony. Normalerweise erzählt er jede blöde, uninteressante Einzelheit, die er seit seiner Kindheit erlebt hat. Sein Mitteilungsdrang ist pathologisch, manchmal unglaublich anstrengend. Er bringt seine Schüler dazu, eine milde Form von Katharsis auf Papier zu genießen, und er selbst tut es mit gesprochenen Worten. Aber in diesem Fall nicht, und ich weiß nicht, warum.« Niedergeschlagen zerbröselte sie den letzten Rest Kuchen.

»Wahrscheinlich hat er sich so schlecht benommen, wie es jeder tun würde, wenn es keine freundliche Art gibt, die Dinge zu sagen, die man sagen muß«, meinte Helen. »Hat es auf falsche Weise mit den falschen Worten gesagt. Vielleicht hat ihm seine Ehrlichkeit ein Bein gestellt. Er hätte lügen sollen. Und zum Schluß haben sie wahrscheinlich geschrien, er, um seine Haut zu retten, und sie ihre Würde. In der ›Krone‹ ist das mit Sicherheit niemandem aufgefallen.«

»Ich sehe es genauso. Aber die Kratzer? Antony ist

fähig zur Gewalttätigkeit, aber nur wenn er sich in die Ecke gedrängt fühlt. Ich weiß es«, fügte Christine hastig hinzu, »weil er mir von seiner frühen Jugend erzählt hat, nicht weil er mir je etwas angetan hätte. Er ist zäh und aggressiv wie ein drangsaliertes Kind. Das macht mir Sorgen. Wenn ihn diese zurückgewiesene Tante gekratzt hat, was hat er dann seinerseits getan?«

»Hoffentlich nicht zurückgekratzt.«

Christine zuckte die Achseln. »Das hoffe ich auch.«

Helen sah ihre Freundin an, plötzlich beunruhigt von einer vagen Ahnung, einer abscheulichen Vision von dieser Leiche im Wald, dem Treffen in der »Krone«, von den wirren Erinnerungen der Featherstones, die Geoffrey am Abend zuvor so amüsant wie möglich zum besten gegeben hatte. Alles schien auf tragische Weise zusammenzuhängen. Sie verscheuchte diese Gedanken und mit ihnen die Ahnung, die wie ein häßliches Monument in ihr zu wachsen begonnen hatte, lächelte und sprach bestimmt. »Es gibt nichts, was du jetzt tun könntest, egal, was er getan hat. Abwarten und Tee trinken. Zehn Tage? Das ist nichts, was männliche Verschwiegenheit anbelangt, das kannst du mir glauben. Besonders wenn sie sich schuldig fühlen, sind zehn Tage nichts. Er wird darüber reden, wenn er soweit ist, bestimmt.« Kluge Plattitüden, gerichtet an eine erwachsene Frau; Helen zog ihre versuchsweise Analyse eines abstoßenden Ereignisses nicht in Zweifel, dazu war sie zu aufrichtig, sondern wollte lediglich alle Anzeichen von Beunruhigung auf später verschieben, vielleicht für immer. Sie wollte sich Zeit nehmen für ein gutes Mittagessen, einen friedvollen Nachmittag und – mit ein bißchen Glück – ein friedvolles Leben, aber auch Platz für Zweifel lassen. Balsam für die lästigen Schrammen, aber keine Heilung. Der Balsam entließ Christine aus dem Haus in einem Zustand, der an Optimismus grenzte; Helen blieb zurück, wanderte voller namenloser Sorgen über die pastellfarbenen

Teppiche. Einfach einen Deckel draufzudrücken war so sinnlos wie der Versuch, einen bösen Springteufel mit grausamer Fratze in eine Schachtel bannen zu wollen, nur weil er für Kinder nicht geeignet war.

Natürlich würde sie es ihrem Geoffrey erzählen, ihrem Chefoberinspektor Bailey, natürlich würde sie das. Oder vielleicht doch nicht. Sie würde nicht mehr als eine kleine Bemerkung machen und sich dabei dumm vorkommen: Liebling, weißt du, was noch in der »Krone« vorgefallen ist...? Weiter hätte sie nichts hinzuzufügen zu diesem Szenario, das ihn während der gegenwärtigen Suche nach einem Gesicht für die Leiche, nach dem Namen des Mörders, vorzugsweise als Unterschrift unter einem Geständnis, gepackt hatte. Sie würde es ihm erzählen, wie sie ihm alles erzählte. Fast alles, erinnerte sie sich; niemand erzählt wirklich alles. Sie mochte gelernt haben, automatisch die Wahrheit zu sagen, und doch hatte sie noch nicht den Tag erlebt, an dem sie in einen ernsten Loyalitätskonflikt geraten wäre, die Verratsfrage hatte sich ihr noch nie gestellt. Bislang war es zu keinem ernsthaften Konflikt gekommen, aber ohne bewußt an Christine Summerfield zu denken oder an die Branstoner Art zu leben, die er zu genießen schien und die sie allein aufgrund der Geruhsamkeit Verdacht schöpfen ließ, fürchtete sie die bevorstehenden Entscheidungen.

Ein Gedanke führte zum nächsten. Heute wurden nicht gemeinsam Kartoffeln geschält; Geoffrey war in Ermittlungen unterwegs, sie hatte Zeit genug zum Nachdenken. Dumme, zusammenhanglose Gedanken, die barer Unsinn schienen. Praktische Überlegungen vor allem, zum Beispiel, was sie mit einem ruhelosen Nachmittag anfangen sollte. Ich könnte nach London fahren und mich in der Oxford Street unter die Menge mischen und völlig verdreckt wiederkommen. Wunderbar, wenn ich genug Energie dafür hätte. Ich könnte hierbleiben und Gänseblümchen pflücken, mich in die »Krone« setzen und beten, daß mir nie ein rasenmähender Mann beschert sein möge und Christine ihren behalten kann. Nein, den Wagen werde ich nicht waschen, weil er den Kindern dann nicht mehr so gut gefällt, und auch die Garage werde ich nicht aufräumen wegen des Starennests, noch werde ich diese schönen Rosen beschneiden, sollen sie verwelken. Statt dessen werde ich eine sinnlose Unterhaltung führen oder ein Bild malen.

Helen konnte malen. Hübsche Szenen, die in der Regel zu Karikaturen von Gesichtern mit Bildunterschriften gerieten. Wenn ihr die Worte fehlten, griff sie, in ihrem Drang zu erklären, zu Stift und Papier. »Sieh mal, es ist so.« Mit einer Hand gestikulierte sie, während der Stift in der anderen ein Diagramm oder eine Illustration zeichnete, auf eine Serviette, ein Tischtuch, auch auf das gute aus Leinen, auf die Rückseite eines Aktendeckels oder Umschlags. Früher als Studentin in einem Vorlesungssaal und jetzt, während sie in einem Gericht wartete, kreierte sie ein Durcheinander von Figuren, Nasen, Augen, Haaransätzen und anderen Details und bannte für Bailey jemanden auf Papier. »Sieh mal. Wie gesagt, er sah in etwa so aus.« Und sie produzierte eine Art von Ähnlichkeit, bei der die auffälligen und komischen Züge als erstes ins Auge sprangen. »Er hatte so eine Nase« oder ein Gesicht wie ein Tier, eine Katze, ein Hund, eine Schlange oder völlig ausdruckslos, oder ein Gesicht wie ein Auto, oder drei Linien, die einen ganz bestimmten Zug zum Ausdruck brachten.

»Was dich betrifft«, hatte sie gesagt, »du siehst auf den ersten Blick so aus, wirklich.« Und sie hatte auf eine leere Seite in einem Notizbuch drei gerade vertikale Linien gezeichnet, die mittlere unten mit einem Querstrich für die festumrissene Nase, ein breites horizontales S für den Mund, einen kurzen senkrechten Strich für die Spalte im Kinn und schließlich ein auf den Kopf gestelltes T für den starken und eigensinnigen Kiefer. Es war alles da. Ein Gesicht voller feiner Spuren wie gesprungenes Porzellan: die unerschöpfliche Fähigkeit, sich innerhalb festgelegter Grenzen zu verändern.

Er hatte sein Gesicht berührt, die Furchen gefunden, die sie, ohne ihn dabei anzublicken, gezeichnet hatte, ungläubig und etwas verlegen gelacht, weil sie ihn mit so unbekümmerter Präzision veranschaulicht hatte. »Besser als ein Phantombild«, sagte er.

»Na, hoffentlich«, sagte Helen. »Ich kenne dich besser als irgendwelche Zeugen, die dich dabei beobachtet haben, wie du eine Bank ausgeraubt hast.«

»Und die anderen Leute, die du zeichnest?«

»Die auch, glaube ich.«

»Und Edward Jaskowski, Stanislaus, deine Klienten, deine Schuldigen, alle die, die du hinter Schloß und Riegel gebracht hast – kannst du sie zeichnen?«

»Nein«, sagte sie bestimmt und klappte das Notizbuch zu, »nur wenn ich müßte. Das heißt also nie, außer sie würden mich darum bitten.« Dann hatte sie weiter gezeichnet, und er hatte versucht, es ihr nachzumachen. Und wie immer hatte das Unternehmen in gemeinsamem, glücklichem Gelächter geendet.

Bislang hatten ihr diese Beobachtungen mit Stift und Papier wenig außer Erholung von der Frustration eingebracht, die sie bisweilen nach dem Umgang mit Worten empfand, obwohl sie auch hierin ungebührlich geschickt war. Die größte Erleichterung verschafften sie ihr an einem Tag wie diesem, wenn sie in einem leeren Zimmer saß und versuchte zu malen in der Hoffnung, daß etwas Schönes dabei herauskäme. An einem Tag wie diesem malte und zeichnete Helen, um an nichts anderes mehr denken zu müssen. Stirnrunzelnd skizzierte sie schnell Antony Sumners Gesicht. Weit auseinander liegende Augen, eine lange, traurige Nase, eine hohe Stirn, der Mund voll, das Kinn etwas fliehend. Ein weiches Gesicht, ein unglücklicher, hungriger, zum Apportieren abgerichteter Labrador, den Zuneigung stärkte, eine Spur Eigensinn um die Augen, Zorn. Die Übung, dieses nahezu unbekannte Gesicht, das sie nur einmal auf der Hauptstraße gesehen hatte, zu Papier zu bringen, gab ihr Sicherheit. Er schien reizbar, streitlustig, unbeholfen angesichts von Gefühlen, fähig zu Ausbrüchen, aber nur im Affekt. Unfähig, entschied sie, zu einer über lange Zeit genährten Wut und zu der Dummheit, die für einen wahrhaft gewalttätigen Mann unerläßlich sind. Sie legte den Stift beiseite und stellte sich ihren Londoner Garten vor, voller blühender Blumen, eine Katze, die im hohen Gras lag, Tier- anstelle von Stadtgeräuschen, ein Kind, das herumkroch und auf ihre Rückkehr wartete. Dann ging sie hinaus, um das Leben in der städtischen Grünanlage zu beobachten. Sie wünschte sich nicht einmal, wirklich dazuzugehören, sie war nicht unglücklich, nicht abweisend, aber sie riß sich auch kein Bein aus.

Die städtische Grünanlage war eine Idee der Stadtplaner gewesen, ein schlauer Gedanke, um dem Ort ein Zentrum zu geben, hatte John Blundell gesagt. Am anderen Ende von Branston, in sicherer Entfernung zur städtischen Grünanlage stand abseits, am Rand der Gemeinde und halb von ihr abgewandt, der Blundellsche Haushalt, der in nichts seinen eigenen Miniaturausgaben in Invaders Court ähnelte, in dem Helen wohnte und den Mr. Blundell geholfen hatte zu bauen. John Blundell, Immobilienmakler und Stadtplaner, hatte Branston zu einem Platz auf der Landkarte verholfen, indem er die alten Häuser renovierte und verkaufte und neue hinzufügte. Sympathische Neubauten, sagte er. Seine Motive waren nicht verwerflich, denn obwohl er damit reich geworden war, war sein oberstes Streben, Gutes zu tun und Mitglied des Kirchenrats zu werden, hätte es einen Kirchenrat gegeben. Sein Ehrgeiz, zur Dorfprominenz zu gehören, hatte zumindest für gut gebaute Häuser gesorgt und für ein Blundellsches Verhalten, das durchaus ehrenhaft genannt werden konnte; aber Anerkennung für seinen Kreuzzug erhielt er weder in seinem Haus noch außerhalb, denn nichts, was er in Ziegel und Mörtel gezwungen hatte, verlieh ihm Bedeutung. Er blieb klein, aber er wurde reich, blaß, schlau, kränklich, sehnte sich verzweifelt wenn schon nicht nach Liebe, dann nach Sympathie, und dennoch war es ihm nicht möglich, seine niederträchtige Ader zu unterdrücken. Obwohl er instinktiv wußte, wie die Leute ihre Häuser wollten, konnte er sich nicht im entferntesten vorstellen, was sie dachten.

Sein großes Haus, eines der letzten alten und das beste in Branston, wie es sich für den einzigen Immobilienmakler gehörte, wandte sich in einem 45°-Winkel von der Straße ab und dem Garten zu, auf dieselbe Art wandte John Blundell das Gesicht ab, blickte stets in eine mittlere Entfernung, mißtrauisch, übers Ohr gehauen zu werden, und wenn dies der Fall war, voller Rachegedanken, und nur selten sah er jemandem in die Augen. Im Augenblick saß er seiner Tochter gegenüber, ihren verächtlichen Ausdruck bemerkte er nicht; er versuchte klüger zu sein, als er war, und war sich seines gründlichen Versagens bewußt. Er ahnte dunkel, daß sein streitbares Familienleben, vielleicht sein ganzes Leben aus der Bahn zu geraten drohte, daß Berühmtheit in Form von Mitleid statt Respekt, nach dem er sich so sehr sehnte, sein Schicksal werden könnte. Und obwohl er den strengen Blick seiner Tochter vermied, spürte er die Anklage, die darin lag.

»Vater, du wirst es ihnen sagen müssen. Wenn du es nicht machst, werde ich es verdammt noch mal tun.«

»Du sollst nicht fluchen, Evelyn, Liebes«, sagte er automatisch. »Das gehört sich nicht für ein Kind.«

Sie biß die Zähne zusammen, holte tief Luft und knallte ihre kleine Faust auf den Tisch. Die seltsam erwachsen klingende Stimme paßte nicht zu ihrem engelhaften Jungmädchengesicht. »Du mußt es ihnen sagen«, wiederholte sie.

»Ihnen? Wen meinst du damit?«

»Stell dich nicht so dumm, Vater. Der Polizei. Ihnen. Wem immer du es sagst, wenn deine Frau verschwunden ist.« Ihr Blick fiel auf die kurze Meldung in der Samstagszeitung: »Am Donnerstagabend wurde in einem Waldstück in der Nähe von Branston die Leiche einer unbekleideten Frau gefunden. Ihre Identität ist nicht bekannt. Die Polizei stellt Nachforschungen an.« Sie wies ihn nicht auf die Meldung hin. »Mutter ist seit fast zwei Wochen verschwunden. Und du hast nichts unternommen, absolut nichts. Womöglich ist sie tot.«

»Stell dich nicht so dumm«, wiederholte er ihre Worte. »Das ist sie natürlich nicht. Deine Mutter war unglücklich, sie hat eine schwere Zeit durchgemacht. Sie ist irgendwohin, um mal auszuspannen. Das hat sie mir gesagt.« Letzteres war eine leicht durchschaubare Lüge.

»Dir ist es egal.« Evelyns Stimme war plötzlich schrill und hoch wie die eines Kindes. »Dir ist es egal, und du tust, als ob nichts wäre. Mir hat sie nichts gesagt, und zum Essen hat sie auch nichts dagelassen.«

»Mein liebes Kind, die ganze Gefriertruhe ist voller Essen«, sagte er nachsichtig.

Evelyn schrie. »Sie ist einfach eines Abends weggegangen, und du weißt nicht, wo sie ist, und willst nichts unternehmen, um es herauszufinden.«

Müde wandte er sich ihr zu, richtete zum erstenmal den wäßrigen Blick und das automatische Lächeln auf sie. »Und wo, bitte, soll ich anfangen zu suchen? Sie hat dieses Haus verlassen, hat eine massiv goldene Kette getragen, die ein kleines Vermögen wert ist, und hatte wahrscheinlich in ihrer Handtasche auch noch

Geld dabei. Sie kann überall sein. Sie ging freiwillig. Was soll ich deiner Meinung nach tun? Sie in Ketten legen und zurückschleifen?«

»Sie vermißt melden, weiter nichts.«

»Es geht niemand etwas an. Ich will nicht, daß jemand davon erfährt.«

»Das ist es, nicht wahr? Bald wird es alle was angehen. Was ist, wenn ihr etwas passiert ist? Was ist, wenn sie diese Frau hier ist?« Evelyn tippte mit dem Finger auf die Zeitung, schob sie ihm über den Tisch zu. »Dann wirst du als noch größerer Dummkopf dastehen. Man wird denken, daß du es getan hast. Was ist, wenn sie unter einen Zug geraten ist? Wenn sie sie finden, werden sie glauben, daß du sie gestoßen hast, weil du kein Wort gesagt hast, als ob du etwas zu verheimlichen hättest. Aber wie du willst. Mach es nur schlimmer.«

»Du hast schon immer eine ausufernde Phantasie gehabt, mein liebes Kind«, sagte er und versuchte die Hand zu fassen, die ihm die Zeitung hinschob. Evelyn stieß sie zurück. Sie war nicht da, um zu trösten. Er war schwach, unfähig, unentschlossen: Sie kannte diese Wörter, weil ihr Lehrer Antony Sumner ihr erklärt hatte, was sie bedeuteten. Ihr Vater hatte sich über eine Woche in Schweigen gehüllt und sie allein gelassen, wie er sie immer allein ließ, wenn er nicht wie ein sterbender Fisch nach Zuneigung schnappte. Er verdiente keinen Trost.

Die Küche war geräumig und schön, die massive Holzeinrichtung glänzte matt in der Nachmittagssonne, der Fußboden war mit Steinfliesen belegt, getrocknete Kräuter lagen in einer Kupferschale, das perfekte Faksimile einer ländlichen Küche, ein teurer Tribut an den sogenannten guten Geschmack, der jetzt Zeichen von Vernachlässigung aufwies, verlassen wirkte. In John Blundells Augen standen Tränen, liefen über seine blassen Wangen, vernebelten seine Sicht auf diesen herrlichen Raum und seine merkwürdig schöne vierzehnjährige Tochter. Angewidert von den Tränen, sprang sie auf, griff nach dem Telefon auf dem Gestell an der Wand hinter ihr, knallte es auf den Pinienholztisch vor seine sich windenden Hände.

»Ruf an«, sagte sie. »Tu endlich was. Ruf die Polizei an, und wenn sie eintreffen, werde ich mit ihnen reden. Ruf sofort an. Oder du wirst dir wünschen, nie geboren zu sein, wenn sie anfangen, Fragen zu stellen. Denk an die Nachbarn, Papa. Ruf an.«

Antony Sumner wünschte, nie geboren zu sein. Nein, während er am Samstagabend um neun Uhr in Christines großzügigen Armen in Christines hübschem Häuschen lag, konnte er sich beim besten Willen so etwas nicht wünschen. Aber er wünschte, er könnte das letzte Jahr ungeschehen machen, besonders die letzten zwei Wochen, und sie statt dessen mit ihr verbringen. Wünschte, er wäre Yvonne Blundell, die aussah wie eine Zigeunerin, nie begegnet; wünschte, er hätte nie zugestimmt, abends ihrer Tochter Evelyn Nachhilfestunden in Englisch zu geben, der Schülerin, die sie am allerwenigsten brauchte. Noch eine Zigeunerin. Vermutlich hatte es ihm geschmeichelt, daß man ihn darum bat, er mochte Geld, er flirtete gern, die alte Schwäche. Christine, Liebling, bitte rette mich. Erlöse mich von einer frustrierten Hausfrau, die Gedichte liest, die in einer Wüste kulturelle Ambitionen hat. Leute, die ein schlechtes Leben führten, sollten nicht auch noch Gedichte lesen. Es ist, als würde man vor dem Schlafengehen zuviel trinken oder fetten Käse essen: überaus schlecht für die emotionale Verdauung.

Antony Sumner drehte sich um und küßte Christine. Sie schlief fest, die glückselige Schlaffheit eines Samstagabends nach einem guten Essen und einer Flasche Wein, der Bildschirm flimmerte. Friedvoll, ein reines Gewissen. Yvonne Blundell war nicht wie du, dachte er voller Zuneigung. Sie wollte eine Affäre, bevor sie vierzig wurde, die Tochter wollte lernen, wie jemand, der am Verhungern ist, essen will, beide hatten wunderschöne Augen, geeignet, ihm das Herz zu brechen. Aber das Mädchen konnte schreiben. Er wünschte, er wäre nie mit Mrs. Blundell ins Bett gegangen. Es war, als ob er sich mit einem Oktopus eingelassen hatte, und um sie wieder loszuwerden, mußte er einen Tentakel nach dem anderen lösen. Oh, warum gab es niemanden, der ihn retten konnte? Warum war er, nachdem er sie in der »Krone« getroffen hatte, mit ihr in den Wald gegangen und hatte dort den Streit fortgesetzt? Den Weg durch den Garten hatte sie blind gefunden.

Antony zog eine Hand unter Christines Schulter hervor, beobachtete, wie sie sich kurz bewegte. O Gott, was habe ich getan? Ich hätte mich nicht hinreißen lassen dürfen, hätte meinen Ekel nicht zeigen sollen, als sie sich auszog. Liebes, ich habe an dich gedacht. Der Kontrast war zu groß, um dafür Worte zu finden. Antony spürte die Kratzer in seinem Gesicht, die fast verheilt, aber noch immer zu sehen waren, das Stigma der Schande. Was für eine Katze sie gewesen war; eher eine Tigerin, die sich auf ihn geworfen hatte, aber trotzdem hätte er nie zurückschlagen dürfen, hätte sich nicht zu einem Verhalten hinreißen lassen dürfen, das einem Gentleman nicht anstand.

Christine nahm ihre vorherige Position wieder ein, erwachte langsam und widerwillig, murmelte etwas, lächelte ihn an und öffnete ein Auge. »Ich komm mir vor wie eine alte Frau«, sagte sie. »Sag mir, wenn es morgen ist und gib mir einen Stock für die Treppen. Ohne schaffe ich es nicht.« Das Auge schloß sich wieder; sie döste, während er über ihr helles Haar strich, Bewegungen, die unfreiwillig sein lautloses Aufstöhnen verbergen sollten, das ihm in den Ohren klang. Stock, hatte sie gesagt. Gib mir einen Stock. Das Wort

»Stock« hallte in seinem Schädel wider wie ein Gong. Sein eigener Spazierstock, eine affektierte Gewohnheit von Jugend her, seit er zum erstenmal gelesen hatte, wie Wordsworth mit einem Stock in der Hand durch den Lake District gewandert war und Keats damit Herbstlaub aufgewirbelt hatte. Milton, der sich in seiner Blindheit auf ihn gestützt hatte. Während seiner Studentenzeit, als er schlapp herunterhängende Fliegen und noch schlapper herunterhängendes Haar getragen hatte und Capes, hatte er sich an seinen Spazierstock geklammert wie an einen Talisman; jetzt war er neben Cordhosen, Designer-Wanderschuhen und den giftigen französischen Zigaretten sein Markenzeichen in der Schule. Der Stock war das Symbol seiner Jugend, das Requisit seiner Individualität als Erwachsener und das Gespött des Lehrerzimmers.

Stock. Spazierstock. Er blickte sich voller Panik im Zimmer um. Wo war er? Hier in irgendeiner Ecke? In seinem eigenen unaufgeräumten Haus? In seinem Auto? Wahrscheinlich im Auto. Bestimmt lag er auf dem Rücksitz, wo er immer lag, wenn er ihn vergaß. Seit er Christine kannte, hatte er ihn oft vergessen, während der letzten zwölf Tage hatte er ihn völlig vergessen. Antony sah den Stock vor sich, den geschnitzten Holzgriff – ein völlig unangemessener Elefantenkopf –, der Knauf abgenutzt vom jahrelangen Gebrauch, an der Spitze eine Gummikappe, die er verloren hatte und ersetzen mußte. Alles, was er versucht hatte, aus seinen Gedanken zu verbannen, stieg auf wie Schaum in einem schmutzigen Weiher: Er hörte das Rascheln, das der Stock verursachte, während er durch den Wald gegangen war, erinnerte sich daran, wie er sich an ihn geklammert hatte, als sie auf ihn zugekommen war, schloß die Augen und versuchte einmal mehr, ihn auf dem Rücksitz seines Wagens liegen zu sehen, vergeblich. Er konnte nicht leugnen, daß er den Stock dabeigehabt und was er damit als letztes getan hatte.

Halb elf, es war dunkel. Helen band die Akten mit einer weißen Schnur zusammen, alle waren fertig, mit Notizen versehen, dem Gedächtnis einverleibt als Vorbereitung für den Montagmorgen. Gleichgültig, wieviel sie im Büro arbeitete, es blieben stets Hausaufgaben für die ruhigen Stunden, in denen sie sich den Einzelheiten mit aller Aufmerksamkeit widmen konnte. Für sie gab es keine strikte Trennung zwischen Arbeit und Freizeit. Wenn man Anwältin war, war man es immer; nichts hörte auf, wenn man die Bürotür hinter sich schloß. Sie sah sich im Zimmer um, blickte auf den toten Fernsehapparat, war zufrieden mit der Arbeit des Abends, entspannt auch ohne Bailey. Tja, mein lieber Mann, ich habe zwar keine harte Woche hinter mir, aber ich glaube, ich werde ausnahmsweise trotzdem nicht auf dich warten. Du wirst doch sicherlich vor Mitternacht nach Hause dürfen, nach dem letzten und vorletzten Abend? Ich verstehe vollkommen: Ich an deiner Stelle würde genauso handeln, aber das verhindert nicht, daß ich dich zu dieser Nachtzeit vermisse.

»Alles hängt davon ab«, hatte Bailey gesagt, »ob wir irgendwelche Hinweise erhalten oder nicht. Vielleicht weiß jemand, wer sie ist. Sie hatte nichts am Körper, nicht einmal einen Ohrring. Zu spät für Fingerabdrükke, aber wir haben ja noch die Zähne. Mal sehen, was dabei rauskommt.«

Um fair zu sein: Er hatte gegen sieben angerufen. Jemand habe eine Frau vermißt gemeldet, sagte er, im gleichen Alter wie dieser bedauernswerte Leichnam im Leichenschauhaus. Nichts Ungewöhnliches, wirklich, eine Person verschwindet, zufällig wird zum gleichen Zeitpunkt eine Tote gefunden. Na ja, vielleicht gibt es doch einen Zusammenhang. Ach ja, und eine Tochter, die an seinem Ärmel gezogen und gesagt hat: Mr. Bailey, sie ist immer in diesen Wald gegangen. Mit einem Mann, sie ist mit meinem Lehrer dorthin gegangen,

Mr. Bailey. Ich habe mir gedacht, das sollten Sie wissen. Mein Vater weiß nichts davon, Mr. Bailey. Bitte, sagen Sie ihm nichts. Armes Kind. Bailey, der gelassenste Mann der Welt, fiel immer wieder auf junge Mädchen herein, vor allem auf diejenigen, die so alt waren, wie seine Tochter jetzt wäre, hätte sie länger als drei Monate gelebt. Für sie gab er seine Urteilsfähigkeit auf und bekam sie nie zurück. Wer ist der Mann? Ich werd's Ihnen sagen. Ich bin schon fast erwachsen und mach' mir solche Sorgen. Und Bailey, der wußte, welche Leute Helen in Branston kannte, erinnerte sich an den Namen Antony Sumner und beschränkte sich darauf, Helen mitzuteilen, daß es wahrscheinlich sehr spät werden würde. Bleib wegen mir nicht auf, Liebling. Morgen unternehmen wir gemeinsam irgend etwas Interessantes. Helen hatte daraufhin vielversprechend gelacht, und er hatte versucht, die Sehnsucht, zu Hause zu sein, nicht durchklingen zu lassen.

Jetzt, um Mitternacht, lag Helen im Bett, erschrak über das unnachgiebige, gebieterische Läuten des kleinen Telefons neben dem Bett, fragte sich, ob die Besitzer dieses unwirtlichen Hauses in der Dämmerung ihr Büro von hier aus angerufen hatten, bejahte diese Frage insgeheim – und war plötzlich hellwach, als sie nicht Baileys um Verzeihung bittende Stimme hörte, sondern die schrille, hysterische Stimme von Christine Summerfield.

»Helen, du Miststück, du hat es gewußt, du mußt es gewußt haben. Warum hast du mich im Glauben gelassen, daß alles in Ordnung ist? Warum hast du mich nach Hause gehen lassen? Warum hast du nichts gesagt? Ich komm' mir vor wie der letzte Idiot. Warum hast du das getan?«

»Was getan? Beruhige dich, Chris. Ich habe keine Ahnung, wovon du sprichst. Was ist los? Chris, wein doch nicht. Was ist los? Erzähl schon. Ich habe keine

Ahnung. Bitte, erzähl's mir. Ich weiß wirklich nicht, was los ist.«

Das Schluchzen am anderen Ende wurde ein Oktave tiefer, ging in wütendes Schlucken über. Dann drückte Christine ihre Wut mit Worten aus, hielt inne, begann von neuem, endete mit tonloser Traurigkeit. »Vielleicht hast du es nicht gewußt. Ich weiß es nicht. Ich weiß überhaupt nichts mehr. Ich weiß nicht, warum zum Teufel ich überhaupt mit dir spreche. Ich weiß nur, daß dein verdammter Mann, dein verdammter Liebhaber von einem verdammten Bullen, dieses faschistische Schwein gerade hier war und Antony sehr höflich gebeten hat, ihn auf das Polizeirevier von Waltham zu begleiten, um ihm bei den Ermittlungen in einem Mordfall behilflich zu sein. Diese Frau, mit der sich Antony getroffen hat, sie ist tot. Diese verheiratete Frau, von der ich dir so vertrauensselig erzählt habe, weil ich mir Sorgen machte. Die, die ihm die Kratzer verpaßt hat. Wer verdammt noch mal hat Bailey davon erzählt?«

»Ich weiß es nicht«, sagte Helen bestimmt. »Ich war es nicht. Wenn ich die Möglichkeit gehabt hätte, hätte ich es ihm vielleicht erzählt, aber ich habe ihn gar nicht gesehen. Beruhige dich.«

Das Schluchzen legte sich. »O Gott, Helen, du bist die letzte Person, die ich fragen sollte, aber was soll ich tun? Was zum Teufel soll ich tun?«

»Beschaff ihm einen Rechtsanwalt«, sagte Helen knapp. »Ich gebe dir die Nummer des einzigen Rechtsanwalts, von dem ich weiß, daß er in Branston lebt. Er ist so gut wie jeder andere. Ruf ihn an und fahr anschließend aufs Revier. Warte dort auf ihn und bitte ihn, mit Antony zu sprechen. Nimm alles mit, von dem du glaubst, daß er es brauchen könnte. Und bleib dort. Verstanden?«

»Ja«, sagte Christine zweifelnd und erschöpft. »Gib mir die Nummer.« Dann fügte sie als Nachgedanken,

Ergebnis aufgewühlter Gefühle, hinzu: »Ich hasse euch beide.«

Helen knirschte mit den Zähnen, machte sich auf eine schlaflose Nacht gefaßt. Sie hatte eben einen pompösen und hinderlichen Rechtsanwalt mitten in Baileys Ermittlungen katapultiert, in seinen Augen mit Sicherheit ein zweifelhafter Akt der Unterstützung, der ihn zwangsläufig bremsen mußte. Sie hatte Christine instruiert, wie sie am besten als Ärgernis auftrat, weil sie daran glaubte, daß die gesetzlichen Rechte aller Menschen sakrosankt waren, gleichgültig, was sie getan hatten. Sie hatte auch im Interesse einer Freundschaft gehandelt, die ihr ans Herz gewachsen und jetzt, durch die Ereignisse des Abends, verstümmelt, wahrscheinlich irreparabel geschädigt war. Bailey hätte Antony Sumner nicht mitten in der Nacht aus dem Haus seiner Geliebten geholt, wäre er nicht der Ansicht gewesen, ihm wichtige Fragen stellen zu müssen. Was immer bei dieser Befragung herauskommen würde, es war höchst unwahrscheinlich, daß sich ihre Freundschaft mit Christine Summerfield von diesem Schlag je wieder erholen würde. Auch mußte sich erst noch herausstellen, wie weit sich Baileys Toleranz hinsichtlich bürgerlicher Freiheiten erstreckte, wenn sie es war, die ihnen zur Durchsetzung verhalf im vollen Wissen, daß Antony Sumner möglicherweise zu schockiert war, um selbst darauf zu bestehen. »Deine verdammten Augen, Geoffrey Bailey. Deine verdammten Augen. Arme Christine.« Sie sprach zu sich selbst, war überrascht über den Ärger, der in den Worten zum Ausdruck kam. Es dämmerte ihr – dumm, nicht früher daran gedacht zu haben –, daß Bailey und sie nicht notwendigerweise immer einer Meinung sein mußten. Dieser Gedanke erschien ihr wie ein seltsames, einsames Gespenst, sie spürte in sich den Wunsch, Bailey wegzustoßen, und gleichzeitig sehnte sie sich danach, ihn in die Arme zu nehmen. Zum erstenmal war sie nicht begierig darauf, daß er nach Hause kam.

4

Solche Schnelligkeit, solch unelegante Schnelligkeit im Schlepptau einer erst spät entdeckten Leiche. Mitternacht. Er war müde, aber gefaßt, während der Mann, dem er im Büro des häßlichen Polizeireviers sechs Meilen von zu Hause entfernt gegenübersaß und dessen Nerven bloßlagen, randvoll mit Informationen und teigiggrau vor Angst war. Bailey kannte das vertraute Gefühl der Niederlage, das hinter seinen Augen wirbelte, wann immer die frühe Aufklärung eines Falls bevorstand. Da ist also die Wahrheit. Wie banal, wie vorhersehbar und wie schnell. Ein Anruf hatte alles in Gang gesetzt: Ich vermisse meine Frau seit jenem Datum; sie ist dunkelhaarig, vierzig, und hat nicht die Gewohnheit, in der Fremde zu streunen, war noch nie so lange von zu Hause weg. Amanda Scott, auf verhaltene Weise aufgeregt, hatte geflüstert, daß sie es sein könnte, kein anderes potentielles Opfer in Sicht, alle anderen, die vermißt wurden, waren entweder vierzehn oder achtzig; nur die Jungen oder die Alten laufen von zu Hause weg. Der Autopsiebericht lag vor ihm auf dem Schreibtisch, roch nach dem Obduktionsraum, erinnerte ihn grundlos an die reife und zugleich kindliche Stimme der Tochter dieses Mannes, die neben ihrem kummervollen Papa so ruhig gewirkt, die an seinem Ärmel gezogen hatte wie eine diskrete Nutte an einer Straßenecke, aber unglaublich hübsch gewesen war. Mr. Bailey, Sir – eine Spur von Respekt in diesem »Sir«, mit dem sie auf sein breites Lächeln, das er immer für junge Mädchen übrig hatte, antwortete –, es ist wegen dieser Leiche im Bluebell-Wald. Es ist nicht, kann nicht meine Mutter sein, natürlich kann sie es nicht sein, aber sie ist immer dorthin gegangen. Woher weißt du das? Ein ausdrucksstarkes Achselzucken. Ist doch egal, ich weiß es einfach, okay? Mutter hatte einen Freund. Ich habe mir Sorgen gemacht. Sagen Sie meinem Vater nichts davon. Antony Sumner, mein Lehrer. Sie gingen immer in den Bluebell-Wald. Früher jedenfalls. Ich dachte, ich sag's Ihnen.

Die Information war klein, aber überzeugend, wie das Kind. sie reichte aus, daß Bailey selbst und nicht ein Abgesandter zuerst an die Tür von Antony Sumners Haus klopfte, dann an die Tür von Christine Summerfield. Er entschuldigte sich, ließ aber nicht locker. »Es tut mir wirklich leid, daß ich Sie stören muß.« Dann lächelnd: »Sie können sich beim Polizeichef über mich beschweren, aber könnte ich mit Mr. Sumner sprechen? Vielleicht, nur vielleicht, ist er in der Lage, uns zu helfen. Bitte entschuldigen Sie die Störung, ausgerechnet an einem Samstagabend.« Bailey war geneigt, sich nach zwei oder drei Fragen zurückzuziehen, gab diesen Gedanken jedoch sofort auf, nachdem er den Zweck seines Besuchs zögernd vorgetragen hatte. Im Augenblick ist es noch kein Mordfall, lediglich die Suche nach einer vermißten Frau, aber das Gesicht des Mannes war kalkweiß, allmählich verheilende Kratzer auf der Stirn, die Backen fahl, und er zitterte, versuchte, nicht zu weinen. Sumners Schuldbewußtsein und der entsetzte Ausdruck auf dem Gesicht seiner unschuldigen Freundin quälten Bailey wie ein plötzlicher Fieberanfall, und er wünschte, er könnte Antony zurück in die Arme der Frau stoßen, die schließlich Helens Freundin war, und sagen, es sei alles ein Irrtum gewesen. Statt dessen bat er ihn mitzukommen. Sie sind nicht verhaftet, verstehen Sie mich nicht falsch, aber würden Sie mitkommen? Antony nickte, strich über Christines Kopf, warf einen Blick zurück in das einladende Zimmer, während Bailey an ihm den auffälligen, ranzigen Geruch der Angst wahrnahm und wußte, daß hinter diesem unverwechselbaren Geruch Worte warteten, die die Angst rechtfertigen würden.

Büro, Durchgangszimmer, nicht dasselbe wie ein Verhörraum, aber fast. Ein Zimmer, in dem ein Zeuge festgehalten wurde, für gewöhnlich stand die Entscheidung an, ob er anschließend in eine Zelle gebracht würde, aber noch gab es die Illusion der Freiheit, von Bailey übertrieben betont, indem er die Tür sperrangelweit offen stehen ließ. Vom anderen Ende des Korridors her drangen leise die Geräusche, die Amanda Scott auf der alten Schreibmaschine verursachte, mit deren widerborstigen Tasten sie ein vorbereitetes Schreiben für Mr. Blundell tippte: »Der Zahnarzt meiner Frau unterhält seine Praxis in der Cross Street 5, Waltham. Hiermit erteile ich dem Zahnarzt die Vollmacht, alle meiner Frau zugehörigen Akten der Polizei zu übergeben ...« Amanda gebrauchte Wörter wie »zugehörig«; sie neigte dazu, sich umständlich auszudrücken, wenn es einfacher auch gegangen wäre. Stolze Zurschaustellung von Bildung, dachte Bailey eine Spur ungeduldig, während der Literat, der ihm an seinem häßlichen Schreibtisch gegenübersaß, weniger diszipliniert war, sich aber in Wörterbüchern besser auskannte, kurze, prägnante Sätze formulierte und sich klar und deutlich ausdrückte.

Antony versuchte vergeblich, sich diesen höflichen Beamten als Affen vorzustellen, konnte seine weltläufige Art nicht mit seiner eigenen Ansicht von Polizeibrutalität in Einklang bringen, und beschränkte sich schließlich darauf, Erklärungen zu geben. Es gab nichts, was er sonst hätte tun können, trotz der guten Ratschläge von anderer Seite: Er wollte verzweifelt alles erklären und, zumindest teilweise, Vergebung für das, was er getan hatte.

Bailey kämpfte gegen die Antipathie, die er für Antony Sumners gutes Aussehen empfand, Antipathie vermischt mit Mitleid für sein Elend, eine gefährliche, subversive Mischung.

Warne den Mann, klär ihn über seine Rechte auf. Hol Amanda, damit sie mitschreibt, und stell das Band an. Wir sollten nach den vielen Unterbrechungen endlich weitermachen, bitte. Wir hatten so gut angefangen.

»Mrs. Blundell? Ich kannte sie, weil ihre Tochter bei mir in der Klasse war. Sie bat mich, Evelyn Nachhilfe zu geben, damit sie eventuell die Prüfungen früher machen könnte, irgend so etwas. Ich war wie immer pleite und habe zugestimmt. Nach einem Jahr begann ich ein Verhältnis mit Mrs. Blundell. Warum? Ich weiß nicht, warum. Ich war allein und langweilte mich, sie war neun Jahre älter. Zuerst schmeichelte es mir, ich und das reiche Kapitalistenweibchen. Letztes Jahr im Sommer haben wir uns getroffen, manchmal haben wir im Bluebell-Wald auf einer Decke gelegen, manchmal sind wir zu mir. Ihr gefiel mein Haus, sagte sie, wegen des bohemienhaften Stils. Sie mochte Gedichte und war verrückt nach Sex. Wie auch immer, im Frühjahr habe ich die Sache abkühlen lassen. Mir hat es nie sehr viel Spaß gemacht, und als ich Christine kennenlernte, habe ich einen Schlußstrich gezogen. Aber sie ließ nicht locker, wissen Sie, und ihre Intensität hat mir Angst eingejagt. Ja, wir haben uns in der ›Krone‹ getroffen. Ihr Mann wäre lieber tot umgefallen, als sich dort sehen zu lassen. O Gott, was für ein Ausdruck. Ja, wir waren auch an jenem Abend dort ...«

Dann hustete er und räusperte sich, rauchte eine Zigarette, bevor er fortfuhr. Bailey bemerkte mit Bedauern, daß die zerknitterte Schachtel Gauloises, die er aus der Hemdtasche zog, feucht von Schweiß war. Er erinnerte sich an Bowles pathetische Geste: zwei Gauloiseskippen und eine halb volle Schachtel, die offensichtlich am Rand der Lichtung zurückgelassen worden war. Er beugte sich vor und zündete für seinen Häftling das zitternde Ende einer krummen Zigarette an, hörte mit unbeteiligter Miene zu.

»Wir gingen von der ›Krone‹ aus über die Wiese und dann in den Wald – wir waren schon öfters dort gewesen, alles ist ziemlich zugewachsen. Es gibt eine kleine Lichtung, ich weiß nicht genau, wo. Sie war wie von Sinnen, schrecklich. Sie liebe mich, sagte sie, ich sei ihr Leben. Sie liebe mich mehr als alles andere auf der Welt. ›Was ist mit deinem Mann, deiner Tochter?‹ habe ich mehrmals gefragt. Und sie hat geschrien: ›Es gibt niemanden außer dir, niemanden. Den beiden bin ich sowieso egal.‹ ›Das stimmt nicht‹, habe ich gesagt, ›das ist nicht wahr.‹ Sie werde ihrem Mann alles über uns erzählen und Christine all das, was ich ihr verschwiegen habe. Sie und ich, wir sollten davonlaufen. Es war Wahnsinn, alles. Sie war voller Ideen, Orte, Perspektiven, zeigte mir das Geld in ihrer Handtasche, hatte Fluchtwege parat, den Kopf voller angeblich realistischer Pläne, die Yvonne, die nie einen Pfennig selber verdient hatte, überzeugten, aber nicht mich. Ich wollte ihr nicht sagen: ›Sei nicht so verdammt dämlich. Niemand läuft so einfach weg, selbst dann nicht, wenn ich dich auch lieben würde, was ich verdammt noch mal nicht tue, nie getan habe. Es war nur Spaß, der aus dem Ruder geraten ist.‹ Ich konnte nicht sagen: ›Meiner Meinung nach bist du eine blöde Kuh.‹ Ich gab ihr eine Zigarette, damit sie sich beruhigte. Sie zog zweimal daran, warf sie weg, sie mochte sie nicht. Und dann fing sie wieder von vorne an.

Ich hatte genug, entfernte mich ein paar Schritte, rauchte meine Zigarette. Himmel, dachte ich, das ist entsetzlich, schlimmer, als ich es mir vorgestellt habe. Ich wollte nach Hause. Dann fing sie an zu weinen. Ich wandte ihr den Rücken zu, hoffte, daß sie aufhören würde. Dann hörte ich Geräusche, ungestüme Bewegungen. Ich konnte es nicht fassen: Sie riß sich die

Kleider vom Leib. Sie trug immer teure Sachen – langweilige, weiche, teure Stoffe – und sie riß sie kaputt, als ob sie vergiftet wären, schrie, während sie schluchzte. ›Früher hast du mich gewollt, warum jetzt nicht mehr? Ich werde dir zeigen, wie sehr du mich brauchst, mehr als deine Nutte.‹ Ich warf meine Zigarette weg, daran erinnere ich mich, als sie sich halb nackt auf mich stürzte, mit entblößter Brust, der Rock rutschte hinunter. Sie versuchte, mich zu küssen. Ich wandte das Gesicht ab, ich weiß nicht mehr, wie oft, hielt sie angewidert auf Abstand. Ich kam mir vor, als kämpfte ich gegen eine liebestolle Sau, und nach einiger Zeit hörte sie auf. Eine Weile verhielt sie sich ruhig. Dann spuckte sie mich an, als ob sie endlich begriffen hätte. Sie ließ mich los, und ich sah sie an. Sie war eine fauchende Furie, sie holte aus und fuhr mir mit den Fingernägeln übers Gesicht, sie wollte an meine Augen, ich war nicht darauf gefaßt. Es hat verdammt weh getan. Ich spürte Blut auf meinem Gesicht, und ich wurde wirklich wütend. Ich erinnere mich nicht mehr genau an das, was dann geschah, aber ich weiß, daß ich sie schlug. Ich holte mit dem Arm aus und schlug mit aller Kraft zu. Sie fiel zu Boden, und ich beobachtete sie, während sie dalag, heulte und stöhnte, erschöpft von der Wut und den Schmerzen. Und ich spürte noch immer das Blut auf meinem Gesicht. Ja, möglicherweise habe ich sie mit dem Stock geschlagen, ich erinnere mich nicht. Von mir aus, mit dem Stock, aber nur einmal.«

Antony blickte an die Decke, als erhoffte er sich Inspiration von der Neonröhre, er war verlegen, aber entschlossen, den Redefluß nicht zu hemmen, indem er die Entschuldigungen vorbrachte, die er im Sinn hatte. Du hast Züge eines Schauspielers, dachte Bailey. Sogar jetzt noch bereitet dir das Erzählen der Geschichte so etwas wie Genuß, dir, der du es genießt, wenn du andere dazu bringst, ihre Gedanken aufzuschreiben, und vielleicht machst du jetzt nur um des Effekts willen eine Pause. Ich sehe dich vor mir, wie du diese arme Hausfrau mit der ganzen Macht von Gedichten umwirbst, und als sie dir nachgab, warst du nicht fähig, ihre Leidenschaft zu ertragen. »Was geschah als nächstes, Mr. Sumner?« Eine sanfte Erinnerung. Bailey glaubte, daß sie entweder dem Ende der Geschichte sehr nahe waren oder aber der Lüge näher als je zuvor.

»Ich stand da. Dann kniete ich mich neben sie und streichelte sie. Ich sagte ihr, daß es mir leid täte, aber daß sie hätte zuhören sollen, daß sie früher hätte zuhören sollen. Unsere Verbindung war nie real gewesen, und irgendwann mußte die Sache zwischen ihr und mir enden. Geh nach Hause, sagte ich zu ihr, geh jetzt nach Hause. Aber sie blieb liegen, wo sie lag, absolut reglos bis auf das Schluchzen, entschlossen, die Hilflose zu spielen. Ich war durcheinander, gereizt, wenn Sie die Wahrheit wissen wollen. Ich hätte sie – nein, nein, das habe ich nicht gemeint.«

»Ich hätte sie umbringen können. Wollten Sie das sagen?« fragte Bailey sanft.

»Nein, nein, das habe ich überhaupt nicht gemeint.« Antony ärgerte sich über eine so offensichtliche Masche, Bailey ärgerte sich noch mehr über die Unterbrechung. Er wußte seit langem, was für eine leere Absichtserklärung die Drohung und auch der Wunsch zu töten waren, etwas völlig anderes als die Tat selbst, häufig aus der Welt geschafft dadurch, daß man es lauthals hinausschrie. Als Kind hatte er selbst seiner Mutter diese Drohung ins Gesicht geschleudert, und er erinnerte sich deutlich daran, wie er vor Jahren trotz seiner Liebe zu ihr, seiner Frau den Tod gewünscht hatte. Damals wie heute war er unfähig zu töten. Er hatte noch nie eine Frau geschlagen. Vielleicht waren Schläge der erste Schritt zur Umsetzung der Absicht in die Tat. »Fahren Sie fort, Mr. Sumner. Ich will Sie nicht in die Falle locken. Fahren Sie fort.«

Antony zündete sich eine weitere Zigarette an, seine Hände zitterten stärker als zuvor.

»Ich wußte nicht, was ich tun sollte. Sie war so verdammt dumm, so hilflos, machte es sich nur noch schwerer. Sie war oft so, wie ein verwöhntes Kind, das schrie und schrie, bis ihm jemand zuhörte und dann sagte: ›Heb mich auf. Ich kann nicht aufstehen, du mußt mir helfen.‹ Deshalb bin ich einfach weggegangen, anfangs zögerte ich, blickte zurück. Ich dachte, wenn ich wegginge, müßte sie etwas unternehmen, aber ich hatte mich geirrt. Ich sah sie vom Weg aus halbnackt daliegen, ertrug den Anblick nicht und begann durchs Unterholz zu laufen, weg vom Weg, bis ich auf der anderen Seite auf dem Parkplatz rauskam. Ich ging die ganze Strecke zurück zur ›Krone‹, stieg in meinem Wagen und fuhr nach Hause.«

»Haben Sie zufällig Ihren Spazierstock zurückgelassen, Mr. Sumner?«

Schuldbewußt und erstaunt, blickte er auf. »Ja«, antwortete er, »meinen Spazierstock habe ich zurückgelassen.«

Bailey machte ein Zeichen. Amanda Scott verließ den Raum und kehrte mit dem Stock zurück. »Ist es dieser Stock, Mr. Sumner?« Auch in Plastik eingepackt und mit einem Schild versehen, das ihn zusammen mit allen anderen blutbefleckten Objekten in ein düsteres Labor sandte, war er ein sofort wiedererkennbarer Gegenstand.

»Ja«, sagte er langsam und betrachtete den Stock, wie er einen Freund angeblickt hätte, der zu einem Feind geworden war.

»Ich glaube, das reicht für heute«, sagte Bailey. Offenkundig anderer Meinung, raschelte Amanda Scott mit ihren Papieren.

»Versuchen Sie zu schlafen, Mr. Sumner. Ich fürchte, wir müssen Sie hierbehalten.« Trotz der Bitten deines aufgebrachten Rechtsanwalts, der sowieso schon alles verzögert, dir Ratschläge erteilt hat, die du vorgezogen hast zu ignorieren, der uns in einem Ausmaß unterbrochen hat, daß ich ihn aussperren mußte. Zweifellos werden wir wieder von ihm hören. Macht nichts. Und zweifellos war es der lieben Amanda ein großes Vergnügen, mir mitzuteilen, daß der Rechtsanwalt von Miss Summerfield gerufen worden war auf Geheiß von Miss West, Ihrer, äh, Frau, Sir. Sie sind schließlich Freundinnen, aber sicherlich kennt mich Helen gut genug, um zu wissen, daß ich die gesetzlichen Vorschriften auswendig kenne, einschließlich der Tatsache, daß der Mann das Recht auf einen Anwalt hat, sobald ihm die Rechtsmittelbelehrung zuteil wurde, und natürlich habe ich ihn darauf hingewiesen. Er grinste kläglich. Helen würde auch wissen, daß es ein paar Angebote gab, die er, und manche Untersuchungsbeamte, einem hilfsbereiten Zeugen leiser vortrugen als einem Angeklagten. Für einen Zeugen waren die Regeln dehnbarer. Bailey gähnte, streckte sich und sehnte sich nach seinem Bett. Es war drei Uhr morgens, und plötzlich war Bailey klar, daß er und Helen weder an diesem Morgen noch am nächsten Tag miteinander reden würden. Dafür bliebe keine Zeit, wenn er um zehn Uhr wieder hier sein wollte. Morgen, wenn die Antwort des Zahnarzts vorlag und die Leiche einen Namen hatte, würde es – ob mit oder ohne Rechtsanwalt – Antony Sumner an den Kragen gehen. Er würde sich bei Sumner höflich nach einem Messer erkundigen. Nach seinen Schuhen und nach diesem dämlichen Spazierstock mit dem Elefantenkopf, an dem menschliches Haar klebte.

Und irgendwann würden sich Helen und er Zeit füreinander nehmen müssen. Zeit war ein Dieb in der Nacht, ein Dieb, den er gut kannte.

Am Sonntagnachmittag weinte Christine Summerfield nur noch ab und zu und bemerkte durch den Schleier von Tränen, wie schmutzig die Fenster in ihrem Haus waren. Sie fragte sich, ob die Scheiben in Antonys Häuschen so blind wie gewöhnlich waren und den Blick auf die zahlreichen Uniformen verbargen, die zweifellos ein Zimmer nach dem anderen auseinandernahmen und, abgesehen von ihrer Unterwäsche und ein paar schmutzigen Tellern, Gott weiß was fanden. In letzter Zeit hatte er es vorgezogen, unter ihrem Dach zu bleiben und die offenkundige Behaglichkeit eines Zuhauses zu genießen, für die er in seinem Heim nie gesorgt hatte.

Christine überlegte, ob sie Helen West anrufen sollte, verspürte einen Widerwillen, den sie als unfair gegenüber beiden Bewohnern des Nachbarhauses akzeptierte, und rief nicht an. Statt dessen putzte sie die Fenster. Als Helen sie anrief, antwortete sie erwartungsgemäß kurz angebunden, nicht grob, aber auch nicht höflich.

Helen wartete darauf, daß Bailey aufwachte, beide fühlten sich durch die Zuneigung des frühen Morgens gestärkt. »Vertrau mir, Liebling«, sagte er und umarmte sie kurz, bevor er seinen langen Körper aus dem Bett hievte.

»Das tu ich«, entgegnete sie lächelnd. »Das tu ich, meistens.«

Die Sonne schien. Aus Barios pinkfarbenem und grauem Restaurant strömten die letzten Mittagsgäste, stiegen in glänzende Autos, die neben der Grünanlage geparkt waren, wo Mütter sich über Kinderwägen hinweg unterhielten und Väter vorgaben, ihren Söhnen das Kricketspiel beizubringen. Weniger Begüterte warteten vergebens auf den Bus. Eine Meile entfernt war der Parkplatz zum Bluebell-Wald noch immer mit einem mickrigen Band abgesperrt, das, da offiziell, der Zerstörung trotzte, und Constable Bowles hielt Auskunftheischende mit einer Kurzfassung der Ereignisse in Atem. Über die Leiche im Wald wurde natürlich geklatscht im Dorf, aber gedämpft, weil sie bisher noch niemanden richtig anging. Mr. Blundell hatte anderen nicht anvertraut, was er der Polizei mitgeteilt hatte, sonst wäre der Klatsch lauter gewesen. Bailey hatte dafür gesorgt, daß dieser Ehemann ständig begleitet wurde, bis feststand, ob er Witwer war: Ein riesiger Polizeibeamter war in die Blundellsche Küche abkommandiert, der sich mit Zeitunglesen langweilte, während Mr. Blundell oben, betrunken und ruhiggestellt, schnarchte. Bailey hätte eine Frau für das Kind organisieren sollen, das sich ebenfalls im ersten Stock befand. Evelyn Blundell hielt sich, soweit der Polizist wußte, in ihrem Schlafzimmer auf, zumindest hatte sie ihm diese Absicht kundgetan, bevor sie behende aus dem Fenster auf das darunterliegende Dach und von dort hinunter auf die Erde gestiegen war und sich dann durch mehrere Grundstücke und Straßen bis zum Dschungelgarten der »Krone« durchgeschlagen hatte. Evelyn kannte diese Strecke so gut, daß sie sie auch in ihrem Sonntagsstaat problemlos hinter sich gebracht hätte, aber an diesem Tag trug sie Jeans und ein T-Shirt und, in seltsamem Mißklang zu diesem Teenageraufzug, ein Paar glitzernder Straßohrringe.

Die »Krone« wurde jetzt von mehr Gästen frequentiert. Das Mittagsmenü war heute vegetarisch gewesen, Bernadettes neuester Trick, um die verwöhnte Branstoner Kundschaft anzuziehen, die Featherstones gaben ihr Bestes und reicherten es mit einem irischen Touch an. Die Tatsache, daß im Vergleich zu den bestellten Mengen ein Großteil des Essens unverzehrt blieb, spiegelte lediglich die Taubheit ihrer Ohren gegenüber Beschwerden wider. »Die haben doch alle keine Ahnung«, schnauzte Bernadette und warf haufenweise graues Gerstenbrot in einen Plastiksack. »Merken überhaupt nicht, wenn sie was Gutes essen.« Für diesmal waren sie und Harold einer Meinung, ein regelmäßiger, aber zeitlich begrenzter, sonntagnachmittäglicher Frieden, der sich vor allem im Sommer einstellte, wenn Harold, von Whisky und zahlreicher Kundschaft besänftigt, zufrieden in der Küche saß, Pläne diskutierte und an den Erfolg ihrer gemeinsamen Unternehmungen glaubte, bis sein Kopf zu schmerzen begann und die schlechte Laune erneut einsetzte. Am Abend wurde mit den Gästen in der »Krone« dann kurzer Prozeß gemacht, aber im Augenblick war die Welt in Ordnung.

»Die haben alle keine Ahnung? Du hast recht«, antwortete er und zwickte Bernadette in den Hintern, als sie an ihm vorbeiging und auf dem Weg zur Mülltonne Abfall verlor, was sie ignorierte. »Aber wir werden's ihnen schon zeigen, nicht wahr, Bernie? Ich hab' ne' Idee. Jetzt, wo die Bude Stil hat, hast du den Haufen Leute heute gesehen? Endlich haben sie's geschnallt. Jetzt kommt der Garten dran. Damit wir noch mehr Platz für die Scheißkerle haben. Vielleicht sollten wir sogar was mit der Bar im Garten tun. Ich meine das Sommerhaus. Gibt hier nur wenig Häuser mit soviel Grund drum herum.«

Bernadette nickte wortlos, aber heftig, sie war zufrieden, weil Frieden herrschte. Und bezüglich des Sommerhauses war Schweigen stets von Vorteil. Sie wußte ebenso wie Harold, daß die jüngst erfolgte Aufmöbelung der Bar einen weiteren Teil von Harolds Erbe aufgefressen hatte, das ihm sein ihn liebender Vater unangebrachterweise hinterlassen hatte, dasselbe Erbe, das sich Jahr für Jahr dezimierte, seit sie mit dem ersten Brocken dieses Grundstück gekauft, später dann ihre Stellen in London aufgegeben hatten wegen William und weil sie sich nach einem besseren Leben sehnten und wegen vieler anderer Dinge, über die sie nicht einmal jetzt sprechen konnten. Und ebenso wie Harold war sie sich der Tatsache nicht bewußt, daß das neue Dekor – geblümte Wände, schwere, nicht dazupassende Chintzvorhänge, karierter Teppichboden, rote Polstersessel mit unterschiedlich bunt gemusterten Kissen – eine grausame Beleidigung des Auges war und bei allen, die lang genug blieben, eine ernsthafte psychische Verwirrung verursachte. Helen und Bailey hatten sechzehn unterschiedliche Muster in diesem Raum gezählt und sich mit enormem, zugegebenermaßen snobistischem Vergnügen gefragt, welche Summen diese gräßlich disharmonische Einrichtung verschlungen hatte. Ebenso wie Harold empfand Bernadette sie als schön – sie hatte genug von einer Zigeunerin, um sich für schwindelerregende Farbkombinationen begeistern zu können –, aber wenn es um Harolds weiterreichende Pläne ging, war sie durchaus zurückhaltend. Er hatte sich schließlich schon so viele Pläne ausgedacht. Oben waren zwei Zimmer erst halb fertig, ebenso ein Bad; sie verharrten jahrelang im selben Zustand, während andere Projekte entwickelt und vergessen wurden und am Treppengeländer die Farbe abblätterte. Die Garage neben der Küche stand voller Unrat, den Harold in ganz Essex sammelte: eine riesige Schreinerbank, rostige Maschinen, alte Telefonleitungen, dreibeinige Stühle, unzählige Handtücher voller Stockflecken, brandgeschädigte Bettwäsche, angeschlagenes Geschirr, ein Trog. Alles, was nichts oder so gut wie nichts kostete, mußte Harold, der Welt größter Müllmann, haben. Es war eine kuriose und sinnlose Sparsamkeit für jemanden, der auf halsbrecherische Weise mit großen Summen und häuslichen Vorräten umging. Diese Sachen wurden nie wieder hervorgeholt, nachdem sie erworben und aus dem Weg geräumt waren. Wenn er es nur ertragen hätte, etwas Neues zu kaufen und es auch zu benutzen. »Du willst immer etwas, und es soll nichts kosten«, schrie Bernadette jedesmal, ohne darauf zu achten, ob sie seine Träume mit Füßen trat, aber an einem sonnigen Nachmittag, der eine kurzlebige Spanne häuslichen Friedens verdiente, schwieg sie bei der Erwähnung des Sommerhauses.

Wegen des Sommerhausprojekts, dem schlimmsten seiner Einfälle, hätte Harold beinahe schlichtweg den Verstand verloren. Wie lange war es her? Acht Jahre, seit er angefangen hatte zu graben wie ein Kind auf der Suche nach Australien, das es in nur zwei Meter Entfernung vermutete. »Das ist *die* Idee, Bernadette. Wir verdoppeln unser Einkommen, indem wir eine Bar in den Garten stellen. So was hat sonst niemand.« Und bereits damals hatte sie gewußt, daß der Plan zum Scheitern verurteilt war, wie alle Projekte, die er mit der größten Begeisterung anging. Harolds Einfälle erblickten grundsätzlich unter alkoholisierten Bedingungen das Licht der Welt: In einem nüchternen Verstand gab es keinen Platz für sie. Seine Idee war es gewesen, einen vorgefertigten Pavillon zu kaufen. »Dann denken sie sofort an Kricket, verstehst du? Und sie können Boule spielen.« Selbst Bernadette begriff die Unmöglichkeit, hügelabwärts Boule zu spielen. Der Pavillon sollte über einem Loch aufgebaut werden. »Wir müssen die Sache richtig angehen, Bernie. Eine Bar braucht einen Keller für das Bier und die guten Weine. Und wegen diesem Zeug werden die Neureichen aus Branston und der ganzen Umgebung wie die Fliegen hier einfallen.« Mit ein bißchen Hilfe hatte Harold also den Keller ausgehoben, ihn mit Ziegeln ausgeschalt und dann aus einem Katalog ein sündteures, komisch aussehendes, sechs Meter langes und drei Meter breites Gartenhaus gekauft, um die Öffnung zu bedecken. Im Innern hatte er eine Art Bar konstruiert. Das war Harolds Problem: Er konnte soviel tun, war so geschickt mit den Händen und mit dem Kopf, verachtete die weniger Geschickten, aber ihm stellte die seltsame Unfähigkeit ein Bein, ein Projekt zu Ende zu bringen, er war stets entmutigt, wenn die Wirklichkeit nicht mit dem Bild in seinem Kopf übereinstimmte. Dieses Schicksal ereilte auch die Sommerhaus-Bar: Sie hatte einen angesäuselten Charakter, vergleichbar mit Harolds Verstand, dem Verstand eines Mannes, der aus einem gewölbten Brandyglas trinkt und sich fragt, welcher von beiden, er oder das Glas, keine gerade Linie zustande bringt. Das fertige Gebilde hatte einen Keller von der Größe eines kleinen Zimmers, der bei weitem eindrucksvoller war als die Konstruktion darüber, die mehr wie ein altmodisches Bushäuschen aussah als wie das ursprünglich intendierte elegante Bauwerk. Das ganze Ding war befremdlich. »Billig« und »häßlich« waren Begriffe, die einem auch in den Sinn kamen, aber als erstes dachte man immer an »befremdlich«.

Harold konnte seine Enttäuschung nicht verbergen, noch konnten sich die Gäste, die mit seinem Bau vertraut waren, ein Lächeln verkneifen. Bernadette würde nie vergessen, daß sie lauthals gelacht hatte. Das Sommerhaus war komisch, ein dämlicher kleiner Bau aus häßlichem Holz, und es sah aus wie ein Pickel am Rand einer großen Wiese, eine Art Hütte mit Schlagseite den Hügel hinunter. »Sie werden meinen, schon einen hinter die Binde gekippt zu haben, sobald sie es sehen«, hatte Bernadette gegeifert, und William, der arme, zwölf Jahre alte William, für den das Sommerhaus so etwas wie das Paradies darstellte, hatte vor Ärger und Wut geschrien und gebrüllt. Harold hatte Enttäuschung und Wut in Handgreiflichkeit umgesetzt und Bernadette mit einer scharfen Rückhand bedient, an die sie sich ihr Leben lang erinnern würde, während William in seinem bislang schlimmsten Wutanfall kreischte und seine Mutter trat. Es war nicht sein erster spektakulärer Wutanfall gewesen, aber der gewalttätigste. Von da an hatte er Verhaltensweisen an den Tag gelegt, die er auf deprimierende Weise durchhielt und die andere in Angst und Schrecken versetzten. Danach wurde das Sommerhaus kaum mehr erwähnt, da es nun einmal Sinnbild für die Scham und das Versagen aller war. Bernadette haßte es, vermied, in seine Nähe zu kommen; Harold desgleichen, überprüfte nur selten und widerwillig seinen offensichtlichen Verfall. Anfangs hatte er es sich nicht nehmen lassen, Vorräte dort einzulagern, so wie er auf allen verfügbaren Platz reagierte, um seine Existenz zu rechtfertigen. In der Bushäuschen-Bar lagerte Kerosin, das bei Stromausfällen benutzt werden sollte – sie besaßen keine Lampen oder Öfen dafür, aber das Zeug war billig gewesen und Harold hielt viel von Vorratswirtschaft –, zwei alte Betten, die er nicht über sich brachte wegzuwerfen, ein paar kaputte Stühle; alles verfiel wie das Ding selbst, das sich unter der Einwirkung der Schwerkraft krümmte, dabei war, in einer Wolke unschuldigen Rauchs zu verschwinden. Harold war seit Jahren nicht mehr dort gewesen; ab und zu erinnerte er sich im Suff daran, aber zugleich fiel ihm Williams Reaktion wieder ein. Er erinnerte sich und verscheuchte die Erinnerung sofort. Sie ging ihm zu nahe und ließ die altbekannten Gespenster des Versagens wieder aufleben.

William saß in einer Ecke der Küche und hoffte, daß das Thema Sommerhaus stillschweigend übergangen würde; er war erleichtert und dankbar, als sich seine Hoffnung erfüllte und andere Themen, die seine Mutter strahlend anschnitt, eine gefährliche Pause verhinderten. Er hatte im Lauf der Zeit den Wert des Schweigens schätzen gelernt und wußte, daß sie Sklaven seiner Wutanfälle waren, die sie nicht in Frage zu stellen wagten. Er brauchte nur mit den Beinen in dem bekannten, langsamen, aber beharrlichen Rhythmus gegen den Schemel zu treten, auf dem er saß, damit sie entweder in dumpfe Angst oder Resignation verfielen;

das eine wirkte so gut wie das andere, aber jetzt bestand dazu keine Notwendigkeit, und dafür war er dankbar. Williams geistige Fähigkeiten entsprachen denjenigen eines schlauen Zehnjährigen und waren weder von den örtlichen Schulen, die ihn eine nach der anderen entlassen hatten, noch von dem Kinderpsychiater, dem er davongelaufen war, weiter gefördert worden, während seine manuelle Geschicklichkeit und körperliche Stärke weit über dem Altersdurchschnitt lagen. Die Kombination war furchterregend. Bernadette war glücklich, wenn er, was selten vorkam, einmal lächelte, behandelte ihn mit distanzierter Loyalität und Zuneigung, während Harold ab und zu sein schwarzes Haar tätschelte und ihn ansonsten ignorierte. Bernadette wußte, daß das Sommerhaus in Williams Leben mehr als nur eine wichtige Erinnerung war, aber sie hatte keine Ahnung, warum. Um William nicht zu provozieren, sprach sie ihn nie darauf an, aber sie vermutete, daß ihm das Sommerhaus als Versteck diente. Sie vermutete zudem, daß auch Harold es wußte, aber mit ihm sprach sie genausowenig darüber.

»Was willst du heute nachmittag machen?« Sie tadelte ihn mit Fragen, von denen sie wußte, daß er sie nicht beantworten würde. »Geh raus, William. Das Wetter ist schön, wir wollen dich nicht aufhalten.« Er überraschte sie mit einem schiefen Grinsen und einem leisen Ächzen, stand unbeholfen von seinem Schemel auf und steuerte auf die offene Küchentür zu. War schon in Ordnung, wenn sie ihn hinausschickten. Es wäre ihm lieber gewesen, wenn er sich unbemerkt hätte davonstehlen können, aber so oder so ging er mit ihrem Segen, und niemand konnte ihn zurückrufen.

Der Garten, durch den er schlenderte, war mit einer Planlosigkeit angelegt worden, die nicht zu dem riesigen, eindrucksvollen Haus paßte. Im Schatten führte ein unkrautübersäter, mit gesprungenen, glatten Steinplatten belegter Pfad, gesäumt von Büschen, knapp fünfzig Meter bis zum Sommerhaus. Das Ende des Gartens markierte eine Reihe kleiner Bäume, die ursprünglich wohl als großartiger Abschluß geplant waren, jetzt aber eine gestrüppreiche, verwilderte Demarkationszone darstellten. Der Rasen war mit ungepflegten inselartig angelegten Büschen getupft, die eigentlich diskret hätten aussehen sollen, sich jedoch zu dickichtartigem Gebüsch enormer Größe entwikkelt hatten, die Wurzeln bedeckt von langem Gras, das einem Heufeld zur Ehre gereicht hätte. Kornblumen und Kornraden hatten sich ausgesät, seitdem das Gerstenfeld jenseits des Gartens im letzten Jahr abgeerntet worden war, und ein verfaulender Baum lag quer über dem Pfad. William kletterte darüber, war mittlerweile zu alt, um sich von den Termiten faszinieren und wie früher stundenlang aufhalten zu lassen, und er beschleunigte den Schritt, bis er die Tür zum Sommerhaus aufstieß.

Der Boden im Innern war gefegt, nicht gerade vor kurzem und auch nicht ordentlich, aber immerhin gefegt. Die meisten, jedoch nicht alle Kerosinkanister waren mit Spinnweben überzogen, ebenso die Fenster, gegen die beharrlich eine Fliege flog. William hob einen Lappen vom Boden auf und brachte die Fliege mit einem Schlag um. Die letzten Stuhlteile lagen gestapelt in einer Ecke neben leeren Säcken und Zeitungen, und durch die Öffnung hinter der Bar, ein Loch im Boden, das normalerweise mit einer halben, an einem groben Scharnier befestigten Tür verschlossen war, konnte er einen Lichtschein erkennen. Eine defekte, aber noch benutzbare Haushaltsleiter führte in den Kellerraum. Er stieg die Leiter, die nur über drei intakte Sprossen verfügte, behende und schnell hinunter.

»William, bist du's?«

»Natürlich bin ich's. Wer sollte es sonst sein, Dummkopf?«

»Nenn mich nicht Dummkopf.«

Er stand im Licht einer Gaslampe, auf seinem Gesicht ein seliges Lächeln, das die Welt nur selten zu sehen bekam, und blickte sich in ihrem Reich um: ein Matratzenlager mit Decken, ein Stuhl, Schachteln als Tisch und Behälter, ein verschlossener Schrank, ein provisorisches Regal aus Holzbrettern und Ziegelsteinen, ein Campingkocher – eine von Harolds billigen Errungenschaften –, eine schwarze Pfanne und ein paar Dosen mit Lebensmitteln. Auf dem Boden lag der Rest eines alten Teppichs, schmutzig, aber gekehrt, und auf den Matratzen saß Evelyn Blundell. Ihre Straßohrringe glitzerten im Licht, sie trug nichts außer den Jeans, ihre kleinen Brüste leuchteten weiß im Schein der Lampe.

»Du kommst zu spät, William. Ich hab' dir gesagt, vier Uhr. Ich muß bald gehen. Hast du ...« Die zuversichtliche Stimme geriet ausnahmsweise ins Stocken. »Hast du ihnen alles erzählt?«

Die Spur von Angst in ihrer Stimme, die sich in einem scharfen Vorwurf und einer impliziten, grausamen Drohung Bahn brach, veranlaßte ihn, sich zu beeilen, über die eigenen Füße und Worte zu stolpern, um sie zu beruhigen. »Evie, Evie, das würde ich nie tun. Das könnte ich nicht tun, Evie, ich schwör's dir, niemals.« Ihr harter Gesichtsausdruck trieb Tränen in seine Augen. Er kniete sich neben die Matratze, während sie sich aufrichtete, das Haar fiel ihr bis auf die Schultern.

»Schwörst du's?« fragte sie, ihre Stimme schneidend wie eine Klinge.

»Klar, ich schwör's.«

»Das hier ist unser Geheimversteck. Räum alles weg, wenn ich gegangen bin. Schwör's. Leg die Hand aufs Herz und merk dir, daß du in kochendem Öl sieden wirst, wenn du deinen Schwur brichst.«

»Ich schwör's.« Er sah sie an, einen entzückten Blick in den Augen, strömte über vor Bewunderung, als er sich neben sie setzte, befingerte die Ohrringe, lachte laut auf vor Erleichterung, als ihre Gesichtszüge weicher wurden. Evie konnte so angsteinflößend aussehen, vor allem in diesem Licht, ihr kleiner Körper angespannt wie eine Peitsche, in ihren Augen nichts als Geringschätzung. Auf diese Weise reduzierte sie ihn zu einem dieser krabbelnden Käfer, die sie manchmal auf dem Boden entdeckten, diese blinden Dinger, die so verzweifelt nach Licht suchten wie William nach Erleichterung. Heute, das merkte er, war sie erleichtert, ihn zu sehen; sie hatte ihm eine Tasse schwachen, zuckrigen Tees gemacht, den er mochte, auch ohne die Milch, die er eigentlich hätte mitbringen sollen, wäre die Küche nicht bewacht gewesen. »Konnte keine mitbringen«, erklärte er und deutete auf die Tasse, die sie ihm reichte, ohne dabei den Blick von ihrem Gesicht zu wenden.

»In Ordnung«, sagte sie, ihr Lieblingsausdruck. »Macht nichts.«

Sie schwiegen. Er trank den lauwarmen Tee in einem Zug, stellte die Tasse auf eine Schachtel, rutschte näher zu ihr, lächelte glückselig und hoffnungsvoll, langte versuchsweise mit einer Hand zu ihr hinüber, blickte sie fragend mit seinen blassen, leeren Augen an.

»In Ordnung«, wiederholte sie. »Von mir aus. Aber nur heute.«

Dann legte sie sich auf der Matratze zurück, die kleinen Brustwarzen zeigten auf die graue Decke, ihre Augen waren geschlossen. William ließ sich tolpatschig neben sie fallen, streichelte ihren schlanken Körper mit einer überproportional großen Hand, mit der er sie um die halbe Taille hätte fassen können. Sie war so klein, so sauber, ihre Haut spannte sich über Knochen und feste, kleine Muskeln, über das Fleisch an diesem zierlichen Skelett. Er nahm eine Brustwarze in den Mund und saugte daran wie ein Kind, das gestillt wurde.

»Au. Das tut weh.« Aber William keuchte jetzt, hatte eine Hand unter den Bund ihrer Jeans geschoben, den Knopf hatte sie offengelassen. Sie hoffte immer, daß er es sich anders überlegen würde, aber mit der Zeit lernte sie, daß die Wahrscheinlichkeit dafür genauso groß war wie diejenige, daß ihr kleiner Cousin, ein Baby, auf die Brust verzichten würden; sie überdachte beide Arten von Zeitvertreib – den einen hatte sie beobachtet, den anderen über sich ergehen lassen –, beide gleichermaßen unerklärlich und überflüssig, aber sie war auf Dummheiten gefaßt. Der Reißverschluß öffnete sich auf seine Berührung hin. Er spürte, daß er heute Glück hatte: Er war ein braver Junge gewesen, ein sehr braver Junge; er wußte nicht genau, warum sie so zufrieden mit ihm war, aber sie war es. »Darf ich?« flüsterte er. »Darf ich wirklich, bitte?«

»Ach, geht in Ordnung«, murmelte sie, die Augen noch immer fest geschlossen, »aber nur, wenn du ihn rausnimmst, du weißt schon, vorher. Nur wenn du ihn rausnimmst.« Dann setzte sie sich abrupt auf, zog ihre Jeans aus, während er seine weiten Stoffhosen auf den Boden warf. »O Gott«, sagte sie mit dem Tonfall einer gelangweilten Intellektuellen, und dabei sah sie ihn angewidert an, was er nicht bemerkte, »beeil dich, bevor er noch größer wird. Und streichel mich, damit es nicht weh tut.« Er berührte sie, ein grobes, ungeduldiges Streicheln, sein Atem ging schwerfällig, keuchend, während sie mit gespreizten Beinen auf dem Rücken lag, Spuren von Vaseline auf der Innenseite der Oberschenkel, die Arme lose zur Seite gestreckt in einer Haltung resignierten Wartens. »Noch ein bißchen«, befahl sie, und er gehorchte in einer Agonie der Ungeduld, dann hörte er auf, legte sich auf sie, drang in sie ein, stieß gegen ihren widerstandslosen, dünnen Körper an, erinnerte sich im Augenblick höchster Leidenschaft an ihre Mahnung, stöhnte auf, als er sein klebriges Andenken auf ihrem Bauch und der Decke zurückließ. Dann rollte er zur Seite, auf ihren Arm, und schlief sofort ein, das Lächeln eingefroren auf seinem geröteten Gesicht.

Die Gaslampe flackerte. Evelyn seufzte in der Stille, die nur durch seinen Atem unterbrochen wurde, zog ihren Arm unter ihm hervor und glitt an der Wand entlang zum Rand des Bettes. Sie griff nach seinem T-Shirt, wischte mit so etwas wie Hausfrauenekel ihren Bauch damit ab und legte es nach kurzem Nachdenken über die Spermareste auf der Decke. Dann drehte sie Williams gefügige Gestalt auf den Bauch. Sie zog sich an, löschte das Licht, ließ ihn im Dämmerschein, der durch die Öffnung in der Decke hereindrang, zurück und machte, daß sie davonkam. In ein paar Minuten würde er aufwachen; allmählich wurden ihr seine Verhaltensweisen bei diesen Gelegenheiten vertraut. Es war Zeit, daß sie verschwand und somit die ermüdenden Liebesbezeugungen, die folgen würden, vermied. Er sollte allein aufwachen und sich nach ihr sehnen, das schien ihr das Beste, je länger sie darüber nachdachte; er wäre um so dankbarer für dieses selten gewährte Privileg, dieses wortlose und nicht immer gleich ablaufende sonntägliche Ritual, das ihm so am Herzen zu liegen schien aus Gründen, die sie nicht wirklich verstand aufgrund des vagen Widerwillens, den sie davor empfand. Sie hatten aus den Pornoheften, die in einer Ecke lagen, gelernt, aus Bildern, die den armen William zu Tode ängstigten, aber ihre Neugier nicht stillten und ihre verzweifelte Sehnsucht nicht beschwichtigten.

»In Ordnung«, sagte sie zu sich selbst, als ob sie eine Litanei herunterleierte, während sie in das grelle Sonnenlicht vor dem Sommerhaus trat.

»Geht in Ordnung, wirklich. Zeit, nach Hause zu gehen.« Sie erinnerte sich an den fetten Wachtmeister in der Küche, an das Schnarchen ihres Vaters, fragte sich, ob sie ihren minutiösen Zeitplan einhalten konnte, und begann zu laufen. Nachdem sie das Feld zur

Hälfte überquert hatte, blickte sie zurück, und fast tat es ihr leid, ihn allein gelassen zu haben. Dann dachte sie an die lächerlichen Bilder in den Heften, kicherte, blieb stehen, streckte sich inmitten des Gerstenfeldes, über das der Wind wehte, und rannte nach Hause.

5

Ein Haufen Pornohefte und -videos lag in einem schwarzen Plastiksack anklagend in einer Ecke von Helens Büro, das sie sich mit zwei anderen Anwälten, deren Schreibtische im Moment unbesetzt waren, teilte. Am Tag zuvor hatte sie mit einer Geschwindigkeit und einer Gewandtheit, die für ihre älteren Kollegen ein Ärgernis darstellten, die pornographische Sammlung gesichtet, Vorladungen abgefaßt, Aussagen und fehlendes Material angefordert – Helen brauchte dafür zwei Stunden, jeder andere hätte einen ganzen Tag benötigt. Jetzt war sie mit der Spürnase eines Profis in eine andere Akte vertieft, der Bericht über den Branston-Mord hatte sie in seinen Bann gezogen. Sie arbeitete gleichzeitig auf mehreren Ebenen: Sie machte sich mit dem Ablauf der Ereignisse vertraut, hakte Unwesentliches ab, isolierte Gerüchte, stellte eine geeignete Zeugenliste auf, brachte die Sache in eine für das Gericht angemessene Form und hielt dabei ständig nach Fehlern Ausschau. Auch während sie unbeantwortete Fragen und die unvermeidlichen fehlenden Beweisstücke notierte, erinnerte sie sich daran, daß Redwood, der für diesen Bezirk und sie zuständige Oberstaatsanwalt, am Vortag nicht im Büro gewesen war, und daß das der einzige Grund war, warum ihr der Fall zugeteilt worden war. Redwoods Stellvertreter hatte ihr die Unterlagen nur geschickt, weil er nicht wie sein Chef mit Unsicherheiten und einer seltsamen, chauvinistischen Eifersucht behaftet war und er jemanden, der wirklich kompetent war, für den Fall wollte. Früher oder später würde sich Redwood einmischen; wann, hing nur davon ab, wie schnell ihm eine Ausrede einfiel. Helen war darauf gefaßt, hatte sich darauf vorbereitet, es nicht übelzunehmen, und war entschlossen, in der Zwischenzeit ihr ganzes Fachwissen dem Fall zugute kommen zu lassen. Was sie las, verwirrte sie.

Der Fall war so sauber, so vollständig, so rasch gelöst worden. Ein makelloser Bericht von Bailey, dessen Inhalt zu diskutieren er sich zu Hause geweigert hatte wie ein Schriftsteller, der ein neues Werk geheimhält. Sie verstand, warum. Sie vergaß alles, was sie über die Protagonisten des Falls wußte und war bestürzt von der umfassenden Beweisführung, dem lückenlosen Puzzle, das den Geschworenen ohne fehlendes Teilchen vorgeführt werden konnte. Es war kaum die Aufgabe einer Staatsanwältin, dieses höchst befriedigende Bild in Frage zu stellen. Den Königlichen Strafverfolgungsbehörden oblag es nicht zu beweisen, daß Sumner die Frau *nicht* getötet hatte. Die Verteidigung mußte die Zweifel ins Spiel bringen, so es denn welche gab, aber für Helens perfektionistischen Verstand reichte das nicht aus, wenn lebenslange Gefängnisstrafe drohte. Sie war davon überzeugt, daß die Staatsanwaltschaft nachweisen mußte, jeder Möglichkeit nachgegangen zu sein, jeden anderen potentiellen Täter begründet ausgeschieden, die Motive vieler anderer überprüft, Ehemann, rivalisierende Frauen, sogar Kinder genau unter die Lupe genommen zu haben. Gott behüte. Hier war der Täter ohne Murren, und ohne daß die Ermittler jemand anders ins Auge gefaßt hätten, ins Netz gegangen. Helens Instinkt riet ihr, darauf zu beharren, daß die Polizei noch einmal von vorne anfing. »Wo hättet ihr gesucht, wenn ihr ihn nicht gefunden hättet? Dort solltet ihr jetzt suchen. Wir können uns nicht darauf verlassen, daß es die Verteidigung für uns tut. Die Staatsanwaltschaft muß für Gerechtigkeit sorgen, muß alle Möglichkeiten überprüfen. Na los, seht unter ein paar Steinen mehr nach.«

Sie war nervös, zündete sich eine Zigarette an, überlegte den nächsten Schritt. Ruf Bailey unter streng professionellen Vorzeichen an, hol einen Kollegen zu dem Treffen, um sicherzugehen, daß es völlig unpersönlich abläuft, und mach schnell, bevor Redwood sein unzweifelhaftes Wissen von der West-Bailey-Beziehung nutzt, um massive Einmischung zu rechtfertigen. Im festen Glauben an die Gerechtigkeit und mit dem leidenschaftlichen Willen, die Wahrheit herauszufinden, wollte Helen Fragen stellen. Ruf Bailey an. Es war immer ein Vergnügen, wenn sich zwei aufeinander eingestellte Geister in einem freundschaftlichen Konflikt auf derselben Ebene professioneller Erfahrung trafen. Es war ein Genuß.

Als sie die Nummer wählte, die sie mit verbundenen Augen hätte wählen können, hörte sie Schritte draußen auf dem abgewetzten Teppich vor der Tür, die vertrauten, kurzen Schritte des Oberstaatsanwalts. Helen legte sofort auf, weil sie es haßte, wenn ihre Gespräche mit Bailey mitangehört wurden, und ebenso haßte ihr Chef die Vorstellung, daß eine seiner unabhängigen Staatsanwältinnen mit einem hohen Polizeibeamten zusammenlebte. Zudem wollte sie nicht, daß Brian Redwood – mit seinem Hang für Leistungsindikatoren, Budgets, Fallarbeitsstunden und mit seiner absolut integren, absolut phantasielosen Arbeitsweise – in diesem Stadium Zeuge einer ihrer Entscheidungen wurde. Er liebte korrektes, den Regeln entsprechendes Verhalten, konnte keinen Polizeibeamten unter dem Rang eines Chefinspektors ausstehen und war Helen West gegenüber zutiefst mißtrauisch. Zusätzlich zu all seinen anderen Neurosen glaubte er, daß seine Untergebenen, wenn er sie nur antrieb und drangsalierte, härter arbeiten würden, weil er nicht begriffen hatte, daß kein Anwalt diese Arbeit machen würde, der sich nicht selbst motivieren konnte. »Unser Brian«, wie er ohne Sympathien genannt wurde, war ein lästiger, ausbeuterischer Chef, dessen Interventionen nicht einmal dem Anschein nach von Unterstützung oder Anleitung begleitet wurden. Jedem, der nicht seine Scheuklappensicht teilte, nahm er ebendieses übel.

»Heute nicht im Gericht?« bellte er anklagend.

»Wie Sie sehen«, sagte Helen. »Schreibtischtag.«

»Aha. Wollte sowieso mit Ihnen reden. Kommen Sie vorwärts?«

»Ja, danke.« Vielleicht wollte er einfach nur reden, und sie war an diesem ruhigen Mittwoch die einzige, die zur Hand war; sie war genauso gut wie jeder andere, besser als die meisten, aber mit sinkendem Herzen kamen ihr Zweifel daran, daß er nur plaudern wollte.

»Sie haben den Bericht bekommen von, äh, Ihrem Freund. Oder was auch immer.« Sein Tonfall brachte deutlich Mißbilligung zum Ausdruck. »Sie haben natürlich nicht den notwendigen Rang für Mordfälle.« Helen unterließ es, ihn darauf hinzuweisen, daß sie auf früheren Stellen mehr Mörder vor Gericht verfolgt hatte als Brian Redwood während seines ganzen, gefällig verlaufenen Lebens. Es hatte keinen Sinn, es zu erwähnen. Sie hatte sich angewöhnt, gegenüber Mr. Redwood nicht aufzutrumpfen, alles für ein ruhiges Leben, aber obwohl er sie mit seinem anfänglichen Vorbehalt in die Schranken verwiesen hatte, wollte er doch dringend ihre Meinung wissen, so sehr er es auch haßte zu fragen.

»Dieser Mord in Branston ... Mrs. Blundell ... Sprechen Sie mit Ihrem Kriminalchefinspektor darüber? Bailey heißt er, nicht wahr? Ein sehr guter Ermittlungsbeamter.«

»Nein, wir sprechen nicht darüber«, log Helen mit überzeugender Aufrichtigkeit und wünschte, es wäre nicht fast die ganze Wahrheit. »Es ist besser so.«

»Sehr richtig, sehr richtig.« Er nickte verständig, schluckte anstandslos die Unwahrscheinlichkeit dieser Behauptung und fügte widersinnigerweise hinzu: »Sie sind mit den Fakten vertraut?«

»In etwa, ja.«

»Der Fall liegt ziemlich einfach«, sagte Redwood. »Ist praktisch abgeschlossen. Der Kerl will Verhältnis mit einer älteren, verheirateten Frau beenden, verliert die Beherrschung, schlägt zu und ersticht sie im Streit. Einen seltsamen Ort hat er sich allerdings ausgesucht, Bluebell-Wald. Er verscharrt sie und geht nach Hause, läßt Spuren wie eine ganze Armee zurück: einen Spazierstock, der mit Blut und Haaren, ihren natürlich, verklebt ist, überall Abdrücke von seinen ungewöhnlichen Schuhen, Zigarettenkippen auf der Lichtung, seine Marke.«

»Hat die Polizei ihre Kleider und ihre Handtasche gefunden?« fragte Helen, wohlwissend, daß das der Fall war.

»Auf dem Komposthaufen in seinem Garten. Ich frage Sie, was für ein Rindvieh ist dieser Mann? Die Handtasche und die Kleidungsstücke, alles fein säuberlich verpackt. Schmuck und Geld aus der Handtasche sind spurlos verschwunden. Habgieriger Idiot.«

Helen schwieg, ließ ihn in seinem Redefluß fortfahren, fragte sich, was für ein Problem unser Brian hatte. Jedenfalls nicht dasselbe wie sie. Er dachte nie zweimal nach oder ließ sich überraschen.

»Natürlich hat er kein Alibi, obwohl es seine Freundin versucht hat.«

Sie erinnerte sich. Die arme Christine hatte behauptet, daß Antony am Tag des Mords vor Mitternacht bei ihr gewesen sei, hatte diese Version aufgegeben, als Bailey sie leise darauf aufmerksam machte, daß sie Antony zwei Tage nach dem Tod der Frau überhaupt nicht gesehen habe, was er nur wußte, weil Helen es ihm gesagt hatte. Angesichts des eingeschränkten Geständnisses, das Sumner abgelegt hatte, war diese Lüge keine Hilfe. Die Chance, daß Helen die Freundschaft mit Christine wiederaufleben lassen konnte, war nach dieser Episode auf Null geschrumpft, aber das wußte Redwood nicht, noch sollte er es wissen.

»Es gibt allerdings ein Problem«, grübelte Redwood. »Der Mann gibt den Mord nicht zu.« Er klang gekränkt, als ob Sumners Weigerung, seine volle Schuld zu gestehen, eine persönliche Beleidigung darstellte. »Der Kerl ist intelligent. Ich verstehe es nicht.«

Intelligenz hat wenig damit zu tun, dachte Helen und versuchte, nicht zu lächeln. Noch mußte ein Angeklagter gestehen, nur weil es zweckdienlich war oder der Allgemeinheit Kosten sparte, auch wenn er schuldig war. Er hatte das Recht, bis ins Grab seine Unschuld zu beteuern, auch wenn er Stürme der Entrüstung und Gereiztheit verursachte. Der Mensch muß wie eine Katze um seine Freiheit kämpfen, Foulschläge austeilen, lügen, wenn nötig. Das ist es, was ich tun würde, dachte sie: Ich würde sie zwingen, die letzte verdammte Kleinigkeit zu beweisen. »Wie unüberlegt von ihm«, sagte sie laut; die Ironie ihrer Worte überhörte Redwood.

»Richtig«, sagte er eifrig und vergaß in der Einsamkeit des Büros, daß er sich in der ärgerlichen Lage befand, ausgerechnet mit dem Mitglied seines Mitarbeiterstabs zu debattieren, das zu bewundern er sich am wenigsten leisten konnte. Im hintersten Eckchen seines Verstands unterdrückte er das unbequeme Wissen, daß Helen West sein Büro besser leiten könnte als er, daß sie seine natürliche Stellvertreterin war, zu der er sie nicht berief, da er es vorzog, ihre Fähigkeiten im dunkeln zu lassen. Für diesmal ignorierte er auch das Wissen, daß die jüngeren Leute sich für jede Art Ratschlag um sie scharten, ob es sich um den Stand ihrer Ehe oder den der Gesetze handelte, und daß sie sich weiterhin um sie scharen würden, auch wenn Helen sie nicht dazu ermutigte. Sie war beliebt für ihr Talent, andere in einem Büro voller Zigarettenrauch auf bösartige Weise nachzuahmen, für ihre Flüche und dafür, daß sie unter Streß viel und laut schrie; sie war eine Autorität, ohne sich darum zu bemühen, sie war alles, was er sein wollte und nicht war, während er ihr lediglich eine nicht ganz makellose Verurteilungsrate vorhalten konnte. Wenn er sie vor Gericht beobachtete, konnte er keinen Fehler entdecken, außer der Geschwindigkeit, mit der sie sprach, und ihrer, wie er es nannte, promiskuösen Sympathie sowohl für die Opfer als auch für die Angeklagten, aber wenn nötig, war sie hart wie Granit. Ja, erheben Sie in diesem Fall Einspruch; verpflichten Sie ihn zum Erscheinen vor Gericht; nein, auf keinen Fall gegen Kaution freilassen; also wirklich, ich wäre nicht auch noch so blöd, ihn zu fragen, ob er irgendwo unterkommen kann; ich würde gern helfen, aber ich kann nicht. Was wollen Sie, Blut? Sie hatte diese Art, sie abblitzen zu lassen, ohne ihnen die Würde zu nehmen, die weichen jungen Anwälte der Gegenseite, die wankelmütigen Angeklagten und auch die größenwahnsinnigen Gerichtsangestellten, die in ihrem Reich Götter waren, alle wurden beschwichtigt, ohne daß sie das Gesicht verloren. Ich will Sie nicht demütigen, aber vielleicht muß ich; drängen Sie mich nicht, fair zu sein, das ist verdammt noch mal nicht nötig. Andere Anwälte mochten angesichts erschöpfter Einbrecher von Zeit zu Zeit denken: Wenn ich nicht Glück gehabt hätte, stünde ich jetzt an ihrer Stelle; Helen West glaubte es tatsächlich. Sie vergaß nie das Mitleid, brachte gelegentlich ihren Ärger über die traurige Zurschaustellung von Scharlatanen, Narren und Jugendlichen zum Ausdruck. Redwoods Überzeugungen waren andere. Er sah sich nicht der gleichen Menschheit zugehörig wie die Angeklagten, betrachtete sie als eine andere Rasse.

»Ich frage mich, warum«, dachte er laut nach. »Warum nur, warum gibt er den Mord nicht zu?«

»Na ja«, sagte Helen vorsichtig und gab einen weiteren düsteren Witz zum besten, »er würde seine Chancen, lebenslänglich hinter Gitter zu müssen, dramatisch erhöhen. Oder er sagt die Wahrheit und hat sie tatsächlich nicht umgebracht.«

»Wie bitte?« Er blickte wütend auf, sah, daß Helen auf ihre Hände starrte, und tat die letzte Bemerkung als um der Auseinandersetzung willen gemacht ab. »Natürlich hat er sie umgebracht. Er ist des Mordes angeklagt.« Als ob das alles wäre, was er brauchte. Helen dachte das lächerliche Argument weiter: Wenn du jemanden umbringen willst, dann laß dich des Mordes an dieser Person anklagen und betrachte die Tat als ausgeführt. Spar dir die Mühe.

»Natürlich hat er sie umgebracht. Erde klebte noch an seinen Schuhen, die er danach nicht mehr getragen hat, obwohl er sie vorher ständig anhatte. Mit seinem Stock hat er ihr eine über die Stirn gezogen, mit seinem Stock. Ein Pullover voller Dornen im Waschkorb und das Gesicht voller Kratzer. Und nach diesem Streit bis aufs Blut und nachdem sie sich aufgeführt hat wie eine Katze, will er einfach weggegangen sein und den Mord jemand anders überlassen haben? Vergessen Sie's. Und wer außer ihm hatte ein Motiv? Er hatte andererseits Angst, daß Mrs. B. seine Freundin informieren würde, die er, das muß ich sagen, wirklich gemocht zu haben scheint, jedenfalls genug, um einen Wahnsinnsschiß davor zu haben, sie könnte rausfinden, daß er die andere die ganze Zeit über noch gefickt hat.«

Helen hielt es nicht mehr aus, diese von oben herab geäußerten Vermutungen widerten sie an, und sie haßte dieses erniedrigende Wort, das Christine gleichermaßen mißfallen würde. Wen hat er die ganze Zeit gefickt? »Hat er nicht«, sagte sie rasch, bevor Bedachtsamkeit die Worte verhinderte, die sie bereits bereute, noch während sie sie aussprach, aber sie konnte sich nicht bremsen. »Zumindest Christine – für Sie ›die

Freundin‹, für mich meine Freundin – behauptet, daß er das nicht getan hat. Er hat es ihr erzählt. Sie hätte es sonst gewußt. Das sagte sie mir.«

Er wirkte schockiert. Unser Brian stand von dem Schreibtisch auf, auf dem er so entspannt, wie er in Gegenwart einer Untergebenen nur sein konnte, gesessen hatte.

»Sie hat was?«

»Sie hat es mir gesagt«, wiederholte Helen, die noch immer dem Impuls, der zur Vorsicht gemahnte, zuwiderhandelte und dem Instinkt zu verteidigen nachgab. »Sie ist eine Freundin von mir.«

»Sie, Miss West«, sagte er majestätisch und mit einem Pomp, den sie unbeschreiblich dumm fand, »stekken unter einer Decke mit einer Zeugin der Verteidigung?«

»Nein. Um genau zu sein, stecken wir nicht unter einer Decke, sondern wir sprechen miteinander. Beziehungsweise sprachen. Aber hören Sie zu, denn das sollten Sie wissen: Christine Summerfield wußte von Sumners Affäre. Sie wußte davon, seit sie ihn kannte. Sie wußte, daß er an dem fraglichen Abend Mrs. Blundell treffen wollte, und ich kann und werde genau das aussagen, wenn nötig.«

»Helen – ich meine Miss West ...«

»Was meinen Sie?«

»Sie sind naiv«, sagte unser Brian nachsichtig. »Das mag sie Ihnen erzählt haben, aber vielleicht nur, weil sie genau diese Situation vorausgeahnt hat.«

»O ja«, sagte Helen, und ihr Temperament war nicht mehr zu zügeln. »Sie ist sowohl Wahrsagerin als auch Sozialarbeiterin. Doppelt verdorben, Mr. Redwood, ich meine Brian. Und die Geschworenen würden es als blanken Unsinn ansehen, wenn es aus einem so hinterhältigen Mund wie ihrem kommt. Tut mir leid, ich glaube nicht, daß Antony Sumner Mrs. Blundell umgebracht hat, nur damit Christine nichts von seiner

Affäre erfährt. Das glaube ich einfach nicht. Vielleicht hat er sie getötet, aber nicht aus diesem Grund.« Es klang schärfer, als sie als Reaktion auf Brians unterschwellige Vorurteile beabsichtigt hatte, und weil sie nicht einmal, nicht einmal in drei Wochen die Chance gehabt hatte, die Angelegenheit mit Bailey zu bereden. Unser Brian war da, er würde herhalten müssen.

»Na gut.« Er stand jetzt vor ihr, blickte auf sie hinunter mit seinem besten herablassenden Blick. »Zumindest geben Sie die Möglichkeit der Schuld zu. Ich fing schon an, mich zu wundern. Ich glaube, es ist besser, wenn ich nicht mehr mit Ihnen über den Fall debattiere, Miss West. Und es ist eine sehr gute Idee, daß Sie nicht mit ... mit Ihrem Freund, dem Chefinspektor, darüber reden. Und würden Sie in der Zwischenzeit bitte die Akte an mich zurückschicken, ich kümmere mich selbst um den Fall.«

Ein paar Sekunden herrschte Schweigen, ihre Hand strich über die losen Papiere auf dem Schreibtisch. Sie hatte große Übung im Nicht-Reagieren, hatte sich eben erst zum Gegenteil verleiten lassen, würde ihre Selbstdisziplin nicht weiter verraten. Er wartete auf einen unprofessionellen Ausbruch, war enttäuscht über das schroffe Kopfnicken.

»Schließlich«, sagte er über die Schulter, ein letzter Schlag, »wollen Sie doch nicht eine Verurteilung hintertreiben, oder?«

Sie beobachtete, wie er unsicher die Tür hinter sich schloß, zwang sich zu lächeln, knallte den Stift auf den Schreibtisch, nahm ihn wieder auf und begann, Redwoods Gesicht zu skizzieren. Ein weiches Gesicht, prall wie das eines Meerschweinchens mit festen, runden Backen, einem niedlichen kleinen Mund und verkniffenen Augen. Eine hohe, glatte Stirn, dünnes Haar auf der Seite gescheitelt. Scheuklappensicht, dachte sie mit zusammengebissenen Zähnen. Nichts darf eine Verurteilung verhindern, weder seine, noch die des

Gerichts. Nichts. Nicht einmal die Wahrheit. An seinen Hinterkopf malte sie einen Ringelschwanz.

Vor drei Wochen hatte der Zahnarzt die Identität der Leiche aus dem Bluebell-Wald bestätigt: Es handelte sich um Mrs. Blundell. Das Leben im Bailey-West-Haushalt wirkte nach außen hin normal. Geoffreys Bürostunden waren so variabel wie Helens, und er verbrachte sie selten im Büro. Sie liebte die Abwechslung, genoß friedvolles Alleinsein ebenso wie er, vorausgesetzt es gab keine Spannungen zwischen ihnen, die die einsamen Stunden mit unbeantworteten Fragen füllten, nichts, was das Vertrauen störte. Was nicht dem gegenwärtigen Zustand entsprach. Sie hatte versucht, keine ungebührliche Neugier in seine laufenden Ermittlungen an den Tag zu legen, auch noch als Sumner unter Anklage gestellt wurde und Christine sich an einem Samstagnachmittag auf der Hauptstraße in Branston abrupt von ihr abwandte. Die Spannung im Bailey-West-Haushalt war entstanden, weil Helen Geoffreys Ansicht nicht unterstützen konnte, und diese Spannung reichte aus, Helen davon zu überzeugen, daß es besser sei, Bailey in einer Vielzahl von Fällen und Fragen über polizeiliches Vorgehen nicht anzurufen und um Rat zu fragen, was sie früher häufig getan hatte. Helen selbst empfand es als schwierig, sich wieder mehr auf sich selbst zu verlassen und sich nicht bei jedem moralischen Dilemma hilfesuchend an Bailey zu wenden. Er hatte es ebenso gehalten: Was soll ich tun, Helen? Was meinst du? Es war das Wertvollste gewesen, was sie miteinander verband: dieses unverbrüchliche Vertrauen in das Urteil des anderen, ein absoluter Respekt, den sie sonst keiner anderen Person entgegenbrachten. Helen trauerte um den Verlust dieser Gemeinsamkeit, betete zu ihrer Version von Gott, daß er nur vorübergehend sein möge. Die ruhige Oberfläche ihres Lebens kräuselte sich unter einer leichten Brise, aber in dieser neuen Atmosphäre der Geheimniskrämerei, hervorgerufen durch den Mordfall, spürte sie, wie die Finger und Zehen ihrer Existenz taub wurden, in einem frühen Frost ihr Empfindungsvermögen verloren.

Als sie ihn kennengelernt hatte, war Bailey ein schweigsamer Mensch gewesen, er hatte die Widerstände seiner Zurückhaltung nur so langsam gebrochen, daß sie zuerst nicht bemerkte, wieviel und unter welchen Kosten er sie preisgab. Baileys Herz hatte sich geöffnet, um sie in einer zärtlichen Umarmung aufzunehmen, und er war stets bereit, sie freizulassen, sollte sie protestieren oder Freiheit fordern. Eine Kindheit in ehrenwerter Armut, das Leben eines Polizisten unter diversen Chefs, dessen Einzelheiten sie stückchenweise und nie vollständig erfuhr, Dinge, deren er sich schämte, weniger Dinge, auf die er stolz war, nie Mitglied eines Clubs, der ihn als solches aufgenommen hätte. Eine lang zurückliegende Ehe mit einer Frau, die verrückt geworden war, eine Frau, die er geschätzt hatte und die für Helen noch immer eine unbekannte Größe war. Keine Eifersucht, schlichtes Nichtwissen. Das Problem war, daß er nach wie vor versuchte, Helen vor schmerzhaften Informationen zu beschützen, wie er möglicherweise diese verletzliche Frau abgeschirmt hatte; diese Verhaltensweise würde er immer beibehalten, und dieser Fall, der ihrer beider Leben so hautnah berührte, zwang ihn, zu seiner alten Zögerlichkeit zurückzukehren, die sein Kennzeichen gewesen war, bevor ihn seine Liebe zu Helen verändert hatte. Er hatte sein Schweigen ihr gegenüber gebrochen, konnte sich aber nicht zu diesem Kurs entschließen, wenn die Wahrheit sie verletzen oder gar kränken würde. In Sachen Sumner hatte er mit der Effizienz langer Berufserfahrung gehandelt: Er hatte den Mann des Mordes angeklagt und dabei gewußt, daß Helen es nicht gutheißen konnte, nie dasselbe getan hätte. Die Anklage war vergleichbar mit einem unfertigen Bild, an dem ein Dilettant weitermalte, denn alle diese Bilder waren ohne Fingerabdrücke oder unterschriebenes Geständnis unvollständig. Die Polizei verfügte über mehr als genug Beweismaterial, deshalb wurde Anklage erhoben. Helen hätte diesen Prozeß ein auf den Kopf gestelltes Bild genannt und hatte ihm geraten, weiter zu ermitteln. Und so hatte die Leiche im Wald nicht einen schmalen Riß, sondern eine klaffende Lükke verursacht, eine Zeit, in der sie sich über die Reaktionen des jeweils anderen klar werden wollten, sich zurückzogen, um Geständnisse oder Anklagen zu vermeiden, und sich einsam fühlten. Helen war mehr als nur etwas enttäuscht von ihm. Keine Feindseligkeiten; beide wären ans Ende der Welt gegangen, um einen richtigen Krach zu vermeiden, aber die fruchtbare Leichtigkeit, mit der sie normalerweise kommunizierten, war blockiert, sie waren zurückgekehrt in den Zustand zweier pathologisch einsamer und selbstgenügsamer Seelen, die sich beide aufs höchste erleichtert gefühlt hatten durch die Entdeckung des jeweils anderen.

Zu Hause, in diesem Zuhause, an das sie nicht als solches denken konnte, saß sie da und starrte vor sich hin. Wie sanft die Polizei mit Sumner umgesprungen war, konnte sie nur raten. Sanftheit war ein durchgängiger Charakterzug Baileys, wahrnehmbar auch in den Linien seines gefurchten Gesichts, das so streng wirkte und vom Lachen so verwandelt wurde. Selbst in seinen schärfsten, erbittertsten Verhören drohte er nie mit Gewalt, aber er bediente sich oft der überzeugenden Kraft der Angst. Sie stellte ihn sich zusammen mit seinem blassen Gefangenen vor, dachte daran, wie furchteinflößend Bailey mit nur wenigen Worten oder Gesten sein konnte. Eine schwere Prüfung für Antony Sumner, diesen vorurteilsbeladenen, unlogischen, verdorbenen, selbstsüchtigen Lehrer und Liebhaber, er war mit Sicherheit nicht in der Lage, Baileys provozierender Geschicklichkeit Widerstand zu leisten. Nur wenigen gelang das, in der Regel denjenigen, die schlau genug waren, den Mund überhaupt nicht aufzumachen, wozu sie niemals fähig gewesen wäre. Aber so war es: Antony hatte Widerstand geleistet, stand unter Anklage, und ihr meerschweinchengesichtiger Chef betrachtete den Fall als gelöst, trotz der Lücken wie zum Beispiel dem Fehlen der Tatwaffe. Im Gegensatz zu ihm fand Helen, daß die Beweise auffällig unvollständig waren, die bislang gezogenen Schlußfolgerungen erbärmlich inadäquat; sie war entschlossen zu verfolgen, ob sich ihr Urteil als das richtige herausstellen würde, aber sie fühlte sich als eine Art Gefangene, unfähig den Fall zu Hause oder im Büro zu diskutieren, da Bailey ihr Interesse nicht bestärkte und Redwood es sich verbat.

Als sie jetzt Geoffrey ansah, der nach dem Essen in einem Sessel saß und ein Buch las – so wie er meistens seine Freizeit verbrachte –, fiel ihr sein konzentrierter Blick auf. Er saß aufrecht, las einen Roman, und als sie in ihren Adern die alte und immer wieder neue Liebe zu ihm fließen spürte, entschloß sie sich zu sprechen.

»Geoffrey Bailey, ich weiß, es ist ein Buch und deswegen das wertvollste Ding auf Erden, aber kannst du es nicht für eine Minute weglegen? Sprich mit mir, du Scheusal. Und nachdem dieses Haus in letzter Zeit eher ein stummes Haus ist, laß uns in die ›Krone‹ gehen.«

Er lächelte sie übers ganze Gesicht an, als ob er nur auf dieses Stichwort gewartet hätte, stand auf, küßte sie flüchtig, ging zur Tür, bevor sie noch Zeit hatte Luft zu holen. »Komm schon, Frau.«

Das Buch wegzulegen war ein eindrucksvolles Opfer, und sie lief im Galopp hinter ihm zur Tür und hinaus in den Abend, griff nach seiner Hand, als sie auf die Straße einbogen. Eine Art Tradition schrieb vor, daß sie zu Fuß zur ›Krone‹ gingen, eine Gewohnheit, die der Winter ändern würde, aber jetzt war es ein angenehmer Spaziergang. Bailey drückte ihre Hand und steckte sie zusammen mit seiner und mit den üblichen Anzeichen der Verlegenheit in die Jackentasche. Er, der wesentlich verhaltener als sie Gesten der Zuneigung und des Besitzes zeigte, erwiderte sie mit Interesse, für immer von einer Kindheit und einem Leben als Erwachsener geprägt, während derer sie verboten gewesen zu sein schienen. Helen spürte seine Wärme, und nein, sie würde Antony Sumner nicht erwähnen, nicht unterwegs. Sie würden einfach nur in dem sommerlich duftenden Licht gehen, solange es noch hell war, diese Straße entlang, die jetzt ausgestorben war. Dann würden sie in der grellbunten Bar sitzen, den Featherstones beim Streiten zuhören oder irgendetwas in der Art tun. Hauptsache irgend etwas Normales, das sie daran erinnerte, wie leicht der Alltag durch seine Gesellschaft wurde, und ihr versicherte, daß sie nicht drauf und dran war, verrückt zu werden. Vielleicht würde sie ihm von Redwood erzählen und von der Demütigung, die er ihr zugefügt hatte, indem er ihr den Mordfall entzog. Vielleicht auch nicht. Er würde sich um sie sorgen, sie um ihren Berufsstolz beneiden. Im Augenblick war es gleichgültig. Sie befand sich wieder in dem ihr angeborenen Zustand, sich einfach nur zu freuen, am Leben zu sein.

Aber Geoffrey selbst leitete in dem halbherzigen Versuch, reinen Tisch zu schaffen, die Unterhaltung auf verbotenes Terrain. »Hab' mit deinem Boß über unseren Mordfall im Dorf gesprochen«, sagte er, kaum stand eine entkorkte Flasche Wein vor ihnen. »Du weißt schon, der Mann ohne Gesicht, Redsquirrel.«

»Redwood«, korrigierte sie ihn und lachte. Sie spürte seine Irritation gegenüber dem fraglichen Mann.

»Er hat alle seine Zeugnisse und Urkunden gerahmt an der Wand hängen für den Fall, daß wir gemeinen

Polizisten an seiner Kompetenz zweifeln sollten«, fuhr Bailey fort.

»Manche Leute ziehen sie in Zweifel«, sagte Helen, »insbesondere Anwälte. Und wofür immer er Zeugnisse hat, in der Kunst der Gesprächsführung hat er keins.«

»Oder in der Wertschätzung des Humors, wie ich feststellen mußte«, fügte Bailey hinzu.

Eine Pause für einen Schluck Wein, einen zufriedenen Seufzer, und dann wurde eilig das Gespräch wieder aufgenommen. »Er betrachtet den Fall als abgeschlossen – hat mir eine Art Gut-gemacht-Jungs-aber-jetzt-laßt-die-Finger-davon-Vortrag gehalten. Sieht die Sache als erledigt an. Morgen wird dem Gericht das schriftliche Beweismaterial im voraus vorgelegt, ein paar wissenschaftliche Stellungnahmen fehlen noch. Überlaßt die Sache von jetzt an uns. Er wird den Kronanwalt unterrichten und natürlich dessen Stellvertreter, hat sich nicht herabgelassen, uns zu sagen, wer das ist, das obligatorische Vorgehen in einem Mordfall, vermutlich. Hat mich gefragt, ob sich Sumner des Mordes schuldig bekennen wird. Ein arroganter Mensch, dieser Redwood. Hast du bemerkt, daß er aussieht wie ein Meerschweinchen?«

»Ja«, sagte Helen, »das habe ich bemerkt.«

»Jedenfalls«, fuhr Bailey fort, beeilte sich, als ob er das Thema möglichst schnell vom Tisch haben wollte, »habe ich ihm gesagt, daß ein Schuldbekenntnis Sumners so unwahrscheinlich ist wie ein schöner englischer Sommer.« Er hielt inne und grinste. »Ich kann mir Mr. Meerschweinchen als guten Gemüsebauern vorstellen, das wäre genau das Richtige für ihn.«

»Ich will mich vorsichtig ausdrücken«, sagte Helen. »Einerseits will ich darüber sprechen, andererseits nicht, falls du verstehst, was ich meine. Glaubst du, daß Sumner sich schuldig bekennen wird, aber eingeschränkt, das heißt, daß er sich darauf berufen wird, provoziert worden zu sein, oder nur eingeschränkt zurechnungsfähig war? Nein, das meine ich nicht, das hast du bereits beantwortet. Ich meine, hat er es wirklich getan?«

Er zögerte. Zündete gemächlich seine Pfeife an, studierte das Etikett auf der Weinflasche. »Die Beweise scheinen nahezulegen, daß er es getan hat.«

»Die Beweise, soweit ich sie kenne?«

»Die Beweise, soweit sie reichen.«

»Du glaubst es nicht, Geoffrey, oder?« Sie unterdrückte den Wunsch, lauter zu werden.

Er seufzte, als ob er den Ausbruch des Konflikts seit den drei Wochen, in denen er schwelte, vorausgesehen hätte. »Doch, ich glaube es. Soweit ich es glauben muß. Ich glaube an Beweise. Nichts anderes funktioniert. Spekulation, Zweifel, die sich auf Loyalität gründen, Zuneigung oder Ahnungen, nichts hat die Gültigkeit von Beweisen. Außerdem ist völlig unwichtig, was ich glaube.«

»Das hast du schon öfter gesagt, und es ist die einzige Gelegenheit, bei der ich dich beim Lügen ertappe.«

Er wandte ihr perplex sein gebräuntes Gesicht zu, war glücklich, neben ihr zu sitzen, wollte nicht ernst sein, wollte plötzlich über nichts Wichtiges reden.

»Natürlich ist es wahr, Helen. Ich ermittle, berichte, wiederhole vor Gericht, was ich herausgefunden habe. Nach meiner Meinung werde ich nicht gefragt. Ich bin ein gut ausgebildeter Papagei – oder eher eine Brieftaube, Überbringer von Botschaften, die die bestmögliche Annäherung an die Wahrheit darstellen –, soweit es Redsquirrel und die Bande von Richtern betrifft.«

»In Ordnung, in Ordnung, ein Punkt für die ausweichende Antwort. Aber was glaubst du? Irgend etwas mußt du doch glauben. Du, nicht der Papagei.«

»Ich glaube, was ich sehe. Was die Beweise nahelegen.«

»Du machst mich verrückt. Was ist mit Mrs. Blundell? Wie war sie?«

»Nicht unbedingt Sumners Typ, würde ich sagen. Das einzige, was sie gemeinsam hatten, war die Blutgruppe.« Er versuchte, das Gespräch zu beenden, und sie wußte sehr wohl, daß es ihm gelingen würde. Darin legte er in letzter Zeit eine erstaunliche Geschicklichkeit an den Tag.

Hinter der Bar wurden die Featherstoneschen Beleidigungen lauter, übertönten die vereinzelten Gespräche der Gäste, deren Stimmen sowohl aus Rücksichtnahme als auch aus Neugier leiser wurden. »Er sagte ein großes Bier, Harold, nicht ein kleines, du Idiot.«

»Halt's Maul, Bernadette, halt's Maul, steck dir'n Socken rein, ja?« Sie zischten einander an, von Flüstern konnte keine Rede sein. Biertrinker brachten Harold jedesmal aus der Fassung. Mit rotem Gesicht ließ er seiner Anspannung freien Lauf und knallte die Faust mit dem Bier auf den Tisch, erschreckte den Gast mit einem wütenden Blick, als aus der Küche plötzlich lautes Krachen zu vernehmen war.

William Featherstone tauchte wie ein Blitz aus heiterem Himmel in der Küchentür auf, lief über den schwindelerregend gemusterten Teppich zur Treppe, warf Blicke nach links und nach rechts. Bernadette kam von der Bar aus auf ihn zu. Er drohte ihr mit der Faust, und sie trat wieder zurück und tat so, als hätte sie es nicht gesehen. Auf halber Strecke blieb er stehen, da er Helen und Geoffrey bemerkt hatte, drehte sich um die eigene Achse, bedachte diese bekannte Kundschaft mit einem irren Grinsen und verschwand die Treppe hinauf, wobei er drei Stufen auf einmal nahm. Der Lärm, den er dabei verursachte, war ohrenbetäubend.

»Aggressiver Kerl«, sagte Bailey.

»Armer Junge«, sagte Helen.

Harold Featherstone zuckte auf sonderbare Weise

die Achseln. Bailey und Helen fingen angesichts der komischen Bewegung gleichzeitig an zu kichern, und angesichts von Bernadettes vernichtendem Blick wurde aus dem Kichern leises, aber unkontrollierbares Gelächter. Kein Grund zu lachen, aber dennoch amüsierten sie sich königlich.

»Deshalb gefällt's mir hier«, sagte Bailey und sah zu, wie Harold ein halb mit Whisky gefülltes Glas abzutrocknen begann, Bernadette ihn dabei entgeistert beobachtete und eine entsprechende Bemerkung vorbereitete. Helen, die plötzlich nahezu zufrieden war, legte eine Hand auf Baileys Nacken und lachte an seiner Schulter. Baileys Lachen, seine Berührung und sein Geruch stellten ihr Vertrauen wieder her. Sollten sie über die Featherstones und ihre Nachbarn spekulieren. Sollte er für jetzt gewinnen, sie wollte den Frieden nicht zerstören mit Gerede über Blundells und Sumners, Mörder und Staatsanwälte. Gefährliches Terrain, eine Jauchegrube mit täuschend glatter Oberfläche. Und während in ihr die dumpfe Empfindung, einen Kompromiß eingegangen zu sein, aufstieg, übertünchte sie diese mit Gelächter. Es war die Liebesaffäre gewesen, die alle anderen endgültig vergessen machen sollte; sie begann ihr zu entgleiten, wie alle anderen vorher auch.

In einem todschicken Haus war die Liebe eine häufig mit Füßen getretene Angelegenheit. Blundells Domizil lag eine knappe Meile von der »Krone« entfernt, und sein Besitzer war ein moderner Mann, der nicht in Yards, sondern in Metern dachte, außer wenn es sich um Kummer oder Flüssigkeit handelte. Flüssigkeit war braun, wurde in Inches geordert und mit oder ohne Eis getrunken. John Blundell stand in einem Zimmer, das Mrs. Blundell auf eine Weise ausgestattet hatte, die nichts, aber auch gar nichts mit dem Einrichtungsstil der »Krone« gemein hatte. Sie war süchtig gewesen nach ›Schöner Wohnen‹ und ›Vogue‹, das Haus und ihre Kleidung spiegelten diese Sucht wieder. Der Witwer befand sich in ihrem Schlafzimmer, das von jenem ominösen Schweigen erfüllt war, das das ganze Haus mit Anklagen durchflutete. Seine Tochter schlief vermutlich; vor einer Stunde hatte sie sich mit einem kurzen Gutenachtgruß in ihr Zimmer zurückgezogen. Das Haus war sprachlos geworden, sein eigener Atem geräuschvoll. John hatte alle Türen des Kleiderschranks der verstorbenen Mrs. B. – eines fünfzehn Meter langen Kleiderschranks – geöffnet. Im Inneren hingen Kleider, deren Existenz sie stets verleugnet hatte, um noch mehr zu kaufen; eine kleine Auswahl, hätte sie gesagt. Seitdem ihre Figur in den letzten eineinhalb Jahren erneut jugendliche Proportionen erlangt hatte, hatte sie Braun-, Beige- und Schwarztöne bevorzugt. Die letzten zehn Jahre vorher hatte sie Größe vierundvierzig und vornehmlich sanfte Rot- und Pinktöne getragen. Teures Rot, aber nichtsdestotrotz Leichentücher. Ihr neues Image war stromlinienförmig gewesen und ihr neues Gesicht hübsch anzusehen. Trotzdem hatte er das alte vorgezogen – das weniger forderte und weniger kostete.

John Blundell ging vom Kleiderschrank zum Frisiertisch, auf dem die etwas angestaubte Schmuckschachtel stand. Die Accessoires paßten zu den Kleidern. Mattes Gold, Ohrringe, die aussahen wie Messingkugeln, aber unendlich kostspieliger waren, Halsketten mit großen, elegant langweiligen Gliedern. Nichts Glänzendes, das grellste Stück war eine alte zweireihige Perlenkette, die kaum mehr schimmerte als die anderen Sachen. Auffällig war das Fehlen eines massiv goldenen, engen Halsbands, eines ebensolchen Armreifs und zweier goldener Ringe, alles hochkarätige Dinge, die sie am Abend ihres Verschwindens getragen hatte, dieselben schlichten Schmuckstücke, die er dem Chefinspektor beschrieben hatte. Bailey, der sich Helens Gewohnheit zu eigen gemacht hatte, hatte ihn gebeten, die fraglichen Stücke aufzuzeichnen, und jetzt waren sie unauslöschlich in Blundells Gedächtnis eingegraben. Unauslöschlich war auch seine Wut über ihren Preis. Er hatte sie gekauft, um seine Frau zu besänftigen.

Sie hatte sich die Gewänder größeren Reichtums übergezogen, sich in eine Dame des Hauses alten Stils verwandelt, ohne die traditionell damit verbundene Sparsamkeit zu übernehmen. Ihre Gewohnheiten hatten nicht, jedenfalls soweit ihr Mann wußte, den Beischlaf mit dem Gärtner beinhaltet. Sie hatte statt dessen eine andere Art Ausgleich gefunden, nicht wahr? Sie trug die dumpfen Metalle als Rebellion gegen Diamanten, versuchte sich geistigen Werten zu widmen, das hatte sie zumindest gesagt. Und dann hatte sie sich der Poesie hingegeben – in Form eines verdammten Mannes, der sie ihr vorlas. Und sie hatte geglaubt, John würde es nicht bemerken.

John Blundell kehrte zum Schrank zurück. Betrachtete die Reihen ordentlich aufgehängter Kleider: Leinen für den Sommer, Kaschmir für kühle Abende, für jede Gelegenheit etwas, Farbe neben Farbe in gebügelter Harmonie, nicht wie seine Hemden versaut von der Putzfrau. Er nahm ein Kleid vom Bügel, zog den Gürtel aus den Schlaufen, sah beides an, steckte den Dorn in den Ausschnitt und zerriß das Kleid vom Kragen bis zum Saum. Edler Stoff, der riß, machte ein befriedigendes Geräusch. Langsam und bedächtig zerstörte er auf dieselbe Weise zwei Seidenblusen, hängte sie ordentlich zurück in den Schrank neben die anderen Kleider, einige bereits zerrissen, die meisten noch nicht, und schritt unsicher zu seiner Seite des breiten französischen Betts. Auf dem Tisch – ein Stilmöbel – stand die Karaffe mit dem Whisky, nach der er mit einer feisten Faust griff. Jetzt, da sie verschwunden war – tot, wenn auch noch nicht begraben – konnte er wenigstens im Bett trinken. Er hätte es auch schon die letzten vier Jahre tun können. Hier war absolut nichts mehr passiert, immer hatte sie über den Haushalt gestöhnt, während sie sein Geld ausgab. Er weinte ins Kopfkissen: Du hättest von mir alles haben können, was du wolltest, das habe ich dir immer gesagt. Immer hast du gewollt, daß ich mit dir rede, und dann hast du kein Wort mehr gesagt. Du hast verdient, was du bekommen hast.

6

Die Post arbeitete langsam. Deswegen fiel es Amanda Scott zu – auf Geheiß von Redwood, den sie nie mit einem Meerschweinchen verglichen hätte –, eine Kopie des Beweismaterials im Fall Redwood versus Sumner in den Büroräumen der Herren Amor und Harmoner in der Hauptstraße, Branston abzugeben.

Der Name der Firma legte Liebe zu den Menschen nahe und Harmonie als kostenlose Beigabe, aber Mr. Amor war tot, und ob er dank seines Namens die Geschäftspraktiken gefühlvoller gestaltet hatte, war heute nicht mehr zu entscheiden. Henry Harmoner war die Hauptstütze der Kanzlei, ein vermeintlich schwerfälliger Mann, der John Blundell für die rasche Umschichtung von Häusern in Branston und Umgebung dankbar war, die die Klientel für Eigentumsübertragungen in seiner Praxis verdreifacht hatte. Nicht gerade dankbar war er für die nachfolgenden Klienten, für welche die öffentliche Hand lediglich die Pflichtsätze zahlte und die er seinem Bruder George überließ, der aus Gründen, die nur dieser selbst kannte, diese unappetitlichen Fälle zu mögen schien. Henry war alles andere als erfreut gewesen, als er erfuhr, daß George Antony Sumner vertrat, den Mörder von Mrs. Blundell, auf die er selbst ein Auge geworfen hatte, vor allem als sie noch Größe vierundvierzig trug; sie hatte eine ansprechende Figur gehabt, bevor sie dünn geworden war. Schließlich war er bei diesen Leuten zum Abendessen eingeladen gewesen. Der Mann hatte es zu nicht unerheblichem Wohlstand gebracht und war dabei ein häßlicher kleiner Dreckskerl geblieben, hinterhältig und gemein, wenn nötig, aber man durfte keinesfalls sein Mißfallen auf sich ziehen. Deswegen schnauzte Henry George für die Übernahme des Falls kurz an und hoffte, daß John Blundell verstehen würde, daß Geschäft nun mal Geschäft war und so weiter, so wie der Mann es für gewöhnlich tat, von einem Bein auf das andere hüpfend, und ohne große Skrupel an den Tag zu legen. Wenn Henry und George Harmoner miteinander stritten, und sei es auch nur kurz wie bei dieser Gelegenheit, ähnelten sie zwei Bullen mit ineinander verkeilten Hörnern, die ohne große Überzeugung und lediglich dem Publikum zuliebe hin und her schwankten und ab und zu brüllten. Beide artikulierten sich in knappen Sätzen, blickten dabei unter buschigen Augenbrauen finster drein – das einzige Familienmerkmal außer einer gesunden Aufgeblasenheit. Diese wurde als Beruhigungsmittel an alle Mandanten verteilt. George war der hellere von den beiden, was ihn als ziemlich helle, wenn auch etwas weniger wohlhabend auszeichnete; mit seinen dreiunddreißig Jahren war er der jüngere, nichtsdestoweniger verfügte er bereits über die untersetzte Stämmigkeit des mittleren Alters. Die Ähnlichkeit der beiden Brüder erstreckte sich auf Gewicht, kurze Sätze und eine hundertprozentige, wenn auch schmerzlose Leidenschaft für die Art, wie sie ihr täglich Brot verdienten. »Nichts läßt sich mit der Juristerei vergleichen«, hatte sich George einmal begeistert. »Nichts, Henry, überhaupt nichts.«

»Oh, da bin ich mir nicht so sicher, George. Es gibt auch anderes«, hatte Henry erwidert und sich dabei auf den runden Bauch geklopft. »Aber sie ist nicht schlecht, George. Überhaupt nicht schlecht. Man kann davon leben.«

Sogar zu dieser frühen Stunde sprach George mit lauter Stimme. »Stell dich nicht so an, Henry. Der Kerl hat jemand umgebracht. Also muß er verteidigt werden. Das Honorar zahlt der Staat, aber egal. Sie hat um Mitternacht angerufen, diese Frau, tränenüberströmt. Ich konnte nicht mehr tun, als mich ins Zeug legen und mich unbeliebt machen. Und das hab' ich getan. An dem Abend damals konnte ich ihm nicht helfen, wurde ausgesperrt. Aber jetzt bin ich an der Reihe. Außerdem werd' ich ihn jetzt auch schwer wieder los. Mach dir nichts draus.«

»Ein bißchen viel, George, ein bißchen viel.«

»Ich verstehe, was du meinst, Henry. Das Opfer war John Blundells bessere Hälfte, und das war sie wirklich, oder? Ha. John wird es nicht gefallen, wenn ich den Kerl raushole? Tja, das tut mir leid, Henry.«

»Ein bißchen viel, George, wirklich.«

»Ich weiß, Henry, ich weiß. Aber da kann ich nichts machen, falls du verstehst, was ich meine.«

So fuhren sie einander an den Karren, täuschten noch für eine Weile länger halbherzige, verbale Schläge vor; sie standen im modernen Foyer ihrer Kanzlei, drei jüngere Rechtsanwälte schlüpften hinter ihrem Rücken herein, und die Dame am Empfang mit dem gefärbten Haar zwinkerte ihr Telefon an. Der jeweiligen Ehre war in etwa Genüge getan, als Amanda Scott mit einer großen Ledermappe durch die Tür trat, auf der »Im Auftrag Ihrer Majestät zur Kenntnisnahme für G. Harmoner, Esq.« stand. Amanda trug blaue Spitzenstrümpfe, ein ungewöhnliches Accessoire zu einem ansonsten vollkommen schlichten Erscheinungsbild, und Henry dachte, daß sie wirklich verdammt hübsch aussah. Er spürte außerdem, daß er wegen ihr den Streit verlieren würde. George kam hinsichtlich ihres Aussehens zu demselben Schluß wie sein Bruder, allerdings dachte er, daß ihre Beine in diesen Strümpfen aussahen, als ob Spinnen an ihnen rauf und runter kröchen, und er grinste affektiert. Als Amanda ihn problemlos als ihren Ansprechpartner identifizierte, grinste er noch affektierter. Bei Eigentumsübertragungen wurden Akten nur selten persönlich, noch dazu von einer netten jungen Frau, überbracht. Nachdem sie ihr namentlich gedankt hatten, kehrte ihnen Amanda ebenso höflich, wie sie gekommen war, wieder den Rücken.

Henry staunte ungläubig. »Das soll eine Polizistin sein?«

»Aber ja, Henry, ja. Heutzutage sehen eine Menge von ihnen so aus.«

»Guter Gott«, sagte Henry. »Ich geb's auf. Bring den Kerl dazu, daß er sich schuldig bekennt. Er hat nicht die geringste Chance. Erst Yvonne Blundell und jetzt diese Frau: Der Mann ist erledigt.«

George wußte um die bedauerliche Beschränktheit von Henrys kriminalistischen Fähigkeiten, aber nach einer flüchtigen Prüfung der relativ dünnen Akte – das Beweismaterial bestand überwiegend aus wissenschaftlichen Stellungnahmen und Sumners schriftlichem Geständnis der halben Tat – neigte George dazu, dem Urteil, das Henry in tiefster Unwissenheit gefällt hatte, zuzustimmen. Der Spielraum, die Beweise beim Haftprüfungsverfahren anzufechten, war nicht groß; es handelte sich um einen Fall, bei dem der Tatbestand einfach lag. Schade, es bestand kaum Hoffnung auf einen großen Auftritt vor dem örtlichen Untersuchungsrichter. George mochte solche großen Auftritte, und er nutzte, wenn er der einzige Anwalt im Raum war, jede Gelegenheit, den Zeugen flammende Strafpredigten zu halten, bevor die Sache an die nächsthöhere Instanz verwiesen wurde und er nach einem Kronanwalt, der doppelt soviel verdiente wie er, die zweite Geige spielen mußte. Und wenn dieser Kerl, dieser widerliche Kerl von einem verdammten Gedichteliebhaber und Englischlehrer – von seinem Geständnis und seinem Lebenslauf konnte einem kotzübel werden – auch nur im Traum daran dachte, sich für irgend etwas schuldig zu bekennen, dann würde er sich das noch mal gründlich überlegen müssen. Solange George Harmoner sein Verteidiger war, würde er nichts zugeben, weder daß er auf dem Weg zur Kneipe gemeingefährlich Auto gefahren war und schon gar nicht, daß er hinterher eine reiche Frau erstochen hatte. George lehnte sich zurück und dachte nach, die ekelhaften Einzelheiten des Autopsieberichts hob er sich für lange nach dem Mittagessen auf. Dieser Fall war gut fürs Geschäft, auch wenn es schade um Mrs. B. war, aber die Öffentlichkeit würde sich außerordentlich dafür interessieren, für sie und das große Haus und so weiter. »Sieh mal, Henry, in dieser Gegend geht der Eigentumsboom zurück. Hat uns einiges eingebracht, aber damit ist es jetzt vielleicht vorbei. Möglicherweise ist es an der Zeit, Amor und Harmoner eine andere Richtung zu geben. Wir sollten ein Auge auf die verläßliche, lukrative, aber diskrete East-End-Kriminalität haben, den großen, betrügerischen Spekulanten einen Namen vor die Nase schieben. Es geht um Geld, und Geld stinkt nicht. Keine schlechte Idee.« Wieder dachte er: Schade um Mrs. B., aber er konnte jetzt seine Zeit nicht mit Bedauern verschwenden, nicht wahr? Die Mund-zu-Mund-Beatmung würde er sich für den Scheißkerl, der sie umgebracht hatte, aufheben. Keine schlechte Sache, die Juristerei, überhaupt keine schlechte Sache.

Er summte vor sich hin, ließ sich von dem Aktenstapel auf seinem Schreibtisch nicht abschrecken. Kein Problem, alles, was er brauchte, war Methode und ein Sinn für Ordnung, und mit diesen zwei Eigenschaften war jedes Problem lösbar.

Dann, als er in der Akte eines anderen Falls las, bei

dem es um den Diebstahl von Schreinerwerkzeug einschließlich eines Schälmesser ging, kam George auf halber Seite ein Gedanke. Messer. Stichwunden. Er legte die Akte beiseite, nahm Sumners zur Hand, eine Zeile aus dem Autopsiebericht hatte er beim ersten flüchtigen Überfliegen gespeichert. Was war dort gleich wieder gestanden? »Wunden, die wahrscheinlich mit einer einschneidigen Waffe, einem Messer verursacht wurden.« Das war es, was er gelesen hatte, der genaue Wortlaut, den er zusammen mit der Beweisliste dank seines fotografischen Erinnerungsvermögens in irgendeine Ecke seines Gedächtnisses transferiert hatte. Sumner leugnete sowohl, ein Messer zu besitzen, als auch, eins benutzt zu haben. Wo also war das Messer, hä? Nicht auf der verdammten Liste. Er überflog die Akte mit geübtem Auge. Kein Messer. Weder in Sumners Haus, noch in den Mülltonnen oder auf dem Grundstück; nicht die Sorte Gegenstand, die ein poetisch veranlagter Dandy mit sich herumträgt, falls Sie verstehen, was ich meine, erst recht nicht in Branston, auf dem Weg zu einem geruhsamen Stelldichein in der Kneipe. Auch nicht der Typ, der angelt, wie George zum Beispiel; dafür brauchte man ein einschneidiges, scharfes Messer. Für die Angelschnur, um sie durchzuschneiden. Dafür mußte es sehr scharf sein. Auch George war scharf.

Er lehnte sich zurück und streckte sich. Er hatte seine Chance für einen glänzenden großen Auftritt vor Gericht entdeckt, und wenn es nur darum ging herauszufinden, wo das Messer geblieben war. Ein wunderbar blutrünstiger Aufhänger, auch wenn in der Presse nicht darüber berichtet würde; für das Publikum im Gerichtssaal würde es reichen. Da wird euch die Luft wegbleiben, und die Augen werden euch übergehen: Wunden, Waffen, die Wunden verursachen, Messer – die Zauberformel war gefunden.

William Featherstone, der in friedlicher Stimmung oben in einem Doppeldeckerbus saß, fuhr am Büro von Amor und Harmoner vorbei und warf einen Blick auf die Fenster der Kanzlei, seine Züge verfinsterten sich, und er sah wieder auf die Straße vor ihm. Während seine Eltern keinen George Harmoner kannten, hatte William mit ihm Bekanntschaft geschlossen, und er wußte, daß er zu der Dorfprominenz gehörte, die das Etablissement seiner Eltern nicht mal aus Anlaß einer Beerdigung aufsuchen würde. William hatte den Mann unter ungünstigen Begleiterscheinungen kennengelernt, ein Umstand, den seine Mutter früher oder später vermutlich erfahren würde. George Harmoner hatte im Verhörraum des Polizeireviers von Chingford vor ihm gestanden, von der Polizei gerufen, wie es im Fall eines jugendlichen Ladendiebs angezeigt war, der mit siebzehn das Alter erreicht hatte, in dem die Information der Eltern nicht mehr vorgeschrieben war. Williams Antwort auf die Frage: »Wollen Sie einen Rechtsanwalt?« hatte »Weiß nich'« gelautet. Sehr schnell hatte die Polizei seinem launischen Temperament Rechnung getragen und einen Rechtsanwalt aus dem Ort gerufen, in dem der Junge lebte. Er hatte ihnen den Ort, nicht seine Adresse genannt. Zudem war bekannt, daß Harmoner nie einen Fall ablehnte, als er jedoch den blaßäugigen William sah, der an den Fransen im Schritt seiner schmierigen Hose zog und mit einem wahrhaft leeren Blick aus dem Fenster stierte, wünschte er, er wäre nicht gekommen. William mochte George ebensowenig. Der Mann hatte ihn langsam und deutlich angeschrien, als ob er ihn für taub hielt. »Verstehst du, William? Sie werden dich nicht anzeigen. Du hast der Dame dort«, Harmoner zeigte auf eine junge Polizistin in der Ecke des Zimmers, »erklärt, daß du die Sachen genommen hast.« William hatte der hübschen Polizistin alles erzählt, was sie wissen wollte. George fuhr fort. »Der große Polizeibeamte«, hier gestikulierte er, und William stellte sich vor, der Inspektor, den er nur kurz gesehen hatte, habe die Form eines Heißluftballons angenommen, »wird dich verwarnen. So nennt man das.« Bis auf die kritischen Bemerkungen hatte er nicht genau verstanden, wovon Harmoner sprach: Ja, er würde es seinen Eltern sagen, und nein, er würde keine Sachen mehr in einem Laden mitgehen lassen. Er sagte dem Ballon-Inspektor, daß es ihm leid täte, weil der Inspektor wirklich sehr groß war und es klug schien, so etwas zu sagen. William war zurückgeblieben, aber in den Grenzen seiner Fähigkeiten nicht dumm. Seiner Mutter sagte er nichts. Er rechnete damit, beim nächstenmal wieder verhaftet zu werden, weil das nun mal üblich war, und leid tat es ihm überhaupt nicht.

»Komm mit, Evie«, hatte er vor geraumer Zeit gesagt.

»Nein, stell dich nicht so verdammt blöd an. Warum sollte ich mitwollen? Außerdem könnte uns jemand sehen. Irgendwann werden wir zusammen mit der U-Bahn fahren.«

Schade, daß Evie sich nichts aus Busfahrten machte, wenn sie nichts Besseres zu tun hatte. Zwischen den einzelnen Ballungszentren über Landstraßen ein oder zwei Meilen neben Wiesen entlangzufahren, Großlondon hinter sich zu lassen und sich dann erneut mittendrin zu befinden, über dem Fahrer und dem brummenden Motor zu sitzen – William war im siebten Himmel. Mit dem Bus Nr. 61 fuhr er von Branston nach Chigwell. Von dort brachte ihn die Nr. 134 – man mußte zahlen, wenn man einstieg, und scheußliche Klapptüren hinderten einen daran, zwischen den Haltestellen rauszuspringen, ein weiteres verbotenes Spiel – über Loughton nach Epping. In Epping gab es eine lange Hauptstraße mit vielen Einzelhandelsgeschäften. Das gefiel ihm nicht besonders; in Läden, in denen ständig jemand fragte, ob man ihm behilflich sein könne – eine Frage, von der man erwartete, daß sie verneint wurde, nichts weiter als eine Übung im Leuteverscheuchen, die William als solche erkannte –, konnte er nicht ungestört herumschleichen. Schlimmer als Marktbuden, in die er nicht mal einen Blick warf. Mit dem Bus Nr. 206, diesmal ein grüner Bus, eine langweilige Farbe, aber ein schönes altes Gefährt mit einer Glocke, fuhr er nach Stortford, wo es eine ganz normale, moderne Einkaufspassage von der Art gab, wie er sie mochte. Die Vorderfront der Läden war offen, er mußte keine Türen aufdrücken und seine Anwesenheit kundtun. Von Stortford fuhr er mit der Linie 65 via Theyden nach Waltham Cross, wo es ebenfalls viele glitzernde Dinge gab. Die schwere Polizistenhand hatte sich in Stortford auf seine Schulter gelegt, deswegen schien es angebracht, sich dort für eine Weile nicht mehr blicken zu lassen. Wenn nirgends mehr etwas lief, konnte er immer noch auf die Hauptstraße in Branston oder auf das nahe Woodford, das wahrscheinlich sein liebstes Ziel war, zurückgreifen. Er hatte unendliche Ausweichmöglichkeiten im Kopf. Auch das gefiel ihm.

Wenn er sich einem Geschäft näherte, waren Williams Absichten unklar. Ob er von vorn oder von hinten einen Laden betrat, er wußte nie, was er als nächstes tun würde. Sein Herz klopfte wie wild, er war angespannt und kaute an seinen Fingernägeln. Er grinste übers ganze Gesicht, und alle, die ihn sahen, fragten sich, ob er lächelte, weil er sie wiedererkannte, dann blickten sie peinlich berührt weg, überlegten, wer er sein könne und ob sie ihn grüßen sollten. Hintereingänge waren nicht so bevölkert, trotzdem grinste er automatisch. Als Kind hatte William nur sehr unbeholfen andere nachahmen können, hatte nie mehr als die Hälfte verstanden, aber er hatte nachgeahmt und es in der Nachahmung des Sammelticks seines Vaters zur Meisterschaft gebracht. Tonnen von leicht brennbarem

Papier, Stroh und Styropor, Drahtstücke und meterweise Packpapier und, oh, das geschah oft, irgend etwas, was auf dem Grund einer Schachtel vergessen oder in der Verpackung übersehen worden war, Sachen, die leicht beschädigt waren. Im Alter von zwölf Jahren hatte er stundenlang mit fortgeworfenen Tonbändern gespielt, das endlose Plastikband gegen das Licht gehalten und es sich um den Kopf gewunden. Mit vierzehn hatte er begonnen, mit einem stumpfen Taschenmesser, das für nichts anderes taugte, aus Styropor Figuren zu schnitzen, Gesichter und roboterhafte Hände mit eckigen Fingern. Mit siebzehn verbrachte er Ewigkeiten damit, aus Draht und Glasscherben wundervolle, kleine Dinge herzustellen, glitzernde Stücke, die Ringen ähnelten, Armbänder aus den Resten von Flaschen, aber bei den Sachen, die er erwarb, war er wesentlich wählerischer. In diesen Tagen war es zu auffällig, neben seiner eigenen Leibesfülle unter dem Arm auch noch einen Haufen Sachen nach Hause zu schleppen, selbst wenn man solche Eltern hatte wie er. Er kaufte oder stahl winzige Gegenstände für einen ganz bestimmten Zweck, und nie hätte er es als Diebstahl betrachtet, auch dann nicht, wenn er irgend etwas von einer Ladentheke mitgehen ließ. Er stahl nur, wenn es von dem betreffenden Gegenstand mindestens ein Dutzend gab, kein Mensch konnte soviel auf einmal wollen. Diebstahl war es, wenn man jemandem geradewegs irgend etwas aus der Tasche holte. So etwas hatte er einmal beobachtet, und er war schockiert gewesen.

»Wie geht's dir heute?«

»Sehr gut, danke. Und Ihre Erkältung?« In den Bussen kannte man William als harmlosen Freak, der seine Zähne in einem Grinsen so breit wie sein Gesicht entblößte. Das Rumpeln des Busses machte ihn gesprächig: Er schwatzte mit Busfahrern oder mit anderen Fahrgästen. Ja, ja, sagten sie, aber nur die über Fünfundsechzigjährigen bedachten ihn mit ihrer vollen Aufmerksamkeit. Die Themen der Unterhaltungen variierten von den Preisen für Lebensmittel, die er von zu Hause kannte, über den schlechten Busservice und verlogene Fahrpläne, die er von seinen Fahrten her kannte, das Wetter, das seine Seele ständig in Unruhe versetzte, das öffentliche Verkehrssystem bis zu Gebrechen und Schmerzen, die er nachvollziehen konnte. Über diese Themen diskutierte er mit Rentnern zwischen den Hauptverkehrszeiten. Da konnten sie mit verbilligten Karten fahren. Sprach man über Gebrechen und Schmerzen, zeigte sich William als äußerst mitfühlend und offerierte sogar Ratschläge. Er mochte die Alten und die sehr Jungen. Die dazwischen hinterließen einen finsteren, nebelhaften Eindruck bei ihm.

Chingford. Sollte er hier aussteigen und auf einen schnelleren Bus warten? Nein, er haßte das Bushäuschen hier; lieber ein paar Stationen weiterfahren und dann umsteigen; dort müßte er zwar mindestens eine halbe Stunde auf den nächsten Bus warten, aber weiter unten an der Straße stand ein für diesen niesligen, feuchten Tag viel geeigneteres, nettes Bushäuschen. Ein altmodisches Bushäuschen mit unzähligen Graffiti auf den Betonwänden, die man studieren konnte, während man auf einem der hölzernen Sitze saß, die ebenfalls bemalt waren. Ach du liebe Zeit – eine Wendung, die er von den Rentnern übernommen hatte –, in Waltham würde es zugehen. Schulferien, Jugendliche, die sich auf den Straßen herumtrieben und sich über Passanten lustig machten, Jungen, die in Banden auftraten, Mädchen mit dünnen Beinen, gelocktem Haar und dicken Lippen. Kleine Hintern und winzige Brüste in diesen komischen Kleidungsstücken. Genau wie Evelyn, aber niemand war wie Evelyn. Nichts, niemand, kein Schmuckstück oder sonst irgend etwas, das er in seiner großen, weiten Welt als Schatz hütete, kam Evelyn gleich. Für einen Augenblick schloß er die Augen und verpaßte die Haltestelle.

Williams Schatz und Papas Liebling versuchte ihrem Vater zuzuhören, saß in seinem stickigen Büro fest, das nicht dem vorderen piekfeinen Büro gleichkam, hier gab es keinen teuren Teppich, keinen mit Schnitzereien verzierten Schreibtisch, keine Topfpflanzen in Bambusregalen, keine Mischung aus Tradition und Moderne, keinen Plan von Branston und so weiter. John Blundell hatte der eifrigen Innenarchitektin Einhalt geboten und einen annehmbaren Preis für ihre Arbeit herausgeschlagen, weil sie spürbar auf weitere Aufträge für weitere Büros und Vorzeigehäuser gehofft hatte, die er ihr versprach, aber nie erteilte. Weil er sie etwas übers Ohr gehauen hatte, war Blundell vollauf zufrieden mit dem durchwachsenen Ergebnis. Da niemand außer ihm das Zimmer hinter seinem eigentlichen Büro benutzte, lohnte es keine Ausgaben. Ein Teil von John Blundell war wirklich höchst sparsam. Das Teuerste, um es herzuzeigen, das Billigste für den Privatgebrauch.

»Papa, sei nicht so verdammt ausweichend.«

»Du sollst nicht fluchen, Liebes, bitte«, sagte er mechanisch.

»Na gut, dann mach schneller. Ich habe Ohren, um zu hören.« Sie saß auf einem Haufen Prospekte auf einem Stuhl neben seinem Schreibtisch. Er saß ihr wie ein Bittsteller etwas tiefer gegenüber.

»Na los, spuck's aus, Papa. Ich bin nicht wütend. Das mußt du doch merken.« Sie sprach in einem schmeichelnden Tonfall, den sie sich angewöhnt hatte gegenüber Mitgliedern des anderen Geschlechts, gleich welchen Alters, einschließlich Lehrer und Verwandter. Eine Klein-Mädchen-Stimme, die nie ihre verführerische Wirkung auf ihn verfehlte. Er räusperte sich.

»Gut, gut, Liebes. Ich habe gerade versucht, dir etwas zu erklären, damit du nicht länger als nötig im unklaren bist. Die Leute werden reden, das tun sie immer. Sie werden dir erzählen, was ich dir als erster sagen sollte.«

Daß es so sein sollte, wußte sie seit langem, regelmäßig war jedoch das Gegenteil der Fall. Wenn sie in Branston ein Geschäft betrat, was sie häufig in diesem Vakuum der Schulferien machte, verstummte jegliches Gespräch. Sie wußte, daß die Leute möglicherweise aus Sympathie schwiegen, als Antwort auf ihr blasses Gesicht, aber in ihr kochten feindselige Gefühle, und sie wollte schreien: Hört auf, hört auf, still zu sein. Hört auf, Dinge zu wissen und über uns zu reden. Hört auf, so verdammt mitleidig zu sein. Redet, ihr verdammten Trottel. Tut wenigstens so, als ob ihr reden würdet, wenn ihr es dann doch nicht könnt. Hört auf, hört auf, hört auf.

Ihr Vater bemerkte die verkrampfte Haltung ihrer Schultern, hielt inne.

»Na los, sprich weiter«, forderte sie ihn heraus, die Wut bis auf einen kaum merklichen Unterton beherrschend.

»Okay, Liebes. Folgendes.« Er hustete, und dabei wurde sein Gesicht so rot, wie seine blutrot angelaufenen Augen es bereits waren. Sie sah ihn ohne Sympathie an, wartete.

»Deine Mutter. Wegen ihrer Ermordung. Henry Harmoner, unser Anwalt, hat mich eben angerufen, um mir mitzuteilen, wie es weitergehen wird. Der Dreckskerl.« Die letzten zwei Worte hatte er nur gemurmelt, zu spät hatte er sich an die Sprachvorschriften für sein Kind erinnert. »Er glaubt – meine Güte, Henry glaubt immer eine Menge –, daß es in zwei, drei Wochen in Waltham zu einer Art Anhörung des Falls kommen wird.«

»Das geht schnell. Ich habe gedacht, daß sich solche Sachen ewig hinziehen.« Er sah sie erstaunt an. Dunkel, nicht so explizit, hatte er das gleiche gedacht, und er fragte sich nicht zum erstenmal, wie es kam, daß sie soviel wußte. Ihm erschien die Zeitspanne seit dem Tod seiner Frau unendlich lang, aber er erinnerte sich daran, daß für ein Kind die Zeit langsamer voranschritt.

»Normalerweise geht es auch nicht so schnell, glaube ich. Sie müssen sich beeilt haben.« Vielleicht aus Hochachtung vor seinen Gefühlen. Der Gedanke gefiel ihm, obwohl er insgeheim wußte, daß es wenig wahrscheinlich war. Die Opfer der Opfer kamen immer zuletzt, so wie ein armer Hauskäufer als letzter an der Reihe war. So hatte es Henry erklärt.

»Was für eine Art Anhörung?«

»Ich weiß es nicht, auf jeden Fall ist es noch nicht der richtige Prozeß. Eine Art Verhandlung vor der Verhandlung. Die Zeitungen werden nicht darüber berichten, aber sie wollen irgendeinen Arzt befragen, wie Mami gestorben ist oder so etwas Ähnliches. Ich fürchte«, er schluckte, seine Augen schwammen in Tränen, »daß sie erstochen wurde, bevor man sie vergraben hat.« Er blickte in das blasse, frühreife, ruhige, ungläubige Gesicht. »Tut mir leid, Liebes. Es ist keine angenehme Sache. Der Mann, der es getan hat« – er brachte es nicht über sich, den Namen auszusprechen – »behauptet, es nicht getan zu haben. Hatte nicht das richtige Messer oder irgend so einen Blödsinn. Es wird nicht angenehm werden«, wiederholte er.

»Sitzt der Mann im Gefängnis?« fragte sie plötzlich mit einer gewissen Gehässigkeit in der Stimme.

»Ja.«

»Wird er dort bleiben?«

»Ja.«

Sie stand auf und ging im Büro auf und ab, damit er ihren Ausdruck grimmiger Befriedigung nicht sah, dann kehrte sie zu ihrem Stuhl zurück, hob unterwegs

Papiere auf und legte sie wieder hin. »In Ordnung, Papa. Geht in Ordnung«, murmelte sie leise immer wieder zwischen vollkommenen kleinen Zähnen, bis sie wieder saß und aussah wie ein Miniaturratgeber. »Geht in Ordnung, Papa, auch wenn die Zeitungen darüber schreiben. Schließlich will ich Ärztin werden.«

»Wirklich, Liebes?« Das hörte er zum erstenmal. Einen Augenblick lang war er überrascht.

»Ja, Ärztin«, sagte sie mit fester Stimme. »Und Schriftstellerin. Ich muß über diese Dinge Bescheid wissen, damit sie mich nicht schockieren, Papa. Geht in Ordnung.«

Nein, es ging nicht in Ordnung. Er fühlte sich überaus unbehaglich angesichts ihrer ruhigen Autorität und der häßlichen Gefaßtheit einer Erwachsenen, empfand denselben Schauder von Antipathie, den er gelegentlich für ihre gänzlich andersartige Mutter empfunden hatte: Blundell war kein nachdenklicher Mensch, er war schlau; er fragte sich jetzt zum erstenmal, was sie, Yvonne und er, getan hatten, um ein so vorbildliches Kind zu schaffen. Sie sollten mehr Kinder haben, hatte er immer gesagt, sie sollten mehr Kinder haben. »Ich hätte so gern einen Sohn.« Aber nein, sie hatte nicht gewollt. Evelyn auf die Welt zu bringen war traumatisch gewesen; das dicht bevölkerte East End zu verlassen auf der Suche nach mehr Geld und besserer Luft für das Kind, das er damals angebetet hatte, war noch traumatischer gewesen. Er fragte sich, ob die Frauen in seinem Leben miteinander konkurriert hatten, und wenn ja, warum. Was war mit den beiden los, und gaben die Überlebenden nur vor zu trauern? Warum war es seiner lieben Tochter so leicht gefallen, den Tod ihrer Mutter zu überwinden? Hatte sie dabei lediglich seinen eigenen Mangel an Schmerz widergespiegelt? Tränen schierer Frustration stiegen in seine Augen. Er wollte etwas trinken. Seine feuchten Augen blickten zum Schrank in der Ecke, aber ihre Worte holten ihn zurück.

»Kann ich da hingehen, Papa? Zu der Anhörung, meine ich.«

»Wohin? Zu der Anhörung?« Er stotterte, während er die Tragweite ihrer Frage zu begreifen suchte. Erstaunen schlug um in Empörung, und langsam wandte er ihr den Blick zu. »Zu der Anhörung?« wiederholte er, aus jeder Silbe klang Ungläubigkeit. »Wie bitte? Mit all den –«

»Ich will wissen, was passiert ist, und ich will medizinische Bücher schreiben, Papa.«

»Nein«, schrie er. »Du wirst verdammt noch mal zu keiner Anhörung gehen. Wie kannst du nur – Hör auf, dich so ... so verdammt erwachsen zu benehmen.«

»Du sollst nicht fluchen, lieber Papa«, antwortete sie leichthin.

Er war in eine Art Heulen ausgebrochen, saß am Schreibtisch wie ein einsamer Idiot, den Kopf auf die Arme gelegt, jenseits aller Selbstbeherrschung, der Wunsch, laut zu schreien, brodelte in ihm. Müde stand sie auf und ging zu ihm, klopfte ihm auf den Rücken, halb schlug sie, halb streichelte sie ihn, als ob sie ihm beim Husten helfen wollte. »Geht in Ordnung, Papa, wirklich. Geht in Ordnung, ehrlich. Mach jetzt Schluß, Papa. Geh nach Hause ins Bett. Trink einen Schluck. Das wird dir guttun.«

Evelyn wußte, was gut für Papa war. Sie hätte eine ganze Litanei aufsagen können mit Dingen, die gut für Papa waren, und sie tat es, um ihre eigene Wut zu ersticken. William hatte sofort gemerkt, daß Evelyn sehr schlechter Laune und sehr müde war, als sie sich um zehn Uhr abends trafen. Er fragte sich, ob er diese ihm nicht unbekannte Stimmung ignorieren sollte. »Ich hatte viel zu tun heute«, hatte sie gesagt, »Papa ist jetzt im Bett, wie ein Hund geht er ins Bett, wenn es dunkel wird. Was ist los, William? Alles in Ordnung, William, wirklich. Mach den Mund zu.«

Was konnte sie schon viel zu tun gehabt haben, wenn ihr Vater um halb zehn bereits im Bett lag? Williams Vater ging nie nüchtern ins Bett, was ärgerlich war, und manchmal schrie er und trank viel wie Evelyns Vater. Trotzdem konnte er sich nicht vorstellen, daß sie an diesem Tag ebensoviel unternommen hatte wie er, da er doch für die detaillierte Aufzählung aller Busse und Läden eine halbe Stunde gebraucht hatte, während derer sie sich sichtlich gelangweilt hatte. Sie war verkrampft vor schlechter Laune, und ausnahmsweise sah man ihr das auch an.

»Schau mal«, sagte er versöhnlich und schmeichelnd und verschob die weiteren Neuigkeiten auf später, weil er dumpf ahnte, daß sie unangenehm sein, daß sie Evie ungeheuer mißfallen würden, ohne genau zu wissen, warum. Er fürchtete sich vor der Offenbarung. »Schau mal«, wiederholte er, »schau, was ich dir mitgebracht habe.« Mit seinen Wurstfingern kramte er in der Hosentasche und legte ein Häufchen glitzernder Dinge neben ihr aufs Bett, versuchte verzweifelt, ihr zu gefallen, und gab mit einem Schlag alles preis. »Ich habe eine Hose in eine andere reingenäht, verstehst du? Diese Sachen waren ganz unten im Saum. Sie haben sie nicht gefunden ...« Nach den letzten Worten zögerte er, er wußte, er hatte es verpatzt, alles gesagt, anstatt zu warten.

Sie saßen in der Sommerhaus-Höhle, Evelyn im Schneidersitz auf den Matratzen, im Licht der Gaslampe, das dunkle Haar fiel auf ihre Schultern, die Ohren funkelten wie die Sachen auf dem Bett, die sie in einem leuchtenden Bogen auf die Erde wischte. Eine rabiate Bewegung ihres Arms, und die funkelnden Stücke flogen durch die Luft, trafen auf Decke und Wand und fielen eines nach dem anderen auf den Lehmboden. Eine Geste der Verachtung für seine Geste des Gebens.

Ihr Gesicht war grau, zwei rote Flecken und ein zu einem Schlitz zusammengekniffener Mund.

»Wer *sie*, William? Wen meinst du mit *sie*? *Sie* wer? Wann? Wo?«

Er rutschte ein Stück weg von ihr, duckte sich, begann zu zittern. »Sie«, sagte er einfältig. »Sie meine ich.«

»Wer sind *sie*?«

»Polizisten.«

»Ach, Scheiße«, zischte sie. »Du hast dich wieder erwischen lassen, du widerlicher kleiner Trottel.«

»Bitte«, sagte William. »Bitte, Evelyn, ich habe nichts gesagt. Nur daß ich vor einem Geschäft ein paar Sachen gefunden hab'. Vor Griffiths Laden in Woodford, du weißt schon, der gefällt dir doch. Ein Mann hat mich angehalten, und dann kam noch eine Frau, dann –«

Sie beugte sich vor und schlug ihm hart ins Gesicht. Der schlichte Ring an ihrem Finger sowie die Finger selbst ließen Abdrücke auf seinem Gesicht zurück, Stigmata einer kleinen, erstaunlich starken Hand. William schrie kurz auf, ein leiser, grunzender Schmerzenslaut, dann heulte er hemmungslos. Er kauerte sich zusammen, die Knie angezogen, den Kopf zwischen den Beinen, Arme um Beine geschlungen, versteckte er sich, verletzt und schluchzend, machte seinen Körper so klein wie möglich, schrumpfte verzweifelt, während ihre schrille Stimme durch seine gewaltigen Schluchzer in seine Ohren drang.

»Was hast du ihnen erzählt, William? Was hast du gesagt?«

»Nichts, nichts, nichts. Nur was über die Sachen, die sie bei mir gefunden haben, sonst nichts. Sie haben nichts gefragt, und ich hab' nicht geplaudert. Wie du's gesagt hast. Wie dieser dicke, fette Rechtsanwalt das letztemal gesagt hat. Wenn ich was sage, dann darf ich dich nicht mehr sehen, hast du gesagt, Evie, und das kann ich nicht aushalten. Ich hab' nichts gesagt, nichts, nichts.«

Sein Jammern war immer lauter geworden. Evelyn erholte sich. »Schwörst du's?« fragte sie. »Schwörst du's, schwörst du's, schwörst du's?«

Der Krach, den er veranstaltete, war ohrenbetäubend. Man hätte sie Meilen entfernt hören können; sie hatten die Höhle auf Lärm getestet und sie für sicher befunden, trotzdem war es zu laut.

Ihr Kopf schmerzte. Sie begann, auf seinen Rücken zu klopfen, eine kreisende Bewegung mit der Handfläche, aber ansonsten ähnlich wie das Klopfen, mit dem sie erst vor ein paar Stunden ihren Vater beruhigt hatte. »Geht in Ordnung, William. Geht in Ordnung, wirklich«, wiederholte sie ein ums andere Mal mit ihrer sanftesten Stimme. »Geht in Ordnung.« Sie hatte es satt, es wieder und wieder zu sagen, Worte wie diese auszusprechen und Leuten beruhigend auf den Rücken zu klopfen, besonders jetzt, da diese monströse Angst in ihrer Brust saß wie ein Pfeil, von dem Blut in ihre Lungen tropfte, und sie in der stickigen Wärme zwischen diesen schmutzigen Wänden nach Luft ringen ließ. Es war zuviel, schließlich war sie noch nicht erwachsen.

Sie zog ihm die Hände vom Gesicht, drehte sein Gesicht dem ihren zu und starrte ihn eindringlich an. »Schwörst du's, William?«

»Ach, Evie, ich hab's dir doch schon geschworen. Bitte, glaub mir, bitte.« Gestammelte Worte aus einem tränenüberströmten, schmutzigen Gesicht.

Sie glaubte ihm. Sie mußte ihm glauben, und als Reaktion auf die Erleichterung, die den Pfeil aus ihrer Brust zog, kauerte sie sich hinter ihn und umarmte ihn heftig, während sie vor Ungeduld fast wahnsinnig wurde. Sie wollte nach Hause, Pläne schmieden, in ihrem Tagebuch schreiben, schlafen, sich vielleicht den Luxus gönnen, selbst zu weinen, und sie fragte sich, ob ihr Fahrrad, ein Besitztum, von dem William nichts wußte, noch in den Büschen lag, in denen sie es versteckt hatte. »Geht in Ordnung, Will, wirklich. Ehrlich. Welcher Laden war es, William? Sag mir, welcher Laden es war. Es ist wichtig. Frag nicht, warum, aber es ist wichtig. Es tut mir leid, wirklich, es tut mir leid.« Sie wiederholte diese Worte wie eine Litanei, bis er aufhörte zu heulen.

»Ich hasse sie«, sagte William schließlich. »Ich hasse sie, hasse sie, ich werd' sie anzünden. Ich werd's ihnen zeigen.«

»Nichts dran auszusetzen«, sagte Evelyn. »Sag mir welcher Laden.«

Hellwach um drei Uhr morgens, wünschte sich Helen, Branston wäre irgendwo anders, ein Dorf im Ausland von der Art, wie sie sie zum Beispiel in Spanien gesehen hatte und wohin sie wieder wollte, ein Dorf, in dem trotz der Stille und Dunkelheit um diese Zeit die Nacht tröstlich lebendig schien. In einer langen Straße würde ein Hund einen Passanten anbellen, damit den nächsten Hund im Nachbarhaus wecken und den übernächsten, alle argwöhnisch in ihrem Instinkt zu beschützen. Solcherart behüteter Schlaf war ein Selbstzweck und nicht ein Ausschließen der Welt wie hier, wo die Leute die Luken dicht machten, vorgaben zu schlafen, ihre Haustiere und Kinder so still wie sie selbst hinter Doppelfenstern, zugezogenen Vorhängen, heruntergelassenen Jalousien. Nach dem bellenden Hund in wirklichen Dörfern fiel Helen als nächstes ihre Wohnung in Islington ein, wo Schlaf nichts Allumfassendes war. In ihrer Souterrainwohnung konnte sie zu jeder Nachtzeit Verkehrslärm hören, entfernte Züge und auf der anderen Seite des Hauses Schritte auf dem Pflaster, Nachtschwärmer, Frühaufsteher, Spaziergänger, Jogger, Produkte von Nachtschichten und städtischen Unternehmungen in einer zeitlosen Zone. Der Bonus der Großstadt: Ununterbrochene Geschäftigkeit sperrte die Einsamkeit aus, während in Branston die Menschen die Türen schlossen, Schalter betätigten und wie Batteriehühner schliefen.

Sie lag auf der Seite, streckte zum Trost einen Arm unter das Kopfkissen und stellte sich eins nach dem anderen die Zimmer ihrer Londoner Wohnung vor. Funktionierte der alte Herd noch? Waren ihre Topfpflanzen vertrocknet? Hatten die Mieter ihre Bilder abgehängt? Kümmerten sie sich um den Dschungel von einem Garten? Kletterten die Kinder aus der Schule nebenan noch über die Mauer, eine Montessori-Schule für Vandalen, die noch zu jung waren, um wirklichen Schaden anzurichten? Ihr Arm schmerzte unter ihrem Gewicht, ein dumpfes, unangenehmes Gefühl, das noch verstärkt wurde durch die plötzliche Erinnerung an eine entsetzliche Nacht in dieser Wohnung, und zugleich fiel ihr ein, für wie lange Zeit danach sie sich in der Dämmerung an Bailey geklammert hatte, um den Alptraum zu mildern, während sie sich jetzt an das Kopfkissen klammerte. Schockiert über ihren Rückzug schloß sie die Augen, hatte Angst davor, ihn aufzuwecken.

»Helen?« Seine Stimme klang schläfrig. Er hatte sich etwas bewegt, eine Bewegung, die stärker wurde, als er ihren Namen aussprach; instinktiv wußte er, daß sie nicht schlief, wachte über sie. »Helen, Liebling, was ist los? Du bist hellwach... Komm her, Liebes.« Er überwand, was wie ein meilenbreites Bett erschienen war, schlang seine langen Arme um sie, drückte sie an sich, küßte sie auf Stirn und Augen. »Was ist los, Liebling?« Und zu sich sagte er: Auch wenn du nicht zu mir kommen willst, bin ich doch da und werde dich nicht gehen lassen. »Was ist los?«

In dieser stillen Dämmerung wollte sie ansetzen zu

sprechen, dankbar für sein Wissen, daß sie sich danach sehnte, in die Arme genommen zu werden, für seinen unfehlbaren Instinkt, aber als sie sich an ihn kuschelte, bereit war, ihre Geheimnisse zu teilen, er bereit zuzuhören, klingelte das Telefon. Bailey hatte Bereitschaftsdienst, was sich in der Regel schlimmer als bei einem Arzt gestaltete. Das Klingeln des Telefons deutete auf zerbrechende Beziehungen und schlechte Nachrichten hin.

Er küßte sie, löste sich sanft aus ihrer Umarmung, stieg mit der geschmeidigen Schnelligkeit aus dem Bett, die bei ihm stets den Übergang vom Schlaf zur Tat kennzeichnete, antwortete mit wenigen knappen Sätzen. Fragte: »Hat es Zeit?« Pause. »Verstehe, keine Zeit. Das Feuer brennt noch. Ich bin in fünfzehn Minuten da.«

Helen spürte, wie Enttäuschung und das Gefühl von Verlust ungeduldig wie Wut in ihr aufstiegen, aber sie war nicht wütend, nur bekümmert über eine weitere versäumte Gelegenheit, traurig, weil es ihr unvermeidliches Schicksal schien. Er kam noch einmal ins Bett, umarmte sie lange. »Was ist los?« fragte sie ihrerseits.

»Tut mir leid, Liebling. Wieder einer dieser Brände.«

»Was für Brände? Ach, ich weiß. Du hast mir davon erzählt. Läden und Bushäuschen. Ja? Warum mußt du hin?«

»Weil ich einen sehen will, solange das Feuer noch nicht aus ist. Ich habe Amanda gebeten, mich anzurufen, wenn es wieder einmal brennt. Bist du in Ordnung?«

»Natürlich bin ich in Ordnung.« Die mechanische, professionelle Antwort einer Frau, die noch während einer Amputation beteuert hätte, es ginge ihr glänzend. Sie lächelte, während man ihr ein Bein abschnitt, alles in bester Ordnung, weil es das war, was der andere hören wollte. »Wieviele Brände gab es bislang?«

»Das ist der fünfte.« Er zog sich mit effizienter Bestimmtheit an, nicht wie sie, die sich ein dutzendmal umentschloß.

»Wieviel Uhr ist es?« fragte sie hellwach, er mußte es wissen. Bailey gehörte zu denen, die immer wußten, wieviel Uhr es war.

»Vier. Schlaf, Liebling. Ich werde zum Frühstück wieder hier sein. Hoffe ich.«

Sie klammerte sich für einen kurzen Augenblick an ihn, die Arme um seinen Hals geschlungen, lächelte, um zu zeigen, daß sie solch frühe Aufbrüche nicht übelnahm. »Bis bald.«

Wenn es hell wäre, wäre es wie immer zu spät.

7

Während er den Wagen von seinem winzigen Standplatz und hügelabwärts auf die Hauptstraße manövrierte, bedauerte Bailey, daß er jetzt in ihm saß, bedauerte ihren Aufenthalt in dieser geschleckten Gegend und verfluchte den Brandstifter, der ihn aus dem Bett geholt hatte. In einem Wirrwarr von Gedanken, die sich weigerten, sich in eine sinnvolle Reihenfolge bringen zu lassen, stellte er zudem Betrachtungen an über die tote Yvonne Blundell, über Antony Sumners bevorstehendes Haftprüfungsverfahren und Amanda Scotts Effizienz. Natürlich war sie es gewesen, die angerufen, den Instruktionen buchstabengetreu Folge geleistet hatte. Vielleicht war Helen eifersüchtig. Er bog auf die Straße nach Woodford, lächelte über die kindische Vorstellung, daß ausgerechnet er im Herzen eines anderen Eifersucht erregen sollte, wünschte, es wäre so einfach. Die Spannungen in seinem Haushalt waren nicht auf diese Art von Bagatelle zurückzuführen, eher auf berufliche Enttäuschung. Beide waren darin geübt, zuviel eingehend zu überprüfen, und Helen West glaubte, daß er, Geoffrey Bailey, den Schwarzen Peter weitergegeben hatte und sich weigerte, entweder seinen Verstand oder seine Tatkraft zum Einsatz zu bringen und diesen unbefriedigenden Fall vom Kopf auf die Füße zu stellen, daß er sich zu sehr auf Beweise konzentriert hatte statt auf die vage Aussicht auf die Wahrheit. O ja, er wußte nur zu genau, was sie dachte. Daß er sich unter Wert verkaufte, weil er einfach tat, was von ihm verlangt wurde, weil er versuchte, die selbstmörderischen Neigungen zu vermeiden, die immer dann auftraten, wenn er zuviel nachdachte oder zu sehr in das Leben anderer hineingezogen wurde. Tja, das war ihre Theorie, nicht das, was er in diesem oder irgendeinem Fall in die Praxis umgesetzt hatte, und wenn sie das nicht wußte, würde er es ihr auch nicht erzählen. Mittlerweile müßte sie wissen, daß nur seine äußere Erscheinung gelassen war, während Zweifel in ihm eiterten wie eine Wunde. Er mußte zugeben, daß er sich über sie ärgerte, weil sie bezüglich ihrer Ansichten so unkommunikativ war wie er selbst.

Dann war da noch sein unerschütterlicher Glaube, daß eine Idee, sobald sie mitgeteilt wurde, verdorben war wie ein unentwickelter Film, der dem ruinösen Licht einer genauen Inaugenscheinnahme ausgesetzt wurde. Er konnte ihr nicht sagen, was er mit diesen völlig unscharfen Aufnahmen machte. Die Zweifel und Gedanken, die ihn quälten, mußten sich in Ruhe entwickeln, ungestört von Erklärungen und gehütet wie Geheimnisse. Und wenn das Telefon vor einer Viertelstunde nicht so gebieterisch geläutet hätte, hätte er ihr genau das gesagt, doppelt so unbeholfen, wie er es jetzt dachte. Ich liebe dich, Helen, aber ich werde mich nie so gut ausdrücken können wie du, und du kannst nicht an allem, was ich denke, teilhaben, ohne diese Gedanken zu entwurzeln. Ich weiß keinen Ausweg, du mußt mir vertrauen. Wenn du es nicht tust, kann ich wahrscheinlich auch ohne dich leben, aber dieser Gedanke erfüllt mich mit Einsamkeit. Ich kann meine Langsamkeit genausowenig ändern wie du dein lebhaftes Mitgefühl, deine ständige Wachsamkeit, deinen seltsamen Vorrat an Wut und all die anderen Dinge, die ich an dir bewundere.

Als er in die Nebenstraße einbog, sah er sie stehen, die adrette Amanda Scott in einem sommerlichen Jakkett, das sie gegen die Kühle der Dämmerung bis oben zugeknöpft hatte, Constable Bowles und zwei weitere Personen, sie plauderten in der Kälte, warteten. Ein unzulässig geparktes Auto und ein gepeinigter Ladenbesitzer, der mit den Armen um sich schlug, wütend wirkte und dem Amanda eine beruhigende Hand auf den Arm legte, wurden wie eine Filmszene eingefangen von den Schweinwerfern des Feuerwehrautos, das wie ein müdes Monster keuchte. Als Bailey auftauchte, kam Bewegung in dieses Tableau, alle blickten ihm erwartungsvoll entgegen. Die fünf Feuerwehrleute begannen sich zurückzuziehen, bereiteten sich auf die Abfahrt vor.

Das Feuer war unter einem Stapel Schachteln ausgebrochen, die gegen die Wand lehnten und am nächsten Tag hätten abgeholt werden sollen, sie waren leer gewesen, nichts Wertvolles verbrannt, Sir, nur Abfall, der weiteren Abfall in Brand gesteckt hatte. Die Schachteln hatten stapelweise nebeneinander an der Ziegelmauer des Hinterhofs gestanden, die jetzt vom Rauch geschwärzt war, an ein paar Stellen qualmte es noch, nichts war vollständig zerstört worden von der hellen Stichflamme, die mindestens drei Meter hoch aufgelodert sein mußte – ein wunderbares Schauspiel für den Pyromanen. Es hätte sein fasziniertes Gesicht beleuchtet. Bailey zweifelte nicht daran, daß dieser erste Schaulustige mittlerweile meilenweit entfernt war und sich noch immer diebisch freute. »Hat irgend jemand jemanden gesehen?«

»Nein.«
»Habt ihr gesucht?«
»Selbstverständlich, Sir. Wir suchen noch immer.« Diesmal antwortete Amanda Scott; das Feuer habe bereits zehn Minuten gebrannt, als Polizisten in einem Streifenwagen es bemerkten, und der Brandstifter habe zu dieser Zeit wahrscheinlich schon längst das Weite gesucht. Bailey fühlte sich erschöpft und mutlos. Sie sahen ihn an in der Hoffnung, er könne irgendwelche Ideen haben, aber er hatte nur eine.

Es gab hier nichts Unerwartetes, es war ein weiterer Krankheitsfall in einer verseuchten Gegend. Er stellte Fragen, inspizierte den Brandherd mit einem dumpfen Gefühl der Vertrautheit. Dieser Brand ähnelte den vier vorangegangenen. Zwei Bushäuschen waren in Flammen aufgegangen – das war ungewöhnlich. Warum zündete jemand Bushäuschen an? Die anderen zwei Brände waren wie dieser im Hinterhof von Läden gelegt worden. Alle fünf Brände sprachen die deutliche Sprache eines harmlosen Scherzes – große, hoch auflodernde Flammen und kein ernsthafter Schaden, angezündet mit – dem starken Geruch nach zu urteilen – in Kerosin getränkten Baumwollstreifen. Das Kerosin war stets in dem gleichen Behältnis für billiges Spülmittel transportiert worden, das in den Flammen halb geschmolzen war. Für den Augenblick vergaß Bailey die Brände in den Bushäuschen, für die er sich kein Motiv vorstellen konnte, und wandte sich an den Ladenbesitzer, der noch immer unruhig mit den Händen herumfuchtelte, aber weniger besorgt als vielmehr leicht erwartungsvoll aussah. »Tut mir leid, daß Sie warten mußten, Sir.« Immer höflich und nett sein zu einem Mann, der sich um sein Eigentum Sorgen machte und aus dem Schlaf gerissen wurde, ohne zu wissen, ob ihn ein Blutbad oder ein eher kleiner Versicherungsfall erwartete. »Könnten Sie mir sagen, ob Sie gestern in Ihrem Laden gearbeitet haben? ... Gut. Gab es irgendwelche Zwischenfälle – Sie wissen schon: Streit mit Kunden, Ladendiebstahl? Kommt oft genug vor, nicht wahr? Vielleicht können Sie sich jetzt nicht erinnern ...« Und da, aus dem Mund von Kindern, Narren und Ladenbesitzern sprudelten Namen. Ein gewisser William Featherstone war am vergangenen Nachmittag hier festgenommen worden, dasselbe Gesicht, derselbe Junge, der vor einem Monat wegen Diebstahls in einem anderen Laden auf der Liste, Schauplatz des ersten Brands, verwarnt worden war. Wie hatte Helen ihn genannt, die ihn so genau studiert hatte? »Armer Junge«, hatte sie gesagt. Das war der Unterschied zwischen ihnen. Wo sie »Armer Junge« sagte, sah er einen potentiellen Gesetzesbrecher. Er war nicht ohne Mitleid, nichtsdestotrotz war das immer sein erster Gedanke. Und sie sollte, wie er, begreifen und wissen, wann man Mitgefühl rationieren mußte. Man konnte nicht die ganze Zeit nett sein, auch nicht die meiste.

Während er schwungvoll gegen eine Pappschachtel trat, die knappe Instruktion erteilte, später am Morgen einen Fotografen herzuschicken, sah er deutlich vor sich, wie sein nächster Schritt für Helen das Leben in Branston noch beschwerlicher machen würde. Er sah sich selbst, wie sie ihn möglicherweise sah: als den Mann, der die ihr Nächsten und Liebsten unter ihren wenigen Bekannten in Branston verhaftete. Er fragte sich, ob sie noch schlief, während er in der Asche eines dummen, kleinen Feuers stöberte, fragte sich, ob ein zweimaliges, zufälliges Zusammentreffen ausreichte, um berechtigterweise einen gewissen William Featherstone in die Sache hineinzuziehen. Amanda Scott stand da wie die Geduld auf dem Podest, wartete auf Namen und Anweisung, die er nach wie vor nicht aussprach. Zumindest behandelte ihn Helen nicht mit diesem übertriebenen und irritierenden Respekt. »Ich glaube, ich werde nach Hause fahren«, sagte Bailey. »Hier gibt es nichts mehr zu tun.«

»Und William Featherstone?« fragte Amanda, die Augenbrauen überrascht hochgezogen.

»Nein, noch nicht. Noch nicht.«

»Ich verschwinde von hier«, kündigte Evelyn an, »sobald ich kann.« Der Sommer ging zu Ende, es war den Tagen, die auf Williams Verhaftung folgten, anzumerken, und die ersten Spuren von Feuchtigkeit tauchten in der Sommerhaus-Höhle auf. William war schokkiert, sah sie unverwandt an, während sie weitersprach. »Aber wenn du ein braver Junge bist, kannst du mitkommen.« Seine Miene heiterte sich deutlich auf. »Nur für einen Tag, na ja, für einen halben Tag. Wir fahren mit der U-Bahn. Nicht mit deinen doofen Bussen. Wir fahren mit der U-Bahn zum Oxford Circus.« Er öffnete den Mund, um zu protestieren, schloß ihn wieder. Er kannte die U-Bahn, mochte sie nicht. Sie wußte, daß er Angst davor hatte, aber wenn Evelyn dabei war, sah die Sache anders aus. »Nur wenn du brav bist«, fügte sie bedeutungsvoll hinzu. Ermutigt von ihrer guten Laune, rückte er näher, legte einen Arm um ihre Schulter. Sie wies ihn nicht ab. Schließlich war es Sonntagnachmittag, reserviert für das spezielle Vergnügen mit Evelyn, und niemand aus dem Haus würde nach ihm rufen. Die Nachricht von seinem bevorstehenden Auftritt vor Gericht hatte seine Eltern beunruhigt, bis Harold die Sache achselzuckend abtat, aber ihre Wachsamkeit hatte sich nicht im selben Maße wie ihr Mißtrauen gesteigert. William legte die Hand über dem Pullover auf ihre linke Brust; sie ließ ihn gewähren. »Aber du mußt brav sein«, fuhr sie fort. »Du weißt schon, morgen vor Gericht. Alle diese Gerichte«, fügte sie verdrießlich hinzu. »Du morgen, ich übermorgen.« Er setzte sich kerzengerade auf.

»Was meinst du damit, du übermorgen?«

»Du weißt schon, Mamis Fall. Ich will nicht darüber sprechen.«

Seine Augen hatten sich vor Entsetzen geweitet. »Tote Mami? Böse Mami?«

»Ja, William, tote Mami. Sehr böse Mami. Aber danach – am Donnerstag wahrscheinlich – machen wir einen Ausflug.«

Seine Konzentrationsfähigkeit, die in mancher Hinsicht erstaunlich war, war jetzt so gering, wie sein Gedächtnis kurz war, und seine Hände, die angesichts bedrohlicher, schlechter Nachrichten stillgehalten hatten, setzten ihre Bewegung fort.

Der Regen, der auf das Holzdach des Sommerhauses plätscherte, war kaum zu hören. Evelyn seufzte leise, dachte nicht an das, was um sie herum geschah – wie immer während des Sonntagnachmittag-Vergnügens, der meisten Zeit in der Schule und während der Unterhaltungen mit Papa. Papa schlief nicht, und Papas Liebling machte keine Hausaufgaben. Papa war tapfer, sortierte Mamis Sachen, und dabei wollte er keine Zeugen. Sie wußte, was Papa in Mamis Schreibtisch finden würde: Hundertpfundnoten, Souvenirs eines gelangweilten Lebens, und Tausende von Fotografien von Mami, als sie noch jung war, Mami als jugendliche Braut und kindliche Ehefrau, und zwischen all dem Schrott nicht ein einziges Foto von Papas Liebling. Sollte Mami jemals eine Kamera in Evelyns Richtung gehalten haben, waren die Ergebnisse jedenfalls nie zu sehen gewesen. Evelyn wußte – und einen Augenblick lang erfaßte sie Wut darüber: Die liebe Mami hatte sie nie geliebt. Na und, was war schon Liebe? Papas Umarmungen, Williams mehr fordernde Hände, alles nur um des verdammten Friedens willen. Langsam zog sie ihren Pullover aus und schloß die Augen. Es war schließlich Sonntag. Erst die Kirche und jetzt das. Das Leben bestand aus unangenehmen Aufgaben.

An diesem Sommerwochenende hatten sich Helen und Bailey ans Meer geflüchtet, waren über die Autobahn in eine andere Grafschaft gefahren wie Kinder, die aus dem Gefängnis der Arbeit flohen, ausgerüstet mit Büchern, einem Picknickkorb und Wanderschuhen, sie hatten mit Regen gerechnet und waren mit Sonnenschein gesegnet worden. Sie hatten Freunde besucht, zuviel getrunken, den Samstag in einer spartanisch eingerichteten, aber höchst behaglichen Kneipe verbracht und etliche Meilen an einem pinienbewachsenen Strand zurückgelegt. Nach zwei ruhigen, zeitweise überaus glücklichen Tagen rief Branston zwei Verliebte zurück, die sich zumindest daran erinnerten, wer sie waren und warum sie zusammen waren. Wenn es Themen gab, über die sie schwiegen, so war das nicht wichtiger als die Schatten am Strand. Bailey hatte sich an ihr erfreut und sie sich an ihm. Am Montagmorgen ging Helen gebräunt und erfrischt, mit kribbelndem Körper und wachem Verstand zur Arbeit. Wenn ihr Plan für die Woche einen machiavellistischen Zug aufwies, so bekümmerte sie das bislang noch nicht.

In dieser Stimmung war das Gericht in Waltham, Schauplatz aller Unternehmungen dieser Woche, genau das Richtige. Obwohl sie daran zu knabbern hatte, daß sich Redwood mit ihrem Mordfall auf und davon gemacht hatte, hatte sie von Kommentar oder Klagen abgesehen und sich um so mehr auf die verbliebene Arbeit konzentriert. Walthams tägliche Verhandlungsliste bot eine Vielzahl von Herausforderungen, ein Bild des lokalen Lebens, das jeden Morgen Dutzende von Entscheidungen von ihr verlangte, genug, um den Verstand unablässig auf harte Proben zu stellen. Waltham war ihr bevorzugtes Gericht. Die Fassade des Gebäudes ähnelte einer Fabrik, der fleckige Beton war mit Vogeldreck verschmutzt und von mickrigen Bäumen flankiert, insgesamt sah das örtliche *Palais de justice* nicht gerade einladend aus. Im Innern war der abgetretene Fußboden voll von Zigaretten-Brandlöchern unter Rauchen-Verboten-Schildern. Die Korridore waren zu eng, die Gerichtssäle klein und stickig, überall sahen die Wände aus wie ein fleckiges Taschentuch, das zu lange in einer Tasche gesteckt hatte und nicht mehr zu retten war. Aber die Atmosphäre hallte wider von Witzen, die Angestellten waren gutgelaunt, als ob sie der Entschlossenheit des Gebäudes zu deprimieren den Wind aus den Segeln nehmen wollten, die Richter waren erstaunlich realistisch und die Verwaltung auf chaotische Weise effizient. Trotz der täglichen Ration an Elend und seines von Geschwüren zerfressenen Erscheinungsbilds war die Stimmung in diesem Gericht optimistisch wie in einem guten Krankenhaus. Die Foyers waren überfüllt und laut; auf das Leben wurde Rücksicht genommen, bei aller Angst vergaß man das Lächeln nicht. Sogar William Featherstone, der allein herumsaß, blickte nicht ganz so ausdruckslos wie sonst.

In Williams Fall vertrat Helen die Anklage – Folge der kleinen Welt, in der sie lebten, eine weitere ungebetene Komplikation. Sie würde seinem Anwalt ihre flüchtige Bekanntschaft mitteilen müssen. Sie hoffte, daß er sich schuldig bekennen würde, und spürte, wie ihr Interesse an seinem Fall wuchs, als ihr ein junger Polizist, kaum älter als William, die Plastiktüte mit den Beweisen zeigte. Ein für alle Mal versiegelt, lag darin Williams Auswahl aus dem miesesten Laden der Gegend.

»Kann die Tüte nicht aufmachen, bevor die Verhandlung angefangen hat, Miss«, sagte der Polizist. »Aber seltsam, nicht wahr?«

»Ja«, stimmte Helen nachdenklich zu. Sehr seltsam. Warum um alles auf der Welt hatte William diese Sachen gestohlen? Und später, gegen Ende der Verhandlung, während der trübe dreinblickende, sich kratzende William unbeeindruckt von den Anstrengungen des bulligen Harmoner allein auf der Anklagebank saß, stellte das ehrenwerte Gericht die gleiche Frage.

Der Vorsitzende bei der Gerichtsverhandlung, selbst ein Ladenbesitzer, hatte die Sachen ausgebreitet vor sich liegen. »Ich weiß, daß er sich schuldig bekennt, aber kann uns Ihr Mandant, Mr. Harmony, sagen, warum er diese, äh, ungewöhnlichen Dinge genommen hat?«

Selbst wenn er gekonnt hätte, hätte er es nicht getan. William zuckte oben auf der Anklagebank die Achseln und blickte bedauernd auf die Sachen. Es waren vier Paar Ohrringe mit Steinen aus weißem und grünem Glas, drei sehr silbrig glänzende Armreifen, die zu einem farbenprächtigen Sklavenmädchen gepaßt hätten, zwei silbern glitzernde Haarspangen, zwei Schleifenclips für Schuhe und ein schimmerndes Straßarmband. Die Kollektion funkelte in billiger Harmonie, legte Zeugnis ab von jemandem, der süchtig nach dem Denver-Clan und jung genug war, um Funkeln mit gutem Geschmack zu verwechseln. Und William Featherstone, eine Art menschlicher Elster, magisch angezogen von allem, was heller strahlte als seine Augen, mochte diesen Tand.

»Du hast eine Freundin, oder?« bellte ihn der Schöffe an, zutiefst mißtrauisch gegenüber jeder anderen Neigung, die die frivole Kollektion implizieren könnte. Helen blickte betrübt auf die erbärmlichen Gegenstände, ihr sonnendurchfluteter Himmel vom Wochenende bewölkte sich. Er hatte den verbotenen Stoff der Träume gestohlen, armes Kind. Oh, natürlich, er konnte geheilt werden durch mehr Taschengeld oder Strafe und Prügel, aber selbstverständlich. Armer William. Hör auf zu träumen, Junge, es ist ungesetzlich, mit den Händen zu träumen. Dinge und Träume muß man kaufen.

Als das Wort »Freundin« fiel, verkrampfte sich William, sein Körper versteifte sich, und er schüttelte den Kopf so heftig, als wollte er ihn fortschleudern. Er setzte sich – wurde auf die Bank gestoßen, da er die

Anordnungen nicht befolgte – noch immer kopfschüttelnd, während Harmoner für mildernde Umstände plädierte.

Helen war erleichtert, als sie sah, daß William zu beschäftigt war, um zuzuhören, denn wie viele von Harmoners Reden, klang auch dieses Plädoyer wie eine Aneinanderreihung von Beleidigungen: »Er ist ein bedauernswertes Kind, nicht sehr hell im Kopf, untauglich zur Arbeit, untauglich für alles. Die Eltern sind nicht hier, entweder weil er ihnen den Termin nicht gesagt hat, oder weil sie es vorzogen, ihn zu vergessen. Er lebt in einer Traumwelt. Kein besonders nützliches Mitglied der Gemeinschaft, verbringt seine Tage, indem er laut eigener Aussage mit Bussen spazierenfährt. Er sollte mehr Taschengeld bekommen, damit er weniger versucht ist zu stehlen. Behauptet glaubwürdig, daß er es nicht wieder tun wird und die Tat bereut.«

Mehr Taschengeld, eine einfache Lösung für unheilbare Zustände, ein Schulterklopfen für unüberwindbare Probleme, die sich während einer kurzen Lebensspanne nicht völlig willentlicher Vernachlässigung angesammelt hatten. Helen mochte die exzentrischen Featherstones – aufgrund mangelnder Qualifikation kritisierte sie nie elterliche Unzulänglichkeit –, akzeptierte, daß William wie jeder Dieb hier sitzen mußte, zusammengesackt und unrettbar durch diese unbeholfene Gesellschaft, aber für einen Augenblick verabscheute sie die Ignoranz, die ihn hierhergebracht hatte. Wenn William gut ausgesehen hätte, hätte man ihm jetzt verziehen, aber dieses schrumplige Gesicht war nicht schön. Er wurde zu zwanzig Pfund verurteilt, zahlbar in Raten, jeweils zwei Pfund die Woche; sein Taschengeld mußte mit Sicherheit erhöht werden. Gesetz war Gesetz und mußte es auch bleiben; Helen glaubte daran, aber in Williams Fall hatte sie das Gefühl, daß es keinerlei Wirkung zeitigen würde. Mit diesem Urteil wurde er zum Dieb, bevor er noch richtig wußte, was stehlen eigentlich hieß.

Das Gericht leerte sich zur Mittagspause. William verschwand wie der Blitz. Gestern, während sie entspannt miteinander geredet hatten, hatte Bailey ihr von den Bränden und Williams möglicher Beteiligung daran erzählt; jetzt bedauerte sie, daß sie davon wußte, und hoffte, noch während sie sah, wie Amanda Scott William aus dem Saal folgte, daß er noch nicht heute dazu befragt würde. Sie dachte: Was für ein gründliches Wesen ist doch Bailey, er sieht alles. Ich bin sicher, daß dieser Junge keine Brände legt; dafür ist er nicht geschickt genug, und er ist nicht nachtragend. Außer es gäbe eine Verbindung zwischen der Vorliebe für Glitter und einer Neigung für Feuer. Warum nicht? Was ist los mit dir, mein Lieber? Du bist über die Maßen mißtrauisch, oder vielleicht habe ich nie gewußt, was es heißt, mit einem Polizisten zusammenzuleben, besonders mit einem guten Polizisten wie dir. Es hat keinen Sinn, dir das übelzunehmen: Du kennst die menschlichen Torheiten besser als ich. Du hast dein Studium abgeschlossen, ich bin noch Studentin. Sie hatte hundertmal darüber nachgedacht, ohne Bailey die Schuld zu geben, sondern der Art der Warnehmung, die sie unterschied und ihn erneut zu einem Fremden werden ließ.

»Ha! Miss West! Unsere reizende Staatsanwältin! Freut mich, Sie zu sehen. War nett von Ihnen, die Fakten so fair zu schildern, wenn ich mal so sagen darf. Wie Sie es schaffen, so viele Fälle mit solcher Eleganz über die Bühne zu bringen ...«

Etwas zu dick aufgetragen, dachte Helen. Harmoner, mit seiner triefenden Jovialität, hatte sich ausgerechnet diesen Zeitpunkt ausgesucht, um sie näher kennenzulernen, nachdem sie einander acht Monate lang eher argwöhnisch begegnet waren. Woodford und Branston waren so etwas wie Landgemeinden und keine Städte, wo sich berufliche Freundschaften zwangsweise schneller entwickelten, wo man sich beim ersten Blick für Vertrauen oder das Gegenteil entscheiden mußte, weil man seinen Gegner möglicherweise noch nie zuvor gesehen hatte. Ihr gefielen Harmoners dröhnende Fachkenntnisse und die Tatsache, daß er keine schmutzigen Tricks anwandte, aber sie hätte eine nähere Bekanntschaft bis zum Jüngsten Tag hinausschieben können. Andererseits schien er plötzlich beschlossen zu haben, daß sie gut genug war, um in seinen Club aufgenommen zu werden, sprich: die örtliche Gemeinschaft derjenigen, die mit ihrem Lebensstil hundertprozentig zufrieden waren.

»Soweit ich weiß, sind wir Nachbarn«, fuhr er mit schwergewichtiger Vertraulichkeit fort und kam näher. »Meine Frau und ich, wir sollten Sie mal einladen. Prima Ort, Branston, finden Sie nicht? Gehen Sie manchmal in die ›Kutsche‹? Sie sollten in den Rotary Club eintreten ... Ab und zu treffen sich ein paar von uns. Sie wissen schon, das ist gut fürs Geschäft. Man muß Sie mehr einbeziehen.« Er strahlte sie an. »Wir haben Sie nicht besonders überschwenglich willkommen geheißen, nicht wahr? Wir werden uns bessern. Wunderbar. Kommen Sie mit zum Essen?«

»Das ist sehr nett von Ihnen«, sagte Helen und lächelte überzeugend. »Aber ich muß zurück ins Büro. Sie wissen ja, wie das ist. Aber sagen Sie« – ihr war plötzlich Redwood eingefallen, und sie ergriff die Gelegenheit – »sind Sie morgen beim Haftprüfungsverfahren von Sumner da oder schicken Sie einen Stellvertreter?«

»Ich komme selbst. Warum sollte ich mich vertreten lassen?«

Ihre Antwort fiel diplomatisch aus. »Ja, warum auch? Sie werden es selbst besser machen. Ich habe nichts mit dem Fall zu tun, aber hätten Sie etwas dagegen, wenn ich als Zuschauer teilnehme?« Irgendeine

Art Erlaubnis, wie wertlos auch immer, konnte nicht schaden.

»Es ist mir ein Vergnügen. Nett, daß Sie fragen.« Er strahlte wieder, faßte ihr Interesse an dem Fall als persönliches Kompliment auf. »Und dann werden wir für Sie und Ihren Mann in Branston was arrangieren.« Er wußte nur zu genau, daß Bailey nicht im strikten Sinn des Wortes ihr Mann war. Harmoner wußte alles und benutzte das Wort als Geste der Vergebung. »Freue mich schon, Sie wiederzusehen.«

Nicht, wenn ich es verhindern kann. Sie winkte zum Abschied, sah, daß er ihr nachblickte, als sie auf den ältesten Wagen auf dem Parkplatz zusteuerte. Nicht persönlich nehmen, lieber Mr. Harmoner, aber bei dem Gedanken, am gesellschaftlichen Leben Branstons teilzunehmen, läuft es mir kalt den Rücken runter. Ländliche Freizeitgestaltung heißt Clubs und Vereinstreffen in der Kirche. Gott behüte, Partys, auf denen es Wein und Käse gibt, vormittags Kaffeekränzchen und mit Sicherheit Abendessen, um mit der fabelhaften Einrichtung angeben zu können. Kommt nicht in Frage. Sie hatte viele Bekannte, ein paar Freunde, mit denen sie eine provozierend leidenschaftliche Loyalität und der Wunsch verband, sich trotz des verbrannten Essens blendend zu unterhalten. Dasselbe galt für Bailey. Ihnen fehlte der Herdentrieb. Sie fluchte leise. Schuldgefühle stiegen in ihr hoch: Zuerst William Featherstone und dann dieser heftige Unmut, als eine halbwegs freundliche Seele sie dazu drängte, Mitglied in ihrem Club zu werden. War sie ein Freak, der sich ständig selbst beschützen mußte, oder einfach unfähig, Clubmitglied zu werden, jemand, der in der eigenen Anonymität schwelgte und die Stadt vermißte? Helen sehnte sich plötzlich und heftig danach zu fliehen, vergaß den Frieden des Wochenendes, wollte raus und nach Hause, nach London, plante schnell und wütend die Flucht, als sie auf das moderne altmodische Haus zufuhr, das nicht ihr Zuhause war. Irgendwann diese Woche mach' ich mich aus dem Staub, nicht endgültig, das nicht, aber ich verschwinde für einen Tag. Mit dir oder ohne dich, Bailey, werde ich nach Hause fahren. Nachdem ich im Gericht einen Blick auf die Beweise geworfen habe, die du zusammengetragen hast. Dann werde ich sicherlich für eine Weile verschwinden müssen.

Sie wußte nicht, warum sie beim Haftprüfungsverfahren dabei sein wollte, aber der Wunsch war von Anfang an stark gewesen, wuchs proportional zu Baileys Schweigsamkeit und war unerträglich geworden, nachdem sie das Beweismaterial gesehen hatte. Sie konnte sich nicht daran erinnern, wann diese Spirale aus Schweigen und Gegenschweigen begonnen hatte, ihre professionelle Neugier zu wecken. Vielleicht hatte ihre Empfehlung, Sumner einen Anwalt zu beschaffen, Baileys Mißtrauen erregt, aber sie bezweifelte es; dazu war er bei weitem zu fair. Irgendwann hatten ihn seine eigenen Zweifel veranlaßt, sich verstockt zurückzuhalten, und seitdem peinigten sie wütende Fragen, und sie würde sich diese Verhandlung und die wichtigsten Beweise ansehen. Außerdem würde sie es eines Tages, auch wenn dieser in ferner Zukunft liegen sollte, wieder mit Mord und schwerer Körperverletzung zu tun haben, und sie wollte ihre Kompetenz nicht verlieren und keine Gelegenheit auslassen, ihre Urteilsfähigkeit zu testen.

Sie kannte die Fakten besser als die anderen Zuschauer in den letzten Reihen des Gerichtssaals, Leichenfledderer, angezogen von blutrünstigen Geschichten. Ein Mord im Dorf ein paar Meilen die Straße rauf, und kaum zu glauben, aber wir haben dort ein Picknick veranstaltet. Helen verstand das Interesse nicht falsch, als sie beobachtete, wie sich Schaulustige und Journalisten versammelten, auch sie verspürte diese empörte, nicht immer angenehme Neugier, die ein gewaltsamer Tod nach sich zog. Respektables Blut, kein Vendettaopfer mit einem Messer zwischen den Rippen oder eine Schlägerei unter Betrunken, die zum Tod führte, oder häusliche Raserei, die mit Küchenutensilien Amok lief, solche Fälle wären keinen Heller wert gewesen, dazu lebten sie zu nah an London. Hier handelte es sich um ein *Crime passionnel,* um verbotene Leidenschaft dazu. Obwohl ihr eigenes Interesse weniger lasziv war, fühlte sich Helen doch erleichtert angesichts der Tatsache, daß Bailey nicht anwesend war. Sie wußte, daß er Amanda Scott für diesen Tag die Rolle des diensthabenden Beamten zugestanden hatte, daß er sich als von dem Fall gelangweilt betrachtete und sich seiner etwas schämte. Diesbezüglich sorgte sie sich, wenn auch nur rein akademisch, gewaltig: Sie hatte einmal mitansehen müssen, welche katastrophalen Auswirkungen es auf einen Fall haben konnte, wenn der ermittelnde Beamte einfach das Interesse daran verlor. Mörder verdienten Besseres. Mit einem Notizbuch in der Hand versuchte sie sich in der Ecke neben der Tür so unscheinbar wie möglich zu machen für den Fall, daß Redwood die Eröffnungsworte sprechen und alle in seinen weitwinkligen Rundblick miteinbeziehen sollte. Sie versuchte nicht, sich zu verstecken, aber sie fühlte sich wie jemand, der verbotenen Grund betreten hatte, und sie wußte, daß beide, Redwood und Bailey, ihre Anwesenheit hier so interpretieren würden. Einen verstohlenen Blick auf Baileys Arbeit werfen, nach einem Hinweis auf seine Weltsicht suchen, nach einer Möglichkeit fahnden, um zu beweisen, daß Sumner unschuldig war, was sie nach wie vor vorzog zu glauben. Sie könnten es so interpretieren. Helen nannte es am Ball bleiben.

Laut vorgetragene Beweise – in einer bestimmten Reihenfolge zusammengestellt, vorgelesen wie eine Geschichte, mit Gesichtern illustriert und vor Gericht präsentiert – waren etwas ganz anderes als im stillen

Kämmerlein gelesene Beweise. Für einen oberflächlichen Leser war es nicht dasselbe Buch; die Nebentöne waren vertraut, aber der Stil war unterschiedlich: gleichmäßige Stimmen, gelegentlich ein betontes Wort oder eine überraschende Wendung, der ruhige Gerichtssaal nahm ihnen jede dramatische Wirkung – bitte keine Emotionen, meine Herren –, und zugleich wurde er von den gefaßten Prozeßgegnern mit schwergewichtigen und dummen Gesten zum Leben erweckt. Mein verehrter Herr Kollege besteht darauf. Ich bin hier leider anderer Ansicht. Wenn mein verehrter Herr Kollege wünscht, mag er Einspruch erheben, aber bei allem Respekt für den Herrn Verteidiger, die Sache ist nun mal so, Bruder. Ihnen mag das letzte Wort zustehen, aber jetzt rede erstmal ich. Der Angeklagte saß auf der Anklagebank, bar jeder Autorität, bar fast jeder Menschlichkeit, von beiden Seiten bewacht. Der arme, frustrierte Sumner. Wünschte sich hundertprozentig, er hätte nie ein Auge auf Frauen geworfen. Helen konnte noch immer keinen Mörder in ihm erkennen; sah keine Fähigkeit zu tödlicher Gewalttätigkeit in diesen schmalen Schultern, obwohl sie wußte, daß dieses Potential in nahezu jeder menschlichen Seele schlummerte. Sie beobachtete Christine Summerfield, die zwei Reihen vor ihr saß, wünschte, sie säße nah genug, um sie berühren oder den Trost anbieten zu können, von dem sie wußte, daß er zurückgewiesen werden würde. Die ganze Welt ist eine Bühne, und alle Männer und Frauen sind lediglich Schauspieler. Vorhang auf für den ersten Akt, Amateurschauspieler leiern ausdruckslos ihren Text herunter, ein Vorspiel zum letzten Akt: verurteilt zum Tode – Entschuldigung, zum Leben. In ein paar Wochen oder Monaten wird der Vorhang endgültig fallen. Genau so sah es aus. Müßig nahm sie ihr Notizbuch zur Hand, zeichnete mit dem Bleistift eine rohe Skizze von Harmoner und daneben ein Meerschweinchen im Anzug.

Sie wußte aus Erfahrung, daß es vorwiegend um das Messer gehen würde. Während sie zuhörte, skizzierte sie mit wenigen Strichen die Gestalten, deren Stimme sie hörte. Na los, Dr. Vanguard, Sie sind mir beschrieben worden, und wir haben uns schon einmal gesehen. Legen Sie los, und erzählen Sie uns, was Sie herausgefunden haben. Die Stimme des Arztes klang krächzend, heiser und erdig. Helen zeichnete ihn als Gärtner.

»Die Leiche wurde auf einer kleinen Lichtung zwischen Büschen gefunden«, sagte Vanguard. »Vor meiner Ankunft war die Erde teilweise beiseite geräumt worden, so daß ein Teil des Kopfes, die Schulter und der rechte Arm herausragten. Die rechte Hand war von einem Raubtier angefressen worden, der Kopf von Maden befallen, die sich im ersten Stadium der Verpuppung befanden. Ich grub die Leiche aus, sammelte dabei Erdproben ein. Meine äußerliche Untersuchung ergab, daß es sich bei der Leiche um eine gut genährte Frau handelte, etwa einen Meter zweiundsechzig groß. Das Gesicht war aufgrund der Verwesung nicht mehr erkennbar. Auf der linken Halsseite befanden sich zwei Stichwunden. Die obere, größere Wunde war knapp vier Zentimeter lang und reichte in der Tiefe bis zur Halsschlagader, die Wunde darunter war zweieinhalb Zentimeter lang und befand sich direkt über dem Eingang zur Brusthöhle. Unterhalb des Haaransatzes war die Stirn verfärbt durch mehrere blaue Flecken. An derselben Stelle war die Haut verletzt. Ähnliche Blutergüsse fanden sich auf der linken Schulter ...«

Und so weiter. Schläge auf Kopf und Schulter mit einem stumpfen Gegenstand, aber Todesursache waren die Stichwunden am Hals. So weit, so gut. Milde ausgedrückt: langweilig und scheußlich. Dann kamen die Fragen.

Harmoner stand schwerfällig auf, um ihn ins Kreuzverhör zu nehmen. »Sie sagten, Dr. Vanguard, daß die

Stichwunden der Verstorbenen von einer einschneidigen Waffe, zum Beispiel einem Messer, verursacht wurden? Gut. Nicht dieselbe Waffe, wenn es sich denn um eine Waffe handelte, die die blauen Flecken und Verletzungen an der Stirn hervorgerufen hat?«

»Das weiß ich nicht. Er könnte mit dem Messergriff zugeschlagen haben, aber die Kopfverletzungen entstanden durch Schläge, nicht durch Stiche. Dazwischen besteht ein höchst offensichtlicher Unterschied, verstehen Sie?«

»Ich verstehe. Sehen Sie sich Beweisstück Nummer eins an. Ein Spazierstock. Könnte er die Blutergüsse verursacht haben?«

»Sicher, ja, jeder Stock, jeder stumpfe Gegenstand wie dieser, der kraftvoll geschwungen wird.«

»Sehen Sie sich Foto sechs an.« Nach kurzem Flüstern mit dem Gerichtsdiener wurde ein grelles Foto weitergereicht, auf dem zwei klaffende Wunden in einem braunen Hals zu sehen waren.

»Wie gelangen Sie zu der Schlußfolgerung, daß die Stiche mit einem Messer, und zwar mit einem einschneidigen Messer beigebracht wurden?« fragte Harmoner.

»Ich schließe das aus den Wunden selbst. Die Wunden laufen an einem Ende spitz zu. Besonders deutlich ist das an der oberen Wunde zu sehen. Meiner Erfahrung nach haben Verletzungen charakteristische Eigenheiten, die nur mit der jeweiligen Tatwaffe vereinbar sind. Aufgrund der Verwesung ist die Haut schlaff, und die Wunden sehen klaffend aus, aber es wären schmale Schnitte gewesen, hätten eher wie Schlitze ausgesehen ... Nein, die Schärfe der Klinge kann ich unmöglich schätzen.«

»Ich verstehe immer noch nicht ganz, Dr. Vanguard.«

»Ich werd's Ihnen zeigen. Sehen Sie, die oberen Ränder der Wunden weisen Unregelmäßigkeiten auf, die unteren Ränder nicht. Die Unregelmäßigkeiten sind bei beiden Wunden gleich. Daraus kann man schließen, daß beide Verletzungen mit einem einschneidigen Messer und nicht mit einem Stilett beigebracht wurden. Die scharfe Seite der Klinge verursacht eine glatte Kante, die stumpfe Seite dagegen verursacht eine unregelmäßige Kante, verstehen Sie?« Schweigen. »So etwas wie ein Mehrzweck-Messer. Einschneidige Messer benutzt man täglich. Man verwendet keinen Dolch, mit dem man sich ständig in den Finger schneiden würde. Ein Küchenmesser, wenn es scharf genug ist, hätte diese Wunden verursachen können. Wahrscheinlicher ein Jagdmesser, ein Angelmesser, so etwas.« Wieder Schweigen.

»Mein Klient besitzt kein solches Messer, Dr. Vanguard. Hat nie eines besessen.« Harmoner hatte sehr laut gesprochen.

»Dazu kann ich nichts sagen«, sagte der Arzt, der von dieser Feststellung, die nur um des Effekts willen gemacht worden war, sichtlich irritiert war. »Sie wissen, daß ich dazu nichts sagen kann. Ich kenne den Mann nicht. Ich kann nur über die Leiche etwas aussagen.«

Redwood erhob gegen die sinnlose und in die Irre führende Feststellung Harmoners Einspruch, sein Eingreifen war lediglich eine Formsache. Helen seufzte. Was für eine Scharade. Falls Antony Sumner mit seinem Stock die Stirnverletzung beigebracht hatte – eine Tatsache, an der kein Zweifel bestand –, dann würde niemand glauben, daß er nicht noch weiter gegangen war. Auch ihr erschien der weitere Tatvorgang unvermeidlich; das Gericht würde zu demselben Schluß kommen. Der Richter würde die Hauptverhandlung anberaumen, und man würde ihn dann in ein anderes Gefängnis überstellen lassen. Und so weiter ... Sie blickte auf ihren Block und sah, daß sie Sumners Rükken skizziert hatte, alles, was sie von ihm sehen konnte. Es war der gebeugte Rücken eines geschlagenen Mannes, der keinen Protest mehr einlegte, zerknittert trotz des schönen welligen Haars. Während sie die Zeichnung betrachtete, hörte sie, wie links neben ihr jemand tief Atem holte, spürte, wie sich dieser Jemand zwang, von ihrem Notizbuch wegzusehen.

Sie hatte sich auf die Beweise konzentriert, hatte wie immer den Stil ihrer Präsentation beobachtet und die darin verborgenen Schrittfolgen bewundert. Sie war so vertieft gewesen, daß ihr die kleine Gestalt entgangen war, die sich still und leise auf den Platz neben ihr am Ende der Besuchergalerie gesetzt hatte, eine Nachzüglerin, die sich völlig ruhig verhalten hatte, bis Helens Skizze sie aus der Fassung brachte. Im selben Augenblick nahm Amanda Scott eine andere Haltung ein, um die Beine auszustrecken, und bemerkte sichtlich verblüfft die zwei Gestalten ganz hinten; Helen fühlte sich ertappt und schuldig, bis sie gewahr wurde, daß der überraschte Ausdruck nicht unbedingt ihr galt. Sie drehte sich zur Seite und blickte auf das Geschöpf, das sich neben ihr in den Stuhl drückte, auffällig in seinem Wunsch, sich nicht zu erkennen zu geben, nach vorn gebeugt, den Kopf trotzig gesenkt, das Gesicht hinter langem dunklem Haar versteckt. Unter dem Haar war ein glitzernder Ohrring zu erkennen, Glas und falscher Markasit, der nicht zu den sauberen Jeans und dem dunklen Pullover paßte und den sie als Talisman zu tragen schien. Dank Amanda Scotts erstauntem Ausdruck und ihrer eigenen Erinnerung an ein Gesicht, auf das man sie irgendwann einmal aufmerksam gemacht hatte, erkannte Helen Evelyn Blundell.

Das Erkennen wurde von einem spürbaren Schock begleitet, einem handfesten Gefühl des Entsetzens, von Empörung darüber, daß eine Jugendliche die grausamen Einzelheiten über den Tod ihrer Mutter mitanhörte und von ihrem Platz aus einen Blick auf die greulichen Fotos warf. Blitzschnell schoß es Helen durch den Kopf, daß weder die Tote, geschweige denn irgendein Lebender damit einverstanden gewesen wäre. Eine Welle von Ekel überrollte sie. Es war ein Kind, ein Kind, das hier zuhörte. Sie griff nach dem Arm des Mädchens, lehnte sich zu ihm hinüber und flüsterte in das funkelnd geschmückte Ohr mit einer gebieterischen Stimme, deren Zittern nur schwer zu übertönen war: »Los, Süße, raus hier. Wir gehen.«

»Nein.« Ein körperloses Flüstern aus keinem sichtbaren Mund.

»O doch«, sagte Helen, sie verstärkte ihren Griff um den Arm, stand auf und schob gleichzeitig. »Beweg dich.« Mit der stumm protestierenden Evelyn schlich sie hinaus. Sie wirkten wie Verschwörer. Amanda Scott, die aufgestanden war, setzte sich wieder.

»Du bist Evelyn, nicht wahr?« Draußen lockerte Helen ihren Griff und ließ sich bestätigen, was sie schon wußte.

»Und wenn schon? Sie haben verdammt noch mal kein Recht ... Ich geh wieder rein. Ich will hören, was er getan hat. Alles, was er getan hat.«

»Mich interessiert nicht, was du willst. Du bleibst hier.«

»Nein, ich will nicht, ich will nicht ...« Die Lautstärke ihrer Stimmen erregte sogar in diesem halbvollen Vestibül Aufsehen, in dem man an laute Unterhaltungen gewöhnt war.

»Hör zu«, sagte Helen ruhig, »mach jetzt keinen Aufstand. Du wirst diesen Gerichtssaal nicht wieder betreten, ob es dir nun paßt oder nicht, und ob ich verdammt noch mal das Recht habe, dich daran zu hindern, oder nicht. Ich wette, dein Vater weiß nicht, daß du hier bist.« Ein langsames, unsicheres Kopfschütteln, die Andeutung eines Lächelns, als Helen das Wort »verdammt« gebrauchte, dann wieder der eingeschnappte Ausdruck. »Na los, komm schon«, sagte Helen, »ich lad' dich zu einem Kaffee ein. Oder zu einem Drink. Alles, was du willst. Wie wär's mit ›Bario's‹ in Branston? Dort gibt es Capuccino mit massig Sahne und Kakao.« Instinktiv wußte Helen, daß Bestechung funktionieren würde, insbesondere wenn sie aus einer Einladung in eine Kneipe bestand, zu der Jugendliche normalerweise keinen Zutritt hatten. Ohne die Antwort abzuwarten, faßte sie sie wieder am Arm. Evelyn folgte ihr achselzuckend.

Die kurze Fahrt verlief zwar nicht gerade in freundschaftlicher Atmosphäre, aber zumindest wurden keine Feindseligkeiten mehr ausgetauscht. Helen erfuhr lediglich Evelyns Alter und die Tatsache, daß sie in die Schule ging. Sie war dankbar, daß »Bario's«, trotz der jüngsten Versuche, das mittägliche Geschäft durch das Angebot italienischen Kaffees zu intensivieren, um halb zwölf nahezu leer war, und sie spürte, daß das Mädchen ähnlich erleichtert war.

»Mein Vater geht manchmal hierher«, murmelte Evelyn.

»Hast du geglaubt, daß du zur Verhandlung gehen kannst, ohne daß er es erfährt?« fragte Helen leise.

»Ja«, sagte Evelyn zwischen zusammengebissenen Zähnen. »Aber jetzt werden Sie es ihm vermutlich sagen. Wer immer Sie sind.«

»Nein, ich werde es ihm nicht sagen, aber irgend jemand anders.«

»Wer sind Sie überhaupt?« Der Ton war etwas lokkerer. Helen blickte in dieses alte junge Gesicht, das intelligent wirkte, und in die stahlgrauen Augen und entschied sich sowohl gegen Geheimnistuerei als auch Herablassung. »Ich bin Anwältin«, sagte sie vorsichtig, bedächtig. »Ich lebe zusammen mit Chefinspektor Bailey, er hat mir von dir erzählt. Er leitet die Ermittlungen im Fall deiner Mutter. Ich glaube, du bist ihm begegnet.«

Evelyn sah kurz beunruhigt aus, aber mit einem Kopfschütteln glättete sich das Gesicht wieder.

»Offiziell habe ich nichts mit dem Fall zu tun«, fügte Helen rasch hinzu. »Aber ich konnte es nicht ertragen, daß du die Verhandlung mitansiehst. Hier, trink deinen Kaffee.«

Sie beobachtete amüsiert, wie dieses selbstbeherrschte Geschöpf wie ein Kind auf die mit Schokolade bestreute Schlagsahne reagierte und sie langsam und mit konzentriertem Vergnügen bis auf den letzten Rest auslöffelte und anschließend enttäuscht war, daß sich nichts weiter als bittere Flüssigkeit darunter befand. Sie war also doch nicht so weltgewandt. Dieser Vorgang beanspruchte fünf nahezu behagliche Minuten. »Du mußt den Kaffee nicht trinken«, sagte Helen. »Die Sahne ist das Beste daran. Willst du noch einen?«

»Okay.« Das Eis war gebrochen.

Evelyn streifte das Haar hinter die Ohren, stützte die Ellbogen auf den Tisch, sah Helen schief an und lächelte resigniert.

»Warum wolltest du zuhören?«

»Ich dachte, ich sollte Bescheid wissen. Ich glaube nicht, daß das schlimm ist. Außerdem ist meine Mutter tot. Ihr kann es nichts mehr ausmachen, ob ich etwas weiß oder nicht, und ich interessiere mich für Gerichtsmedizin. Pathologie, Anatomie, Knochen, das ganze Zeugs. Ich will Ärztin werden. Oder vielleicht Schriftstellerin. Ich habe von diesen Dingen gelesen.«

»Liest du viel?«

»Ja, klar. Immer. Man muß lesen, wenn man etwas lernen will. Vor allem wenn man mehr als die eigenen Lehrer weiß.« Ihrem Gesicht war der Rest der Antwort abzulesen: Und wenn man auf so dumme Fragen wie diese antworten muß.

Helen war irritiert. Etwas stimmte nicht. Es waren nicht nur die protzigen Ohrringe, die sie glaubte, schon einmal gesehen zu haben. Es war noch etwas ganz anderes, etwas, was mit dem Fall Sumner zu tun hatte, eine seiner Aussagen, an die sie sich deutlich erinnerte, aber jetzt nicht mehr glauben konnte.

»Du bist bestimmt sehr gut in der Schule?«

»Ja, sehr gut. Sie wollen mich immer klein halten, aber ich bin viel zu gescheit. Lehrer machen mich krank. Mein Vater hätte für eine bessere Schule zahlen sollen. Wo man mehr Wissenschaft betreibt. Aber er wollte nicht. Mama hat gesagt, es würde sich nicht lohnen. Vielleicht hat er es sich auch nicht mehr leisten können, weil Mamas Kleider soviel gekostet haben.« Der Unterton tiefen, wenn auch kontrollierten Unmuts war nicht zu überhören.

»Und Mr. Sumner? Warum hat er dir Nachhilfe gegeben?«

Evelyns Blick war plötzlich viel zu mißtrauisch und dann viel zu unbekümmert. »Ach, weil ich darum gebeten habe. Mein Englisch ist nicht so gut, und ich wollte die Prüfung ein Jahr früher machen, damit ich es loshabe.«

Für ein Kind, das sich so gut artikulieren konnte, war das keine überzeugende Antwort, überlegte Helen, aber sie sagte nichts. Sie hatte die Grenze akzeptabler Fragen fast erreicht, konnte aber der Versuchung weiterzufragen nicht widerstehen. »Mochtest du Mr. Sumner?« fragte sie, aber dem Kind war unbehaglich.

»Ob ich ihn gemocht hab'?« sagte Evelyn laut, die Stimme voll kindlicher Verachtung. »Nein, natürlich nicht. Er ist doch ein Lehrer.«

Evelyn beugte sich über die zweite Tasse Kaffee. Helen fragte sich, warum ein vierzehnjähriges Mädchen, das vermutlich Besseres zu tun hatte, Nachhilfe in einem Fach wollte, in dem es sie höchstwahrscheinlich nicht nötig hatte. Sie erinnerte sich daran, wie sie selbst in ihren vergeudeten Teenagerjahren das Lernen gehaßt hatte wie die Pest, und dann fiel ihr plötzlich siedendheiß ein, daß sie einmal für einen Geschichtslehrer geschwärmt hatte. Eine Stunde allein mit ihm wäre das Paradies gewesen. Vielleicht war es Evelyn ähnlich ergangen, und sie hatte ihre Eltern dazu überredet, den Kontakt mit der geliebten Person zu ermöglichen. Ein müßiger Gedanke. Sie wandte den Kopf und blickte zum Fenster hinaus. »Hier kann man alle Welt vorbeigehen sehen«, sagte sie gutgelaunt. Sie spürte, daß sie von dem Mädchen nicht mehr viel erfahren würde. »Schau dir die ganzen bekannten Gesichter an.« Dann fügte sie ruhig hinzu: »Dein Vater kommt die Straße entlang. Wenn du nicht willst, daß er dich sieht, würde ich mich an deiner Stelle jetzt ducken.«

Das Kind lehnte sich zurück, zog den rosa Vorhang vors Gesicht, lächelte Helen plötzlich freundlich an. John Blundell ging vorbei und betrat sein Büro zwei Häuser weiter.

»Die Luft ist wieder rein«, sagte Helen, und Evelyn ließ den Vorhang los. Dabei fiel einer ihrer Ohrringe auf den Tisch. »Der gehört dir«, murmelte Helen, als sie ihn ihr hinschob. Dann sah sie wieder aus dem Fenster, um ihre absichtlich ausdruckslose Miene zu verbergen, als sie die Frage stellte, von der sie wußte, daß es die letzte wäre. »Du magst Schmuck, nicht wahr?«

Evelyn nahm den Ohrring. »Nicht dieses Zeug, nicht wirklich. Richtigen Schmuck, aber das hier muß ich tragen für den Fall... Na, egal. Ja, mir gefällt Schmuck.« Sie steckte ihn mit vom Widerwillen unbeholfenen Fingern an ihr Ohr.

»Ich glaube, ich weiß, was du meinst«, half Helen nach. »Ab und zu müssen wir tragen, was uns irgendwelche Leute geschenkt haben. Um sie nicht zu verärgern.« Vor ihrem geistigen Auge sah sie die Zeichnungen von Mrs. Blundells fehlendem, Evelyns Vater aus der Tasche gezogenem Schmuck, so anders als Evelyns

Schmuck und anders als die Stücke, die sie am Tag zuvor gesehen hatte, als sie glitzernd auf einem Tisch lagen, Beweisstücke im Fall William Featherstone. Evelyn betrachtete sie mit unergründlichem Argwohn. »Ja, wirklich«, murmelte Helen vor sich hin, »hier kann man das ganze Dorf vorbeigehen sehen.«

Evelyn ließ sich ablenken und sah ebenfalls aus dem Fenster. »Niemand hat Zeit. Ständig streichen sie ihre Häuser, kaufen sich größere Autos und haben Nervenzusammenbrüche. Ich hasse es hier«, sagte sie plötzlich und vehement mit einer Kraft, hinter der mehr steckte als kindliche Gereiztheit.

»Ich auch«, sagte Helen.

Eine volle Minute lang herrschte betretenes Schweigen.

Evelyn rutschte nervös hin und her, wollte weg. Also gut, gingen sie eben nach Hause in ihre zweifellos leeren Häuser.

Helen zahlte. »Und jetzt?« fragte sie zum Abschied, als sie auf die Straße traten.

»Ich weiß nicht. Mittagessen vermutlich«, erwiderte Evelyn, den Blick nach vorn gerichtet, wieder verschlossen, bestrebt fortzukommen.

»Nicht wieder zurück ins Gericht?«

»Nein.« Ein kurzes Lächeln, zwei Schritte zurück, erneut unruhig, als sie sich auf der Ferse umdrehte und davonmarschierte. Entschlossener, eiliger Gang, Hände in den Hosentaschen, eine hübsche, geschmeidige Figur, um deren unreife, noch kindliche Vollkommenheit sie jede erwachsene Frau beneidet hätte. Einem Impuls folgend, blieb Helen im nächsten Ladeneingang stehen und beobachtete Evelyn, einerseits um zu sehen, ob sie ihre Unruhe zum Laufen zwingen würde, andererseits um sich zu vergewissern, daß sie nicht in den Bus nach Waltham stieg, der gerade neben der Grünanlage anhielt. Während Helen noch hinsah, sprang William Featherstone aus dem Bus, ging auf

Evelyn zu, auf seinem Gesicht erstrahlte – trotz der Entfernung unübersehbar – sein bestes deliröses Lächeln, das erlosch, als das Mädchen an ihm vorbeiging, mit einer knappen Handbewegung ein Wiedererkennen verbot und hastig um die Ecke verschwand. Er wollte ihr nach, machte zwei Schritte in ihre Richtung, hielt abrupt an und blieb mit der schuldbewußten Verlegenheit stehen, wie sie jenen eigen ist, die Verhaltensregeln gebrochen haben und es zu spät bemerken, dann sah er sich um, ob jemand seinen Verstoß bemerkt hätte. Schließlich nahm er das Lächeln wieder auf und überquerte die Straße mit unglaubwürdiger Sorglosigkeit, die Hände in den Hosentaschen, vergebens versuchte er, Evelyn nachzuahmen. Du kennst dieses Mädchen ebenso, wie sie dich kennt, dachte Helen. William Featherstone, was hast du mit Evelyn Blundell und ihren Ohrringen zu schaffen?

Der nächste Gedanke: Ich muß mit Bailey darüber sprechen. Sie wollte es ihm erzählen, so wie sie ihm alle seltsamen Vorkommnisse ihres Alltags erzählte. Das heißt, wenn er zuhören würde. Wenn er es nicht vorzog, sich die wesentlich saubereren und bei weitem wichtigeren Schlußfolgerungen seiner hübschen Inspektorin anzuhören. Wenn er nicht sagen würde: »Helen, meine Liebe, nur weil sie ihre Mutter verloren hat, habe ich nicht das Recht, alle Familienmitglieder bezüglich aller Aspekte ihres Lebens einem Kreuzverhör zu unterziehen.«

Helen ging nach Hause, blickte auf ihre Füße, schämte sich etwas, weil sie spioniert hatte. Ich muß lernen, sagte sie sich, ausschließlich den Beweisen zu trauen. Mach es so, wie es in Branston üblich ist: Geh nach Hause und schließ die Tür. Schau nicht in anderer Leute Fenster. Sie mögen keine Schnüffler. In einer Gemeinschaft, die sich auf Zurückgezogenheit gründet, tut man so etwas nicht. Hinter dieser dörflichen Gemeinschaft verbirgt sich eine betrübliche Vereinzelung. Geh nach Hause, Helen West. Geh nach Hause und schließ die Tür.

8

Gott, was für ein abscheulicher Nachmittag, beschwerte sich Amanda stumm, ein entsetzlicher Tag von halb neun in der Früh bis jetzt. Was zum Teufel hatte Bailey den Tag über getan, da er ihr die ganze Lauferei und obendrein auch noch ein paar Demütigungen überlassen hatte? Den Auftritt der Featherstones hatte er vielleicht kalkuliert. Amanda Scott drückte auf die Hupe ihres Autos, versuchte einen Lastwagen zu überholen, wurde sich ihrer gefährlichen Geschwindigkeit bewußt, verlangsamte und fluchte. Sie fluchte nur, wenn sie allein war, dann empfand sie die Wirkung des Fluchens als therapeutisch, Fluchen in der Öffentlichkeit lehnte sie als geschmacklos ab. Die Wut ließ nach, aber sie blieb ärgerlich, bis sie auf den Vorplatz ihres Wohnblocks in Woodford einbog, wo sie sich mit der Welt versöhnte, als sie den Wagen parkte. Na komm schon, mit einer automatischen Geste richtete sie sich das Haar im Rückspiegel, so schlimm war's auch wieder nicht: Möglicherweise hatte sich heute etwas für sie ergeben. Aber im wahrsten Sinn des Wortes von Harold Featherstone, der sich verhielt und aussah wie ein Höhlenmensch, aus dem Haus gejagt zu werden, war in der Tat eine Demütigung. Und zu guter Letzt war Bailey im Anschluß an den letzten schweren Auftrag des Nachmittags, um fünf Uhr noch nicht mal im Büro gewesen; auch übers Telefon erreichte sie ihn nicht, um ihm detailliert schildern zu können, wie genau sie seine Anweisungen erfüllt hatte und was für ein braves Mädchen sie gewesen war. Amanda brauchte Unterstützung, brauchte ihn, damit er sich anhörte, was sie erreicht hatte, und außerdem wußte sie sehr genau, daß es für eine ehrgeizige Beamtin wie sie unabdingbar war, ihre Effizienz aktenkundig zu machen. Sie würde ihn zu Hause anrufen müssen, und wenn sie ein paar Stunden vorher noch unentschlossen gewesen war, ob sie dem lieben Chefinspektor oder dem netten Mr. Redwood erzählen sollte, daß Baileys Freundin mit Evelyn Blundell im Gericht gewesen war, würde sie jetzt auf keinen Fall den Mund halten.

Sehr gut: Der Lippenstift war nicht verschmiert. Sie lächelte sich in dem spiegelblanken Autofenster an, während sie die Tür abschloß, versöhnte sich mit den Ereignissen des Tages und der Aussicht, den Abend mit Tapezieren zu verbringen. Amanda verbrachte die Hälfte ihrer Freizeit mit der Verschönerung ihrer kleinen Maisonettewohnung. Aber vielleicht würde sie als Folge des Nachmittags mit einer größeren, besseren Wohnung belohnt werden. Oder mit einem reichen Witwer. Sie wußte seit jeher, daß sie nicht für einen Kollegen im Polizeidienst mit Bierbauch und unregelmäßiger Arbeitszeit geschaffen war. Ein einsamer Witwer mit großem Einkommen wäre für den Anfang nicht schlecht. Schön wär's! Sie vergaß den Aufruhr bei den Featherstones. Ebenso die Tatsache, daß sie ihre Ziele in beiden Haushalten, denen sie heute einen Besuch abgestattet hatte, nicht erreicht hatte, schnell vergessene Versäumnisse auf der Suche, sich selbst zu rechtfertigen. Erschöpfung, Irritation und auffällige, über jeden Zweifel erhabene Pflichterfüllung verdienten eine Belohnung.

Nein, es war alles in allem doch kein so schlechter Tag gewesen, dachte Amanda, während sie ihr Frühstücksgeschirr abspülte – eine Schüssel fürs Müsli, Tasse und Untertasse für den koffeinfreien Kaffee, sie mußte schließlich auf ihre Gesundheit achten. Sie war mit dem Haftprüfungsverfahren beauftragt gewesen,

Harmoner hatte sich überschwenglich bei ihr dafür bedankt, »daß Sie uns mit Ihrer Anwesenheit beehren, meine Liebe«. Ja, ja, nettes Kompliment, aber ihre Aussichten auf Beförderung konnte er nicht verbessern. Da war es schon besser, Redwood zu beeindrukken, und auch das lohnte kaum die Mühe. Sie glaubte nicht, daß Bailey sie aus selbstloser Freundlichkeit das Lob für die tadellos von ihm vorbereitete Verhandlung hatte einheimsen lassen, sie vermutete vielmehr, daß er sich nur einen Vormittag hatte freinehmen wollen, und daran hatte er offensichtlich auch noch den Nachmittag gehängt. Amanda war grundsätzlich mißtrauisch. Auf irgend etwas war er aus. Na und? Der Mann war schließlich nicht verheiratet. Sie fragte sich, ob seine Freundin davon wußte. Sie hatte sich gedacht, was für ein gutaussehender Mann Bailey war, hatte gedacht … Egal, was sie sich vor acht Monaten gedacht hatte. Sie erklärte das Thema für abgeschlossen und legte das Trockentuch beiseite. Jetzt dachte sie anders; ihr Ehrgeiz hatte sich weitere Ziele gesteckt. Das Verfahren war glatt verlaufen, kein Problem. Ein Mörder, ein todgeweihter Dreckskerl auf dem Weg zu seinem Prozeß, er sah nicht häßlich aus, der Typ, alles in Butter, die Staatsanwaltschaft hatte einen glänzenden Eindruck hinterlassen und auch die Polizei, weil sie die Sache so schnell ins Rollen gebracht hatte. Dann die unmöglichen Anordnungen für den Rest des Tages, die Bailey lächelnd ausgegeben hatte, und dabei hatte er die Nerven besessen, zu glauben, sie würde nicht bemerken, daß er sie weder besonders sympathisch noch besonders attraktiv fand. Sollte er doch diese kleine Frau vorziehen, »eine Anwältin, wie Sie vielleicht wissen«. Obwohl Amanda Polizeibeamte gleich welchen Alters nicht als Heiratskandidaten in Betracht zog – und Bailey war ein bißchen zu alt, um der Wahrheit die Ehre zu geben –, war sie doch etwas gekränkt, da er so offensichtlich das bißchen an sozialem Status und die beiläufige Eleganz bevorzugte, die Helen West mit solcher Leichtigkeit zustande brachte, wie es ihr selbst nie gelingen würde. Du und ich, wir kommen aus demselben Stall, Bailey, mein Junge. Hör auf, so zu tun, als wäre dem nicht so. Sie stellte das Geschirr zurück in den Schrank, sah sich nur halb zufrieden in ihrer ordentlichen Küche um, bewunderte die spiegelnden Flächen; Unmut nagte an ihr, wenn sie an den Glanz von J. Blundells herrschaftlichem Haus dachte. Na los, Amanda, du sollst im Leben vorankommen. Für deine sechsundzwanzig Jahre hast du es schon ziemlich weit gebracht, aber du solltest es noch weiter bringen.

Vom Gericht in Waltham war sie zu Blundells Haus gefahren. »Statten Sie dem Mann einen Besuch ab«, hatte Bailey gesagt, nachdem er auf die Minute abgeschätzt hatte, wie lange die Verhandlung dauern würde. »Er geht zum Mittagessen nach Hause. Erzählen Sie ihm, was vor Gericht passiert ist, seien Sie betroffen. Aber das Wichtigste ist, daß Sie eine Möglichkeit finden, das Haus zu durchsuchen. Das haben wir zwar schon getan, aber nicht gründlich genug.«

»Kann Bowles das nicht übernehmen?« hatte sie gefragt und dabei klar zum Ausdruck gebracht: Ich bin Kriminalinspektorin, Sir, und keine einfache Polizistin.

»Ja, könnte er. Aber verständlicherweise würden Blundell Polizisten, die sein Haus durchwühlen, nicht besonders gefallen. Gegen Sie wird er nichts einzuwenden haben. Ich will, daß gründlich nach diesem Schmuck gesucht wird. Erklären Sie ihm, daß es sich um eine reine Formsache handelt. Sagen sie ihm, daß wir wirklich jede noch so entfernte Möglichkeit ausschließen müssen, daß sie die Sachen im Haus versteckt oder verloren hat, auch wenn er behauptet, gesehen zu haben, daß sie den Schmuck getragen hat, als sie das Haus verließ.«

»Sie glauben ihm nicht?«

»Doch. Wenn er sagt, daß er den Schmuck gesehen hat.« Amanda verspürte einen Schauder der Erregung. »Wir wissen nicht, ob sie noch mal zurückkam, bevor sie sich mit Sumner traf. Oder ob Blundell betrunken war oder sich nur vage ausgedrückt hat. Ich möchte, daß Sie in seinem Zimmer nachsehen und bei der Tochter. Bei der Tochter besonders sorgfältig. Egal, warum, aber es ist wichtig. Ach ja, und erkundigen Sie sich nach dem Kind. Finden Sie heraus, was sie so treibt. Sie hatte einen Termin bei so einer Art Sozialarbeiter, ist aber nie dort aufgetaucht. Sagen Sie ihm das nicht, aber finden Sie heraus, warum. Bringen Sie Ihren Charme zum Einsatz.«

Mit anderen Worten: Gehen Sie hin und wickeln Sie Mr. John Blundell um den Finger. Vergeuden Sie an einem sonnigen Nachmittag eine Stunde Zeit, indem Sie in seinem Haus herumschnüffeln und nach Schmuckstücken suchen, die Sumner bereits vor ein paar Wochen verkauft hat. Dann verschwinden Sie wieder. Anschließend fahren Sie zu den Featherstones und fragen sie – auf die sanfte Tour, vergessen Sie das nicht –, was ihr Sohn Tag und Nacht treibt. Was hat das damit zu tun? hatte sich Amanda gefragt. Ich bin im Morddezernat, nicht in der Abteilung, die sich um mickrige Brände und gescheiterte Ladendiebe kümmert. Solche Aufgaben übernehmen normalerweise uniformierte Polizeibeamte. Kein lautes Wort, es hatte keinen Zweck, sich zu beschweren. Verschlossen wie eine Auster, der gutaussehende Mr. Bailey, der seine Gedanken nicht preisgab, aber gut darin war, Arbeit zu delegieren. Die Antipathie wurde allmählich wechselseitig. Sie hatte die eines Schwachkopfs würdigen Aufgaben nur angenommen, weil sie ihr die Gelegenheit boten, einen Blick in Blundells Haus zu werfen. Ein Traumhaus; sie wollte es. Und wenn nicht dieses, dann etwas Vergleichbares. Sie verdiente es.

Amanda Scott hatte den trauernden Witwer um zwei Uhr nachmittag in seiner Küche vorgefunden, wo er ein Sandwich aß und ein Bier trank, sie war begeistert empfangen worden, hatte ihre Aufgabe charmant erklärt und bemerkt, daß er eine Spur einsam wirkte. Sie hatte von der Verhandlung erzählt und Sumners weitere Inhaftierung als Triumph beschrieben statt als die erschöpfend vorbereitete Formalität, die sie war.

»Gut, gut«, sagte er abwesend, »das freut mich.« Für einen Hinterbliebenen war das eine verhaltene Reaktion gewesen, aber Amanda, die selbst nie einen Trauerfall erlebt hatte, vermutete, daß sie auf den Kummer zurückzuführen war. Auf jeden Fall war er so entgegenkommend gewesen, ihr Kaffee zu kochen und einen Drink anzubieten, den sie ablehnte. »Sie haben ganz recht«, sagte er und schien plötzlich geneigt, ihr gefallen zu wollen.

»Wie geht es Ihrer Tochter?« fragte Amanda.

»Ach ... sie ist nicht da. Sie ist nie da. Besucht Freundinnen, ihre Tante, nachmittags zum Tee kommt sie zurück. Abends lernt sie, das liebe Kind. Sie ist ein tapferes Mädchen, ein sehr tapferes Mädchen.«

Das genügte. Amanda fühlte sich nicht sonderlich dazu berufen, noch weitere Fragen über die Tochter zu stellen, sah sich in der Lage, Einzelheiten zu erfinden, um die Lücken zu füllen. Dann machte sie ihm Komplimente für die Küche, hinter ihrem breiten Lächeln und den weißen Zähnen verbarg sich die zornige Überlegung, daß ihre ganze Wohnung einschließlich des Gartenanteils nicht größer war als diese Küche. Sie legte Herzlichkeit in ihre Bemerkungen und spürte, wie er zum Leben erwachte.

»Noch Kaffee?«

»O ja, danke, wenn Sie noch Zeit haben.« Wickeln Sie ihn um den Finger, hatte Bailey ihr aufgetragen. Angesichts dieser Küche wäre Amanda für ihn zur Hure geworden. Er lächelte wie ein Engel; war durchaus ansehnlich, und er hatte definitiv Geld an den Füßen.

»Wo wohnen Sie, Miss Scott?«

»Nennen Sie mich Amanda. Ich wohne in Woodford.« Während er ihr den Rücken zuwandte, glättete sie ihren Rock und strich sich über die Frisur. »Eine kleine Wohnung.« Mit einer Handbewegung unterdrückte sie ihren Stolz und ihre Freude. »Ich habe Sie von Ihnen gekauft. In Ihrem Büro in Woodford.«

»Wirklich? Was für ein Zufall. Wann war das?« Sie plauderten lebhaft darüber, was, wann, wo in ihrem sechs Quadratmeilen großen Gebiet warum und zu welchem Preis verkauft worden war. Sie hatten ihr Thema gefunden. Grundbesitz, Preise, Werte, die man sich für Geld schaffen konnte. Böden und Decken faszinierten sie, ihn grundsätzlich und sie persönlich, beide mit der gleichen Leidenschaft. Sie schwärmten über die jeweiligen Vorteile von Tanne und Pinienholz, von schrägen Dächern und Flachdächern, und diskutierten darüber, ob der Hauseingang wichtig sei. Da sie die Unterhaltung enorm genoß, fiel es ihr schwer, vorsichtig den Vorschlag zu unterbreiten, das Haus zu durchsuchen, in dem sie mit so wohlwollender Gastfreundschaft aufgenommen wurde.

Er schob das Thema beiseite wie eine Rechnung, die er erst an einem anderen Tag zu zahlen beabsichtigte. »Ach nein, jetzt noch nicht ... Ich muß sagen, daß Sie einen hervorragenden Sinn für diese Dinge besitzen, Amanda. Haben Sie schon mal daran gedacht, Maklerin zu werden? Sie sind geschaffen dafür.«

»Meinen Sie wirklich? Es hat mich schon immer interessiert.« Geschmeichelt schluckte sie den Köder und brachte die leidige Sache mit der Suche nach dem Schmuck erst zehn Minuten später wieder aufs Tapet.

»Wozu?« fragte er verwirrt.

»Weil Mr. Bailey es so wünscht.« Behutsam wusch sie sich von jeder Schuld für ihr Eindringen rein. »Er glaubt, daß wir die Sachen vielleicht irgendwo übersehen haben. Wir müssen hundertprozentig sicher sein, daß sie nicht hier sind. Sie wissen schon, in irgendeiner Schublade in Ihrem Zimmer oder dem Zimmer Ihrer Tochter oder in einem Gästezimmer. Oder in einer Manteltasche. Sie verstehen.«

Er verstand, stellte den Wasserkessel erneut auf und holte aus dem Kühlschrank eine Flasche Weißwein. Sie mußte Weißwein mögen, war kein Whiskytyp. Nur ein Glas, na los, Amanda, es wird Ihnen nicht schaden. Was ihr nicht gefallen würde – und ihm ebensowenig, weil es die knospende Freundschaft ruinieren würde –, war der Anblick des kargen Zimmers seiner Tochter. Ziemlich dürftig eingerichtet, eine Schande, wirklich, wenn er es sich richtig überlegte, ein vergammelter alter Schreibtisch, ein kleiner Schrank und ein Kinderbett. Yvonne hatte immer gesagt, das sei genug für sie, und nach einer Weile hatte Evie es aufgegeben, diesbezüglich Wünsche zu äußern. Er schämte sich der Ärmlichkeit. Noch weniger würden der süßen Amanda die zerrissenen Kleider gefallen, versteckt hinter den Schranktüren in seinem Schlafzimmer, die er ihr auf keinen Fall zeigen wollte. Es gab Dinge, die er gern mit Miss Scott in diesem Zimmer unternehmen würde, aber das Durchsuchen von Manteltaschen gehörte nicht dazu. Es gab nicht ein Kleidungsstück der lieben Verstorbenen, das nicht zerfetzt war. Er begann sich zu fragen, wie er die Sachen außer Haus schaffen sollte.

»Hören Sie mal, Amanda.« Er legte eine Hand auf ihre, registrierte, daß sie keinen Widerstand leistete. »Warum erzählen Sie Mr. Bailey nicht, daß Sie mein Haus von oben bis unten auf den Kopf gestellt haben? Das habe ich nämlich getan, und ich versichere Ihnen, daß Sie nichts finden würden, was mir entgangen wäre. Ich habe wirklich keinen Stein auf dem anderen gelassen. Ihr Boß ist ein bißchen pedantisch, nicht wahr?«

Sie nickte heftig und lächelte willfährig, obwohl sie seine Kritik mißbilligte.

»Das ist also in Ordnung. Was ich mich schon die ganze Zeit über frage ... na ja, vergessen Sie's. Es wäre vermessen von mir ... Nein.«

»Sagen Sie's«, sagte Amanda.

»Na ja, ich habe mich gefragt ... Es ist nichts, wirklich, aber wenn ich kann, helfe ich gern. Ich bin sicher, wir könnten für Sie eine bessere Wohnung finden, Sie verstehen, und ein gutes Geschäft dabei machen. In Branston vielleicht. Ich höre immer, wenn was frei ist, und weiß genau, wann ich zuschlagen muß, falls Sie verstehen, was ich meine. Sind Sie interessiert? Ein nettes Mädchen wie Sie, das so freundlich zu einem alten Mann ist. Ein Mädchen wie Sie verdient es, im Leben vorwärtszukommen.«

Er sprach Amanda aus dem Herzen. Sie war jetzt vollständig abgelenkt und strahlte guten Willen aus.

»Oh, Mr. Blundell, das sollten Sie nicht. Ich bin dienstlich hier, aber es ist trotzdem sehr nett von Ihnen.«

»Aber überhaupt nicht, meine Liebe, und nennen Sie mich John. Mir ist es ein Vergnügen, jemandem zu helfen, der mir sympathisch ist, nicht wie diese blasierten Anwälte und Stadtmenschen, die sich für die Krone der Schöpfung halten.« Ein brillanter Schachzug, der Amanda – mit ihren Minderwertigkeitskomplexen – Auftrieb gab. »Ich sag' Ihnen was. Wenn ich ein paar Erkundigungen eingeholt habe, können wir ja gemeinsam Abendessen und privat darüber plaudern. Waren Sie schon mal bei ›Bario's‹?«

O schöne neue Welt: Sie war noch nie bei »Bario's« gewesen, hatte immer davon geträumt, zwischen den erlesenen Mauern Branstons zu leben und nicht in der Angestelltensiedlung von Woodford.

»Ich kenne einen Typ, der mit wunderschönen alten Möbeln handelt«, fuhr John fort, und sie wurden erneut davongetragen, jeglicher Gedanke, das Haus zu durchsuchen, erstickte im Duft seines Rasierwassers und ihres Parfums und in der begeisterten Diskussion guter Geschäfte.

Amanda Scott verließ das Blundellsche Haus höchst zufrieden, nüchtern trotz des einen Glas Weins, andererseits schwebte sie hoch über der Erde wie ein Drachen, sie hatte eine baldige Verabredung mit einem reichen Witwer in der Tasche und einen plausiblen Bericht für Bailey im Hinterkopf.

J. Blundell, gleichfalls höchst zufrieden, stürzte sich auf den Whisky, kaum hatte er die Tür hinter sich geschlossen.

Amanda machte sich auf den Weg zur »Krone« und landete schneller wieder auf dem Boden der Tatsachen, als sie erwartet hatte.

»Ja? Was zum Teufel wollen Sie? Ach, ich kenne Sie doch. Mr. Baileys Süße, nicht wahr? Die inoffizielle. Meine Güte, haben Sie nur ein Kostüm?« Bernadette Featherstone grinste zufrieden, ihre flinken Augen hatten den marineblauen Zweiteiler, den sie vor ein paar Wochen nur kurz gesehen hatte, bereits unter der Küchentür wiedererkannt.

»Hallo, Mrs. Featherstone, tut mir leid, daß ich Sie stören muß.« Die Höflichkeitsfloskel erfüllte denselben Zweck wie eine Rüstung. »Chefinspektor Bailey hat mich gebeten, Sie aufzusuchen und Ihnen ein paar Fragen –«

»Sagen Sie nicht hallo zu mir. Ist verdammt noch mal nicht notwendig. Ich habe zu tun.«

Was für eine Küche! Bernadettes Küche war den Blicken der betrübten Gäste verborgen, die draußen an der Bar herumhingen, auf Gesellschaft warteten und von Harold dumm angeredet oder ignoriert wurden. Sie war so groß wie die Blundellsche Küche, aber völlig verkommen, entsetzlich verdreckt, und im Augenblick roch es nach gebackenem Brot und Waschlauge.

Amanda, die ein Auge für häusliche Details hatte, fragte sich, warum Bernadette keine Mühe scheute, damit ihre Laken schmutziggrau wurden. Zudem fragte sie sich, ob der Duft das einzig verführerische Merkmal des Brots war. In der Waschmaschine schäumte es verdächtig. Beide mußten schreien, um den Lärm zu übertönen; Bernadette war daran gewöhnt, aber Amanda machte es unbeholfen.

»Um Himmels willen, setzen Sie sich hin. Hören Sie auf zu glotzen wie ein Tourist vor einem Denkmal. Was wollen Sie, und wo ist Ihr verfluchter Chef? Hat Sie heute mal von der Leine gelassen, oder? Meiner Meinung nach sind Frauen als Polizisten ungeeignet.« Bernadette lachte gackernd. Schmeicheleien standen heute nicht auf der Speisekarte. »Sie sind wegen William hier, oder?«

»Ja, sozusagen.«

»Was meinen Sie mit ›sozusagen‹? Harold!« Sie schrie, erhielt keine Antwort. Bernadette nahm ein Tuch, trocknete schnell und geistesabwesend Teller damit ab. »Jetzt schießen Sie schon los.«

»Also, Mrs. Featherstone –«

»Vermutlich machen Sie sich Sorgen wegen William«, unterbrach sie Bernadette. »Klaut 'n bißchen, der Blödmann. Keine Ahnung, warum. Aber kein Grund zur Sorge. Harold wird ihm sieben Pfund Taschengeld in der Woche geben, und wir werden ihn beschäftigen. Wir haben das Problem gelöst.«

»Es ist nicht so sehr wegen des Stehlens, Mrs. Featherstone.«

»Ja, wegen was dann, gute Frau? Haben Sie ihn im Verdacht, jemand vergewaltigt zu haben?« Bernadette lachte lauthals und zündete sich eine Zigarette an; instinktiv wußte sie, daß der Rauch Amanda irritieren würde, während sie ihre flatternden Nerven dahinter verstecken konnte. Sie hatte William so sanft wie ihr möglich gemaßregelt. Er war explodiert, und sie hatte sich zurückgezogen. Er stand außerhalb ihrer Kontrolle, aber es war ihr Kampf, ihr ureigener Kampf, der sonst niemanden etwas anging. Bailey hätte sie vielleicht ihre Sorgen anvertraut, aber nicht dieser blühenden Frau Saubermann, die sich, wenn es nach Bernadette gegangen wäre, ruhig das Genick brechen konnte.

Amanda Scott spürte, daß sie aufdringlich war. Sie spürte auch Bernadettes kaum beherrschte Wut, und sie überlegte, ob William Featherstones angebliche Anfälle nicht tatsächlich eine von der Mutter vererbte geistige Behinderung war, deren heimliche Freizeitbeschäftigung darin bestand, Schaum vor dem Mund zu bilden.

Bernadette bildete in diesem Augenblick eine dicke Rauchwolke vor dem Mund und blies sie in Amandas Richtung. Amanda entschied sich für die streng professionelle Tour. Der Aufenthalt hier sollte so kurz wie möglich gehalten werden.

»Wie vertreibt sich William die Zeit, Mrs. Featherstone?« Auf ihren forschen Ton folgte Schweigen, dann widerwillige Kooperation.

»Wie er sich die Zeit vertreibt? Weiß ich nicht. Er ist jetzt ein erwachsener Mann. Jeder weiß, wie er sich die Zeit vertreibt. Hab' ich Mr. Bailey schon vor Ewigkeiten erzählt. Er mag Busse. Geht einkaufen. Manchmal in London oder in Epping, Stratford, Waltham ... von Waltham wissen Sie ja. Da habt ihr ihn ja geschnappt. Und ...« Sie kratzte sich am Kopf und dachte nach. »Ja, er sitzt in seinem Zimmer und denkt nach. Und was er sonst noch tut, weiß ich nicht. Und er bastelt Sachen. Schmuck.« Sonst gab es nichts, worauf sie hätte stolz sein können.

Sie zog unter dem abgescheuerten Küchentisch eine Schublade voller ausgewähltem Schrott auf: Spülbürsten, Korkenzieher, Quittungen, Sicherungsdraht, zusammengelegtes Papier, halb volle Bonbontüten. Es handelte sich um die Art Schublade, bei der es Amanda Scott in den Fingern juckte, sie aufzuräumen.

»Hier«, sagte Bernadette triumphierend. »So was meine ich.« Sie hielt stolz ein ungeschlachtes Armband zur Inaugenscheinnahme in die Höhe. »Sicherungsdraht und Glas, im Ofen gebrannt«, sagte sie liebevoll. »Keine Ahnung, wie er drauf kommt, wirklich keine Ahnung.«

Auch Amanda hatte keine Ahnung. Williams künstlerische Anstrengung wirkte primitiv. Er hatte Silber- oder Sicherungsdraht gebogen und gewunden, in den Windungen Glassplitter eingebettet, alles war zu unregelmäßigen, ungewöhnlichen Farbkombinationen verschmolzen wie grobes Emaille, der Draht war dank unzureichender Hitze verkantet, das Glas unregelmäßig gerandet, aber nicht mehr scharfkantig. Muß ziemlich unangenehm zu tragen sein, dachte Amanda. Es hätte in einen dieser augenblicklich todschicken Punk-Läden gepaßt, wo es auch als Waffe hätte durchgehen können, aber weder an ihrem noch am Handgelenk irgendeiner Frau, die sie kannte, konnte sie es sich vorstellen.

»Das hier hat ihm nicht gefallen«, sagte Bernadette, »hat gesagt, es wär' langweilig. Find' ich nicht.«

Amanda fand das Ding viel zu schreiend; sie wollte es nicht in die Hand nehmen, nahm es höflichkeitshalber doch, legte es mit offensichtlichem Widerwillen auf den Tisch. »Was tut er sonst noch?«

»Was soll er sonst noch tun? Für dieses Zeug braucht er Stunden.«

»Treibt er Sport?«

»Nein.«

»Hat er noch andere Hobbys?«

»Nein.«

»Eine Freundin?«

Bernadette zögerte kurz, während sie sich hinunterbeugte, um sich am Fuß zu kratzen. »Nein.«

»Freunde?«
»Nein.«
»Arbeitet er irgend etwas?«
»Nicht offiziell, nein.« Es war eine Litanei von Negativen, nach der William dastand blank wie der Himmel. Bernadette fühlte sich nach jedem Nein schuldiger.
»Was macht er abends?« fragte Amanda.
Mrs. Featherstone richtete sich wütend auf. »Sitzt in der Küche, im Garten, hängt rum. Manchmal sagt er sogar was. Hilft mir. Sitzt in seinem Zimmer und holt sich wahrscheinlich einen runter. Vielleicht träumt er dabei von Ihnen, Miss Scott. Harold!« brüllte sie in Richtung der Bar. »Komm her.«
Einen Augenblick lang war es still, dann ein lauter, schwerer Schritt, und Amanda fühlte sich zum erstenmal eine Spur beunruhigt. Sie war nicht gefeit gegen die Beleidigungen der niederträchtigen, boshaften Bernadette. Mit fest zusammengepreßten Lippen stand sie auf, Baileys Worte in den Ohren: »Brechen Sie ein Verhör ab, wenn es nur noch das Gegenteil dessen bewirkt, was es bewirken soll. Wenn sie nichts sagen wollen, werden sie nichts sagen. Warten Sie auf eine bessere Gelegenheit.« Amanda wäre zufrieden gewesen, eine Ewigkeit zu warten und von hier zu verschwinden, solange es noch einigermaßen harmlos abging, vorzugsweise bevor die Schritte bis an ihren verletzlichen Rücken herangekommen waren. Sie setzte sich in Bewegung, zu spät und zu unbeholfen.
»Aha«, sagte Harold hinter ihrem Rücken. »Mr. Baileys Zuckerpüppchen. Die hübsche Polizistin. Wie geht's uns, Zuckerpüppchen?« Und bevor sie sich umdrehen konnte, schlang er seine dicken Arme um ihre Taille, überkreuzte vorn die Handgelenke, und mit dem Mund neben ihrem Ohr wiederholte er leise und gefährlich: »Wie geht's uns, Zuckerpüppchen?« Er lachte, sein Atem roch nach Whisky, seine Haut war

feucht und schmierig. »Laß unsern Jungen in Ruhe, Zuckerpüppchen. Oder wir hetzen ihn dir auf den Hals.«

In zunehmender Panik versuchte sie, ihre Handgelenke zu befreien, griff nach ihrer Tasche, knallte auf dem Weg zur offenen Hintertür gegen den Tisch. Williams Armband fiel zu Boden; sie hörte es auf den gesprungenen Steinplatten aufschlagen, und aus einem Grund, den sie nicht kannte, bückte sie sich, hob es auf und steckte es in ihre Handtasche, während sie auf das Tageslicht zurannte, wobei sie etwas verlangsamte, als sie sich, wenn auch zu spät, an ihre Würde erinnerte. Aber noch früh genug, um sich umzudrehen und überwiegend um ihrer selbst willen bittersüß zu lächeln. »Sie waren überaus hilfreich. Danke.« Jede Silbe klang sarkastisch, und sie haßte den Anblick der zwei lachenden Gesichter. Sie rieb sich den Nacken, wo Harold sie angefaßt hatte, fühlte sich aussätzig. Ungewöhnlich nahe den Tränen, kämpfte sie sich durch Büsche, ging einen rutschigen Pfad hügelabwärts, fauchte wie eine wütende Katze. Dann blieb sie stehen, für einen Augenblick hatte sie in dem Garten die Orientierung verloren.

Der direkteste Weg zu ihrem Wagen wäre der gewesen, über den sie gekommen war, durch die Küche zurück, dann in die Bar und vorne wieder aus dem Haus hinaus, aber sie konnte diesen Höllenschlund genausowenig wieder betreten wie sie auf den Mond fliegen konnte. Sie sah sich um und horchte. Ihr blieb keine andere Wahl, sie holte tief Luft und beruhigte sich. Geh bis zum Ende dieses dunklen, widerlichen Gartens, schlag dich irgendwie durch das Feld, geh am Rand entlang bis zur Straße und von dort aus zurück zur »Krone«. Wie alle in diese ländlichen Zonen Emigrierten glaubte Amanda an ein keimfreies Landleben, sie konnte erdverkrustete Schuhe, Dornen und den Schleim der schlecht kontrollierten Natur nicht ausstehen. Das Gebüsch, das sie am Ende des Pfads über einem entwurzelten Baum erspähte, reizte sie nicht zur Erforschung, aber zerrissene Strümpfe und ein verrutschter Rock waren allen anderen Alternativen hier unendlich vorzuziehen. Leise vor sich hinfluchend, ging sie weiter den Pfand entlang, während ihr Zweige gehässig ins Gesicht schlugen, bis sie überrascht vor dem Sommerhaus stand und stehenblieb.

Jesus. Die Hütte war so verrückt wie das Paar im Hotel. Zweifellos ein Featherstonesches Projekt, mit diesem betrunken schrägen Aussehen, halb fertiggestellt und dann aufgegeben wie die Küche. Sie war weder interessiert noch geneigt, es sich näher anzusehen – die ganze Familie sollte in der Hölle schmoren, je früher, um so besser –, aber als sie geräuschlos daran vorbeiging, warf sie einen Blick in eines der Fenster, ängstlich, aber doch angezogen. Durch den feuchten Ruß auf dem Glas konnte sie ein dämmriges Licht ausmachen, hörte hämmernde Geräusche, gedämpft durch die Erde, wie aus weiter Ferne. Aus einem Loch im Boden tauchten ein Kopf und nackte blasse Schultern auf und verdunkelten für einen Augenblick das Licht. Vielleicht ein Featherstone, vielleicht ein Eindringling, vielleicht der große William, der sich aus der Erde buddelte wie eine riesige Schnecke. Amanda konnte sich den weißhäutigen William vorstellen, das leere Abbild seines Vaters, die unbekleidete, grinsende Version des Flegels, dem sie im Gericht begegnet war, die jetzt nackt und zügellos auf sie zutaumelte, eine Vision, der kein Pendant in der Wirklichkeit entsprach, denn er wandte ihr den Rücken zu; während sie ihn beobachtete, stand er furchterregend still. Sie rannte von dem Fenster fort, durchs Gebüsch, kletterte über den Zaun ins Gerstenfeld und bahnte sich einen Weg den Hügel hinauf und zurück zu ihrem Auto. Sie fuhr, bis die »Krone« längst außer Sichtweite war, bevor sie anhielt, ihren verkrusteten Rock abklopfte und ihre Schuhe mit Gras und einem Taschentuch säuberte. Sie zitterte nicht mehr, kam sich nur lächerlich vor und war einfach ärgerlich.

Während sie sich jetzt daran erinnerte und den Schmutz auf ihrem Rock betrachtete, entschloß sie sich zu einem schwachen Gin-Tonic, der normalerweise Gästen vorbehalten war, um wenigstens den Schein zu wahren. Das Problem mit den Krediten war, daß ihr nur wenig Geld blieb, um sich das eine oder andere Vergnügen leisten zu können. Sie trank genüßlich in kleinen Schlucken, vergaß die Demütigung, während sie das Eis zerbiß. Sie mußte vorankommen, egal, um welchen Preis, und Rückschläge durften sie nicht bremsen. Ein Job war ein Job, und sie hatte einen guten Job, der Schlüssel zum Glück. Zum Teufel mit den Featherstones. Sie war den weiten Weg aus den engen Straßen Nordlondons gekommen, und dorthin würde sie nie wieder zurückkehren. Und was ihren Besuch in der »Krone« anbelangte, würde sie Bailey alles erklären, was sie über William erfahren hatte, aber nichts über den Verlauf des Besuchs.

»Das hast du gut gemacht, Mädchen, wirklich. Haben ihr doch einen netten Abschied bereitet. Ich hab' gehört, was du zu ihr gesagt hast, bevor ich meinen Senf dazugegeben hab'.«

Bernadette zündete sich die vierzigste Zigarette an diesem Tag an. »Hab' ich mir schon gedacht«, sagte sie. »Harold, was sollen wir tun?«

Sie bedeckte das Gesicht mit den Händen. Er stellte sich neben sie an den Küchentisch und legte ihr den Arm um die Schulter. Harold war nüchtern, und jetzt um zehn Uhr abends war nichts mehr los. Über Amanda Scotts Besuch am Nachmittag hatte er nur einmal kurz gelacht, aber die Lust auf Whisky war ihm vergangen.

»Was sollen wir tun, Harold?« wiederholte sie.

Er ließ sich auf einen Stuhl fallen. Harold haßte Gefühlsausbrüche der friedlichen Art, genausosehr wie er Verantwortung haßte, wobei er argwöhnte, daß der Großteil ihrer Streitereien darauf zurückzuführen war, daß er seine Pflicht nicht erfüllte.

»Wovon redest du? Von der Kneipe?«

»Oh, Harold, schau einmal den Tatsachen ins Gesicht. Die verdammte Kneipe ist mir scheißegal. Ich meine William. Unseren Sohn. Ich weiß nicht mal, wo er ist.« Sie war sich einigermaßen sicher, daß er sich am anderen Ende des Gartens aufhielt, und sie verließ sich auf den Winter, der ihn hoffentlich zurück ins Haus bringen würde, aber selbst in dieser extremen Lage würde sie es niemandem erzählen. Sie kannte Harolds Beschränktheit und sein Temperament, glaubte, sie hätte William für diesen Tag schon genug hintergangen – sie hatte sogar das Armband verloren, das er aus der Sammlung seiner Kreationen ausgemustert und ihr gegeben hatte, immerhin war es ein Geschenk gewesen.

»Was *können* wir tun?« fragte Harold streitlustig. »Warum sollten wir überhaupt? Na gut, er hat ein paar wertlose Schmuckstücke mitgehen lassen. Ich hab' die Strafe bezahlt, geb' ihm mehr Taschengeld. Das wird wohl reichen. Er hat nichts wirklich Schlimmes angestellt.«

»Nein?« fragte Bernadette. »Wirklich nicht? Ich weiß nicht recht.«

»Was heißt, du weißt nicht recht?« Er klang irritiert, defensiv, schuldbewußt, um Vergebung bittend.

»Ach, ich weiß nicht, Harold. Er ist so merkwürdig. Ich muß immer wieder an die Leiche im Wald denken, die fällt mir immer wieder ein. Die Sache gefällt mir nicht, Harold. Ich weiß nicht, was ich tun soll.«

»Wegen der Leiche im Wald sitzt ein Mann im Gefängnis«, schrie Harold. »Hör auf zu denken, Bernie. Denken ist nicht gerade deine Stärke. Und was zum Teufel können wir schon tun? Wenn man ihn schlägt, beißt er. Wenn man ihn tätschelt, kratzt er. Wenn wir uns jetzt einmischen, provozieren wir ihn nur. Ihm geht's gut, Bernie, wirklich gut. Er lächelt immer.«

Sie war zu müde, um den Konflikt auszutragen. Das war die Geschichte ihres Lebens, diese unablässige Müdigkeit, die nur durch Streit in Schach gehalten wurde. Besser man nahm sich ein Beispiel an Harold: Konflikte einfach vermeiden und das Beste hoffen.

»Wenn es schlimmer wird, bringen wir ihn weg.«

Sie wandte sich ihm zu, hoffnungsvoll und neugierig. »Wohin, Harold? Sollen wir nach London zurück, wo uns niemand kennt? Mir wär's recht. Die Gegend hier hängt mir sowieso zum Hals raus. Es ist, als ob man unter lauter Geiern lebt, die alle ihre Schäfchen ins Trockene bringen wollen. Genau wie wir. Wenn wir nicht so hart – und außerdem für so wenig – gearbeitet hätten, hätten wir vielleicht einen besseren Sohn.«

Er seufzte dramatisch. »In London wären wir verloren, Bernie. Uns würde nichts gehören.«

»Und genau deswegen würde es mir gefallen, Harold. Und William auch.«

Harold zögerte, die Wendung, die ihre Unterhaltung jetzt nahm, gefiel ihm ebensowenig wie ihr Beginn. »Du glaubst nicht wirklich, daß er mehr getan hat, als zu klauen, Bernie, oder?«

»Ich weiß nicht«, sagte sie. »Ich weiß nicht.«

Besser war es, nicht Bescheid zu wissen, hatte John Blundell entschieden. Wenn er nicht in ihr Zimmer sah, das immer sorgfältig abgeschlossen war – »Ich brauche meine Ruhe, Papa« –, konnte er nicht wissen, ob sie da war oder nicht, konnte sich vormachen, sie wäre da, über eine Enzyklopädie gebeugt, oder was immer sie tat. Das letztemal hatte er hineingespäht, als Evelyn die Putzfrau reingelassen hatte, und als einzig sichtbaren Ziergegenstand in diesem spartanischen Zimmer hatte er ein Plastikskelett gesehen, bevor sie ihn entdeckt und mit ihrem starren Blick vertrieben hatte. Auch das Saubermachen überwachte sie. Er hatte nie wirklich irgendwelche intimen Dinge über sie wissen wollen, und ihre exzentrischen Vorlieben ergaben mehr Sinn im Licht des kürzlich eingestandenen Wunsches, eine medizinische Karriere einschlagen zu wollen. Gott sei Dank, daß er Amanda Scott von der Durchsuchung des Hauses hatte abbringen können. Ein kleines Plastikskelett im Zimmer einer Jugendlichen erschien Blundell bei weitem obszöner als das Bild eines nackten Mannes. Was den Inhalt ihrer Schreibtischschubladen anbelangte, hegte er einen ganz bestimmten Verdacht. Neben einem Haufen Papier enthielten sie etwas Wertvolles. Sie liebte Schmuck, und er hatte beobachtet, wie sie Dinge, die sie liebte, versteckte. Hier oben sperrte sie sich ein und schrieb. Irgendwann einmal würde er einen genaueren Blick in dieses Zimmer werfen. Nicht jetzt, später.

Fremde ging das alles nichts an. Wenn Papas Liebling ein Geheimnis aus ihrem Schrott machen oder er die Kleider seiner Frau zerreißen wollte, dann sollten sie das auch tun. Eine Familie war eine Familie. Sie waren hierhergekommen, um ihre Familie zu bewahren, was für ein Scherbenhaufen sie in den letzten Jahren auch gewesen sein mochte. Er wartete bis zehn Uhr, trank zwei wohlkalkulierte Whiskys, dann wählte er Amanda Scotts Nummer. Er wußte genug über das Innere von Häusern, um sich ihren Lebensstil vorstellen zu können. Er sah sie vor sich im Nachthemd mit Fettcreme im Gesicht und einem Glas Milch in der Hand, und diese Vorstellung gefiel ihm. Er konnte zwei Fliegen mit einer Klappe erschlagen: zum einen Schnüffelei verhindern und zum anderen eine neue Frau ködern. Amanda war keine schlechte Aussicht. Sie würde zumindest den Wert des Geldes zu schätzen wissen und dankbar sein. Für

Yvonne, das Miststück, war selbst das Beste noch immer nicht gut genug gewesen.

Im Bailey-West-Haushalt herrschte so etwas wie Frieden. Einzig Amanda Scott hatte angerufen, vom Wunsch beseelt, das eine oder andere zu berichten, aber im Zaum gehalten und zufriedengestellt, als Bailey ihr versicherte, er würde sich am nächsten Tag alle Einzelheiten anhören. Keinerlei Informationen waren ausgetauscht worden.

Eine Nachbarin saß auf dem Sofa und beklagte sich bei Helen über ihre Kinder. Das Bild, das diese zwei grundverschiedenen Frauen abgaben, verblüffte ihn, mehr noch amüsierte ihn, als er Helens unerbittlichen Widerwillen gegen alle Vereinsmeierei mit ihrer Unfähigkeit, einem Besucher die Tür vor der Nase zuzuschlagen, kontrastierte. Nein, sie würde an keiner Versammlung teilnehmen, lieber tot umfallen, als sich in ein Komitee wählen zu lassen oder eine Petition zu unterschreiben, aber sie würde immer zuhören, etwas zu trinken anbieten und willkommen heißen, unfähig, sich dagegen zu wehren. Zu Hause, im weit entfernten London, hatte ihr Telefon ununterbrochen geklingelt. Dort hatte es Bailey irritiert, hier vermißte er es. Während er der Nachbarin, einer gutmeinenden, aber zermürbten Mutter zweier Kinder, die angesichts der Entscheidungen der örtlichen Schulbehörde verzweifelte, mit halbem Ohr zuhörte, fragte er sich, welches die Konsequenzen eines Lebens in Branston waren, bezweifelte, ob die frische Luft und das ständige Konkurrieren mit den anderen wirklich eine Verbesserung gegenüber dem Leben in London darstellten.

»Er ist mit Abstand der Schlechteste in der Klasse«, sagte die Nachbarin, nicht weinerlich, sondern einfach nur empört.

Dann hör auf, ihn anzutreiben, lautete Baileys stummer Konversationsbeitrag; er wünschte, sie würde gehen. Der Junge ist gesund. Niemand ist krank. Wo liegt das Problem? Vorwärts, vorwärts, vorwärts, die endlose Spirale des Aufstiegs. Bessere Häuser, bessere Autos und Schulen, und trotzdem blieb die Unzufriedenheit. Die Leute nörgelten ständig: Jetzt geht's uns zwar gut, aber es muß uns noch besser gehen können. Wir haben viel hinter uns, Helen, vielleicht ist es an der Zeit umzukehren.

Bailey betrachtete die Frau mit einem milden Blick, der ihr etwas auf die Nerven ging. Er überlegte, daß dieses Mitglied der schönen neuen Welt ökonomisch in einer Ehe gefangen war wie ein von der Sozialhilfe lebendes Paar in einem Slum, das nirgendwo anders hinkonnte und kein Geld hatte. Der einzige Unterschied war, daß das eine Paar durchaus wohlhabend war und in einem goldenen Käfig lebte, in dem das Schulterklopfen nicht mehr half. In solchen Situationen kam es häufig zu Mord und Totschlag, und das gemütliche Branston war ein idealer Nährboden dafür. Die, die nach oben strebten, um einen Platz im Himmel kämpften, beschnitten sich durch irgendeinen Zufall ihrer Möglichkeiten, statt sie zu erweitern, und ließen sich keine Zeit zum Nachdenken. Und keine Zeit, um zu bemerken, wie ihre Kinder dachten. Ob sie die piekfeine Schule dem Betonspielplatz vorzogen? Ob ihnen elektronisches Spielzeug besser gefiel als Pappschachteln? Er wußte es auch nicht. Es gab auch keine Zeit, sich über den jeweiligen Partner Gedanken zu machen. Vielleicht hatte Helen dazu Zeit. Sie brauchte ihn nicht auf dieselbe Weise wie er sie.

Da von ihm nicht mehr Teilnahme an diesem Wohnzimmergeplauder erwartet wurde als ein gelegentliches Murmeln, konnte Bailey ungehindert über den vergangenen Tag nachdenken. In gewisser Weise hatte er angenehm begonnen, er hatte weder überwachen, noch berichterstatten oder Arbeit delegieren oder zuhören müssen. Superintendent Bailey, der versuchte, wieder ein junger Inspektor zu sein, der die Fußarbeit erledigte – so wie vor zehn Jahren. Während er in Busse ein- und wieder ausstieg, wunderte er sich, wie willkürlich sie fuhren, wie geduldig die Fahrgäste in dieser Gegend waren. Die Busse hielten an zwei ausgebrannten Bushäuschen und brachten ihn nach Waltham und Woodford, ausgerüstet mit einem Foto von William Featherstone, das bei seiner letzten Verhaftung aufgenommen worden war. »Haben Sie diesen Jungen schon mal gesehen?« fragte er und zeigte das nicht gerade schmeichelhafte Schwarz-Weiß-Foto. Seltsam, daß diese neuen Polaroid-Fotos im Vergleich mit den alten keine Verbesserung darstellten, jeder sah darauf aus wie ein Schwerverbrecher. »Ja, hab' ihn gesehen. Oft sogar. Meistens grinst er, das arme Kind. Seh' ihn seit Jahren. Jetzt ist er schon groß.«

Bailey überraschte, daß Williams Reisebekanntschaften so etwas wie echte Zuneigung zu dem Jungen empfanden, im schlimmsten Fall wurde er einfach toleriert. Als sie ihn einen »armen Jungen« genannt hatte, hatte Helen vielleicht etwas gesehen, was ihm entgangen war.

Er wandte sich ihr zu, weil sie ihn mit dem Ellbogen gestoßen hatte. »Wie bitte?«

»Mrs. Levinson hat gefragt, ob es uns hier gefällt«, sagte Helen.

»Oh, uns gefällt es ganz gut«, sagte Bailey. »Ein hübscher Ort.« Überrascht stellte er fest, daß Helen ihm die Beantwortung dieser heiklen Frage überlassen hatte. Vielleicht war ihr Branston doch nicht so wichtig. Amüsiert und hoffnungsvoll registrierte er diese Tatsache. Vielleicht – ein unwahrscheinlicher Gedanke angesichts der Beweise fürs Gegenteil – verabscheute sie diesen Ort ebenso wie er. Und gleich darauf ein trauriger Gedanke: Wieder war ein Tag vergangen, an dem sie nicht wirklich miteinander geredet hatten; die

Wochenenden des Lebens waren in der Mitte der Woche bereits vergessen.

Helen dachte: Ich sollte ihm von dem Haftprüfungsverfahren erzählen. Dann hörte sie seinem höflichen Lob Branstons zu und hielt den Mund.

9

Läden. Abfall lag auf dem Pflaster in der Oxford Street. Regen wäre dringend notwendig gewesen. Dem Himmel nach zu urteilen, würden sie bald damit gesegnet werden. Natürlich ging niemand in die Oxford Street, um den Himmel zu betrachten. Alle blickten nach vorn oder zur Seite, nie nach oben, ab und zu nach unten, um nachzusehen, was sich zwischen ihren Füßen verfangen hatte, während sie ihre Handtaschen an sich preßten und sich hüteten, etwas in die anderen Taschen zu stecken. Helen kannte die Straße, hatte stundenlang in den Gerichten in der Marlborough und Bow Street die Anklage vertreten gegen unzählige Taschendiebe, jede Art von Langfinger mit schnelleren Fingern als Fagins Kinder, hatte sie höflich angelächelt, während sie den Fahrstuhl betraten und die Brieftasche längst an den Mann hinter ihnen weitergegeben hatten – so machten sie Tausende am Tag. Auch sie war in den Läden vorsichtig, kannte den Kann-ich-Ihnen-helfen?-Trick: Weltgewandt und unbefleckt standen sie in dem ansonsten leeren Geschäft, halfen beflissen bei der Auswahl von Schal, Jacke, Krawatte, bevor sie sich bereit erklärten, die Traveller-Schecks, Dollar, Yen, Visa-Karte, womit immer man bezahlen wollte, anzunehmen und zu wechseln.

Nehmen Sie Platz, gnädige Frau, ich bin gleich zurück, und wenn Sie auf mich warten wollen, werden Sie hier eine Ewigkeit sitzen. Wenn sie nicht gerade im

Gefängnis saßen, waren sie berühmte Gestalten. Polizisten, die in diesem Volksfest der Läden, vom billigsten bis zum unbezahlbaren, patroullierten, nannten es einfach »die Straße«. Die Straße war schmutzig, schäbig, überlaufen und eng, Tiefstpreise, Höchstpreise, mittlere Preise. Niemand sprach englisch oder schien ein klares Ziel vor Augen zu haben. Grobheiten waren an der Tagesordnung. Angebliche und tatsächliche Hehlerware wurde auf der Straße ebenso verkauft wie geschmacklose Souvenirs, überteuertes Obst und gefährliches Spielzeug. Verkäufer scharten sich entweder wie Fliegen um die Kunden oder ignorierten sie geflissentlich. Die Mülltonnen waren überfüllt, und die drei U-Bahn-Stationen waren wahrhaft düster. Die Chance, ein Schnäppchen zu machen, war so groß wie die, skrupellos bestohlen zu werden. Im Umkreis von einer Meile gab es nichts Lebensnotwendiges oder etwas Anständiges zu essen, und häufig drohte Bombenalarm.

Helen begeisterte diese Atmosphäre.

Für eine Einkaufssüchtige gab es nichts Besseres. Sie liebte Läden, Punktum. Hier versöhnte sich ihre im Grunde ernste Natur mit der frivolen Welt. Helen war eine Käuferin ohne Vorsatz, eine Eigenschaft, die Bailey in einem Ausmaß irritierte, daß er sie nie auf einer dieser Expeditionen begleiten konnte, außer sie wollte etwas kaufen in einem Laden, der auf bestimmte Waren spezialisiert war – Farbe in einem Farbengeschäft, Nägel in einem Nagelgeschäft. Helen war's zufrieden, sie zog es vor, allein einzukaufen oder in Begleitung einer Frau mit verwandter Seele, die verstand, daß man sich beim Einkaufen alles ansah: Federbetten und Lebensmittel bei Marks and Spencer, auch wenn man sich eigentlich einen Rock kaufen wollte, Waschmaschinen, Teppiche und Mäntel bei John Lewis, auch wenn man eigentlich auf der Suche nach Dübeln war. Und wenn man irgendwelche Bekleidungsstücke erwerben wollte, dann gab es sowieso kein Ende, und auch keinen Anfang.

Bailey begriff nicht, wie sie von so einem Ausflug zurückkommen konnte mit nichts weiter als guter Laune, voller Geschichten über Dinge, die sie gesehen hatte, über Leute, denen sie begegnet war, aber ohne Pakete oder Tüten – obwohl das selten der Fall war. Für irgend etwas saß der Geldbeutel immer locker, aber es war von keinerlei Bedeutung, wenn das Ergebnis von vierstündigem Herumstreunen aus nichts weiter bestand als aus zwei Strumpfhosen und einer Ananas, einem Lippenstift und einem neumodischen Kartoffelschäler, zwei Glühbirnen und einer Parfumprobe. Heute hatte sie Großes vor; es handelte sich um gut geplanten Übermut, und die Kreditkarte juckte ihr in den Fingern. Helen hatte an einen neuen Übergangsmantel, Ersatz für abgelaufene Schuhe und neue Hosen gedacht, damit sie im hochmodischen Branston konkurrieren konnte. Obwohl sie sich diese Kleinigkeiten in den Kopf gesetzt hatte, wäre sie nicht enttäuscht gewesen, lediglich mit einer Tube Zahnpasta nach Hause zurückzukehren. Die Suche war wichtig. So war es nun mal mit dem Einkaufen, so machte es Spaß.

Helen saß in der U-Bahn, dachte an den Tag, der vor ihr lag, sie hatte das unvermeidliche Buch dabei, vergaß aber in dem fast leeren Wagen zu lesen; er war so leer, daß sie sich fühlte, als ob es ein heimlicher Feiertag wäre. Wirklich, sie und Bailey waren beide gleich schlimm. Was für Schaden wäre entstanden, wenn sie erwähnt hätte, daß sie einem Teil des Haftprüfungsverfahrens beigewohnt und dort Evelyn Blundell getroffen hatte? Aber sie hatte nichts gesagt und der redseligen Nachbarin am Abend zuvor gestattet, sie müde zu quatschen. Als sie aufgebrochen war, waren sie ins Bett gegangen, Bailey, weil er früh wieder aufstehen mußte, und sie, weil sie in die Stadt wollte. Ach, zum

Teufel. Sie träumte vor sich hin, blickte aus dem Fenster auf einen tief hängenden Himmel, außer dem schmutzigen London und überfüllten Läden lag nichts vor ihr. Sie vibrierte vor schierem Vergnügen, aß einen Apfel als spätes Frühstück und beobachtete die Welt. An einem guten Tag dauerte die Fahrt von Branston bis zum Oxford Circus fünfunddreißig Minuten, normalerweise jedoch über eine Stunde. Man sollte diese Reise nie unternehmen ohne ein Buch zur Zerstreuung oder ohne genügend Gedanken, um die Zeit auszufüllen. In den Wagen der Central Line wurde man durchgerüttelt bis auf die Knochen, sie hätten jedem Entwicklungsland zur Schande gereicht und erforderten größte Beherrschtheit zwischen den Haltestellen, beschleunigten mit der Drohung, jeden Fahrgast, der nicht darauf gefaßt war, von seinem Sitz und seinem Gegenüber in die Arme zu schleudern. Zu den Hauptverkehrszeiten, wenn die Leute an den Halteschlaufen hin und her taumelten wie Betrunkene, war die Fahrt nur erträglich, wenn sie sich wie Sardinen aneinanderdrängten, jeder vermied, den anderen in die Augen zu sehen, während sie in intimer Stabilität nebeneinander standen, in der Hölle des Zugs im Gleichklang schwankten, Hintern an Hintern und Bauch an Bauch wie siamesische Zwillinge. Leere Waggons führten zu Unachtsamkeit. An schläfrigen Nachmittagen flogen sorglos abgestellte Pakete zwischen Debden und Theyden aus den Gepäcknetzen, während sich die Wagen in der Anstrengung, schneller zu fahren, schüttelten und rüttelten und wütend an einem einsamen Bahnhof bremsten. Nach den Bürozeiten waren die Züge an den Rändern Großlondons leer, als ob Orte wie Branston nicht existierten. Wenn man einmal so weit hinausgezogen war, wurde erwartet, daß man mit den Massen pendelte und ansonsten blieb, wo man wohnte. Die ratternde, schaukelnde Central Line war die Strafe für Extratouren.

Aber in diesen trägen Stunden zogen Helen die unterschiedlichen Landschaften jedesmal, wenn sie durch die zuverlässig verdreckten Fensterscheiben verschwommen die Umgebung erkennen konnte, in den Strudel des geliebten London. Überraschend viele Felder um Branston, Anzeichen von Ernte; dann, direkt neben den Gleisen, Fertighäuser aus den fünfziger Jahren, die wie ein Vorposten aus Wellblechhütten aussahen, Nachkriegsarchitektur und fahle Pastellfarben. Debden verschwamm im Hintergrund. Als nächstes Theyden Bois, im Volksmund Theyden Boys genannt, etwas etablierter als Debden, aber kaum sichtbar. Vor Snaresbrook fuhr man durch einen Tunnel aus Grün, die Bäume deuteten auf Wohlhabenheit hin, riesige Rasenflächen, die Häuser waren pseudotudor, pseudospanisch, pseudoedwardianisch mit angebauten Wintergärten, sichtbar nur für die Fahrgäste der Central Line. Einmal mußte die Bahn aufgrund eines falsch geschalteten Signals – ein häufiges Vorkommnis bei der Central Line – hier anhalten, und sie hatte gebannt beobachtet, wie sich ein nackter Mann bei geöffnetem Fenster wusch und dabei sang, aus einem den Blicken verborgenen Regal in all seiner Herrlichkeit etwas herausholte, ohne sich des heimlichen Publikums bewußt zu sein. Für den Fall, daß es ihr entgangen war, hatte Helen die Frau neben ihr angestoßen. »Sehen Sie mal«, hatte sie gesagt, unfähig, den Anblick allein zu genießen. Beide hatten gekichert wie Teenager. Sie dachte jedesmal daran, wenn sie vorbeifuhr.

Größerer Wohlstand noch, wenn der Zug aus Snaresbrook wieder wegratterte, hügelabwärts fuhr durch das Territorium der kleineren Größen des Schaugeschäfts und der Gauner aus dem East End, die in Häusern mit Alarmanlagen ein neues Leben führten, hinein in die langweilige Sicherheit der engeren Straßen von South Woodford. Seriöse kleine Wohnblocks, die den ordentlich mit Bäumen gesäumten Straßen den

Anschein von Großzügigkeit verleihen sollten, ein Wohngebiet für hoffnungsvolle Handwerker, Bankangestellte, Lehrer und in bescheidenem Maß begüterte jüngere Leute. Ein geschmackloser Ort, sicher und langweilig, aber mit genug Grün, um passabel zu erscheinen. Dann ein schnellerer Abstieg in die Realität: Leyton, ein stämmiges Reihenhaus neben dem anderen, gewöhnliche, liebevoll gepflegte Hinterhöfe voller Wäsche, eine Ortschaft mit überfüllten Straßen. Zur Rechten erstreckte sich ein weitläufiger Friedhof, der aussah, als ob er in den letzten hundert Jahren alle Toten Londons aufgenommen hätte. Nach Leyton der nächste Friedhof, diesmal für Autos, Blechleichen aufeinander getürmt wie Unkraut, rostige und glänzende Lastautos, kaputte Autos, Karosserien, die auf Erlösung warteten, die völlig unbekümmert eine auf der anderen saßen, ein fröhlicher Schrotthaufen, Metall bar aller Ambitionen und Bedeutsamkeit, die einst in sie als intakte Maschinen investiert worden waren. Mein Wagen gehört hierher, dachte Helen, ohne Räder wird er mir vielleicht besser gefallen.

Dann kam Stratford, und zwischen den häßlichen Häusern schlug ihr Herz ein wenig schneller, der Zug tauchte unter die Erde, als die Stadt begann. Der Rest der Fahrt war ein nebelhafter Eindruck von Menschenmengen, der Anfang der wahren Metropole. Der Zug ratterte langsamer dahin, hielt an, um seine Türen für Menschenmassen in Mile End zu öffnen, nahm die mit Tüten und Taschen, Rucksäcken und Koffern beladenen Leute auf, die in die Stadt wollten, zur Arbeit, in Geschäfte, zu Zügen und Flugzeugen. Liverpool Street, eine Atempause mit weiteren schwitzenden Menschen aller Hautfarben. Die Türen schlossen sich, öffneten sich erneut, als ob sie unschlüssig wären, unwillig, Fahrgäste aus dem Osten zu transportieren, unwillig, weiterzufahren, dann seufzten sie laut auf und schlossen sich endgültig. Der Zug stürzte sich in die

Düsterkeit von St. Paul's, sammelte schnatternde Scharen von Touristen ein, die Stadtpläne in der Hand hielten und in verschiedenen Sprachen redeten, keuchte für die Angestellten von Anwaltskanzleien über Chancery Lane nach Holborn, dann für alle Welt zur Tottenham Court Road und schließlich zum Oxford Circus, wo wieder Menschenmengen mit Einkaufstaschen in Viererreihen auf dem Bahnsteig warteten und daran zweifelten, daß die Bahn jemals kommen würde. Die Uneingeweihten drängten herein und hinaus in der Furcht, weiterfahren zu müssen oder zurückgelassen zu werden, während der Rest der Familie schon eingestiegen war. »Mach schon, Jack, wir kommen nicht mehr rein. Steig ein, schnell, schnell.« Helen, ohne Eile, unbeeindruckt von den Menschenmassen, bewegte sich mit der Trägheit der Einheimischen, schlenderte unbeachtet aus dem Zug, während die anderen einstiegen, erfrischt von der Vertrautheit und der Anonymität der Umgebung. Aus der hin und her wogenden Menge von Fremden, die den richtigen Ausgang suchten, stieg sie gelassen hinauf und nahm die Aufgaben des Tages in Angriff.

Helen ging das Einkaufen völlig unsystematisch an; es war gleichgültig, wie sie anfing oder wo sie stehenblieb oder weiterging. Der erstbeste Laden war der Anfang, der letzte eben der letzte. Im Lauf eines sehr langsamen Bummels durch Dutzende von Boutiquen legte sie drei oder vier Kaffeepausen in kleinen Seitenstraßen ein, trank je nach Stimmung Capuccino oder Espresso, aß harte Brötchen oder altbackenen Kuchen, um Energie zu sammeln, rauchte aus reiner Freude und stürzte sich erneut in den Kampf. Essen war unwichtig, aber Teil des planlosen Vergnügens. Über mehrere Stunden hinweg probierte sie ein ganzes Sortiment von Kleidungsstücken an, die meisten davon für sie ungeeignet; sie war glücklich und erschöpft vom vielen An- und Ausziehen und wünschte sich, etwas für den Zweck Geeigneteres angezogen zu haben, z.B. einen Trainingsanzug ohne Knöpfe und bequemere Schuhe; sie betrachtete sich in Spiegeln und wandte sich angewidert ab von dem, was sie sah, von dem Rock, den sie trug, und der Unterwäsche, die tot und grau vor all den neuen Sachen wirkte. Sie schüttelte sich in Gemeinschaftsumkleideräumen vor unterdrücktem Lachen, weil sie in einem karierten gelben Kleid aussah wie ein Schachbrett; sie erhielt und erteilte Ratschläge, machte Witze und half dabei, Haken und Reißverschlüsse zu schließen. Sie hängte ordentlich auf Bügel zurück, was sie heruntergenommen hatte, weil sie wußte, was es hieß, Verkäuferin zu sein, und sie versuchte, freundlich zu sein und die Verkäuferinnen zum Lachen zu bringen, wie unhöflich oder aufdringlich diese auch sein mochten. Sie verzog zigmal das Gesicht, empfand ihre Hüften als zu fett, ihre Arme als zu muskulös, die Beine als zu dünn; sie verfiel angesichts ihrer Figur in tiefe Depression und heiterte auf düstere und boshafte Weise wieder auf beim Anblick einer anderen, unendlich schlechteren Figur. Sie war entsetzt über die Preise, diskutierte flüsternd darüber mit Leidensgenossinnen, fluchte über Knöpfe, Reißverschlüsse und die absolut überflüssige Dunkelheit in Damentoiletten; wie eine Süchtige trank sie Kaffee und roch an ihren Handgelenken, um die Parfums zu unterscheiden, die sie sich unter Blicken aus Adleraugen aufgesprüht hatte und die sie umgaben wie eine Wolke. Ich rieche wie ein siamesischer Wanderpuff, sagte sie sich schließlich, während alle ursprünglichen Einkaufsideen allmählich in Vergessenheit gerieten. Es war ein wunderschöner Nachmittag.

Im Geist hatte sie tausend Pfund ausgegeben, und tatsächlich hatte sie nichts weiter erworben als ein Stück Seife, sie hatte Vorhangstoffe bewundert, die sie nie kaufen würde, hatte auf einer dreiteiligen Kombination gesessen, die sie sich nie würde leisten können, und sich gefragt, wie es möglich war, daß manche Leute so reich waren und wer diese Dinge wohl kaufen würde, und darüber nachgedacht, ob sie einen Mikrowellenherd anschaffen sollte. Sie träumte von einer Folienkartoffel und versprach sich Schokolade für den Nachhauseweg. Nicht jetzt, später. Sie stand in der Bastelabteilung eines Kaufhauses aus Gründen, die sie sich weder vorstellen konnte noch wollte, da sie weder basteln konnte noch wollte, und sie hatte die Zeit vergessen. Ohne Bailey, der sie daran erinnerte, vergaß Helen stets die Zeit. Bailey vergaß die Zeit nie, aber mit Bailey wäre so ein Ausflug auch nicht möglich gewesen. Sie ging weiter nach oben, dachte beiläufig, daß es an der Zeit sei, nach Hause zu fahren, weil die Geschäfte bald schließen würden, als sie sich daran erinnerte, daß sie sich eigentlich einen Mantel hatte kaufen wollen, und zum erstenmal seit Stunden machte sie sich auf die Suche nach Mänteln.

»Kann ich Ihnen helfen?«

»Äh, ja, wenn Sie mir sagen, wo meine Größe hängt. Sonst nichts. Bitte, machen Sie sich keine Mühe, weil ich wahrscheinlich sowieso nichts kaufen werde. Heute ist so ein Tag, wo ich mich nicht entscheiden kann und mir außerdem auch noch ziemlich fett vorkomme. Wenn Sie verstehen, was ich meine.«

»O ja, ich verstehe, was Sie meinen: an einem fetten Tag paßt nichts, überhaupt nichts. Aber bitte, sehen Sie sich um.«

Das Geschäft leerte sich, als sie den Mantel anprobierte, der erste auf einem Ständer, ein leuchtendes, nicht konservatives Blau, weich wie Kaschmir, ein Mantel weit genug, um bequeme Schritte machen zu können, Kostüme darunter zu tragen, exakt Helens Größe und ein Schnitt, der ihr den Atem raubte und sie entzückte. Mit anderen Worten: ein Mantel, für den sie hätte sterben können, nachdem zuviele Anproben in zuvielen Umkleidekabinen ihr Selbstbild auf eine finster dreinblickende, schmuddelige, dickliche, farblose Person reduziert hatten. Aber dieser Mantel verwandelte sie. In ihm war sie plötzlich zehn Zentimeter größer, elegant und würdevoll. Sie warf einen Blick auf das Preisschild und stöhnte laut auf.

»Das sind Designermodelle«, sagte die Verkäuferin und nickte zustimmend.

»Sieht ganz so aus«, sagte Helen.

Als nächstes folgte eine notwendige, aber sinnlose Prozedur, trotzdem war sie unvermeidlich. Helen probierte einen Mantel nach dem anderen an in der Hoffnung, dieselbe Wirkung mit einem billigeren Mantel zu erzielen. Und während sie sich ungehalten an- und auszog, kalkulierte sie wütend, ob und warum sie sich vielleicht doch den ersten leisten könnte, und schließlich hängte sie drei nebeneinander und betrachtete sie eingehend.

»Der erste«, sagte die Verkäuferin.

»Aber der Preis«, jammerte Helen.

»Er steht Ihnen am besten«, sagte die Verkäuferin. »Ich mach' Ihnen nichts vor, wirklich nicht. Er ist wie für Sie geschaffen. Und wir schließen in fünf Minuten. Es ist gleich sieben, und es war ein langer Tag.«

»Ach du liebe Zeit«, sagte Helen. »Ich bin spät dran. Ich bräuchte noch zwei Stunden.«

»Und der Mantel?« Sie lächelte verschwörerisch.

»Ja, der Mantel. Ich nehm' ihn. Ich muß ihn haben. Sie wußten die ganze Zeit, daß ich ihn nehmen würde.«

Das leuchtendblaue Juwel unter dem Arm, betrat sie den U-Bahnhof Bond Street und fühlte sich schuldig, aber wie neugeboren, zum Teufel mit der Rechnung. Bailey würde er gefallen, Bailey hatte nichts gegen Extravaganz, und obwohl er sich kaum etwas gönnte, ermutigte er sie, das Geld mit vollen Händen auszugeben, und hatte außerdem einen für einen Mann ungewöhnlich guten Geschmack. Was hatte sie zu erzählen, was das Erzählen lohnte? Der Wunsch, Bailey ihre Abenteuer zu schildern, war stärker als je zuvor, was Bände sprach. Er genoß es einzukaufen, solange er diese Erfahrung nicht am eigenen Leib machen mußte. Ach ja, sie würde ihm von der Frau erzählen, die den Verkäufer bat, die Seidenbluse so klein wie möglich einzupacken, damit sie sie ins Haus schmuggeln konnte, ohne daß ihr Mann es bemerkte. Der Verkäufer nickte, verstand vollkommen – es handelte sich um keine ungewöhnliche Bitte – und faltete die Bluse auf die Größe eines Briefumschlags. Helen hatte zum Glück keinen solchen Mann, und dieser Gedanke plus die tröstliche Tüte mit dem Mantel reichten aus, um sie für das Rütteln der Central Line zu wappnen.

Die rote Linie aus London hinaus war stets unberechenbar, als ob sie von Zeit zu Zeit eingeschnappt wäre. Es war nicht ungewöhnlich, daß der Zug versprach, bis Branston zu fahren, dann jedoch in Mile End stehenblieb und sich weigerte weiterzufahren: Bitte alles aussteigen. Der Zug endet hier. Die wenigen Fahrgäste waren resigniert. Zwanzig nach sieben, in der Londoner Innenstadt herrschte Ruhe vor dem Sturm, die Leute kamen von der Arbeit nach Hause, waren noch nicht bereit, sich mit einer anderen Einstellung wieder hinauszubegeben in die Vergnügungen der Nacht. Der Bahnsteig in Mile End war ein verschwiegener, verwundbarer Ort, unbewachtes Untergrund-Pflaster zwischen zwei Gleisen für die Züge nach Osten und Westen, eine langgestreckte, düstere Insel mit flachen, breiten Pfeilern in regelmäßigen Abständen und vielen freistehenden Schildern mit Richtungsangaben. Die Leute lehnten an den Schildern oder versteckten sich dahinter, suchten die Anonymität, so daß die Station leer wirkte, als Helen auf der Suche nach einer Bank und derselben Anonymität von einem Ende zum anderen ging. Sie setzte sich auf eine Bank hinter einem Pfeiler, preßte die Tüte mit dem Mantel und die übervolle Handtasche an sich, aus der sie das Buch herauskramte; der Mantel hatte sie mit der Welt versöhnt, und sie war bereit, die nächsten vierzig Minuten mit Hilfe des Buchs zu ertragen, als sie ein Flüstern hörte, so diffus wie Summen unter Wasser.

»Oje, ich werd' zu spät kommen, viel zu spät. Sie werden sauer sein. Ich hab' dir gleich gesagt, ich mag die U-Bahn nicht. Sie funktioniert nie.«

»Ach, halt den Mund, William, halt den Mund. Ich werde auch zu spät kommen. Das ist doch egal. Niemand wird uns deswegen was tun, oder? Sei jetzt vernünftig. Niemand wird merken, daß wir zu spät kommen. Wir kommen oft zu spät. Wenn du nachschaust, ob der Zug kommt, geht's vielleicht schneller.«

Helen rutschte an den Rand der Bank, reckte den Hals, um hinter den Pfeiler zu sehen, und erblickte William Featherstone, der nur ein paar Meter entfernt am äußersten Bahnsteigrand stand, die Hände in den Hosentaschen, und konzentriert in den Tunnel hineinsah, als ob er den Zug herbeizwingen wollte. Er war völlig vertieft, angespannt vor Eifer blickte er in den Tunnel und dann auf die Gleise.

»Schau mal, Evie, Mäuse, echte Mäuse«, flüsterte er aufgeregt.

Von der anderen Seite des Pfeilers her, an dem Evelyn lehnte, hörte Helen ein gelangweiltes Murmeln. Ihre erste Reaktion war Amüsiertheit: Zwei spielende Kinder, so, so. Sie kannten sich also doch, wie sie es sich gedacht hatte; was für ein Zufall, daß sie ihr Geheimnis so weit weg von zu Hause entdeckte. Als nächstes dachte sie, daß sie ihre eigenen Dummheiten machten und sie sich nicht einmischen sollte. Die U-Bahn war ein so gutes Versteck wie jedes andere, sollten sie doch. Helen hätte sich einen anderen Platz gesucht, wenn sie sich weiterhin so harmlos verhalten hätten.

William kniete jetzt am Bahnsteigrand, fasziniert

von den Mäusen zwischen den Schienen, ein Phänomen, das auch sie oft genug in Bann geschlagen hatte. Während er die Mäuse beobachtete und dabei seltsame, gurrende Laute von sich gab, die im Tunneleingang leise widerhallten, stand Evelyn aufrecht da, Füße in Turnschuhen, dann rannte sie auf ihn zu, blieb knapp hinter ihm stehen, drehte sich um und kehrte zu ihrem früheren Standort zurück. Dieser Vorgang wiederholte sich, wobei sie beim zweitenmal ein Stück weiter zurückging und so die Entfernung zwischen sich und William etwas vergrößerte. Dann rannte sie ein drittesmal, lautlos und behende wie ein Vogel, schneller, weil die Distanz größer war, und dann zog sie sich zurück, als ob sie zufrieden wäre.

William war nach wie vor völlig versunken, flüsterte mit den Mäusen. »Komm her, Kerlchen. Dort unten ist es nicht hübsch. Ich nehm' euch mit nach Hause. Was macht ihr, wenn ein Zug kommt? Bitte, klettert rauf, kommt schon.«

Evelyn war angespannt wie eine Sprungfeder, ihre Haltung war die eines Sprinters vor dem Start, auch sie war sich der Beobachtung nicht bewußt; beide befanden sich in einem Zustand höchster Konzentration.

Helen sah wie hypnotisiert zu, spürte auf dem Gesicht die sanfte Brise, die das Nahen des Zugs ankündigte, den man noch nicht sah oder hörte, wußte, daß Unheil drohte, hielt die Tüte fester, beobachtete. Sie will ihn runterstoßen; das ist es, was sie tun wird, ihn über den Rand stoßen, kurz bevor der Zug aus dem Tunnel fährt. Ich weiß, daß sie das und nichts anderes vorhat. Sie hat sich dieses verlassene Ende des Bahnsteigs dafür ausgesucht, diesen abgelegenen Bahnsteig, hat Maß genommen. Sie hat es genau geplant. Ich weiß es.

Aus dem Tunnel drang Rattern, entferntes Kreischen und Zischen von Bremsen, die Geräusche wurden lauter. Helen spürte ein Vibrieren, als ihr der Wind heftig ins Gesicht blies und sie aufstand. Auch William hörte den Zug, wollte aufstehen; Evelyn erkannte seine Absicht mit einem Blick und lief los. Auch Helen lief, stellte sich hinter William, blockierte den Weg zwischen den beiden, versteifte sich, um den Aufprall abzufangen, spürte wie Evelyns fester kleiner Körper von hinten gegen sie prallte. Sie taumelte gegen William, als der Zug einfuhr, und ließ die Tüte mit dem Mantel fallen. Blauer Stoff auf dem Boden. William schrie ärgerlich auf. Helen reagierte ebenso automatisch wie zuvor, als sie losgelaufen war, beugte sich hinunter und stopfte den Mantel wieder in die Tüte, als der Zug quietschend anhielt, und sie beobachtete aus den Augenwinkeln, wie ein Paar Jeans hinter einem Pfeiler verschwand. Sie richtete sich wieder auf, als sich die Türen vor ihr öffneten, und blickte dem verwirrten Jungen ins Gesicht.

»Was tun Sie hier? Was tun Sie hier?« Er war wütend, durcheinander, blickte sich in plötzlicher Panik suchend um. »Und wo ist ... wo ist ...?« Sie mußten sich beeilen, aus dem Nirgendwo tauchten Leute auf, stiegen ein, einige wenige stiegen aus. »Wo ist ... wo ist ...?«

»Sie ist weg, William. Steig ein, schnell. Du bist spät dran.« Sie sprach mit energischer Autorität.

Williams verwirrter Tierblick erlosch; ein leeres Starren trat an seine Stelle, die Gesichtszüge des Jungen klärten sich auf, nach einem Augenblick der Panik hatte er sich an gut einstudierte Verhaltensweisen erinnert. »Wer ist weg?«, sagte er laut und sprang mit unnötig viel Energie in den Zug. »Wen meinen Sie? Sie müssen verrückt ...«

Aber als Helen ihm folgte und sich neben ihn setzte, sah sie, wie er sich streckte, um durch die sich schließenden Türen zu spähen, und während sich der Zug in Bewegung setzte, blickte er auf den vorbeiziehenden Bahnsteig, hielt Ausschau nach ihr, suchte verzweifelt nach irgendwelchen Hinweisen, dem Glitzern der Straßohrringe, den Turnschuhen. Helen zitterte an allen Gliedern; er, bemerkte sie, ebenso. Sie saßen schweigend nebeneinander, mundtot vom Lärm des Zuges, bis er dröhnend aus dem Tunnel wieder auftauchte und im leeren, hellerleuchteten Stratford einfuhr. Nach Stratford, neben dem Autofriedhof, blieb er endgültig stehen. Die Lichter im Waggon flackerten.

September-Sommer: feucht, stürmisch, dunkel wie im Winter, ein bläuliches Schwarz, im schwer atmenden Zug war es kaum heller. In diesem letzten Waggon, in dem außer ihnen niemand fuhr, war es noch dunkler; William und Helen saßen als stumme Weggefährten nebeneinander, beide starr vor Unbehagen.

Er wandte sich ihr zu und musterte sie mit schlauer Neugier. »Niemand ist weg«, sagte er im Brustton der Überzeugung. »Ich kenne Sie. Sie waren im Gericht. Ich kenne Sie. Sie sind eine von denen.« Er nickte heftig; sie nickte auch. Da saßen sie im Zug, die Staatsanwältin und der Angeklagte. Helen war froh, daß sich der Unmut des Angeklagten selten gegen den Staatsanwalt richtete, sondern in der Regel gegen den Polizisten, der ihn festgenommen hatte, und William empfand eindeutig überhaupt keinen Unmut. Er empfand offensichtlich nichts außer der Notwendigkeit, sie davon zu überzeugen, daß er allein gewesen war. Niemand war weg; er hatte phantasiert.

»Unten auf den Gleisen sind Mäuse, haben Sie das gewußt?« sagte er und strahlte guten Willen aus.

»Ja, ich weiß«, sagte Helen. »William, seit wann kennst du Evelyn? Ich kenne sie auch.«

»Evelyn? Evie? ... Kenne keine Evelyn. Was wollen Sie? Niemand ist weg.«

»Evie, Evelyn. Evelyn Blundell, das Mädchen mit den Ohrringen. Deine Freundin.«

»Meine Freundin ... Ja, meine Freundin. Nein, ist sie nicht. Welche Evie? Kenne ich überhaupt nicht.

Hörn sie auf, das ist doof. Hörn Sie auf.« Er brummte aufgeregt, wand sich und blickte zur Tür, um zu fliehen. Der Zug stand hartnäckig still, festgehalten in einer nahezu lautlosen Signalfehler-Zone zwischen einer Zivilisation und der nächsten, in einer Art Niemandsland. Sie tätschelte Williams Arm, um das Zittern zu beruhigen; schließlich war sie nicht seine Mutter und auch nicht hier, um ein Kreuzverhör durchzuführen. Zu ihrer Überraschung ergriff er ihre Hand, hielt sie fest, betrachtete sie prüfend. »Hübsch«, sagte er. »Sehr hübsch.« Sie spürte das erste unangenehme Aufflackern von Furcht, als er ihre Finger teilte und sie genau musterte, dann bemerkte sie, daß sich seine Aufmerksamkeit auf den Saphirring konzentrierte, Helens einziges glitzerndes Stück, Baileys einzige Geste des Besitzanspruchs. »Hübsch«, wiederholte William und sah sie mit seinem vertrauten leeren Grinsen an; er hielt noch immer ihre Hand, streichelte sie jetzt, seufzte leise. Sie lächelte zurück; Lächeln schien ihr eine kluge Reaktion, während sie wünschte, der Zug würde sich in Bewegung setzen, was er tat, langsam, ein friedliches Kriechen, eine widerwillige Anstrengung. William schwankte mit dem Waggon, gab sich der Bewegung hin, plötzlich entspannt; das Rattern erinnerte ihn an die Busse und den beruhigenden Lärm der Waschmaschine seiner Mutter unter seinem Zimmer. Der Zug atmete aus und blieb erneut stehen.

»Ich mag Mädchen«, sagte er aus heiterem Himmel und legte eine Hand auf ihre Hüfte; sie spürte sie heiß durch den Stoff. Helen rutschte etwas zur Seite, kramte in ihrer Handtasche, fand die Schokolade und bot sie ihm an. »Oh, gut«, sagte er. Zumindest ließ er sich ablenken – aber nicht vollständig. William war ein zärtlicher Mensch, und neugierig. Er drückte seine Schulter an ihre. Sie war, wie sie durch ihre Bluse spürte, heißer als seine etwas schmutzige Hand. Er dachte nicht mehr an Evie oder sonst irgend etwas, nur noch an seine gegenwärtige Gesellschaft. Sie gefiel ihm.

»Machen es alle ...«, fragte er, das Gesicht verzerrt unter der intellektuellen Anstrengung, eine Frage zu formulieren. »Machen es alle ... auch noch, wenn sie so alt sind wie Sie?«

»Machen was, William?« Sie war durchaus beeindruckt von der Frage und wollte Zeit schinden, wobei sie über den Sinn der Frage keinerlei Zweifel hegte.

»Sex, meine ich. Ich kenn' ein paar Leute, die sind älter als Sie und machen es noch. Ich hab' immer geglaubt, daß es irgendwann langweilig wird. Auf den Fotos sind sie immer jung, wenn sie es tun. Muß schrecklich sein, wenn man so alt ist.«

»Manche Leute«, erwiderte Helen trocken, amüsiert von der Frage trotz ihrer Lage, trotz der heißen Hand auf ihrer Hüfte, die sie sanft beiseite schob, »sogar solche, die älter sind als ich, tun es die ganze Zeit. Aber nur wenn sie Lust dazu haben. Das heißt, es kann nicht so schrecklich sein, sonst würden sie es nicht tun, oder?« Der Zug, der wieder angefahren war, wurde erneut langsamer. Sie empfand die Sache als ungeheuer lächerlich.

»Auch wenn sie älter als vierzig sind?«

Was wirklich schon sehr alt ist, dachte Helen belustigt. Ich werde bald über den Berg sein, wenn vierzig der Gipfel ist. Und Bailey ist schon ein paar Jahre darüber hinaus. Bailey würde dieses Gespräch gefallen, ihm scheint auch zu gefallen, worüber William spricht. Hoffentlich denkt er nicht, daß es schrecklich ist. Habe keine Anzeichen dafür entdeckt, auch keine Anzeichen für nachlassende Kräfte. Ich muß ihm erzählen, daß dieser Junge sich vorstellt, er handle aus schlichtem Pflichtgefühl.

»O ja, auch wenn sie über vierzig sind. Oder über fünfzig oder sechzig.«

»Pfff«, sagte William.

»Warum fragst du?« sagte sie in ruhigem Plauderton und bot ihm mehr Schokolade an.

»Ich will wissen, ob ich recht habe.«

»Recht womit?«

»Ach, mit allem.« Er winkte lahm, schwieg. Vielleicht könnten sie über etwas anderes reden, aber Williams Verstand, Meister des non sequitur, blieb bei seiner eigenen Logik.

»Mrs. Blundell gefiel es«, bemerkte er und imitierte Helens beiläufigen Ton. »Ihr gefiel es sogar sehr gut, aber wir haben gedacht, daß sie bekloppt ist.«

Helen war plötzlich hellwach, sie saß völlig reglos, ihr Ton nach wie vor beiläufig. »Ach ja, wirklich? Na ja, wie ich dir gesagt habe, einer Menge Leute gefällt es. Vermutlich hast du Mrs. Blundell im Wald gesehen?« Seinem Nicken nach zu urteilen, hatte sie voll ins Schwarze getroffen.

William vergaß den einstudierten Text. »Ja, wir haben sie beide gesehen. Sie und Evies Lehrer auf einer Decke, die er mitgebracht hat. Wirklich bekloppt.« Er kicherte. »Sie sah schrecklich aus. Ganz nackt. Evie war ziemlich sauer. Ich hab' ihr gesagt, meine Mama würde so was nie machen, nie.« Sie schwieg, wartete darauf, daß er fortfuhr.

»Ich glaub', Evie war sauer, weil es unser Wald ist«, fügte er hinzu. »Sie hat gesagt, wenn ihre Mama und dieser Lehrer in den Wald gehen, finden sie womöglich noch unsere Höhle im Sommerhaus. Manchmal sind sie dran vorbeigegangen. Ich hab' sie gesehen. Sie waren ganz komisch, so wie die Leute werden, wenn sie bei uns was getrunken haben. Sie sind durch den Garten gegangen und dann übers Feld. Evie war wütend. ›Was macht sie hier?‹ hat sie gesagt. ›Wenn sie uns findet, bringt sie uns um. Erst dich, dann mich. Nein, Papa wird mich umbringen, ganz langsam.‹ Hab' sie noch nie so sauer gesehen, aber manchmal ist sie wirklich sauer. Manchmal. ›Sie bringt uns um‹, hat sie gesagt...« Er zögerte, weil ihm dumpf bewußt geworden war, daß er zuviel gesagt hatte.

»Na ja«, sagte Helen so leichthin, wie es ihre Kehle zuließ, »sie hat euch ja nicht gefunden, also ist doch alles in Ordnung, oder?«

»Ja. Wahrscheinlich«, sagte William, etwas besänftigt, aber noch immer getrieben weiterzureden. »Aber wir haben sie gefunden.«

»Ihr? Wann?« Zu spät, um den verräterisch scharfen Tonfall zu vermeiden. »Wann war das, William?« Aber er zog sich schnell zurück, schrumpfte, erinnerte sich an Gebote und Warnungen, verängstigt, weil er die auswendig gelernten Versprechen vergessen hatte.

»Auf dem Boden. Sie war tot. Evie hat mich geholt. Nein hat sie nicht, ich war schon dort. Das darf ich nicht sagen. Hören Sie auf, hören Sie auf, hören Sie auf.«

Er wand sich in Agonie, seine Bewegungen beschleunigten sich mit dem plötzlich schneller werdenden Zug, ein Schmerz, den er nicht aushalten konnte, hatte von ihm Besitz ergriffen, er wurde hingerichtet von der Schwere seiner eigenen Worte. Dann wandte er sich wütend ihr zu, schlug sie mit unbeholfener Gewalttätigkeit gegen die Schulter, legte die Hände auf ihre Brüste, preßte und knetete mit einer Kraft, die sie vor Schmerz zusammenzucken ließ. Gelähmt dank einer dunklen Erinnerung an einen anderen gewalttätigen Angriff, unterdrückte sie den Wunsch, zu schreien und sich zu wehren, zwang sich eine unnatürliche Reglosigkeit auf, in der sie auch verharrte, als er seine Taktik änderte, ihre Arme ergriff und seltsame, beißende Bewegungen in Richtung ihrer Kehle machte, wobei sich seine Finger in ihr Fleisch krallten und es mit wilder Kraft quetschten. Fächerförmig breiteten sich seine Fingerabdrücke unter ihrer Haut aus, und sie spürte den Schmerz reißender Muskelfasern.

»In Ordnung, William. Beruhige dich. In Ordnung, mach dir keine Sorgen. Ist nicht wichtig, was du gesagt hast. Ich hab' gar nicht richtig hingehört. Ist ja gut.«

Die Worte wirkten langsam, wie eine magische Formel, während sie in Debden einfuhren. Er ließ sie los; sie widerstand der nahezu überwältigenden Versuchung, an den Stellen zu reiben, die er berührt hatte. William blickte auf die Türen, die sich in die dunkle Welt hinaus öffneten, als ob er sich überlegte zu fliehen, dann entschied er sich dagegen. Auch sie dachte daran, spürte, wie sich seine Hand ihrem Arm näherte, und blieb, wo sie war.

»Halt meine Hand, William. Ist schon in Ordnung.«

»Okay.«

Sie fuhren weiter Richtung Theyden, die Aussicht, nach Hause zu kommen, nahm immer mehr Gestalt an; sie schwankten gemeinsam, wurden zur nächsten Haltestelle gestoßen, geworfen und gerüttelt. Sie bemerkte, was die Bewegung in ihm aufsteigen ließ, fühlte sich schwach und angeschlagen aufgrund der Anstrengung stillzuhalten, und entschloß sich, rücksichtslos noch eine Frage zu riskieren.

»Wo ist die Sommerhaus-Höhle, William?«

Er sah sie ausdruckslos an. »Im Sommerhaus natürlich. Papa wollte eine Bar draus machen. Natürlich im Sommerhaus«, wiederholte er, als ob es auf der Hand läge. Der Lärm im Zug war so laut, daß sie die Stimme erheben mußten. Er blickte sie voller schüchterner Zuneigung an, näherte sich ihr mit dem Gesicht. »Sie sind nett«, sagte er. »Netter als Evelyns Mama.« Er legte die Hand wieder auf ihre Hüfte, ließ sie forschend über ihren Oberschenkel wandern. Sie schob sie erneut beiseite. Noch höchstens zehn Minuten bis Branston. Sie wollte, daß er sowohl die Bewegung des Zuges als auch alles vergaß, was er erzählt hatte, suchte verzweifelt nach Worten. Schließlich fiel ihr aus heiterem Himmel eine Frage ein.

»Was hast du heute gekauft, William?«

Er setzte sich aufrecht. »Nichts, ich hab' mir nichts gekauft. Hab' ich heut' nicht dürfen. Aber Sie«, fügte er hinzu und deutete auf die auf den Boden gefallene Tüte mit dem Mantel.

»Ja. Ich habe einen Mantel gekauft.«

»Mir gefallen Geschäfte, wirklich. Darf ich ihn sehen? Bitte.«

In dem ruckelnden Wagen ließ er sie los, und sie wickelte den Mantel aus dem Papier und zeigte ihn dem grinsenden Ein-Mann-Publikum. William streichelte den Stoff, tippte an den Mantelkragen, als ob er ein Katzenohr wäre, murmelte Komplimente, während sie ihm beschrieb – Worte, nur Worte –, wie sie ihn gekauft hatte. Er bestand darauf, den Mantel wieder zusammen- und in die Tüte zurückzulegen. »Nein, so. Sie machen es falsch. Sie müssen aufpassen. Ein schöner Mantel, wirklich.« Er hatte ihn gerade verstaut, als sie im spärlich beleuchteten Branston einfuhren; gemeinsam stiegen sie aus, er trug den Mantel, den er aber sofort, wenn auch widerwillig zurückgab. Hinter dem Bahnhof musterte William verwirrt seine nicht gestempelte Fahrkarte. Busfahren war anders. »Hier«, sagte er, »die können Sie haben.« Er hielt ihr die Fahrkarte hin – seine Version eines Geschenks, soviel verstand sie.

»Danke, William. Bis bald.« Dann empfand sie plötzlich Mitleid für seinen elenden Ausdruck als auch den Wunsch, ohne Begleitung nach Hause zu gehen. »Wenn du willst, kannst du ihnen sagen, daß du mit mir zusammen gekommen bist. Wenn sie schimpfen, weil du so spät dran bist, kannst du ihnen sagen, daß ich dich aufgehalten habe.«

William grinste breit; sie lächelten verschwörerisch. »Gut«, sagte er, lächelte und winkte, der Abschied war ihm peinlich. »Wiedersehn.«

»Wiedersehn.«

Sie stolperte die Steigung hinauf. Ihre Hüfte kribbelte, wo er sie berührt hatte; auf ihren Oberarmen bildeten sich blaue Flecken, die am nächsten Tag in einer knochentrockenen Statistik hätten auftauchen können: Frau zwischen Debden und Theyden vergewaltigt. Das war der Stoff der Provinzzeitungen. Der Gedanke daran verursachte in ihr eine leise und komische Hysterie. Aber nicht die Frau mit dem Mantel. Eine lächerliche Überlegung: Mäntel waren dazu da zu wärmen und nicht zu schützen; vielleicht hatte die bloße Existenz dieses Mantel ihr Sicherheit gegeben. Überrascht stellte sie fest, daß sie kicherte. Eine Möglichkeit, diese Episode vor Bailey herunterzuspielen: Liebling, ich habe diesen sehr teuren Mantel gekauft und verhindert, daß man mir im Zug Gewalt antat, weil ich nicht wollte, daß er beschädigt würde. Oder: Dieser überaus teure Mantel hat mich in die Lage versetzt, mit einem Problem fertigzuwerden. Such dir eine Möglichkeit aus. Oder: Liebling, ich möchte mit dir über William Featherstone reden und jemanden, der ihn umbringen wollte. Er und Evelyn Blundell – sie sind Verschwörer. Sie haben ihre Mutter gefunden, und William ist gewalttätig genug, um sie getötet zu haben. Ihm ist Stillschweigen auferlegt worden, aber er ist wie eine Puppe ohne Bauchredner, bis er vergißt, was ihm eingeschärft worden ist. Was willst du jetzt tun? Und wenn wir schon dabei sind, was willst du wegen uns unternehmen, Bailey, du Ratte? Können wir bitte diesen aufstrebenden Ort verlassen, in dem Eltern ihre Kinder mißhandeln? Tut mir leid, daß ich dich enttäuschen muß, aber mein geistiges Zuhause ist die Oxford Street und Nord-London mit den vielen Zyprioten und betrunkenen Iren, den Kriminellen und dem Dreck. Hier habe ich eine Angst, wie ich sie dort nie gehabt habe, jetzt habe ich mehr Angst als im Zug, und dort hatte ich eine Riesenangst. Und ich schäme mich. Ich habe überall Fingerabdrücke, bitte, laß mich rein.

Ihre Finger fanden den richtigen Schlüssel nicht. Um William zu entgehen, war sie einfach losgegangen, hatte nicht daran gedacht, daß sie ihr Auto auf dem Bahnhofsparkplatz abgestellt hatte. Sie fror, es war dunkel, sie war durchnäßt von dem Nieselregen, den sie im Zug nicht bemerkt hatte, und sie wollte noch immer lächeln. Sie wagte nicht, auf die Uhr zu blicken, vermutlich war es längst nach neun. Ach, du lieber Gott, London war weit weg. Das Leben hier war viel zu kompliziert.

Bailey riß die Tür auf, er war wütend und sah auch so aus. Das Lächeln erlosch auf ihrem Gesicht. Mit Baileys Wut – gleichgültig, aus welchem Grund oder wie wütend er war – war schwer umzugehen.

»Hallo«, sagte sie einfältig, und streifte ihr nasses Haar aus dem Gesicht. Er sah die Narbe auf ihrer Stirn, ein abscheuliches Souvenir. Sie dachte – und es war völlig unwichtig –, daß der neue Mantel unter ihrem Arm durchnäßt sein könnte.

»Um Himmels willen, Helen«, schrie er und zog sie zur Tür herein. »Ich könnte dich packen und ... Wo bist du gewesen?« Und er packte sie, griff mit seinen Händen, die ebenso stark waren wie Williams, nach ihren Armen, ein wütender, kein zärtlicher Griff. Er war verärgert und wütend und weit weg. Sie war in Ungnade gefallen. Wahrscheinlich war er maßlos besorgt gewesen, aber für die empfindlichen blauen Flekken stellte das keinen Unterschied dar. Sie haßte ihn für diesen Auftritt; es tat weh, an Körper und Seele, es tat weh. Selbst wütend und tief enttäuscht, schrie Helen kurz auf und kämpfte unter Schmerzen ihre Arme frei. Und kurz und schmerzlos hob sie eine Hand und schlug ihm hart ins Gesicht.

Helens Schreckenstag hatte für sie gut begonnen, nicht jedoch für Bailey.

»Jetzt hab' ich dich erwischt, Amanda Scott! Wie heißt der neue Verehrer? Schau dir diese Blumen an. Als nächstes gibt's Champagner, oder? Die sind vom Chef, nicht wahr?«

»Vergiß es, Jack«, sagte Amanda offensichtlich gelangweilt, insgeheim jedoch hocherfreut. »Kannst du dir Bailey vorstellen, wie er Blumen überreicht?«

Constable Bowles legte eine Pause ein, um darüber nachzudenken. Das war nicht einfach, während er in der Tür des Inspektorenzimmers stand, in dem sich außer Amanda niemand befand. Bowles war einer von Amandas Fans; das konnte man von den anderen, die mit ihr das Zimmer teilten, nicht behaupten; sie zogen es vor, woanders zu arbeiten, solange sie anwesend war. Pedantisches, schlaues, kleines Miststück. Hart wie Krupp-Stahl.

»Chefinspektor Bailey, der Blumen überreicht? Doch, das kann ich mir sehr gut vorstellen. Aber nicht solche Blumen und nicht dir.«

»Laß mich in Ruhe, Jack, ich hab' zu tun.«

Er hauchte ihr einen gewagten Kuß zu, schlenderte pfeifend den Korridor entlang, ließ Amanda in die Betrachtung des Straußes versunken zurück, den er ihr von der Pforte gebracht hatte, nicht ohne unterwegs jedem, der es wissen wollte, den Empfänger zu nennen. Der Strauß war schön, um das einmal festzuhalten; so schön, daß sie ihr Vergnügen daran nicht mindern wollte, indem sie das Zellophanpapier entfernte; womöglich käme dann noch jemand auf die Idee, sie hätte sich die Blumen selbst gekauft. Weiter so, J. Blundell, und wir werden gut miteinander auskommen, wirklich, werden wir. Du machst das sehr gut, gestern der Anruf, um die Farbe meiner Augen zu feiern, und morgen die Einladung zum Abendessen. Ich weiß nicht, ob ich wirklich zusagen soll. Bailey wird es nicht gefallen, aber er wird sich damit abfinden müssen. Das heißt, wenn er davon erfährt, was er nicht wird, wenn ich es ihm nicht sage. Egal, egal, ich weiß, wie ich mit ihm fertig werde.

Sie griff nach ihrer Handtasche, glättete ihr Haar und ging in sein Büro, den Bericht über den Aufenthalt bei den Featherstones et. al. am Tag zuvor hatte sie sauber vorbereitet im Kopf. Er war nicht vollständig erfunden, sondern durch schlichte Auslassungen auf Hochglanz gebracht. Sie präsentierte ihre Informationen immer in der bestmöglichen Form.

Guten Morgen, Sir. Guten Morgen, Amanda, sind Sie gestern vorangekommen? Ich könnte Sie dasselbe fragen, Sir, aber das werde ich natürlich nicht tun, auch werde ich die rüde Konnotation ihrer Bemerkung übergehen. Ihre Tage mögen sich geheimnisvoll gestalten, meine tun es verdammt noch mal nicht. Statt selbiges zum Ausdruck zu bringen, lächelte sie kläglich.

»Ich kann in keiner Hinsicht von großem Erfolg sprechen, Sir. Abgesehen selbstverständlich von dem Haftprüfungsverfahren, darüber wissen Sie sicherlich schon Bescheid. Aber über William Featherstone, unseren Brandstifter, habe ich etwas herausgefunden, Sir.«

Ich auch, dachte Bailey. Sogar zuviel; ich kann mir keine Gefühle für einen Brandstifter leisten. Ich weiß, wo er hinfährt und was er kauft oder stiehlt. Er beobachtete erstaunt, wie Amanda ein klobiges Armband aus ihrer kleinen Handtasche holte.

»In seiner Freizeit versteckt er sich in einer Hütte im Garten, und diese Dinger da bastelt er in der Küche«, sagte sie ernst, als ob sie die Kronjuwelen in der Hand hielte.

Das Armband lag auf seinem Tisch wie ein bunter,

schwerer Stein. Bailey hätte am liebsten gelacht. »Wissen sie, daß Sie es haben?« fragte er ruhig.

Sie wurde rot, wütend, weil er sie so schnell ertappt hatte. Sie hätte mit dem Anfang beginnen und bis zum Ende des Nachmittags fortschreiten und ihrem Bericht die Autorität der Chronologie verleihen sollen. »Nein, sie wissen es nicht. Ich habe es sozusagen aufgehoben.«

»Ich denke, ich werde es demnächst zurückgeben«, sagte Bailey gelassen. »Jemandes Schatz, nicht wahr? Ja, ja, der schlaue William.« Er steckte das Armband in eine Jackentasche. »Im Blundell-Haus haben Sie nicht zufällig auch Schmuck gefunden? War er hilfsbereit?«

»Ja«, erwiderte sie diesmal aufrichtig. »Ja, war er. Sehr sogar. Wir haben das Haus von oben bis unten auf den Kopf gestellt«, wiederholte sie seine Worte wie ein Papagei, und um weitere Fragen in dieser Richtung zu verhindern, wechselte sie zu einem Thema, das mit dieser Frage nichts zu tun hatte. »Sir, es gibt etwas, das Sie, glaube ich, wissen sollten.«

»Setzen Sie sich, bitte, Amanda.«

Sie genoß es, ließ die Bosheit weder in ihrer Stimme noch in ihrer Haltung durchscheinen, so wie sie es als Kind gelernt hatte, legte vielmehr Besorgnis in jedes Wort. »Etwas hat mich verwirrt, Sir, sehr verwirrt beim Haftprüfungsverfahren ... Ich glaube nicht, daß Sie davon gewußt haben ...«

»Sprechen Sie weiter.«

»Na, ja, Sir, Ihre Frau, Sir – Entschuldigung, Ihre Freundin, Miss West von der Staatsanwaltschaft –« damit bewies sie, daß sie Helens doppelte Bedeutung sehr wohl verstanden hatte. »Sie hat Evelyn Blundell zur Verhandlung mitgebracht. Sie saßen in der letzten Reihe und haben dem Gerichtsmediziner zugehört.«

»Was haben sie ... Helen?« Ein bemerkenswert befriedigender Aufschrei.

»Ja, Sir. Tut mir leid. Nicht von Anfang an. Zwischendurch habe ich mich in der Zuschauergalerie umgesehen, und da entdeckte ich sie. Ihre ... Miss West sah mich ebenfalls. Sie ergriff Evelyns Arm, und sie verließen zusammen den Gerichtssaal. Ich habe mir gedacht, ich erzähl's Ihnen besser.«

»Danke«, sagte er trocken. »Zweifellos wird sie irgendeinen Grund dafür gehabt haben. Sie arbeitet für Mr. Redwood. Ich bin sicher, sie hatte seine Zustimmung.«

»Er wußte nichts davon, Sir. Ich hab's ihm erzählt.«

Natürlich. Gut gemacht, Amanda, und was versteckst du vor mir mittels dieser Mir-den-Wind-aus-den-Segeln-nehmen-Übung? Er tat die Sache mit einem Achselzucken ab, gab zumindest vor, sie damit abzutun. »Sind Sie sicher, daß sich im Blundell-Haus kein Schmuck befindet?«

»Nur der Schmuck, den sie zurückgelassen hat, Sir.«

Die Enthüllungen bezüglich Helen mußten wahr sein, waren überprüfbar und konnten deshalb nicht erfunden sein, während der Hilfsbereitschaft des griesgrämigen und schwierigen John Blundell ein Hauch Unaufrichtigkeit anhaftete, aber im Augenblick war Bailey zu niedergeschlagen, um nachzuhaken.

»Und waren die Featherstones kooperativ?«

»Nein, Sir, nicht besonders.«

Gut, geschieht dir recht, aber das mit der Hütte im Garten werde ich mir merken. Wenn unser William Brände legt, wird er auch irgendwo Kerosin horten. In Ordnung, Amanda, du hast deinen Aufschlag höchst wirkungsvoll übers Netz gebracht, du verdienst einen Oscar.

Warum hast du das getan, Helen? Wie konntest du es wagen, dich auf so krasse, so unglaublich plumpe Weise einzumischen? Er konnte es nicht glauben, aber ihm blieb nichts anderes übrig. Amanda würde in so einer heiklen Angelegenheit nie lügen. Seit einiger Zeit hatte er bemerkt, daß sie durchaus die Gewohnheit hatte zu lügen, aber sie tat es nie, wenn die Möglichkeit bestand, daß sie dabei ertappt wurde. Er fragte sich, wieviele ihrer eindrucksvollen Erfolge sie Lügen und der reizenden Gewohnheit verdankte, sich vor unangenehmen Situationen zu drücken, die eine Karriere ruinieren konnten. Die Sache mit Helen verfolgte ihn von Stunde zu Stunde, ließ ihn manchmal kaum eine Minute los; er konnte es nicht glauben, war noch nicht wütend; empört aufgrund der Enttäuschung, aber noch hätte er sich versöhnen lassen durch eine vernünftige Erklärung, aber je öfter er in ihrem Büro oder Zuhause anrief und sie sich trotzig nicht meldete, um so fester wurde sein Glaube an das Schlimmste und um so geringer seine Bereitschaft zu vergeben. Wer glaubte sie, daß sie war? Eine frustrierte Detektivin, die an den Teilen eines Puzzles herumhantierte, um eine Reaktion zu provozieren? Eine wahnsinnige Wissenschaftlerin, die ein junges Mädchen als Versuchskaninchen für ein neues Gift mißbrauchte? Er war früh nach Hause gegangen, um seine Wut zu sühnen, eine Erklärung zu fordern, aber in den langen Stunden des Wartens erreichte diese Wut nur neue, ungekannte Ausmaße. Der Zorn vermischte sich mit einer entsetzlichen Angst, wenn er auf den Regen horchte; er schritt in dem modernen Wohnzimmer, das er haßte, auf und ab, rauchte Zigaretten, die er am liebsten auf dem Teppichboden ausgetreten hätte, er fühlte sich zu unwohl, um zu essen oder zu trinken, abgesehen von zwei Whiskys, die jedoch keinerlei Wirkung zeitigten. Mittlerweile hatte die Angst die Oberhand gewonnen, eine tyrannische Furcht und die Ahnung, daß Helens geliebter Körper, von Bus oder Zug überfahren, irgendwo lag, daß sie Opfer von irgend etwas oder irgendwem geworden war, sie ein Tentaktel dieses Falls als Strafe für ihre willentliche Einmischung eingeholt hatte. Er erinnerte sich lebhaft daran, dieselbe Furcht empfunden zu haben, als sie das letztemal verletzt worden war, geschlagen und auf obszöne Weise verwundet, so wie er sie sich auch jetzt vorstellte.

Halb neun, kein Anruf. Keine Nachricht von dieser seiner Frau, die sonst immer so verläßlich war. Und dann klopfte sie an die Tür. Er riß die Tür auf, erwartete jemanden, der schlechte Nachrichten überbrachte, statt dessen stand sie lächelnd mit einer Einkaufstüte unterm Arm vor ihm. Sie hatte einen Einkaufsbummel gemacht. Wie ein Vater, der sein verlorenes Kind wiederfindet, reagierte er als erstes mit der Wut der Erleichterung. Er wollte sie schütteln, schlagen, anschreien, ihr die Wirklichkeit vor Augen führen und sie wissen lassen, daß sie ihn zehn Jahre seines Lebens gekostet hatte. Natürlich hatte sie das nicht gewollt oder gebraucht. Und kurz nachdem sie ihn geschlagen hatte, schrie er ihr ins Gesicht: »Was hast du dir dabei gedacht, ein Kind mit ins Gericht zu nehmen, damit es mit anhört, wie der Tod seiner Mutter durchgekaut wird? Wie konntest du nur?« Er war Zeuge ihres ungläubigen Staunens darüber, daß er sich je hatte vorstellen können, sie würde so etwas tun, hörte ihre Antwort, daß sie das Mädchen hinausgeführt hatte, sicherlich, das ja, aber nie und nimmer hatte sie es mit dorthin genommen. Er wußte, es war die Wahrheit, aber die Wut ließ nicht nach. Der Zorn blieb wie ein bleiernes Gewicht an ihm haften, während sie zu Ende sprach. Der Schlag und seine Schuldgefühle machten ihn ohnmächtig, selbst als er bemerkte, wie blaß und mitgenommen sie aussah und er vorgab, ihr zuzuhören, blieb die Wut wie unverdauliches Essen in seinem Magen liegen.

»Hör mir zu, Geoffrey, ich bin zu müde, um lange zu sprechen. Es tut mir leid, daß ich dich geschlagen habe, und es tut mir noch mehr leid, daß du so schlecht von mir denkst. Hör zu: Ich habe Evelyn aus dem Gerichtssaal geführt, sie hatte sich hineingeschlichen, ohne daß jemand es merkte. Danach haben wir noch geplaudert. Ich habe gesehen, wie William Featherstone sie erkannt hat. Heute habe ich sie zusammen angetroffen. Sie sind Freunde, wahrscheinlich mehr. Er betet sie an, aber auf mich machte sie eindeutig den Eindruck, als ob sie ihn unter den Zug stoßen wollte.« Bailey unterbrach ihren Monolog nicht, um nach Einzelheiten zu fragen, und im Licht des modernen Wohnzimmers klang diese Geschichte in der Tat so unglaubwürdig, daß sich eine detailliertere Ausarbeitung nicht zu lohnen schien. »Wie auch immer, sie lief davon, und er tat so, als sei sie nie dagewesen. Irgendeine vorgefertigte Geschichte, auf die er gedrillt war, aber dann ließ er die Katze aus dem Sack. Er schien mich zu mögen.« Sie lachte unsicher. »Er hat mir auch gesagt, daß sie beide Mrs. Blundell tot gesehen haben, nachdem sie auch schon Live-Auftritte von ihr mitgekriegt hatten. Er hat sich wahnsinnig aufgeregt, während er das erzählte, dann hat er ein bißchen verrückt gespielt. Er ist nicht ganz dicht, dieser William, und seine Hormone sind die eines wütenden Bullen, sein Verstand steckt in der Unterhose, Geoffrey, und zudem ist er auf seltsame Weise zärtlich. Hältst du es nicht auch für wahrscheinlich, daß er Mrs. B. was angetan hat? Er würde alles tun, um Evie zu schützen – ich weiß nicht, wovor – oder um sie nicht zu verlieren. Vielleicht geht er mit ihr ins Bett.«

In seinen Ohren klang das wie absoluter Unsinn. »Sie ist erst vierzehn, Helen, ich bitte dich.«

»Na und? Anderswo fangen sie mit zwölf an, das weißt du genausogut wie ich. Nur nicht in Branston, wo es in anständigen Häusern zivilisiert zugeht, nicht wahr? Mal angenommen, er dachte, Mrs. Blundell hätte was spitzgekriegt, sie haben sie beobachtet, vielleicht hat sie ihrerseits die beiden erwischt. Angenommen –«

»Um Himmels willen, hör auf mit deinen Annahmen, Helen. Gönn deiner verdammten Phantasie eine

Ruhepause. Geh ins Bett. Du hast in einem stehengebliebenen Zug gesessen und den ausschweifenden Erzählungen eines verrückten Jungen zugehört, und dann hast du aus nichts ein ganzes Szenario konstruiert. Wer weiß, was er in der Zeitung gelesen oder sich selbst ausgedacht hat?« Dann in einem sanfteren Ton: »Du bist angeschlagen, Helen, geh ins Bett. Ich bring' dir was zu trinken.«

Sie sah ihn an, war besiegt. »In Ordnung«, sagte sie. »Und ich werde das Denken aufgeben. Wie ein Polizist.«

Und dann, im Badezimmer, sah Bailey, wie Helen sich wusch, leise weinend, grau und müde, bemerkte die Fingerabdrücke auf den Oberarmen, ähnlich den Flecken, die er an unzähligen Verhafteten gesehen hatte, die sich nicht wehrlos hatten festnehmen lassen, das Autogramm kräftiger, manchmal unbekümmerter, überflüssig grausamer Hände. Bailey war entsetzt. »Was ist passiert, Helen? Was zum Teufel ist passiert?«

»Nichts«, sagte Helen. »Gar nichts. Wie ich schon sagte, William Featherstone wurde gewalttätig. Du hast mir nicht zugehört.«

»O Gott«, sagte er und nahm ihren müden Körper in den Arm. »O Gott, Helen, es tut mir leid. Es tut mir schrecklich leid. Sag mir –«

»Ist schon in Ordnung, Chefinspektor.« Sie sprach heiter, mit stolzer, aber brüchiger Stimme, in ihren Augen schimmerten Tränen. »Ist völlig in Ordnung. Überhaupt kein Problem. Ich geh' jetzt schlafen. Du kannst tun, wonach dir der Sinn steht.«

Christine Summerfield wollte in ihrem Garten Ordnung schaffen, Therapie für einen freien Tag, aber sie fand ihn bereits höchst ordentlich vor, dank der gleichen Therapie vom letzten freien Wochenende sah er aus wie geleckt. Sie setzte sich in ihr Auto und fuhr, hartnäckig an ihrem Vorhaben festhaltend, zu Antony Sumners Häuschen, dessen einziger Schlüssel sich auf seinen Wunsch hin in ihrem Besitz befand – und trotz des Wehgeschreis seiner Eltern, Verwandten und Kollegen, die das Häuschen am liebsten verkauft, niedergebrannt oder ignoriert hätten, als ob er bereits tot wäre. Christine Summerfield hatte aufgeräumt; auch das war eine Therapie gewesen. Es war noch nie so sauber dort gewesen und sie noch nie so hoffnungslos. Sie war der unbeabsichtigten Entdeckungen überdrüssig, die sie machte, während sie nach den unvermeidlichen Rechnungen suchte, die auch während seiner Inhaftierung eintrafen, und sie war bestürzt über ihre eigene Unverwüstlichkeit. Wie ein Automat näherte sie sich dem Haus, versuchte an ihn zu denken und ihren früheren Glauben wieder aufleben zu lassen, daß alles nur ein großer Irrtum war und daß er eines Tages wieder hier wohnen würde – mit ihr; sein Haus war größer als ihres. Aber der frühere Optimismus war verflogen, obwohl sie hartnäckig versucht hatte, ihn am Leben zu erhalten, er war braun und trocken geworden wie die Blätter im Garten, in der Kälte ihres Realismus war er erfroren. Sie hatte wenig Vertrauen in ein Justizsystem, das ihr so viele Klienten in den Schoß spuckte, aber sie war fair genug, um anzuerkennen, daß dasselbe unbeholfene, aber relativ unkorrupte System mindestens in der Hälfte der Fälle richtig entschied und notwendig war wie die Luft zum Atmen. Sie wußte ebenfalls, daß das Leben selbst und nicht die Behörden Unglücksfälle hervorbrachte, und daß Antony, ihr Geliebter, so fair wie die meisten behandelt wurde. Sie zweifelte nicht an diesem System, so einfach war es nicht, sie zweifelte an Antony.

Als sie auf der Suche nach der Gasrechnung sein Arbeitszimmer aufgeräumt hatte – dieser unbeschreiblich chaotische Mann war so süchtig nach dem gedruckten Wort, daß er nicht ein Blatt Papier wegwerfen konnte –, hatte sie den Anfang eines Romans gefunden, Schnappschüsse aus seiner Kindheit, die sie zum Weinen brachten, Fotos früherer Freundinnen, die sie auf seltsame, besitzergreifende Weise ärgerten, und ein kleines Bündel Liebesbriefe neueren Datums von einer unbekannten Schülerin, die in kindlicher, wohlerzogener Schrift mit »Auf immer Dein« signiert waren und sie regelrecht in Rage brachten. Sie wußte aufgrund der Bezüge auf lokale Ereignisse wie zum Beispiel »Ich habe Sie letzte Woche auf dem Karnevalswagen gesehen; Sie sahen sehr gut aus«, daß die Briefe noch nicht alt waren. Sie wußte außerdem, daß er auf solch verrückte Schwärmerei nie geantwortet hätte, aber mittels der Handschrift hätte er den Absender herausfinden, den ersten Brief mit einer Ermahnung zurückgeben und auf keinen Fall weitere annehmen sollen. Die Schüler zum Schreiben zu ermutigen war eine Sache, die Ergebnisse zu behalten eine andere. Ob er sie aus Unbekümmertheit aufgehoben hatte, spielte keine Rolle. Was würde er für Schmeicheleien – das Wertvollste, was man ihm zum Geschenk darbringen konnte, dem armen Mann – nicht tun, und hatte nicht dieselbe Schwäche zum Tod von Mrs. Blundell und zu seinem Verrat geführt? Bevor sie diese Briefe gefunden hatte, hatte Christine Antonys Integrität trotz seiner Fehler respektiert, seine Begeisterungsfähigkeit trotz der Exzesse gemocht, seine Gefühle trotz der mangelhaften Fähigkeit, Prioritäten zu setzen, aber beim Anblick dieser Briefe begann ihr Bild von ihm sich zu verändern, der Respekt löste sich in gefährlichem Maß auf, Erinnerungen an den Verrat seiner Leidenschaft und die ihm innewohnende Gewalttätigkeit gewannen die Oberhand. Waren alle Männer so, lauerte der Wahnsinn hinter gutaussehenden Gesichtern, stürzten sie sich und andere aufgrund eines freundlichen Worts im blinden Gehorsam gegenüber unbewußten Trieben ins Unglück? Sie vermutete, daß alle so waren, war ihrer überdrüssig, wütend auf Antony, weil er war, wie er war.

Vor dem Haftprüfungsverfahren hatte sich Ekel unter ihre Gefühle gemischt. Die Beweise wurden vor ihr ausgebreitet, während sich ihre Zweifel zu einer pilzförmigen Wolke entfalteten, unter der sie saß, zuhörte, erniedrigt zu seiner einzigen Anhängerin und Stütze; sie kämpfte dagegen an, wider Willen zu glauben, was sie hörte, und ein ungeheuerlicher Unmut sammelte sich in ihr. Nicht gegen das, was er Mrs. Blundell angetan hatte – sie konnte sich beim besten Willen nicht deswegen sorgen, obwohl sie wünschte, es wäre so –, sondern gegen das, was er ihr angetan hatte. Sie wußte, daß sie ihm, gleichgültig, wie der Prozeß letztlich ausgehen würde, niemals würde vergeben können. Sie hatte ihn in einem neuen Licht gesehen, so sehr sie auch versucht hatte, Schatten darüber zu werfen, sie hatte gesehen, worauf sie nie hätte einen Blick werfen sollen; er hatte versagt, und sie wußte nicht, wie sie ihn je wieder lieben sollte, und sie war zerknirscht, weil sie an ihm zweifelte. Obwohl sie nie jemanden so geliebt hatte wie ihn, plante sie bereits ein Leben ohne ihn, so wie sie es stets ihren Schützlingen riet: Denk an dich selbst, das mußt du tun, sonst tut es niemand. Die letzte Ratte verläßt das sinkende Schiff; ich weiß nicht, wie Liebe endet, aber wenn sie nicht mehr da ist, ist sie nicht mehr da. Und dabei haßte sie sich selbst so sehr, daß es ihr den Atem verschlug.

Das hier war Pflichterfüllung, hartherzige, arbeitsintensive Pflichterfüllung, um sich zu beweisen, daß ihr noch irgend etwas an ihm lag; das zumindest war sie ihm schuldig. Du sollst nicht schuldig sein, liebster Antony, bis die Verhandlung vorüber ist, aber danach, mein Süßer, werde ich dich verlassen müssen. Ich kann dir nicht mein Leben opfern, nur einen Teil davon. Heiße Tränen liefen ihr übers Gesicht, während sie seinen verwilderten Garten in Angriff nahm. Ach, warum hat er sich nie darum gekümmert, und warum hat er meinen Seelenfrieden erschüttert? Schau dir diesen Saustall an. Hat hier nie auch nur den kleinen Finger krumm gemacht, hat drei Jahre hier gelebt und nicht einmal Schaufel oder Spaten in die Hand genommen. Wie konnte er nur? Was für eine Verschwendung.

Die Bewohner vor ihm hatten sich angestrengt, ihn in Form gebracht. Es war ein winziger Garten: ein kleiner Hof, von der Küche aus zu betreten, dreißig Quadratmeter Rasen, unterteilt von einem Pfad, auf drei Seiten von Büschen gesäumt, ein winziger Schuppen und eine patentierte Einrichtung für Kompost, die aussah wie eine riesige, unförmige Mülltonne. Sie rechte die Blätter von Rasen und verwilderten Beeten. Zu diesem Zweck hatte sie den Rechen mitgebracht. Warum hatte er sich selbst nie einen gekauft? Ungeschickt sammelte sie die Blätter auf und warf sie angeekelt in die Komposttonne. Hierhinein hatte er die Kleider und die Handtasche der toten Frau gelegt – Entschuldigung, jemand anders hatte Kleider und Handtasche hineingeworfen. Das war es, was Christine glauben sollte und nicht länger glauben konnte. Seltsam, diese Beweisstücke waren ihr völlig entgangen, bis sie vor Gericht laut vorgelesen wurden, sie hatte nicht an sie gedacht, bis man sie ihr ins Gesicht schlug. Jetzt gingen sie ihr durch den Kopf, und sie blieb abrupt stehen, weil ihr die Unvereinbarkeit solcher Verhaltensweise mit allem, was sie von ihm wußte, plötzlich klar vor Augen stand. Daß er die Frau geschlagen hatte, ja. Daß er ihr Geld und ihren Schmuck genommen hatte, nein. Kleider und Handtasche hier hatte verschwinden lassen, nein: Dafür war er schlicht nicht materialistisch genug.

Das Gartentor knarrte. Voll düsterer Gedanken drehte sie sich beunruhigt um, um direkt ins Gesicht von Bailey zu sehen, dem lieben Chefinspektor Bailey, dem Dreckskerl, der in seinem Werktagsanzug dastand und gerade etwas sagen wollte. Sie richtete sich auf wie eine Löwin im Käfig und fuhr ihn mit einer Stimme an, die scharf wie eine Messerklinge war: »Was wollen Sie?«

»Nichts Spezielles. Ich bin zufällig vorbeigekommen und habe Ihr Auto gesehen.«

Sie war wütend, wandte sich abrupt von ihm ab und erneut den Blättern zu, die der Wind davonwehte, präsentierte ihm auffällig den Rücken, entschlossen, ihn zu ignorieren. Er half einfach mit, hob geschickt und effizient einen Armvoll feuchten Laubs auf, warf ihn in die Komposttonne, preßte ihn nieder, holte den nächsten, ohne sich um die Schmutzspuren auf Händen und Anzug zu kümmern. Eine Viertelstunde lang arbeiteten sie schweigend, räumten gründlich und rasch auf, und sie fand sich komischerweise beschwichtigt, seine Anwesenheit wurde ihr weniger und weniger unangenehm. Sie amüsierte sich nahezu, freute sich über seine Gesellschaft. »In Ordnung«, sagte sie schließlich und ließ den Rechen fallen. »Sie haben gewonnen. Also, was wollen Sie?«

Sie setzte sich auf den einzigen, schmutzigen Gartenstuhl, er auf die Mauer daneben.

»Ich wundere mich«, sagte er sanft, als ob ihre Unterhaltung die natürlichste Sache der Welt war und sie bereits mittendrin steckten. »Wenn ich mir diesen Garten ansehe, dann frage ich mich, ob Antony überhaupt wußte, wo die Komposttonne war. Oder daß er eine hatte. Das überrascht mich. Er war kein großer Gärtner, nicht wahr?«

»Nein«, stimmte sie knapp zu und erinnerte sich an diese Unvereinbarkeit, die ihr selbst aufgefallen war, kurz bevor Bailey eingetroffen war. »In der Regel vergaß er, daß er überhaupt einen Garten hatte. War sich seiner Existenz nicht bewußt.«

»Ich verstehe.«

Er verstand es wirklich, dachte sie; er verstand, was andere überhaupt nicht bemerkten. Er war ein hellwacher, komplizierter Mann, der nach etwas suchte. Für einen kurzen Augenblick konnte sie sich vorstellen, was Helen an ihm fand.

»Mochten Sie ihn?« fragte sie mürrisch. »Antony, meine ich.«

»Ich kannte – kenne ihn nicht gut genug, um mir darüber ein Urteil bilden zu können. Ich versuche mich von Verdächtigen zu distanzieren, vor allem von Mordverdächtigen, weil ich Gewalttätigkeit hasse und verachte, mich davor ekle. Den Rest kann ich nicht sehr ernst nehmen, aber Gewalt macht mich krank.«

»Das heißt, Sie mögen ihn nicht.«

»Das heißt, daß sich meine Antipathie in Grenzen hält. Ich kann mir nicht leisten, ihn zu mögen oder nicht zu mögen.« Er blickte auf die Komposttonne. »Aber als Dieb kann ich ihn mir nicht vorstellen. Kann ich wohl noch einen Blick in seinen Schreibtisch werfen, auch wenn wir ihn schon durchsucht haben? Ich werde nichts mitnehmen, ich will nur nachsehen.«

»Wegen der Ermittlungen oder wegen Ihres Gewissens?«

Er lachte. »Helen ist mein Gewissen.«

»Ganz schön unverfroren von Ihnen, darum zu bitten. Von mir aus. Er hätte es Ihnen wahrscheinlich nicht erlaubt, aber von mir aus, sehen Sie nach.«

Die Sonne schien ihr direkt ins Gesicht, auf die Sorgen- und Trauerfalten, ließ sie älter und härter aussehen, als sie war. Der Zweifel, ob der Fall tatsächlich abgeschlossen war, der in seinen Worten mitgeklungen hatte, brachte jetzt für sie keinen Hoffnungsschimmer, wie es noch vor ein paar Tagen möglich gewesen wäre; ihre blassen Backen röteten sich nicht vor Aufregung.

»Wie geht es Helen?« Eine dunkle Erinnerung an höfliche Verhaltensweisen, aber ihr Gesicht blieb dabei ausdruckslos.

Seine Stirn legte sich in Falten. »Sie versteht sehr gut, warum Sie ihr aus dem Weg gehen, trotzdem vermißt sie Sie. Ich glaube, sie empfindet es als sehr schwierig, mit einem Polizisten zu leben.«

»Oh.«

Von den Schwierigkeiten anderer Paare zu hören, verschaffte ihr seltsame Erleichterung, tröstete sie. Christine wünschte Helen nichts Schlechtes, das wäre ihr nie in den Sinn gekommen, aber trotzdem hätte sie über ungetrübtes Glück nicht frohlockt. Diese Phase ihres Lebens würde hoffentlich vorübergehen, aber im Augenblick ertrug sie die Zufriedenheit anderer nur schlecht.

»Darf ich jetzt nachsehen? Wollen Sie mitkommen?«

»Nein, ich vertraue Ihnen. Obwohl ich nicht ganz begreife, was es nützen soll.«

»Sehen Sie«, sagte er, während er wie ein schlanker, sanfter Riese vor ihr stand. »Auch wenn ich Antony nicht besonders mag, will ich nicht, daß er für etwas verurteilt wird, das er vielleicht nicht getan hat. Helen glaubt, daß ich nicht sorgfältig genug suche. Sie merkt nicht, daß ich auf meine Art nie aufhöre zu suchen. Wenn ich irgend etwas finde, das für seine Verteidigung hilfreich ist, werde ich es weitergeben. Darauf können Sie sich verlassen.«

»Sparen Sie sich die Mühe. Er hat's getan.«

»Glauben Sie das wirklich?«

»Ja, das glaube ich. Wozu das Ganze? Hören Sie auf, um den heißen Brei herumzureden. Ach, Scheiße. Was ich eigentlich sagen will, ist, ob er es getan hat oder nicht, wann immer welches Urteil verkündet wird, für mich ist es bereits jetzt zu spät. Ich weiß, das klingt egoistisch, aber so ist es nun mal. Ich kann nicht mal mehr an ihn denken. Es ist zu spät.«

»Vielleicht doch nicht«, sagte Bailey, der mit den Folgen vertraut war, dem Medienrummel um die Zusammenführung von Freigesprochenen und ihren Familien, die nie wieder in Frieden zusammenleben würden. Er sprach in dem munter optimistischen Ton, den sie kannte: wie eine Krankenschwester mit einem Patienten. »Angenommen, er wird freigesprochen. Er kann zurück in seinen Job, den er bislang noch nicht verloren hat, er kommt zurück nach Hause. Das Leben wird weitergehen wie vorher.«

»Nein«, sagte Christine. »Kommen Sie mir nicht mit diesem Quatsch. Das Leben wird und kann nicht weitergehen wie vorher. Das wissen Sie genau. Sie brauchen nichts weiter sagen.« Sie hatte ruhig gesprochen, das Gesicht der Sonne abgewandt, als ob sie sich der Zeichen der Resignation darin schämte. »Jetzt verschwinden Sie und sehen Sie sich seinen Schreibtisch an. Die Korrespondenz liegt auf einem Stapel. Da sind noch Briefe von einem Mädchen aus der Schule, die höchst unterhaltsam sind. Die anderen, die das Haus durchsucht haben, hatten dafür kein Interesse. Sehen Sie selbst nach.«

Bailey wußte, daß es keinen Sinn hatte, seine Plattitüden zu wiederholen, er wußte, wann er nicht mehr helfen konnte, und ging hinein, um seine inoffiziellen Nachforschungen fortzuführen, geduldig die Pfade abzuschreiten, die er Amanda Scott überlassen hatte. Christine versuchte, die Tränen der Erleichterung aus ihren Augen zu verbannen, sah sich im Garten um, aus dem alle frühherbstlichen Blätter verschwunden waren, und sie fühlte sich älter als der Winter und bereits als Hinterbliebene. Sie hatte recht; sie wußte, daß sie recht hatte. Was hatte sie zu ihm gesagt? »Wie immer auch das Urteil ausfallen wird.« Dieses riesige, völlig bedeutungslose Urteil. Mrs. Blundell hatte schließlich doch noch gewonnen.

Helen riß sich zusammen, versöhnt mit der Menschheit durch Baileys freundliche, wortlose Geste des Kaffeekochens, ansonsten war sie steif und immun gegen jede Berührung. Ins Auto steigen, ins Büro fahren, nachmittags ins Gericht, wenn möglich früh nach Hause und wieder schlafen. Wut und Schmerz lösten sich im Schlaf auf, besonders in ihrem unzulänglichen, traumreichen Schlaf. Ihre übliche gute Laune stellte sich wieder ein und versorgte sie mit ausreichend munterer Selbstkontrolle, so daß sie im Büro anlangte, ohne unterwegs jemanden über den Haufen gefahren zu haben. »Bei Mr. Redwood melden« – die Notiz segelte auf ihren Schreibtisch, auf dem Zettel, Telefonnummern und Einkaufslisten herumlagen. Wenn sie gestern noch geglaubt hatte, daß heute ein leichter Tag werden würde, hatte jemand mittlerweile die Regieanweisungen vergessen.

Das Meerschweinchen war verdächtig gutgelaunt und allwissend. »Ach, Helen. Hab' gestern versucht, Sie zu erreichen, aber Sie waren nicht da.«

»Da haben Sie völlig recht, ich war nicht da. Ich habe einen Mantel gekauft«, fügte sie überflüssigerweise hinzu. Der Mantel spendete ihr nach wie vor Trost. Er blickte verständnislos.

»Eine kleine Sache, Helen, wegen der Verhandlung im Fall Sumner. Warum waren Sie dort? Sie hätten eigentlich hier im Büro sein sollen.«

»Ach, ja. Ich war nicht hier, ich war bei der Verhandlung. Natürlich habe ich zuerst die Büroarbeit erledigt. Warum ich dort war? Aus Neugier. Außerdem tut es mir gut, ein Ass wie Sie bei der Arbeit zu beobachten.« Die Ironie würde er nicht bemerken, das Kompliment einstecken, sie wußte es. »Ich habe Harmoner gefragt, ob er etwas dagegen hätte. Hatte er nicht, also bin ich hingegangen.«

Ihre Geschwindigkeit brachte ihn etwas aus der Fassung. Er räusperte sich.

»Amanda Scott behauptet, sie hätte Sie mit Evelyn Blundell in der hintersten Zuschauerreihe gesehen. Sie glaubt, Sie sind zusammen gekommen und gegangen.«

Fragen und Anschuldigungen lagen in der Luft. »Ich hatte den Eindruck, daß sie bezüglich der Ankunft einer Täuschung unterlag. Über das Verlassen des Gerichtssaals gibt es wohl keinen Zweifel.«

»Evelyn kam nach mir herein. Ich habe sie mit hinausgenommen. Ich kannte sie vom Sehen und habe mir gedacht, daß sie dort nichts verloren hatte. Das ist alles.« Helen hing diese Erklärung zum Hals heraus, und sie hätte Amanda Scott am liebsten schweren körperlichen Schaden zugefügt. Sie war erleichtert und dankbar, als Redwood ihrer Erklärung nickend zustimmte.

»So etwas habe ich mir schon gedacht. Sie sind sehr eigenwillig, Helen, aber nicht dumm.«

»Sie glauben mir also?«

Er blickte erstaunt auf. »Aber natürlich glaube ich Ihnen.« Die Fairneß war widerwillig, begleitet von einem weiteren Räuspern. »Was ich auch sonst von Ihnen halten mag, Sie sind hundertprozentig professionell. Sie mögen manchmal vorschnell sein, aber grundsätzlich ist auf Ihr Urteil Verlaß. Natürlich glaube ich Ihnen.«

Und das ist mehr, dachte Helen trübsinnig, als der liebste Bailey bereit ist zu tun. Er hat mich nicht in den Genuß des Zweifels kommen lassen, hat meinem Urteil von Anfang an nicht vertraut. Aber wie hätte er es anstellen sollen? Wie immer sein Urteilsspruch lautet, Geduld und Verständnis spielten dabei keine Rolle. Sie hörte höflich dem Meerschweinchen zu, das ihr eine Strafpredigt hielt.

»Miss West, Sie hätten nicht ins Gericht gehen, ihre Bürozeit nicht zweckentfremden sollen. Stecken Sie Ihre Nase nicht in die Fälle anderer Leute, verstehen Sie?« Das meinte er nicht ganz ehrlich, weil er inzwischen anfing zu bedauern, ihr den Fall entzogen zu haben. Der Fall Sumner lastete auf ihm, und er brauchte Hilfe, aber er konnte nicht laut zugeben, daß sie am besten dafür geeignet war, ihm zur Seite zu stehen, statt dessen hielt er ihr einen Vortrag.

Helen ihrerseits verspürte wenig Neigung, ihre außerdienstlichen Aktivitäten preiszugeben, in deren Verlauf sie von der Verbindung Featherstone/Blundell erfahren hatte. Ebensowenig wollte sie über ihren fürchterlichen Verdacht sprechen. Sollte Redwood klipp und klar sagen, was er wollte, oder es bleiben lassen. Er hatte seinen Fall und seine Leiche, jetzt sollte er damit zu Rande kommen. Erheiternde Vorstellung: Redwood schleifte eine Leiche über den Boden des Gerichts. Lange vor dem Ende der Strafpredigt beschäftigte sich ihr Geist mit anderen Dingen und wandte sich erst wieder ihm zu, als er den auf milde Art schikanösen Ton aufgab und zu einem normalen Gesprächston zurückkehrte. Wieder einmal fiel ihr seine subtile Art auf, anderer Leute Meinung herauszukitzeln. Sie entschied, daß die Predigt zu lange gedauert hatte.

»Jedenfalls verlief das Haftprüfungsverfahren gut«, sagte er. »Sehr gut vorbereitet. Miss Scott ist eine wirklich gute Mitarbeiterin. Kann gut verstehen, daß Bailey ihr die Sache überlassen hat.«

»Ja«, sagte Helen vage, nicht dazu aufgelegt, ins Lob für diese kleine Petze miteinzustimmen, und noch immer verwirrt, weil Bailey rückhaltlos auf sie gehört zu haben schien. »Freut mich, daß alles gut gelaufen ist. Miss Scott ist anscheinend die Frau des Monats.«

Redwood gefiel ihre ruhige Haltung nicht, ihr Gleichmut angesichts von Thronreden und die Abwesenheit von irgendwelchen Anzeichen für Kooperationsbereitschaft oder für die Annahme seiner Version einer Entschuldigung. Er wollte sie schütteln, diese entnervende Gefaßtheit erschüttern.

»Ja«, sagte er und stand auf, um das Ende des Gesprächs anzudeuten. »Bislang ein höchst erfolgreicher Verlauf des Falls, aber mischen Sie sich nicht ein. Es ist nicht Ihrer.« Instinktiv schlug er einen hänselnden Ton an. »Bailey verdankt Amanda Scott viel. Attraktives Mädchen. Ich würde mich an Ihrer Stelle in acht nehmen, Helen, sie hat sich Lorbeeren verdient.« Spaßhaft ausgesprochene Worte, wie ein Knuff in den Arm, so etwas wie Rache.

»Wenn Sie unter Lorbeeren meinen Chefinspektor verstehen«, erwiderte Helen und lächelte ihn zuckersüß an, »dann kann sie ihn sich von mir aus gern um den Kopf binden.«

»Aha. Recht so.«

Von da an bekam sie nicht mehr mit, was er noch sagte. Für den Rest des Tages erinnerte sie sich nur noch an die letzten Sätze. Sie brauchte dringend, entschied sie, eine Gehirnoperation, einen neuen Job und einen langen Urlaub. Und alles, was sie hatte, war ein neuer Mantel, während Bailey die brandneue Amanda Scott sein eigen nannte. Auch recht. Sie hatte nichts dagegen. Eifersucht war unter Helens Würde. Ihre Instinkte rieten ihr, einfach aufzugeben.

Evelyn kam die Fröhlichkeit ihres Vaters höchst verdächtig vor. Erst an diesem Morgen noch hatte er einen Anfall von Gemeinheit erlitten, hatte sich über Haushaltsführung und andere vulgäre Aktivitäten ausgelassen und einen viel zu langen Vortrag über Lebenshaltungskosten gehalten, und jetzt lagen auf dem Schreibtisch im Zimmer hinter seinem Büro unzählige Prospekte verstreut, auf den Titelbildern prangten lächelnde Menschen in Bikinis und unanständig kleinen Badehosen, in Evelyns Augen waren die Menschen so ununterscheidbar wie die Sandkörner, auf denen sie saßen. »Ich denke daran«, sagte ihr Vater, »Urlaub zu machen.« Evelyn, die heute langsamer als sonst war, hatte sich dieses bereits gedacht. Er blickte sie ängstlich und fragend an. »Irgendwas Exotisches. Hier ist im Augenblick nichts los .... zumindest nicht viel. Ich will alles Unerfreuliche hinter mir lassen. Ich brauche Sonne, Meer, Sand und so weiter. Du willst eine Reise machen, seitdem du zehn bist. Hast du immer gesagt. Wie wär's mit Ferien, Evelyn?«

Zu einer anderen Zeit, als sie noch nach Dingen gefragt, als sie das Fragen noch nicht aufgegeben, als sie noch weniger zu tun gehabt hatte, hätte sie ja gesagt. »Wann?« fragte sie sichtlich beunruhigt.

»Ach, so bald wie möglich. Im Reisebüro kriegen wir Rabatt. Morgen oder übermorgen, nächste Woche vielleicht?«

»Nein«, sagte sie laut.

Er sah sie wie vor den Kopf gestoßen an. In einem Überfluß von Energie und, ja, auch aus Schuldgefühlen heraus plante er Vergnügungen für seine Tochter und Sonnenbräune für sich, um sich um ein paar Jahre zu verjüngen, was notwendig wäre, bevor er mit einer gewissen Amanda Scott etwas anfangen könnte, und Papas Liebling sagte trotzig wie General de Gaulle einfach nein. »Warum nicht?« fragte er einfältig.

»Die Schule fängt nächste Woche an.«

»Aber du hast den ganzen Sommer vergraben in deine Bücher verbracht, oder? Jeden Abend, seitdem Mama ... von uns gegangen ist. Wenn du eine Woche in der Schule versäumst, wird das nichts ausmachen, oder?«

»Doch, es wird was ausmachen.«

»Oh, Evelyn, bitte.«

Ach, verdammt und zugenäht, alles Scheiße, schon wieder glitzerten Tränen in seinen Augen. Therapeutische Maßnahmen waren angezeigt. Je eher er sie wieder ignorieren würde, um so besser. Man schaue ihn sich an mit diesem flehenden Blick wie ein alter Hund, aber ohne Ausstrahlung. »Später mal, Papa, später. Such dir eine andere Reisebegleitung. Ich komm' auch allein zurecht.«

»Nein, das wirst du nicht, natürlich wirst du das

nicht. Heute morgen war dieser Mr. Bailey da und hat Fragen über dich gestellt. Wegen der Hausaufgaben, dem Abwasch, und ob du ein Fahrrad hast, meine Güte. Alle Welt scheint verdammt noch mal zu denken, daß ich dich vernachlässige, und das werde ich nicht zulassen. Was würdest du tun, wenn ich dich allein lasse?«

Gemeint war: Was würden sie denken, wenn ich dich allein lasse? Mich um meine eigenen Angelegenheiten kümmern, das würde ich tun, wenn du und die anderen sich um ihre Angelegenheiten kümmern würden. Worte, die sich formten, um in schierer Erschöpfung und magenverkrampfender Panik herausgeschrien zu werden: Warum läßt du mich nicht in Ruhe? Siehst du nicht, daß ich sowieso schon mit viel zuviel fertigwerden muß? Jetzt ist es ein bißchen spät, um sich um mich zu kümmern, Papa.

»Später, Papa, wie ich sagte«, sagte sie im Ton schmeichelnder Ergebenheit. »Es wär' zuviel für mich. Noch nicht. Ich bin noch nicht so weit.« Das war der richtige Tonfall für ihn, der ihre geballten Fäuste hinter dem Schreibtisch nicht sehen konnte.

»Natürlich, Liebling, aber ich verstehe nicht, warum.« Wieder füllten sich seine Augen mit Tränen. Davon hatte er einen unerschöpflichen Vorrat, den seine Kunden nie zu Gesicht bekamen. Sie ging mechanisch um den Schreibtisch, sprach mit mechanischer Stimme, klopfte ihm mechanisch auf den Rücken.

»Geht in Ordnung, Papa, geht in Ordnung, wirklich. Laß uns noch ein bißchen hierbleiben. Wenn der Prozeß vorbei ist, dann fahren wir, ja?«

Er dachte an die wahnsinnigen Ausgaben, die er vermeiden konnte, dachte an die Geschäfte, die ihm vielleicht durch die Lappen gehen würden, dachte an den Abend mit Amanda Scott, der vor ihm lag, und plötzlich hatte er keine Tränen mehr in den Augen und klopfte seinerseits Evelyn auf den Rücken. Sie machte einen Sprung wie eine verbrühte Katze, beruhigte sich sofort wieder, setzte sich auf einen Stuhl und lächelte beschwichtigend.

»Okay, Liebes. Wie du willst.«

Evelyn hätte während ihres geschäftigen Nachmittags heulen können, sie hatte sich durch die Einkaufsliste gekämpft, die er ihr in die Hand gedrückt hatte. Sie hatte nicht gewagt, sich zu weigern. Vater beobachtete sie. Es schien, als ob alle sie beobachteten. Sie spürte es, als sie die Hauptstraße in Branston entlangging wie eine Erwachsene, die Einkaufstasche in der Hand, sie hatte es satt, satt bis obenhin. Sie wurde sogar beobachtet, wenn sie sich außerhalb der Ortschaft mit William herumtrieb. Sie waren auf einem U-Bahnsteig gesehen worden, und William war allein nach Hause gefahren, hatte weiß Gott was erzählt. Wenn sie die Sache mit William herausfanden, wenn sie herausfanden, was Papas Liebling mit William trieb, dann gab es keine Ferien, keine Schule und nichts mehr, was das Leben erträglich machte, wie zum Beispiel ignoriert werden. William mußte beschützt werden, soviel stand fest. In Urlaub zu fahren und diesen verletzlichen Brocken allein zu lassen, war undenkbar. Er mußte vor sich selbst geschützt werden, das war es, und für beide war es besser, wenn sie nicht zuviel mit der Welt zu tun hatten.

»Geh noch mal einkaufen, Liebling. Wir haben kein Spülmittel mehr.« Als ob sie die Dienstmagd wäre, die sich ihre Mutter immer gewünscht hatte. »Ich versteh' überhaupt nicht, was du damit machst«, sagte er. »Trinkst du es?«

»Ich hab' es gern, wenn das Geschirr sauber ist«, hatte Evelyn affektiert geantwortet. Ja, sie würde gern in Urlaub fahren, sogar mit ihm – er würde sich sehr schnell nicht mehr um sie kümmern, weil er sich mit ihr langweilen würde –, aber es war unmöglich. Sie kaufte das Spülmittel, die billigste Marke, wie er gesagt hatte, und betrachtete die Flasche spöttisch. Völlig unmöglich, jetzt fortzufahren. Nicht, bevor die Sache mit William geregelt war.

11

Die Flammen streckten sich noch den Sternen entgegen, als Bailey bei diesem Brand eintraf. Ihre Wucht hatte bereits nachgelassen, aber der Anblick und der Lärm waren noch immer eindrucksvoll. Der größte Krach ging auf das Konto menschlicher Anstrengung, aber als Bailey sich dem Schauplatz des Geschehens näherte, barst eine Fensterscheibe, dann, als Scherben in dem kleinen Hinterhof aufschlugen – musikalische, düstere Geräusche, lauter als das Zischen der Flammen –, wurden Warnrufe laut. Das Feuer brannte längst nicht mehr an den Stellen, an denen es begonnen hatte. Bailey wußte auf den ersten Blick, welcher Brennstoff benutzt worden war, beobachtete die gierige Hitze, die das Glas zum Bersten gebracht hatte. Eine kleine Pyramide aus Schachteln stürzte um, vom Wasserstrahl getroffen. Die Feuerwehrleute benutzten immer zuviel Wasser, verursachten mehr Schaden als das Feuer selbst. Der Anblick war dramatisch und zugleich erbärmlich, das Feuer war unter Kontrolle. Er bemerkte Amanda Scott und ihre etwas festliche Kleidung. Unter einem Mantel trug sie eine ungewöhnlich extravagante Bluse aus schimmerndem Material, das die ersterbenden Flammen reflektierte. Die Flammen erleuchteten auch ihre verhärteten Gesichtszüge: Ihre Augen glommen wie Kristalle, ihre Haltung war steif vor Unmut über den unterbrochenen Abend. Wortlos übergab sie ihm die Souvenirs, die sie so zielsicher gefunden hatte, wohl wissend, daß sie ihm dadurch nur um so unsympathischer wurde. Einen bizarren Augenblick lang stellte er sie sich vor Bosheit glühend vor.

»Sie sind durch die Vordertür rausgekommen, Sir«, sagte eine irritierend fröhliche Stimme.

»Danke.« Er folgte dem Licht durch die verräucherte Seitengasse neben dem Laden bis zur Straße.

»Hier gibt's keine Probleme, Sir. Niemand hat ernsthaften Schaden genommen. Sie stehen unter Schock und haben 'ne Menge Rauch abgekriegt. Einer hat Schnittverletzungen. Sie leben in der Wohnung im ersten Stock, Sir. Nein, sie sind nicht die Besitzer. Ein älteres Ehepaar, das ferngesehen, dann die Flammen bemerkt hat und in Panik geraten ist. Hinten kamen sie nicht raus, und deswegen haben sie die Vordertür des Geschäfts eingeschlagen.«

Beherrschte Mieter, mit Schnittwunden und weinend, die über einem teuren Geschenkeladen in friedlicher Disharmonie lebten. Jetzt stand ihnen eine Nacht im Krankenhaus und lebenslange Furcht vor Flammen bevor. Der Krankenwagen fuhr davon. Ein keuchender Ladenbesitzer, der sich mit der Feuerwehr auseinandersetzte, wie das zerbrochene Schaufenster zugenagelt werden sollte, über ruinierte Vorräte jammerte, die er bereits für das Weihnachtsgeschäft eingelagert hatte, was für ein Saustall, was für ein verdammter Saustall, ein Mann, der in diesem Halbdunkel und im beißenden Rauchgestank das Leben satt hatte. Bailey dachte im Moment nicht an das Schicksal der Überlebenden. Er war verwirrt, beunruhigt, auf stille Art wütend. Tief in den Taschen seines Regenmantels – Burberry, ein großzügiges Geschenk von Helen, jetzt voller Rußflecken, weil er den staubigen Boden des Hinterhofs untersucht hatte – schlossen sich seine langen Finger um die Gegenstände, die ihm Amanda höchst unhöflich ausgehändigt hatte. Für das uneingeweihte Auge handelte es sich um seltsame Dinge, so offensichtlich hinterlegt, als ob derjenige, der dieses belastende Material zurückgelassen hatte, unbedingt wollte, daß es gefunden wurde und sich diesbezüglich auf die Adleraugen eines Polizisten verlassen hatte. Souvenirs. In Baileys Augen und in den Augen eines jeden, der den Jungen auch nur flüchtig kannte, die Wahrzeichen von William Featherstone, Dinge, die nur ihm gehören konnten. Busfahrkarten, ein Stück gesprungenes Emaille, zu so etwas wie einer Brosche geformt, Williams Schmuck und Belege für Williams liebste Freizeitbeschäftigung auf dem Boden ausgebreitet wie eine Flagge.

Es war noch früh. Frühe Dunkelheit, als ob der Brandstifter es nicht hatte erwarten können, bis die Nacht hereinbrach, um dieses Schauspiel zu inszenieren, dessen Aufführung das Tageslicht verdorben hätte. Auch die zeitliche Planung diente dazu, zu illustrieren, wie leicht es für ihn gewesen sein mußte, mit dem Bus, der vor dem Laden hielt, anzukommen und wieder wegzufahren, vielleicht hatte er sein Vorhaben in Übereinstimmung mit dem fiktiven Fahrplan abgestimmt, der nur in den frühen Abendstunden eingehalten wurde. Jetzt war es Viertel vor zehn. Um die Schachteln aufzustapeln, benötigte man Minuten; dann hatte er wie in den früheren Fällen Kerosin darüber gegossen; anschließend hatte er die Fahrkarten und das glitzernde Ding weggeworfen, was er bislang noch nie getan hatte. In einiger Entfernung von diesen Hinterlassenschaften war eine leere Spülmittelflasche, die billigste Marke, gefunden worden. Bailey dachte flüchtig an die randvollen Featherstoneschen Spülbekken, ihren kostspieligen Geschmack, die mangelhafte Vorratswirtschaft, sie kauften immer das Beste und ließen es dann verkommen. Der Haushalt war viel zu unpraktisch, um sinnvoll und sparsam wirtschaften zu können. Einem wohlhabenderen, erfolgreicheren Haushalt stand solche Knausrigkeit an.

Er dachte an William voller Wut. Du bist zu weit gegangen, und du wolltest entdeckt werden. Diesmal hast du Menschenleben in Gefahr gebracht; mit deinem Feuer hättest du dieses alte Paar umbringen können. Nein, ich bin zu weit gegangen mit diesem seltsamen Widerstreben, dich festzunehmen. Es war mein Fehler, du kleiner Dreckskerl, der Tod dieser Leute wäre auf mein Konto gegangen, jetzt lastet mir nur ihr Leben auf dem Gewissen. Er stapfte in den Laden, betrachtete die feuchten, geschmackvollen Waren, sah in den Händen des Besitzers langweilige, elegante Schmuckstücke, auf dem Boden weiche, teure Handtaschen, und fragte sich schockiert, warum sich William diesen Laden ausgesucht hatte, der so anders war als die Läden mit dem billigen Tand, die er normalerweise bevorzugte. Während er auf das nasse Packpapier auf der Straße blickte, die zerbrochenen Ausstellungskästen, gegen die das alte Paar auf seiner panischen Flucht gekracht war, sah er plötzlich die verstreuten Blätter in Antony Sumners Garten vor sich, die mit der gleichen manischen Schlamperei auf seinem Schreibtisch ausgebreiteten Briefe. Dieses Feuer und alle früheren waren höchst kontrolliert gelegt worden, mit einem unglaublichen Sinn für Ordnung; er konnte sie nicht mit einer unordentlichen Person in Verbindung bringen. Wieder dachte er an Antony Sumners Garten und an die ordentlich zusammengelegten Kleidungsstücke der toten Mrs. Blundell in einer ansonsten nie benutzten Komposttonne. An ihren Schmuck und ihre Handtasche, die in einer Nobelboutique wie dieser gekauft worden waren. Bild legte sich über Bild. Unordentliche Menschen, aus den Fugen geratene Menschen wie William. Bailey ging zurück auf die Straße, versuchte sich vorzustellen, wie andere dachten, versuchte, seine wirren Gedanken zu ordnen. Vielleicht existierte dieser Ordnungssinn in Williams schwimmenden grauen Zellen, setzte sich in seinen Handlungen durch, um ihn vor dem ständigen Durcheinander seiner Umwelt zu retten, aber Bailey zweifelte daran, zweifelte plötzlich an allem, spürte, daß hier ein anderer Geist am Werk war, dem Williams Unbeholfenheit mangelte. Er erinnerte sich an die Schwerfälligkeit des Jungen, an seine seltsame Beliebtheit bei den älteren Leuten in den Bussen, an das, was Helen mit seltsamer Zärtlichkeit umschrieben hatte. Trotz Williams Hang zur Gewalttätigkeit, trotz der vorgefundenen Beweise konnte Bailey sich nicht vorstellen, daß der Junge den Brand gelegt hatte.

Dieses eine Mal würde Amanda Scott auf die Chance, eine Verhaftung vorzunehmen, verzichten müssen, dafür durfte sie ihre unterbrochene abendliche Beschäftigung wiederaufnehmen. Dieses eine Mal würde er Helen nicht anrufen. Er ordnete eine oberflächliche Suche nach William in der Nachbarschaft des Tatorts an, aber nicht bei ihm zu Hause, bitte, darum werde ich mich selbst kümmern. Dann fuhr er in sein Büro, zurück zur Akte über den Mord an Mrs. Blundell – zu allem Material, zu Schnipseln, Unsinn, Gerüchten, zu als »unwichtig« beiseite gelegten Dokumenten – und fing von vorne an.

In Ordnung, sagte Helen zur Küchendecke. In Ordnung, in Ordnung, in Ordnung. Er ist nicht nach Hause gekommen. Er vergilt Gleiches mit Gleichem. Nein, bestimmt nicht. Ich habe mir oft gewünscht, daß dieser Mann irgendwas Kleinliches tut, um mir ab und zu den Vorwand für einen Wutanfall zu liefern, aber er tut es nicht, nein, dafür ist er viel zu vernünftig. Wo zum Teufel also ist er? Wie üblich bei der Arbeit? Nützt er seine Zeit produktiv? Oder will er mir etwas sagen? Unterzieht er seine Stellung in diesem verfluchten Haushalt einer eingehenden Überprüfung? Fassen wir die Sache doch einmal klar ins Auge: Die Rechnung geht nicht auf. Es kommt nur selten vor, daß er über

Stunden nicht telefonisch zu erreichen ist; er bräuchte nur mit dem Finger zu schnippen, und jemand anders würde für ihn den Anruf erledigen; Amanda Scott würde für ihn mit den Fingern schnippen, wenn seine Knochen zu kraftlos wären. Ach, beruhig dich. Wie bei Bailey am Abend zuvor vermischten sich Ärger und Besorgnis zu wachsender Unvernunft. Sie blickte sich in der aufgeräumten Küche um und inspizierte den Kühlschrankinhalt. Exquisite Sachen, Friedensangebote, eine gute Flasche Wein, einstudierte Worte, die jetzt mit dem Rest kalt wurden. Bailey, wir haben ein solches Talent zum Glücklichsein. Wir müssen miteinander reden, oder wenn du nicht reden willst, dann erzähl mir wenigstens eine Geschichte. Ich hab' mich so angestrengt mit diesen Fressalien ... War es das, wozu sie degradiert wurde: Zur Hausfrau in einem Branstoner Neubau, die ihren Mann mit Leckerbissen verführte? Helen stöhnte laut auf, neun Monate häuslicher Wonne, auch die langen Phasen der Zufriedenheit, erstarrten in diesem Seufzer des Unmuts. Ich hasse Kochen, ich hasse es, die zweite Geige zu spielen; ich bin diese Beziehung nicht eingegangen, um als Kuli zu enden und herumzusitzen und auf den Mann zu warten, als ob ich sein Eigentum wäre. Sie hielt inne, betroffen von ihrem eigenen ärgerlichen Unwillen, setzte sich auf das moderne Sofa. Einen Augenblick mal. Die Geschichte hat eine logische Konsequenz: Du bist süchtig nach dem Mann; er ist ein hervorragender Polizist; seine Partnerin muß selbstgenügsam und geduldig sein, und wenn du bei ihm bleibst, wird das dein Schicksal. Es kann nicht anders sein, wäre nicht anders, wenn er Arzt oder Parlamentsmitglied wäre; auch dann würde er dich warten lassen, und es würde dir nicht gefallen, es würde dir nicht gefallen, daß er, so wie die Dinge nun mal liegen, für die Welt von größerem Wert ist als du. Aber hier bin ich noch unwichtiger als in London. Branston macht mich kleiner als ich bin, und nein, ich will diese Unsicherheit nicht künstlich zudecken mit Abendkursen oder Clubtreffen. In einer Position, in der ich gescholten werde wie ein Kind, kann ich nicht bleiben; mit einem Mann, der nicht reden will, kann ich nicht leben. Und im Augenblick muß ich reden; es ist die einzige Möglichkeit, um hier überhaupt noch eine Perspektive zu finden, deshalb werde ich ausgehen und mir Gesellschaft suchen, verdammt noch mal, raus. Wohin? Raus. Irgendwohin.

Helen machte sich keine Gedanken, wie sie auf den Anblick von William Featherstone reagieren würde, schlüpfte in einen Mantel – nicht den neuen –, hinterließ Bailey eine Nachricht, wo sie zu finden sei, und ging zur »Krone«. Sollte Bailey die Nachricht finden und sie dort treffen. Eine Begegnung auf neutralem Boden war die bessere Alternative: Wenn er jetzt dieses anonyme Wohnzimmer betreten hätte, hätte es von ihrem Geschrei widergehallt. Nicht daß die nervenzerrüttende Atmosphäre der »Krone« Balsam für ihre Seele wäre, aber sie mußte raus, und der Fußmarsch dorthin war besser als zur Untätigkeit verdammte Ungeduld, die eine Art destruktiver Elektrizität in ihr hervorrief.

»Hallo, Helen. Wie geht's? Seit Ewigkeiten nicht mehr gesehen. Wir sind zu fein für Sie, was?«

Bernadette Featherstones Begrüßung klang, als ob sie sie aus den Tiefen ihrer Gleichgültigkeit hervorgezaubert und wider besseres Wissen hätte verlauten lassen; nichtsdestoweniger heiterte sie Helen auf. In der Bar hielten sich ungefähr zehn Leute auf, Radaubrüder, die vom Pferderennen oder einer Hochzeit kamen, Nachtschwärmer, die die einzige Kneipe an einer einsamen Straße gefunden hatten und die Bernadette mit verdrossener Effizienz bediente.

»Wo ist Harold?« fragte Helen, die seine lauernde Gestalt hinter der Bar vermißte.

Bernadette hielt den Blick gesenkt, eine Verhaltensweise, die Helen nicht gut genug kannte, um sie als Symptom der Lüge zu erkennen. »Ist mit William unterwegs. Im Kino.«

»Aha.« Helen überraschte diese Neuigkeit, soweit sie die Featherstoneschen Gewohnheiten kannte, handelte es sich um ein noch nie dagewesenes Ereignis, aber warum nicht? Eine erfreuliche Nachricht. Sie nahm sie als wahr an, hatte keinen Grund, daran zu zweifeln.

Bernadette schob ihr ein Glas Wein hin, ohne sie anzusehen oder etwas zu sagen. Sie würde nicht zugeben, daß Harold sturzbetrunken oben schnarchte dank seiner Sauferei und eines Streits mit William, dessen derzeitiger Aufenthaltsort ihr wie gewöhnlich nicht bekannt war. Heute jedoch spürte Bernadette den Mangel an Kontrolle über ihre eigene Familie, er erbitterte und beschämte sie. Sie machte sich solche Sorgen, daß ihr für einen Augenblick in den Sinn kam, um Hilfe zu bitten, aber der Gedanke war so schnell vergessen, wie er aufgetaucht war.

Wenn Helen auf eine bissige Unterhaltung, vielleicht auch auf ein paar Schmähungen gehofft hatte, wurde sie enttäuscht. Trotzdem war sie erleichtert, als sie sich mit einer Zeitung und einem Buch in eine Ecke zurückzog. Nur eine Hälfte von ihr wartete auf Bailey. Wenn sie zu Hause geblieben wäre, hätte sie mit tödlicher, wütender Konzentration auf ihn gewartet.

»Kommt er heute abend auch noch?« schrie Bernadette von der Bar aus, ihr zweites Zugeständnis an gute Manieren.

»Vielleicht, vielleicht auch nicht. Wie's ihm einfällt. Ich weiß es nicht.«

»Verfluchte Männer«, brüllte Bernadette, schreckte damit die Gäste auf und vermittelte Helen ein vorübergehendes Gefühl der Solidarität.

Sie las, trank ein zweites Glas Wein, beobachtete durch die Tür, wie das Tageslicht widerwillig schwächer wurde, wie sich der Himmel an die Überreste des Sommers klammerte, war sich bewußt, daß in ihr Geduld und Konzentration versickerten. Sie hatte dem Impuls widerstanden, ein paar große Gläser Gin zu trinken, aber der trockene Rotwein verlangsamte ihre Gedanken, provozierte Spekulation und die Wiederkehr der Ruhelosigkeit, die sie aus dem Haus und in den grellen Plüsch der Kneipe getrieben hatte. Trotz dieser Ruhelosigkeit gelang es ihr, statt an ihre Lage an William Featherstone zu denken. Sie erinnerte sich daran, daß er eine Sommerhaus-Höhle erwähnt hatte, sein Zufluchtsort, ein Ort, der ihm Sicherheit und Trost bot. Helen verspürte den kindischen Wunsch, ebenfalls über ein solches Versteck zu verfügen. Sie fragte sich, ob Bernadette davon wußte, kam zu dem Schluß, daß sie davon wissen mußte. Es mußte einen Ort geben, an den man ein Kind wie William mit elterlichem Segen gehen lassen konnte. Helens Wunsch, diese Zufluchtsstätte zu sehen, wurde nahezu überwältigend; der Impuls war nicht allein auf den Wein zurückzuführen, sondern der letzte Ausweg, den sich eine besondere Art von Streß suchte. Aber Alkohohl hatte stets diese Wirkung auf sie, machte sie dummdreist, wenn sie hätte vorsichtig sein sollen, aktiv, wenn Passivität angemessen, redselig, wenn Schweigen ratsam gewesen wäre. Sie wollte die Höhle unbedingt sehen, sie hatte keine andere Wahl; es war wie mit dem Mantel. Es gab diese Höhle, etwas, was entdeckt werden wollte, bevor es völlig dunkel war, etwas, was unternommen werden mußte. Staatsanwältin spielt Amateurdetektivin. Wie primitiv, wie aufdringlich, wie dumm. Sie hielt sich schlicht für auf die vulgärste Art neugierig; sie hatte kein Recht zu suchen, fremdes Eigentum zu betreten, und sie hätte es nicht getan, hätte sie nicht getrunken oder hätte sie Bailey mit seiner Abwesenheit nicht irritiert. Sie stand auf und ging zur Bar.

»Wollen Sie sich zulaufen lassen oder was?« fragte Bernadette barsch und vermied, sie anzublicken.

»Hören Sie mal«, sagte Helen, »Sie haben doch eine Bar in einem Sommerhaus oder so ähnlich, nicht wahr? Kann ich sie mir ansehen?«

Bernadette erblaßte, grinste und runzelte die Stirn in schneller Folge, ähnelte plötzlich ihrem unsicheren Sohn, legte dieselbe Verletzlichkeit an den Tag. Sie vergaß, die übliche Bemerkung – »Was geht Sie das an?« – fallen zu lassen, und alle Aggression, die normalerweise auf jede in ihren Ohren unverschämte Frage folgte. Ihre Schultern sackten nach unten, und ihr Gesicht zerknitterte. In ihrer Stimme, nicht in ihrer Haltung lag Tapferkeit.

»Ja, so etwas gibt es. Eine verdammt große Hütte. Wollen Sie sie kaufen? Sie gehört William, wissen Sie«, sagte sie plötzlich vertrauensselig. »Das glaube ich zumindest.«

»Ich weiß. Er hat's mir erzählt.« Du bist taktlos, dachte Helen, noch während sie sprach, sehr taktlos.

Bernadette sah einen Augenblick lang gekränkt aus. »Ach ja, hat er? Na ja, ich will gar nicht wissen, wann und warum. Der Bursche spricht ja nicht mit mir. Sehen Sie sich an, was Sie wollen. Ist mir doch egal. Er sagt mir nie etwas, dieser Junge, mein verdammter Herr Sohn. Wenn er draußen ist, schicken Sie ihn rein.«

»Sie sagten doch, er ist im Kino.«

»Richtig, ist er auch, mit seinem Vater. Im Kino.« Sie entfernte sich und entließ Helen. »Na los, gehen Sie schon. Passen sie auf den Baum auf, der über dem Weg liegt. Ziehn Sie Leine.«

Diese Aufforderung war es, die sie verpflichtete; sie und ihre eigene Taktlosigkeit sandten sie auf eine Mission. Forsche und berichte, entdecke die Höhle, da du bereits jetzt mehr weißt als Bernadette. Erstatte Bericht, wenn du dich traust, verdammt sollst du sein, du hast was gutzumachen. Während sie den dunklen Weg entlangging, der von der Küche aus durch den Garten führte, fühlte sich Helen eher in die Defensive gedrängt als furchtsam, eher tapfer als ängstlich, war lieber lächerlich aktiv, als stillzusitzen.

Nachdem sie über den umgestürzten Baum gestiegen war, den sie im Halbdunkel noch gut hatte erkennen können, tauchte die Hütte vor ihr auf, und beinahe hätte sie laut herausgelacht. Es war eine lächerliche, schiefe Konstruktion, ein Featherstonesches Meisterwerk. Oh, was für ein wunderbarer, aufgegebener Traum, Liebe auf den ersten Blick, Erinnerung an die eigene Kindheit, ein Ort, den sie sofort hätte besitzen wollen, für den sie Geister erfunden, von dem sie geträumt, den sie vor ihren Geschwistern geheimgehalten, den sie geliebt hätte. Noch immer die Unfreundlichkeit ihrer Mission, die Unverfrorenheit ihrer Neugier im Hinterkopf, entschied sie, nicht stehenzubleiben, obwohl sie der exzentrische Bau entzückte. Sie würde sich schnell die Rückseite ansehen, ein paar verstohlene, bewundernde Blicke darauf werfen, dann umkehren, mit Bernadette Frieden schließen, nach Hause gehen und sich anhören, was immer dort für eine Musik gespielt würde. Sie näherte sich dem Fenster, als sich die Tür knarrend wie in einem Horrorfilm öffnete, und vor ihrem entsetzten Gesicht tauchten die nicht weniger entsetzten Züge eines gewissen William Featherstone auf.

»Wer ist da?«

Sie brachte kein Wort heraus.

»Ach, Sie sind's.« Er stand da wie ein Gorilla, die Arme hingen an seinen Seiten hinunter, das Gesicht in Falten gelegt, verwirrt, unfähig, sich zu entscheiden zwischen Ärger, Irritation und Erleichterung, weil diejenige, die da vor ihm stand, weder unbekannt noch unsympathisch war. Die Enttäuschung trieb ihm die Röte ins Gesicht, er suchte sich an einen Präzedenzfall oder eine Regel zu erinnern, die für diese Situation anwendbar wären. Evie hatte ihn auf so einen Fall nicht vorbereitet oder mit ihm dafür geübt; er wußte nicht, was er tun sollte, aber ärgerlich zu werden erachtete er schließlich als völlig unangebracht. Es gab hier etwas, was ihm gefiel; er wußte nicht, was. Er rieb sich die Augen mit beiden Händen, fühlte sich bloßgestellt, hing schwerfälligen Gedanken nach, die mit längst vergessenen Höflichkeitsbezeigungen zu tun hatten, wie sie ihm als Kind eingebleut worden waren, und zugleich lauerte in ihm der Stolz auf die Höhle, auf sein eigenes Werk, das er immer schon hatte vorzeigen wollen, obwohl er wußte, daß er das nicht durfte. Aber Evie war nicht da, um es ihm zu verbieten. Um diese abendliche Zeit würde sie nicht mehr kommen, und wenn doch, dann, das wußte er, wäre sie wütend. Gestern hatte sie ihn dieser Frau ausgeliefert; heute würde sie möglicherweise dasselbe tun.

Helen lächelte; das Lächeln sollte ihre aufsteigende Furcht verbergen. William lächelte zurück. »Kommen Sie rein«, sagte er und zupfte unbeholfen an ihrem Arm.

Sie war plötzlich wirklich schüchtern. »Wirklich?« fragte sie. »Bist du sicher? Du mußt mir nicht ...

»Natürlich. Kommen Sie.« Höflichkeit verbot es ihr, die Einladung abzulehnen.

Er ging zurück in das Häuschen. Helen folgte ihm, sah für einen kurzen Augenblick ihr Bild im Fenster, erkannte sich wieder als Figur in einem Film, die sich allein in dunkle Gefahr begab, während das Publikum schrie: »Tu es nicht, du dumme Kuh. Siehst du nicht, daß das das Letzte ist, was du tun solltest?« Seit jeher hatte sie diese Figur gehaßt. Nachdem sie sich die todbringenden Schritte gut überlegt hatte, betrat sie, was wie ein leeres Grab auf sie warten mußte, und fand sich in einem so bizarren Himmel wieder, daß sie vor Erleichterung nahezu gekichert hätte.

William zündete die Gaslampe an, bevor sie die defekte Leiter hinunterstieg, etwas, was er auch im Dunkeln konnte. Dann stand er da wie ein ängstlicher Makler, der ein Haus vorführte, wartete auf ihre Reaktion, hoffte auf Anerkennung. Er hatte die Arme ausgebreitet und berührte dabei beinahe die Wände zu beiden Seiten, sein Kopf stieß fast an die Decke. In Helens Augen war die Höhle vollgestopft, aber einigermaßen sauber, ausgestattet mit dem Lebensnotwendigen, wie ein auf lange Belagerung vorbereiteter Atombunker: ein paar Dosen mit Lebensmitteln, zwei Matratzen, ein Schrank, an den völlig unpassend Lametta genagelt war, das William aus den bunten Vorräten der »Krone« entwendet hatte. Sein letzter Versuch, sich ein Heim zu schaffen, glitzerte lächerlich im Halbdunkel. Helen dachte flüchtig an ein Leben unter Wasser, Menschen, die auf begrenztem Raum zusammenlebten, der so roch wie diese Höhle, nach Körpern, Staub und Schweiß, ein bedrohtes Gefängnis, geschmückt mit dem kläglichen Tribut an ein normales menschliches Leben.

William sah sie hoffnungsvoll an, sein Gesicht ein Fragezeichen, sein Verstand damit beschäftigt herauszufinden, warum er sie mochte. Ach ja, sie hatte nicht gepetzt, daß sie ihn in London getroffen hatte. War es deswegen? So etwas mußte es sein, und, ach ja, sie hatte einen hübschen Mantel, den sie ihm gezeigt hatte. Natürlich war sie alt, alt wie Lehrer, aber nett. Er sehnte sich nach der Anerkennung von Erwachsenen, sehnte sich danach, die Höhle jemandem vorzuführen, der nicht Evie war, die auch nicht immer gern kam, häufig kritisch und nur selten geneigt war zu bewundern. Seine Sehnsucht war eine Version häuslichen Stolzes. »Ich habe alles selbst gemacht«, sagte William aufgeregt, »und niemand kommt hierher außer –«

»Außer Evelyn«, sagte Helen sachlich. »Die kommt selbstverständlich hierher. William, hier ist es wunderbar, wirklich. Wo hast du alle diese Sachen gefunden? Du hast sogar Besteck. Du kannst hier für eine Ewigkeit leben, und keiner würde was merken.«

Die Freude über den Beifall schien unendlich: Er war voll davon, murmelte in scheuer Verlegenheit: »Setzen Sie sich, setzen Sie sich. Wollen Sie Tee? Ich hab' nur keine Milch. Zucker jede Menge, aber keine Milch.«

»Schwarzer Tee mit Zucker wäre wunderbar.«

Er machte sich an die Arbeit, aufgeregt und umständlich, dennoch gelang es ihm, das Wasser auf dem Campingkocher zu erhitzen. Er legte Teebeutel in zwei erstaunlich saubere Tassen und brachte schließlich, wobei er jeden Arbeitsgang ausführlich kommentierte, so etwas wie Tee zustande. Er schmeckte, wie er aussah, lauwarm, nach Gas und Campingkocher, der Tee paßte nicht zu den Resten des Rotweingeschmacks. Die Höhle hatte Atmosphäre, entschied sie und unterdrückte die aufkeimende Hysterie durch Konzentration auf die Geschmacksvielfalt in ihrem Mund. Die Gerüche in diesem Raum hatten etwas Häusliches und etwas Tierisches. Ihre schweifende Phantasie, die sich zuerst eine Unterwasserwelt vorgestellt hatte, verfiel jetzt auf einen Fuchs in seinem Bau: Sie durfte William nicht das Gefühl vermitteln, in die Enge getrieben zu werden. Während sie noch an den Fuchs dachte, klammerte sie sich mit beiden Händen an ihre Tasse, und ihr fielen Mrs. Blundells Finger ein, Menschen und Tiere, die sich an ihr vergangen hatten. Sie blickte auf den massigen William, der neben ihr auf dem provisorischen Bett saß und redete, als ob es kein Morgen gäbe, gutartig, freundlich, gefährlich.

»Ich habe mein Werkzeug hier«, sagte er; er wollte alles vorführen, was er besaß.

»Wirklich? Und hast du den Schrank selbst gebaut?«

»Ja, natürlich.«

»Wozu brauchst du das Werkzeug?«

»Um damit Sachen zu machen.« Er warf ihr den verachtungsvollen Blick zu, den Männer für dumme Fragen reserviert haben.

»Was für Sachen? Kann ich sie sehen?«

Er seufzte übertrieben und scheinheilig ungeduldig auf. »Na gut, von mir aus ... Aber niemand davon erzählen.«

»Warum in aller Welt sollte ich jemand davon erzählen?«

»Keine Ahnung, aber es könnte ja sein. Und dann lachen sie.«

»Ich versprech' dir, ich werde niemandem ein Wort sagen. Und auch nicht lachen.«

»Okay.« William brannte vor Ungeduld, mit seinen Werken anzugeben. Er öffnete die krummen Türchen zu den Schrankfächern und führte seine Kollektion von Styroporfiguren vor, die als sonderbare menschliche Wesen erkennbar waren. »Solche mache ich nicht mehr«, sagte er beiläufig. Anschließend holte er geschnitzte Gegenstände hervor; dann fielen Ringe, Armreifen und Ketten aus Glasperlen in Helens Hände. »Die gefallen mir am besten«, sagte er schlicht als Erklärung ihrer Existenz. Im Fach darunter befanden sich Handbohrer, Hammer, Zangen, Klopfholz, und sie sah eine dumpf aufleuchtende Klinge.

Helen zwang sich, den Tand anzusehen, den er ihr hinhielt, aber selbst während sie in ungeheucheltem Erstaunen murmelte: »William, was ist das?« oder »Wie um alles in der Welt hast du das gemacht?«, schweifte ihr Blick zurück zu dem Messer im Schrank, ein alter Griff aus Horn und die scharfe Klinge eines einschneidigen Arbeitsmessers, es lag so unschuldig herum wie ein Tranchiermesser in der Küche. Sie bewunderte Williams Besitztümer, erinnerte sich an die vor Gericht beschriebenen Verletzungen am Hals, verursacht von einem einschneidigen Messer, das nie gefunden worden war. Ach, stell dich nicht so an, die Welt ist voller Messer. Und wie steht es mit durchgeschnittenen Kehlen im Umkreis von einer halben Meile von dieser Hütte?

Williams scharfe Instinkte hatten ihren zweiten Blick auf das Messer registriert. Er langte mit der Geschmeidigkeit einer Schlange in den Schrank, stieß das Messer weiter nach hinten, sah sie zweifelnd an und holte es heraus.

»Hab' gesehen, wie Sie draufgeschaut haben«, sagte er. »Können es sich auch genauer anschauen. Schön, nich' wahr?«

»Sehr schön«, sagte Helen. »Aber ich mag Messer nicht besonders. Sie jagen mir Angst ein.«

»Mir nicht«, sagte William, »ich weiß, was man damit machen kann.«

»Was machst du mit Messern?«

»Meistens schnitze ich irgendwas. Und bringe Menschen damit um.« Das war Angeberei.

»Ich kann mir nicht vorstellen, warum jemand so was tun wollte«, sage Helen.

»Ich hab's getan«, sagte William und warf sich in die Brust.

»Ach, tu das Messer weg, William. Mir gefällt der Schmuck besser. Zeig mir mehr davon.« Er tat, worum sie ihn gebeten hatte, war bestrebt zu gefallen, sein Gedächtnis so kurz wie ein Augenblick.

Gegen ihren Willen war sie beeindruckt und ängstlich. »Vielleicht könntest du davon leben, William. Ich meine, du könntest lernen, alle möglichen Sachen zu machen ... ich weiß nicht, schreinern oder hübsche kleine Dinge herstellen wie diese hier. Du könntest eigenes Geld damit verdienen. Wär' das nicht toll? Würde dir das gefallen?«

»O ja, das würde mir gefallen, und wie.« Er sah so verletzlich aus wie ein kleiner Bullterrier, blasse Schnauze und plumpe Kraft, ein Verstand, der kaum seine Muskeln kontrollieren konnte, konfuse Reaktionen konfuser Kraft.

»Vielleicht kannst du mit deinem Vater darüber reden.«

»Vielleicht«, sagte er barsch. »Aber ich rede nicht viel mit Papa.«

»Warum nicht?«

»Evie hat gesagt, ich soll nicht soviel mit ihm reden. Sie behauptet, daß ich immer zuviel rede, und wenn ich zuviel rede, kommt sie nicht mehr hierher, nicht mal mehr sonntags. Außerdem rede ich nicht gern mit Papa. Ich kann nicht gut reden.«

»Du brauchst nur Übung. Dann wird es mehr Sinn ergeben, wenn du redest. Man wird in allem besser, wenn man übt.«

Er war nicht beleidigt. »Übung? Sie meinen, so wie ich besser geworden bin, weil ich soviele von den Sachen hier gemacht hab'? Das ist komisch. Aber mit Papa zu sprechen ist anders.« Er lachte, ein jaulendes, schnarchendes, unnatürlich lautes Geräusch, und sie lachte mit ihm.

»Nein«, sagte sie, »Reden ist ein bißchen anders. Aber dieselbe Idee steckt dahinter.« Mein Gott, Bailey, wo bist du?

William lachte nicht mehr, er war entsetzlich still geworden, als ob er plötzlich und vollständig gelähmt wäre. Er griff nach ihrem Arm, seine Finger gruben sich in ihr Handgelenk, sein Gesicht bleicher als das eines Gespensts.

»Was ist los, William? Was ist los?«

»Schsch.«

Über ihren Köpfen hörten sie ein leises Geräusch, dann war es vollkommen und beunruhigend still. In diese Stille kroch das Wispern der dunkler werdenden Nacht, das schwache und ferne Rauschen der Bäume, durch die der Wind wehte, das leise Flüstern eines Flugzeugs hoch am Himmel, nichts deutete auf einen

Eindringling hin. William lockerte seinen Griff um Helens Arm, seine verwunderten Züge, der Mund offen, die Augen weit aufgerissen wie bei einem Clown, entspannten sich. »Alles in Ordnung«, flüsterte er. »Mäuse wahrscheinlich. Sagen Sie trotzdem nichts.«

Wortlos und gehorsam setzte sie sich wieder, entspannte sich langsam, entdeckte in William Antennen, über die sie nicht verfügte, und einen Argwohn, den sie nicht teilen konnte. Dann, als William den trägen Mund öffnete, um zu sprechen, hörten sie oben hastige Schritte, ein angestrengtes Keuchen und ein langes, erleichtertes Ausatmen.

Über ihren Köpfen fiel die Falltür zu, stieß dabei die Leiter um und wirbelte erstickenden Staub und Abfall auf. Beiden blieb die Luft weg, sie flüchteten sich in die hinterste Ecke des Raums, sie warf dabei die Lampe um, die erlosch, er drehte mit einer schnellen Bewegung das Gas ab, Aktionen, die sie eher spürten als sahen in dieser totalen Finsternis. Für eine unheilschwangere und endlose Minute herrschte wieder Stille, nur Atemgeräusche waren zu hören. In diesem langen Intervall gewöhnten sich Helens Augen an die Dunkelheit, schärften sich aufgrund einer übermächtigen Klaustrophobie, bis sie die Spalten zwischen den Holzlatten und die Umrisse der Falltür wahrnehmen konnte. Sie steckte die Faust in den Mund, um nicht zu schreien, erstickte fast an ihren Fingern und griff nach Williams Arm, nur um etwas zu berühren. Als sie nach ihm langte, tätschelte er sie mit einer riesigen Pfote, schlang den anderen Arm um ihren Hals. Er legte ihr die Hand über den Mund, vorsichtig, aber ohne Widerspruch zu dulden.

Auch oben herrschte Stille nach dem donnernden Geräusch. Dann war ein leises Kratzen zu hören, als ob ein Tier oder ein menschliches Wesen auf der Tür gelegen hatte, das jetzt aufstand. Dann ein langer, gekünstelter Seufzer, Geräusche, als ob Kleider zurechtgezogen würden, dann Summen.

»Evie«, schrie William. »Evie!«

Ein gedämpfter Schluchzer, dann Füße, die auf der Falltür herumtrampelten, bis sie gereizt, verführerisch und langsam zu sprechen begann. »Du hast geredet, William Featherstone, du hast geredet. Du Heulsuse, Petze. Du hast geredet.« Die Stimme war kaum als die Evies wiederzuerkennen, es klang wie das leiernde, monotone Jammern einer Erwachsenen.

»Hab' ich nicht, hab' ich nicht«, kreischte William zur Antwort. »Hab' ich nicht, nein.«

»Doch, doch, doch.«

Helen versuchte vergebens, sich von Williams Hand zu befreien. Seine bitter schmeckende Handfläche blieb über ihren Lippen, zwang sie zu schweigen.

»Was hab' ich erzählt? Wem? Wann?« schrie er, in seiner Stimme mischten sich Irritation und Furcht. »Was soll ich erzählt haben?« wiederholte er mehrmals, zunehmend hysterisch. Sich im Dunkeln vortastend, näherte sich Helen der Falltür, mit einer Hand führte sie William an der Schulter, roch seinen abgestandenen, erdigen Geruch, spürte, daß er den Tränen nahe war.

Die Gestalt oben lag auf der Falltür, das Gesicht gegen das Holz gepreßt, die Stimme gefaßter, lauter, aber noch immer ein hartnäckiges Brummen, monoton, kindisch. »Du hast geredet, William, nicht wahr?«

»Nein, Evie, hab' ich nich. Mach die Tür auf, du Dummkopf.«

»Nenn mich nicht Dummkopf.«

Langes Schweigen, währenddessen William seinen Atem unter Kontrolle bekam und Helen absolut still stand. Dann schluchzte Evie seltsamerweise, sie lag auf den Holzplanken und wimmerte, ob aus Wut oder Kummer, war unmöglich zu entscheiden.

»Ich kann dich nicht rauslassen, William. Sie werden dich suchen, alle. Ich dachte, du wärst in Sicherheit, aber das stimmt nicht. Ich weiß, daß du von uns erzählt hast, und den Rest wirst du auch noch erzählen. Du bist so weich, William. Jetzt kannst du dort unten bleiben, im Dunkeln. Da wirst du keine Dummheiten mehr machen.«

»Nein, Evie, bitte.«

»Schon gut, William. Ich komm' zurück.«

Es war ein Zerren, Schieben, Schlurfen, Ziehen zu hören, Evie bewegte etwas unter größter Anstrengung über den Boden. William schrie wieder. »Komm zurück! Geh nicht weg, Evie. Ich werd' sagen, was du willst. Wenn du willst, werd' ich sagen, daß ich es getan hab'.«

»Daß du was getan hast, William?« Evelyns Stimme klang jetzt scharf und normal, aber erschöpft und ungeduldig.

Er zögerte, bevor er in ruhigerem Ton, der zu einem Gemurmel absank, antwortete. »Ich weiß nicht. Alles.«

Es waren Laute ärgerlicher Mißbilligung zu vernehmen, während Evie nachdachte, und Helen versteifte sich. »Nein«, sagte die Stimme oben verzweifelt. »Das ist überhaupt nicht, was du hättest sagen sollen. Du bleibst jetzt dort unten, bis dir wieder einfällt, was du sagen sollst, wenn du dumm genug sein solltest, überhaupt den Mund aufzumachen. So werden die Leute mich in Ruhe lassen. Wenn du also irgendwas sagen willst, dann sag, daß du gesehen hast, wie Mamas Freund sie umgebracht hat, so war es ja auch, oder etwa nicht? Aber du bist nutzlos. Jetzt mußt du dort unten bleiben.«

Der Gegenstand, den sie über den Boden gezogen und gezerrt hatte, wurde noch einmal geschoben, fiel dann auf der Falltür um. Flüssigkeit begann in einem beständigen Strom zwischen den Planken durchzutropfen, fiel auf ihre nach oben gewandten Gesichter, traf auf Haar und Kleidung, bis William Helen wegzerrte, seine Hand noch immer über ihrem Mund.

Evelyns schnelle Schritte entfernten sich, die Tür des Sommerhauses krachte ins Schloß. William ließ sie los, sank auf die Matratzen, begann zu schniefen, während Helen das dringende Bedürfnis verspürte, in der Dunkelheit zu schreien, was sie nur deshalb unterließ, weil sie noch dringender husten und nach Luft schnappen mußte. Er erholte sich, schlug sie sanft auf den Rükken, unbeeindruckt von dem Geruch, der sich ausbreitete.

»Dumm«, murmelte er in dem Versuch, tapfer wie ein Erwachsener zu sein; er zog Kraft daraus, daß er sie tätschelte. »Sehr dumm. Aber es wird schon werden, warten Sie nur. Machen Sie sich keine Sorgen, ich komm' hier leicht raus. Sobald ich was sehen kann«, fügte er hinzu, suchte den Boden mit den Händen ab, stand auf und kramte in seinen Taschen.

»Was willst du tun, William? Wonach suchst du?«

»Zündhölzer«, antwortete er. »Ah, da sind sie ja.« Irgendwo über seinem Kopf tropfte noch immer die Flüssigkeit, traf auf die Steinplatte, auf der die Leiter gestanden hatte. Helen griff nach seinem Arm. »Alles in Ordnung«, sagte er. »Ich komm' leicht hier raus, wenn ich die Lampe gefunden hab'.«

»William, du darfst kein Streichholz anzünden, auf gar keinen Fall.«

»Warum nicht?«

»Weil«, sagte sie und sprach langsam und bedächtig und betonte jede Silbe, »weil Evelyn dieses Zeug über uns ausgeschüttet hat. Du darfst kein Streichholz anzünden, William, wir sind voller Kerosin.«

Sie hörte, wie die Zündholzschachtel auf dem Boden aufschlug. »Oh«, sagte er. »Ich verstehe.«

Bailey gefiel das Äußere des prätentiösen Hauses nicht, und besonderen Anstoß nahm er am Kies vor der Haustür, der dort zu dem alleinigen Zweck verteilt worden war, ein Geräusch zufriedenstellenden Reichtums zu machen. *Nouvelle richesse* war in Blundells Fall nicht schlimmer als andere Arten von Reichtum, lediglich offensiver. Dieser Snobismus forderte Baileys eigene unterdrückte Umkehrung von Snobismus heraus, die ihn dazu veranlaßt hatte, Amanda Scott damit zu beauftragen, sich um diesen Mann und seine Nachbarn zu kümmern, statt es selbst zu tun. Bailey wußte, daß er kein Recht auf solche Vorurteile hatte. Manche Menschen suchten sich Häuser, die für ihre Wohlhabenheit warben, aber sie bluteten und litten genauso wie diejenigen, denen es nicht gelungen war, ihr Leben auf so auffällige Weise zu verbessern. Trotzdem irritierte der Kies seine Seele. Ebenso war es ihm mit Blundell selbst ergangen, als er ihn zum erstenmal gesehen hatte. Damals war der Mann schüchtern, beflissen und kriecherisch gewesen, um von Mann zu Mann zu gefallen, obwohl es sich darum gehandelt hatte, seine Ehefrau als vermißt zu melden. »Tut mir leid, Sie stören zu müssen, guter Mann«, hatte er gesagt. Um Himmels willen.

Welchen Unmut auch immer er damals empfunden haben mochte, jetzt würde sich Bailey revanchieren. Kein Mensch freute sich über Polizeibesuch um halb zwölf Uhr nachts, außer er hatte große Schmerzen oder sehnte sich wirklich verzweifelt nach Gesellschaft. Die Frage war nur, welche Form Blundells Unwille annehmen würde. Bowles, der gewichtig und uniformiert draußen im Auto saß, konnte der Sache, wenn nötig, eine offizielle Aura verleihen, aber Bailey hoffte, daß er ihn nicht brauchen würde. Er wußte, daß er für seinen Besuch nur dürftige Argumente hatte, wußte, daß sich in seiner Tasche eigentlich ein Durchsuchungsbefehl befinden sollte; die alternative Möglichkeit, sich Einlaß zu verschaffen, hatte er bereits gedanklich durchgespielt, ein gutmütiger Trick, den er schon oft angewandt hatte: »Wenn ich mich in Ihrem Haus nicht umsehen darf, Sir, dann wird es Ihnen sicher nichts ausmachen, in Gesellschaft dieses Polizeibeamten zu warten, während ich einen Richter aufwecke, der mir den Schrieb ausstellt, mit dem Sie mich dann reinlassen müssen. Es liegt ganz bei Ihnen, Sir.«

»Und warum wollen Sie mein Haus durchsuchen, Mr. Bailey?«

»Tja, das weiß ich nicht genau. Es gibt noch offene Fragen.«

»Verschwinden Sie, Mr. Bailey.«

Als erstes versuchte er es mit der Garage. Sie war offen und leer, außer einem alten, verbeulten, mit einer Plane abgedeckten Fahrrad gab es nichts zu stehlen. Um zwei Dinge kreisten Baileys Gedanken: Briefe und funkelndes Gold. Briefe, die er von Antony Sumners Schreibtisch mitgenommen, die Amanda nicht sichergestellt hatte, weil sie sie nicht als wichtig genug erachtet hatte. Vielleicht hatte sie hier andere, ähnliche Briefe übersehen. Und vielleicht hatte sie auch den Schmuck der toten Frau übersehen, das Armband, die Ringe, die Kette, die Blundell so nachtwandlerisch genau beschrieben hatte, als hätte er sie erst vor kurzem gesehen. Bailey wurde die Überzeugung nicht los, daß sich der Schmuck noch in diesem Haus befand. Sicherlich war der Mann gemein genug, um die Sachen zu behalten und die Versicherungssumme dafür zu kassieren, aber Bailey bezweifelte, daß das alles war, was er bezweckte. Er war schlau genug oder vielleicht auch einfach nur reich genug, um die liebe Miss Scott abzulenken. Wer einmal lügt, dem glaubt man nicht, und wenn er auch die Wahrheit spricht. Bailey ging das alte

Sprichtwort durch den Sinn, während er die Haustür betrachtete und sich überlegte, welches die für die Bewohner angemessensten Freundlichkeiten waren. Manchmal gelang ihm die beste Annäherung, indem er sich vorstellte, er sei ein ganz gewöhnlicher Besucher mit einer Einladung und würde mit offenen Armen aufgenommen. Die Leute gestatteten ihren Gästen erstaunliche Privilegien, zeigten ihnen das Allerheiligste ihres Lebens, führten, ohne mit der Wimper zu zukken, alles vor, von den Dachbalken bis zum Inhalt des Badezimmerschranks. Wenn es ihm gelang, sich Blundell als seinen Gastgeber vorzustellen, könnte er das Geschehen beeinflussen. Aber vielleicht auch nicht. Er konnte sich beim besten Willen nicht vorstellen, daß ihm Blundell etwas zu trinken anbot, und der Gedanke erinnerte ihn nicht nur an den Geschmack von Whisky, sondern auch daran, wie schwer es ihm fallen würde abzulehnen. Whisky wäre jetzt der reinste Nektar.

Aber kurz vor der Tür wußte er, daß das Haus leer war, es strömte den Geruch des Leerstehens aus. Er hatte sich in seinem Leben oft genug ungebeten Türen und Fenstern genähert, im Dunkeln, bei Tag, wenn es stürmte, und instinktiv spürte er, wenn menschliches Leben abwesend war. Durch die bittere Erfahrung des Versagens hatte er gelernt, nicht in Fallen zu tappen, wo und wie sich ein Mann unendlich lange verstecken konnte, Leere und ihr Gegenteil zu spüren. Er hatte einmal zwei Stunden lang in einem Zimmer gesessen und sich unbehaglich gefühlt, ohne den schweigsamen Inder zu bemerken, der sich keinen Meter von ihm entfernt hinter einem Kleiderschrank versteckte und mit einem Messer bewaffnet war. Jetzt wußte er, wann er sich umdrehen, zurückblicken, Logik ignorieren und seinen Instinkten folgen mußte. In diesem Haus war nichts Lebendiges; dessen war er sich sicher. Und trotzdem war es erleuchtet wie ein Weihnachtsbaum. Blundell, so schien es, ließ nach: Die Tür war nicht verschlossen, die Lichter brannten, nirgends war eine Menschenseele zu sehen, das Haus wirkte wie ein sinkendes Schiff. Als Blundell gegangen war, hatte er geglaubt, daß seine Burg nicht leer stand.

Bailey rief laut in der verlassenen Eingangshalle und war erleichtert, als ihm nur Schweigen antwortete. Für einen Augenblick dachte er an die zweifelhafte gesetzliche Rechtfertigung seiner Anwesenheit, dann begann er von einem Zimmer zum anderen zu gehen. Die Küche leer und sauber, das Herz eines herzlosen Hauses, zwei Gläser standen auf dem Tisch. Wohnzimmer und schickes Treppenhaus, dicke Teppiche, die unter den Füßen nachgaben. Er rief: »Ist hier jemand?« und stieg die Treppe hinauf, ging den Gang entlang in das größte Zimmer, war dabei absichtlich geräuschvoll, zum einen, um andere zu warnen, zum anderen, um sein Gewissen zu beschwichtigen.

Die Tatsache, daß dieses Unternehmen seine Karriere ruinieren konnte, war ihm gleichgültig; aber er hatte Bowles im Wagen gelassen, um zu vermeiden, daß dieser sich des gleichen eklatanten Bruchs der Vorschriften schuldig machte. Bailey vergaß den Wahnsinn seiner gesetzwidrigen Suche, als er das Zimmer betrat, das offensichtlich Blundells Schlafzimmer war. Ein mit Spiegeln verkleideter Schrank bedeckte eine ganze Wand. Von Eitelkeit aufgefressener Wohlstand, dachte Bailey, als er die erste Schranktür öffnete. Guter Gott. Zerfetzte Kleider hingen auf gepolsterten Kleiderbügeln wie Fahnen, erinnerten an müde Flaggen, die lange nach einer Feier von einem bösartigen Wind zerrissen worden waren. Dasselbe Bild hinter der nächsten Tür, ordentlich aufgehängte Lumpen, als ob die Plisseefalten noch irgendeine Bedeutung hätten, wie Wunden klaffende Reißverschlüsse, Fetzen als Ärmel. Er war verblüfft, schloß die Türen nahezu ehrfürchtig, war wütend auf Amanda Scott, sein Verstand spielte mit Möglichkeiten, mit dem Gedanken, daß Blundell der Mörder war. Dann ordnete er seine Gedanken, speicherte diesen Anblick eines Kleiderfriedhofs für zukünftige Fragen, kehrte zurück zu dem eigentlichen Zweck seines unbefugten Eindringens und ging weiter zum nächsten Zimmer.

Eine nicht viel versprechende Tür, von innen verriegelt; Licht aus dem Inneren färbte den Boden unter der Tür in leuchenden Farben. Die restlichen Zimmer im ersten Stock hatte er schnell identifiziert; dieses hier mußte das der Tochter des Hauses sein. Evelyn, Papas Liebling, deren Handschrift auf dem Einkaufszettel, den er in John Blundells Büro zufällig gesehen hatte, eine erstaunliche Ähnlichkeit mit derjenigen in den jugendlichen Liebesbriefen an einen derzeit im Gefängnis sitzenden Lehrer aufwies. Er dachte nur an die Handschrift und funkelndes Gold und empfand ein bekanntes Gefühl unter der Haut.

Bailey preßte die Schulter gegen die Tür und spürte den Luftzug, der durch das offene Fenster eindrang, kaum daß das Holz ein wenig nachgab und der billige Riegel, eine unbeholfen konstruierte Sperre gegen eine Welt, die eigentlich sowieso nie Eintritt begehrt hatte, nahezu von selbst abbrach. Dieser Riegel war vor allem ein Symbol, wirksam, weil er stets respektiert worden war. Hinter der Tür lag ein spartanisches Zimmer, das sich dem Bewohntwerden weitgehend widersetzte: ein kleines Bett, ein schäbiger Schrank, ein billiger, hölzerner Kinderschreibtisch, auf gehässige Weise paßte hier nichts zum luxuriösen Rest des Hauses. Am Schrank hing ein Plastikskelett, und Bücher standen ordentlich aufgestellt in einer Reihe. Dünne Vorhänge bewegten sich in der Brise, umrahmten Evelyn Blundells Hintertür. Ein kleines Transistorradio spielte leise, aber hartnäckig. Er setzte sich auf den Kinderstuhl am Schreibtisch und begann die Schubladen aufzuziehen. Irgendwo dort draußen, auf den Straßen dieser pseudodörflichen Gemeinde, in diesem künstlichen

Teil der Welt war Papas Liebling unterwegs, ein böses, entschlossenes und schönes Wesen, das vielleicht einen Mörder deckte. Irgendwo in diesem anonymen Zimmer war der Rest von ihr, auf hochmütige Weise ungestört.

Evelyn saß halberfroren am Rand des Bluebell-Walds. Sie war fürs Herumsitzen draußen nicht adäquat gekleidet, und gegen die Kälte der Nacht richtete ihr baumwollenes T-Shirt nichts aus. Der Wald in ihrem Rücken war schwarz. Sie fürchtete sich nicht vor der Dunkelheit, aber ihre eigene Ungeduld und die Kälte ließen sie frösteln. Von dort, wo sie saß, konnte sie in der Ferne die teilweise von Bäumen verborgenen Umrisse der »Krone« sehen, sonst nichts. Ihre Augen fixierten einen Punkt zwischen den Bäumen und dem Horizont. Mach schon, William, na los, mach schon. Steck die Hand in die Hosentasche, lang nach deinem dummen Schwanz, laß ihn wieder los und hol die Streichhölzer raus. Ich konnte es nicht tun, aber du kannst es. Na los, du verstehst einfach nichts von Feuern, hast nie was davon verstanden; noch nicht mal, nachdem ich dich dazu gebracht habe, es auszuprobieren. Du bist zu dumm; es hat dir noch nicht mal Spaß gemacht. Dir macht nur eine Sache Spaß. Dir gefällt nichts außer diesem füchterlichen Schmuck, den du bastelst, und, schlimmer noch, den du klaust, und deinen Schwanz in mich reinzustecken, und ich hab's so verdammt satt, wirklich, ich hab's satt. Tut mir leid. Dieses ganze Herumgefummel war nicht genug, damit du den Mund hältst, das treibt mich zum Wahnsinn. Ich kann dieses klebrige Zeug nicht aushalten. Du wirst es der Frau erzählen, mit der du gestern in der verdammten U-Bahn nach Hause gefahren bist, weil du zuviel Schiß davor gehabt hast, allein zu fahren. Es hat keinen Sinn, William, es hat einfach keinen Sinn. Du bist wie Wachs. Alle diese Fragen, es hat keinen

Sinn, William, du mußt verschwinden. Man muß dich ausschalten wie ein Licht. Oh, tut mir leid, das hätte ich nicht sagen sollen, sollte es nicht mal denken, auch wenn es niemand hört. Sie kicherte über ihre Geschmacklosigkeit. Tut mir leid, William.

Das Zittern wurde unkontrollierbar. Sie erinnerte sich an die Fahrradfahrten, enorme körperliche Anstrengungen, an das Gefühl pochender Hitze, als die ersten Flammen vor dem Laden hochloderten, dann mußte sie wieder in die Pedale treten, und abermals hatte ihr Herz wie wahnsinnig geschlagen, und sie war aufgeregt gewesen, als sie das Sommerhaus betreten, sich zuerst angespannt hatte, um zu horchen, um das Kerosin über den Boden zu zerren, nachdem sie die Falltür zugeschlagen hatte. Anfangs hatte sie nicht vorgehabt, das Kerosin zu benützen. Ein brillanter Geistesblitz, dieselbe Art von genialer Lösung, mit der sie am Tag zuvor gespielt hatte, ohne tatsächlich die Absicht zu haben, sie zu verwirklichen, bis sie seine Unterwürfigkeit gesehen und gewußt hatte, daß er ihr entglitt, obwohl er es heftig bestritt. In seiner schrillen Stimme hatte sie die Lüge gehört, und im selben Augenblick war ihr klar geworden, daß es ihnen beiden nichts nützen würde, William allseits als bekloppten Brandstifter und Dieb in Verruf zu bringen; es würde lediglich dazu führen, daß kein Mensch einem Feuerteufel glaubte. Er mußte beiseite geschafft werden, so daß niemand mehr mit ihm sprechen konnte. Jetzt, da noch immer keine Flammen in den Himmel aufloderten – der Anblick, nach dem sie gierte –, zweifelte sie an ihrer eigenen Schläue, fragte sich, ob sie ihn unterschätzt hatte. Bestimmt nicht. Sie überlegte, ob sie zurückgehen sollte, aber nein, sollte er, falls er herauskam, seiner Familie nach Kerosin stinkend gegenübertreten – seiner Familie und der Polizei, wenn sie ihre Hinweise gefunden hatte. Was wäre schon der Unterschied? Jetzt würde niemand mehr auf ihn hören.

Das Feld vor ihr neigte sich sanft zur »Krone« hin, die Stoppeln leuchteten wie mattes Gold. Am Rand des Feldes, nahezu unsichtbar, schlich die Füchsin, eine kaum merkliche Bewegung, ein flüchtiger Eindruck wie von einem Gespenst. Ihre Anwesenheit war eine Überraschung, ein dunkler Vorbote von Unglück, es kam ihr hoch, als sie sah, wie dicht das Tier an ihr vorbeikommen würde, bevor es sie entdeckte. Sie ekelte sich vor seinen schlängelnden Bewegungen, Mamas Fuchs, der zurückgekommen war, der Fuchs, der Mamas Hand abgebissen hatte, wie sie einmal einer Nebenbemerkung entnommen hatte. Kein Tier, kein lebendiges Wesen sollte die Zähne oder die Frechheit besitzen, so etwas zu tun. Mutter hatte ihr gehört, und Recht auf Rache hatte nur sie. Evelyn sprang auf die Füße, schrie laut: »Verschwinde, verschwinde.« Sie fuchtelte mit den Armen, sah, wie der Fuchs wie angewurzelt stehenblieb, sich duckte, umkehrte und ins Unterholz am Rand des Dschungelgartens der »Krone« lief. Sie zitterte vor Erleichterung; sie hüpfte und schüttelte die Hände, lief auf der Stelle und um den Baum, neben dem sie gesessen hatte, ließ sich wieder nieder, bog die Finger durch, blickte auf die Uhr. Mitternacht.

Wenn sie wieder zu Hause wäre, würde sie alles aufschreiben, so wie sie viele Dinge aufschrieb, wie Antony es sie gelehrt hatte. Es ist alles in deinem Kopf, Evelyn. Schreiben bedeutet nur zu lernen, wie man es dort herausholt, dem Ganzen einen Sinn gibt. Sie dachte an die seltsame Vertrautheit ihres Zimmers, an die Papiere, die dort lagen. Sie waren in Sicherheit, stellten ein kleines Risiko dar, aber Papa konnte letztlich mit dem Gold bestochen werden, und niemand hatte bislang ihr Allerheiligstes betreten wollen. Niemand. Das einzige Risiko war, was sie geschrieben hatte; das einzige Vermächtnis ihres Lehrers. Sie schloß die Augen.

Sie würde noch eine Stunde warten. Dann würde sie gehen und nachsehen.

Noch immer kein Zeichen von Feuer.

William versank in dumpfer Passivität, schwerfällig und sprachlos.

»Laß den Kopf nicht hängen. Nichts ist so schlimm, wie es aussieht.« Auch in ihren Ohren klang das verhaßte Klischee falsch.

Er lachte kurz auf. »Im Dunkeln sieht gar nichts nach irgendwas aus. Wir können im Dunkeln nichts sehen.«

»Okay. Tut mir leid.«

»Nicht Ihr Fehler.«

»Können wir es nicht noch mal versuchen? Du hebst mich hoch, und ich drücke gegen die Tür.«

»Nein, ich kann nicht mehr. Ich will auch nicht mehr. Ich bin müde.«

Sie war auch müde. Ihre Versuche, die Falltür in linkischer Zusammenarbeit zu öffnen, hatten zu nichts geführt. Beim erstenmal war der Kerosinbehälter verrutscht und hatte sie weiter benetzt. Beim zweiten Versuch hatten sie sich Knie und Knöchel verletzt. Sie waren verdreckt und stanken. Helens Hoffnung, daß Bernadette sie nicht zur Strafe für ihre Einmischung aufgeben, sondern retten würde, war zu einem dumpfen Optimismus herabgesunken. Ihre größte Angst war, daß Evelyn zurückkehren würde, aber was ihr Angst einjagte, wünschte sich William sehnlichst, und sie versuchte, ihn davon abzulenken. Aber selbst während sie sich anstrengten, die Tür aufzustemmen, während sie auf ihn einplapperte, ihm einen Witz erzählte, der ihn zum Lachen brachte, hatte Williams Mahlstein von Verstand Schlußfolgerungen gezogen. Sie hatte ihn darum gebeten nachzudenken; jetzt wünschte sie, er würde damit aufhören.

»Sie wird nicht zurückkommen«, sagte er.

»Offensichtlich ist sie wegen irgend etwas beleidigt.«
»Ich meine nicht jetzt. Sie wird nie zurückkommen.«
»Ach, ich glaube schon. Die Menschen sind nicht auf ewig beleidigt.«
»Sie hat versucht, uns umzubringen. Nein, nur mich.«
»O nein, William. Sie hat nur Spaß gemacht.«
»Sie weiß, daß ich mich mit Feuern nicht auskenne. Sie hat versucht, es mir beizubringen, aber ich hab's nicht kapiert.«
Helen schwieg einen Augenblick, wollte ihn nicht weiter anstrengen, suchte verzweifelt nach Hinweisen, wie sie mit der entsetzlichen Möglichkeit, daß Evelyn zurückkehren würde, umgehen sollte.
»Warum ist sie beleidigt, William? Ist es, weil sie deine Freundin ist, du weißt schon, was ich meine, weil ihr zusammen ins Bett geht? Hat sie Angst, daß ihr Vater es herausfindet? Es steckt noch mehr dahinter, nicht wahr?«
»Sie war nicht immer meine Freundin. Sie hat mich nicht gelassen ...« Er brach unschlüssig ab. Helen stellte sich vor, wie Bailey den Jungen ausfragen würde. Er würde ihn schnell davon überzeugen, alles zu erzählen. Bei diesem Gedanken fröstelte sie, dann hörte sie wieder zu. »Wahrscheinlich hat es ihr nicht besonders gefallen. Sie hat mich erst gelassen, als ... Ach, egal.«
»Als was?«
»Als ihre Mama tot war. Ich hab' geheult. Wir haben sie vergraben, Evies Mama. Sie haßte ihre Mama, aber nicht so sehr wie sie den Mann gehaßt hat, von dem sie behauptet, daß er ihre Mama umgebracht hat.«
»Aha.« Helen räusperte sich. »Was war mit dem Mantel und den Sachen ihrer Mama? Du weißt schon, die Sachen, die Frauen immer tragen, Ringe, Armbänder und Handtaschen. Und Kleider natürlich.« Sie spürte die Verwirrung, die sie nicht sehen konnte. Wil-

liam hatte die Kraft verloren, etwas zu erfinden, seine geringe Fähigkeit, Geheimnisse zu bewahren.

»Sie hatte keine Kleider und Sachen«, sagte er schließlich. »Sie war ganz nackt. Wie ein großes Huhn.« Er kicherte verlegen.

»Du meine Güte«, sagte Helen. »Und wie habt ihr das Loch für sie gegraben?«

»Mit unseren Händen und mit Evies Messer. Der Boden war ganz weich.«

»Ist es das Messer, das du mir gezeigt hast?«

»Ja. Sie hat mir gesagt, ich soll es wegwerfen. Aber das hab' ich nicht getan. Sie geht nie an den Schrank. Ich hab' gedacht –« er kämpfte mit dem Gedanken »– ich hab' gedacht, daß sie später, viel später, vielleicht von mir will, daß ich sage, daß ich ihre Mama umgebracht hab'. Ich hab' ihr immer gesagt, daß ich das sage, wenn sie es will, daß ich das immer wieder sage, wenn irgend jemand behauptet, daß sie es getan hat – Evie meine ich.

»Für so etwas muß man ins Gefängnis, William. Lange.«

»Na und? Ist mir egal«, sagte William mannhaft. »Warum soll mir das was ausmachen? Aber Evie ist schlau, sie wird mal ein Doktor. Nur Evie ist wichtig, ich nicht. Ich hab' Evie am liebsten auf der ganzen Welt. Nur Evie hat sich um mich gekümmert.«

»Sie hat nicht –« Helen versuchte die Frage so zaghaft wie möglich zu formulieren. »Sie hat nicht gesehen, wie jemand ihre Mama umgebracht hat, oder?«

»Ich weiß nicht«, sagte William hoffnungslos. »Ich weiß nicht, und es ist mir auch egal. Ich weiß überhaupt nichts mehr.« Eine Flut von Schluchzern stieg in ihm auf. »Ich weiß nicht. Ihre Mama war schrecklich. Ich wollte nur helfen. Und jetzt will sie mich umbringen.«

»Nein, das will sie nicht. Sie wird zu dir zurückkommen.«

»Sie will mich umbringen«, wiederholte er. »Und ich weiß nicht, warum.«

Helen legte einen Arm um seine Schulter, betete um Rettung, drückte ihn an sich, schaukelte ihn hin und her, ein Teil von ihr wünschte Evelyn wütend ein schlimmeres Schicksal als den Tod, ein anderer Teil fragte sich, wie lange es dauerte, bis sich die Kerosindämpfe verflüchtigt hätten. Die Haut in ihrem Gesicht fühlte sich leicht entzündbar an, ihre Arme waren kraftlos, und der Junge wurde zunehmend hilflos. Warte, bis es Tag ist. Ein anderer Gedanke kam ihr mit erschreckender Deutlichkeit in den Sinn. »William, gibst du mir die Streichhölzer? Dann fühl' ich mich sicherer.« Ihr mit dieser schlichten Bitte zum Ausdruck gebrachtes Verständnis seiner Verzweiflung und seines Wunsches, tot zu sein, ließ ihn noch weiter verzweifeln.

»Ist ja gut, ist ja gut, nicht mehr weinen, mein Lieber. Denk an was anderes. Morgen früh kannst du tolle Sachen machen. Psst. Hör zu, ich erzähl' dir eine Geschichte.«

»Ich hab' Angst«, sagte William. »Halten Sie mich fest. Niemand wird mich mehr festhalten.« Er sagte es mit größter und endgültiger Überzeugung. Sie zögerte. William in den Arm zu nehmen, selbst in diesem drekkigen Loch, war es ein gefährliches Unterfangen, weil der Junge nicht zwischen Zuneigung und Begierde unterscheiden konnte. Trotzdem nahm sie ihn in den Arm. Vielleicht würden sie beide den Morgen nicht mehr erleben.

»Meine Mutter nimmt mich nie in den Arm«, las Bailey. »So etwas tut sie nie, nie. Putzt sich ständig raus und so, aber für Umarmungen hat sie nichts übrig; das verschmiert ihr Make-up. Ich mag sie nicht besonders, und vermutlich haßt sie mich. Sie ist wahnsinnig eifersüchtig. Haßt mich, weil ich Freunde habe. Nennt mich immer liebes Kind, als ob ich keinen Namen hätte.« Bailey las eines von Hunderten von Bruchstücken, die er in Evelyns Schreibtisch fand, ein Durcheinander von in Schubladen gestopften Papieren, angefangenen Briefen und Teilen von Schulaufsätzen.

Auf dieser Seite waren in Antony Sumners Handschrift ein paar Korrekturen angebracht: »Evelyn, es besteht keine Notwendigkeit, in Aufsätzen Schimpfwörter zu verwenden. Es beeinträchtigt dein erstaunliches Talent zu beschreiben. Bitte denk daran, vollständige Sätze zu bilden und nicht einfach Bruchstücke aneinanderzureihen. Versuch es noch einmal mit dem Thema: ›Beschreibung meiner Familie‹.«

Sie hatte es unten auf derselben Seite noch einmal versucht: »Meine Mutter starrt immer in die Ferne und zieht es vor, daß ich keinen Namen und keine wirkliche Identität habe. Sie hat mich nie geliebt und versucht ständig zu verhindern, daß ich bekomme, was ich will. Je mehr ich eine Sache schätze, um so härter versucht sie, sie mir wegzunehmen.«

»Viel besser, aber du solltest Beispiele anführen«, hatte Sumner mit gelangweilter Schrift dazu notiert. »Ein Aufsatz sollte die wesentlichen in ihm enthaltenen Punkte illustrieren.«

»Na gut, sie hat mir meinen Fotoapparat weggenommen, meinen neuen Schreibtisch, meine schönsten Kleider. Sie läßt nicht zu, daß ich Freunde habe«, hatte Evelyn auf einem nicht korrigierten Blatt Papier weitergeschrieben, anscheinend nur zu ihrem eigenen Vergnügen, denn ihr Stil wurde flapsiger. »Seltsam, daß sie nichts gegen die Nachhilfe in Englisch hat. Weil ich zuerst Papa gefragt habe, weil es nicht viel kostet und weil sie nicht glaubt, daß es mir Spaß machen wird. Sie hat keine Ahnung, wie sehr ich dich liebe. Sie hat gemeint, sie hält mich von der Straße fern, während sie so verdammt fett ist und ich so dünn bin. Haha.«

Zwischen diesen Bruchstücken, von denen Dutzende in Sumners Handschrift korrigiert waren, fand Bailey einen Stapel quälend unvollständiger Briefe auf blaßgelbem Papier: »Mein liebster Antony, ich liebe Dich so sehr, daß es weh tut. Ich möchte Dich überall küssen, ich tu, was Du von mir verlangst. Niemand außer Dir hört mir zu, und niemand sonst nimmt mich überhaupt wahr. Selbst wenn ich Freunde hätte, könnte ich sie nicht mit nach Hause nehmen, vor allem Will nicht. Deswegen bin ich frei, Dich maßlos zu lieben, und das tue ich, wirklich. Hoffentlich hast Du am Valentinstag meine Karte bekommen. Jetzt, wo Du mir Nachhilfe gibst, habe ich Dich ganz für mich allein. Sie weiß nichts davon. Wie kann ich beschreiben, wie sehr ich Dich liebe?«

Verstreut zwischen diesen zwanghaften Briefen lagen zufällige Tagebuchnotizen, als ob Sumners Unterricht die obsessive Gewohnheit zur Folge gehabt hätte, alles, wenn auch unvollständig, aufzuschreiben. Auf Seiten, die sie aus Schulheften herausgerissen hatte, fanden sich Beweise für eine Geschichte bitterer Enttäuschung. »5. August: Mama wird so dünn wie eine Äthiopierin. Haha. Kauft sich neue Sachen. Ich frage mich, ob sie ihn will. O Gott, das kann nicht sein, sie ist alt. Warum nicht? Weil er mir gehört, darum. Ich habe beobachtet, daß sie zusammen was trinken gegangen sind. Papa tut so, als ob er nichts bemerkt.«

Das nächste herausgerissene Blatt, zerknüllt, wider besseres Wissen geglättet: »Hab' sie im Wald zusammen gesehen. Ekelhaft, pfui Teufel. Er saugt an ihrem Riesenbusen, steckt sein Ding in sie rein, sie grunzen wie die Schweine. Warum, warum, warum? Hätte er auch mit mir machen können. Ich werde William suchen. Muß aufhören zu heulen. Wie kannst du mir das antun? Ich hasse sie, hasse sie. Er ist das einzige, was ich wirklich wollte.«

»4. Oktober: Papa kauft ihr neue Sachen, für mich läßt sie ihn nie was kaufen. Goldschmuck, eine Menge.

Wahrscheinlich glaubt sie, daß sie furchtbar gut aussieht. Papa versucht, sie zurückzukaufen. Blöder Wichser. Antony spricht mit mir, ist nett, aber pathetisch, seine Gedanken sind woanders. Das Gold gehört von Rechts wegen mir. Was ist mit mir, Papa? Was ist mit mir? Ich fange an ...«

»10. November: Wohin werden sie gehen, wenn es kalt wird? Nicht in den Bluebell-Wald. In sein Auto? Den ganzen Winter über in seinem Auto? Das ist nicht groß genug. Haha. Ob ich es Papa erzählen soll, aber was wäre der Unterschied? Ich habe William dazu gebracht, ans Autofenster zu klopfen und sie zu erschrecken.«

»15. März: Sie dreht durch. Er hat sie sitzenlassen, ich hab' gewußt, daß er das tun würde. Jetzt wird er zu mir zurückkommen. Ich will es, ich will es, aber er hat Ausreden, um nicht mehr zur Nachhilfe zu kommen. Warum? Was hab' ich getan? Wie kann er mich nur verlassen? Bestimmt weiß er, daß mir die Sache mit der alten Schlampe nichts ausmacht, solange er zurückkommt.«

Am 10. Mai eine kurze Feststellung: »Bin ihm wieder gefolgt. Er war mit einer Frau zusammen, hat sie geküßt. Hab' ihnen lange zugeschaut. Er kommt nicht mehr hierher und sagt nicht mal mehr hallo zu mir.«

Eine Lücke von ein paar Wochen und dann weitere Aufzeichnungen: »Mama ruft ihn dauernd an, aber er wird nicht zurückkommen. Sie hat's wirklich geschafft. Hat ihn vergrault. Sie weiß nicht, daß ich am Telefon mithören kann, aber es wär' ihr auch egal. Sie klimpert mit Gold und macht Telefonanrufe. Ich kann überhaupt nicht sagen, wie sehr ich ihr stinkendes Gesicht hasse. Sie hat ihn mir weggenommen. Geschieht ihr recht. Ich hasse ihn, hasse ihn, hasse ihn.«

»5. Juni: Sie hat ihn dazu gebracht, sich mit ihr zu treffen. Ich gehe auch hin. Mit meinem M...«

Bailey las nicht weiter, öffnete die nächste Schublade. Mehr Papier, unwirsch aus Heften gerissene Blätter mit Ausstreichungen, skizzierte Landkarten, ein Londoner U-Bahnplan und ein Foto von einem Geschenkeladen im Dorf, eines von Williams Lieblingsgeschäften, meinte sich Bailey zu erinnern. Listen, prägnante Erinnerungshilfen auf Papier: »Spülmittel kaufen, s. nützlich. Fahrrad verstecken, Papa um ein neues bitten, nichts sagen.« Zwischen den Listen fand er seltsame Beschreibungen, kurzfristige Läuterungen, literarische Versuche, mit Erfahrungen fertigzuwerden, umgangssprachliche Formulierungen als Rebellion gegen ihren bevorzugten Aufsatzstil. Ein Zettel trug das Datum von Sumners Haftprüfungsverfahren. »Das würde dir gefallen, Antony Sumner, du Scheißkerl. Wär das nicht was Ordentliches? Du hast dich mit der alten Sau wieder im Wald rumgetrieben, die mit dir 'ne Nummer schieben will wie eine läufige Hündin – sie hat mir nie erlaubt, einen Hund zu haben, deshalb weiß ich nicht, woher ich das weiß. Will mit dir durchbrennen, Tochter und Mann sind ihr scheißegal. Erzähl mir was Neues. Haha. Hat Ameisen in der Unterhose, reißt sich die Kleider vom Leib. Du schlägst sie mit dem Stock und läßt sie dort liegen mit dem nackten Arsch, und dein Stock liegt daneben. Das bringt mich auf eine Idee. Also schleich ich mich auf Zehenspitzen an mit meinem Messer und dann schleich ich mich wieder weg. *Mein* Gold hol' ich mir später, und auch die Kleider. Ich will ... Na los, verfaul schon. Papa ist wie immer. Ich komm abends zurück, geh runter. ›Hast du wieder den ganzen Abend gelernt, mein liebes Kind?‹ sagt er. ›Natürlich‹, sage ich.«

Bailey legte das Blatt beiseite, merkte, daß seine Hand zitterte. Er überflog die restlichen Papiere, fand keines von gleicher Länge oder Wildheit, ein paar von ähnlicher Roheit: »Wenigstens weiß ich jetzt, wie man fickt. William hat's mir beigebracht. Siehst du jetzt, was du versäumt hast, A. S.? Haha.« Ausdrücke des

Bedauerns wegen irgend etwas: »Hätte Will nicht um Hilfe bitten sollen, muß wegen Will was unternehmen.« Nichts weiter als Erinnerungshilfen, Daten und Kritzeleien, Stakkato-Geschmiere wie Spucke auf dem Papier, ein Verstand, der sich in sich selbst festgefressen hatte, jeder Tag ein neuer Plan. Auf dem Schreibtisch eine Notiz an sie selbst: »Ferien, Papa. Um W. kümmern. Einkaufen: 1. ...« Der Rest des weißen Blattes erschreckend leer, bis auf eine kleine Kritzelei unten am Rand: »Die Leute beobachten mich jetzt.«

Oh, da täuschst du dich, meine Liebe. Die Leute haben alle miteinander versäumt, dich zu beobachten. Du hättest dir denken können, dachte Bailey, daß sie sich nicht ändern werden. Wir hätten dich alle viel früher beobachten sollen, und wo zum Teufel bist du jetzt? Er stellte sich vor, wie sie sich der schluchzenden Gestalt ihrer Mutter genähert hatte, das Messer in der Hand, wie sie mit einem Blick das Beweisstück gesehen hatte, das einen anderen belasten würde, wie sie mit demselben Sinn für Ordnung die Beweisstücke neben dem Feuer zurückgelassen hatte, um einen unseligen Idioten in Verdacht zu bringen, der ihr vielleicht dabei geholfen hatte, ihre Mutter zu verscharren. Was hatte ein gesetzeswidrig handelnder Polizist hier gefunden? Kein echtes Geständnis, aber genug, um einen Antony Sumner aus der Haft zu entlassen, diesen unglaublich dummen Lehrer, der ihr die mächtige Gabe des geschriebenen Worts vermittelt hatte. Nicht genug Beweise, um Papas Liebling zu überführen. Und hier in diesem Zimmer hatte sie gesessen, ihre Bücher und ihre Verachtung verborgen, wohlwissend, daß jemand sie ernähren mußte.

Geräusche aus dem Garten ließen ihn erstarren: Autotüren wurden zugeschlagen, jemand ging über den Kies. Systematisch und schnell durchsuchte er die restlichen Schubladen, ließ sich nicht ablenken. Er registrierte, daß unten in der Eingangshalle ein Streit explodierte. Erhobene Stimmen: Amanda Scott, John Blundell und der geduldige, rechtfertigende Baß von Constable Bowles. Im selben Augenblick schloß sich Baileys Hand um kühles Metall. In seiner Faust funkelte eine goldene Halskette, schwer, elegant, matt. Er hätte es sich denken können. William Featherstone hätte diese Sachen nie haben wollen. Und auch William Featherstone war ständig unbeobachtet.

»Wenn du dir solche verdammten Sorgen machst, dann geh doch. Warum weckst du mich auf? Soll der kleine Mistkerl selbst damit fertigwerden.«

»Er ist nicht klein. Das ist das Problem. Und er ist kein Mistkerl.«

»Doch, das ist er. Schau ihn dir doch mal an. Er ist nicht mein Fleisch und Blut, oder, Bernadette?«

»Ah, das ist also deine Entschuldigung dafür, daß du nie auf ihn aufgepaßt hast, nicht wahr? Du erträgst den Gedanken nicht, daß du vielleicht doch für ihn verantwortlich bist. Damit kommst du nicht davon, so sehr du es auch versuchst, und Gott weiß, du hast es oft genug versucht. Bumsen ist das einzige, was wir jemals zustande gebracht haben, und er ist das Ergebnis davon. Jetzt geh und such ihn, verdammt noch mal.«

Vor dieser expliziten Roheit wich er zurück. Bernadette fluchte, verfluchte und beleidigte häufig, aber selten so persönlich. Harold war halbwach, aufgeschreckt aus dem Schlaf, in den er voll bekleidet gesunken war, hatte sich ungläubig in die Küche und ins Leben schleifen lassen, er war etwas geschockt, aber seine Schläue schien er nicht verloren zu haben.

»Im Sommerhaus ist er? Und die Frau von dem Bullen ist vor drei Stunden dorthin gegangen? Da hast du dir aber Zeit gelassen, nicht wahr, Süße? Es geht doch nichts über richtige Sorgen. Sie wird vor Stunden nach Hause gegangen sein, die blöde Gans. Was soll sie mit so einem Riesendummkopf wie William anfangen?«

»Das weiß Gott allein, aber sie ist nicht zurückgekommen. Wir gehen beide, wenn du Angst hast.« Dieses eine Mal wehrte er nicht ab, aber er machte auch keinen Schritt.

»Natürlich hab' ich verdammten Schiß. Das verfluchte Sommerhaus. Überall Lichter und Gespenster, überall. Ich hab' sie gesehen. Du auch. *Du* hast Schiß.«

Sie zog sich einen Mantel über, drückte wütend ihre Zigarette aus.

»Es ist zwei Uhr nachts. Vergiß es, Bernie.«

»Zwei Uhr nachts, sagt er, als ob man noch ewig warten könnte. Wir haben einen gewalttätigen Sohn, der draußen frei herumläuft, und die Frau eines Bullen ist verschwunden. Ist dir noch nicht in den Sinn gekommen, Harold, daß zwei Uhr nachts bedeutet, daß irgend jemand irgendwo nach ihr suchen wird, wenn sie nicht zu Hause ist? Wie jetzt, zum Beispiel?« Bernadette blickte über seinen Kopf hinweg zur Tür, die zur Bar führte. Langsam drehte sich Harold um, vor seinem geistigen Auge eine schweigende, blau uniformierte Kavallerieabteilung. Er konnte schlecht fokussieren, sah nichts als Leere, hörte Geräusche sich nähernder Autos. Mit einer automatischen Bewegung steckte er Zigaretten und Feuerzeug in seine Hemdtasche, ergriff ihren Arm, zog und zerrte sie durch die Hintertür der Küche. Er taumelte den Pfad entlang, fluchte bei jedem Schritt, ließ Bernadette los, die hinter ihm hertrottete, kletterte mühelos über den Baum.

Abgesehen von einer leichten Brise war die Nacht vollkommen still, eine selbstzufriedene, Hitze und Trägheit verheißende Stille unter einem vollen Mond, der Garten schimmerte in einem dämmrigen Licht, an das sich das Auge schnell gewöhnte. Das Sommerhaus tauchte vor ihnen auf. Harold blieb stehen, horchte auf Geräusche, hörte gedämpfte Laute, während er sich der Tür näherte: bum, bum, schwache Schläge von Holz gegen Holz fast unter seinen Füßen, das Geräusch sinnloser Anstrengung, das zufällig aufhörte, als er stehenblieb, jede Spur von Whisky aus seinem Blut verflogen, in seiner Kehle der Geschmack von Galle. Unter der Falltür Stimmen, Gott sei Dank, irgendwas Normales. Und hinter dem Fenster gegenüber war flüchtig ein bleiches Gesicht zu sehen, das ihm bekannt vorkam und schon wieder verschwunden war. Er kümmerte sich nicht darum.

Auch das Innere des Sommerhauses wurde vom Mond erleuchtet. Harold sah, daß die Falltür mit zwei Kerosinkanistern beschwert war, einer stand aufrecht, der andere lag auf der Seite. Er erinnerte sich an die Kanister, aber nicht zu welchem Zweck er sie erworben hatte, schritt auf sie zu, hob sie zur Seite, verschüttete den Rest Flüssigkeit, ekelte sich vor dem Geruch. Hielt inne, als er von unten eine gedämpfte Frage hörte.

»Evie? Bist du das, Evie?«

»Nein, ich bin's verdammt noch mal.«

»Ach du.«

Harold stießen die bleierne Enttäuschung und die deutliche Zurückweisung in Williams Stimme ab, die sein Sohn auch in dieser Extremsituation nicht verhehlen konnte. Plötzlich ging Harold die ärgerliche Wahrheit auf, die er seltsamerweise nicht hinnehmen konnte, nämlich daß der Widerwille, den er für seinen Sohn empfand, auf Gegenseitigkeit beruhte. Die Stimme fuhr schwerfällig, gleichgültig fort.

»Kannst du die Falltür aufmachen, Papa? Du mußt auf der linken Seite ziehen.«

Harold spürte, wie sich Splitter in seine Haut bohrten, als er auf der linken Seite der schlecht passenden Tür, an die er sich kaum mehr erinnerte, nach einem Halt für seine Hand suchte. Er zog, staunte, wie leicht sie aufging, bis er sah, daß Bernadettes blasse Hand neben seiner zog. Atemlos vor Anstrengung spähte er in das Loch, erkannte zwei ihm zugewandte Gesichter.

»Hallo«, sagte eine Stimme. »Wir freuen uns, Sie zu sehen.«

Harold fluchte, fuhr sich mit der Hand über die Augen, blinzelte. Das Feuerzeug fiel aus seiner Hemdtasche, schlug unten auf dem Boden auf. Er meinte, vage wahrzunehmen, daß William sich bückte, um es aufzuheben. In der Ferne ertönten Sirenen, störten die Nacht, kündigten eine bevorstehende Invasion an. Seine Wut steigerte sich ins Maßlose.

»Du bist ein dreckiger, kleiner Mistkerl, William, das bist du. Hast dir Frauen hierhergeholt. Da brauchen sie dich wenigstens nicht anzusehen. Bei dir geht's nur im Dunkeln, du erbärmlicher, kleiner Scheißer. Von mir aus kannst du für immer in diesem stinkenden Loch bleiben, du blöder Hund.«

»Seien Sie still, Mr. Featherstone«, sagte die andere Person, die erst jetzt als Helen West erkennbar war und in einem auf freundliche Weise drängenden und, wie er bemerkte, leicht angewiderten Ton sprach. »Halten Sie den Mund und helfen Sie uns raus.« Sie berührte Williams Arm in der vergeblichen Hoffnung, ihn damit zu trösten. »Jemand hat uns aus Versehen hier eingesperrt. Und die Leiter ist zerbrochen.«

»Zieh sie hoch, Papa.« Instruktionen von William, der jetzt völlig ruhig war. Er faßte Helen um die Taille und hob sie auf seine Schultern. »Langen Sie nach oben, los.« Wundersam schnell hob er sie wie ein Balletttänzer hoch, und dann griff ihr Harold schmerzhaft fest unter die Schultern, zog sie durch die Öffnung in seine Arme. Sie stieß ihn weg, kniete sich neben das Loch.

»Jetzt du, William. Komm schon, die Luft hier oben ist frisch.« Es roch nach Kerosin, das aus dem fast leeren Kanister sickerte, nach saurem Whiskyatem, kaum beherrschter Wut und dem Wimmern von Bernadette. Abgesehen von der Erleichterung, die es bedeutete, nicht mehr in diesem dunklen Loch zu sitzen, gab es wenig, was die Freiheit für William empfehlenswert machte. Sie war lieblos, bedrohlich, voller Vergeltung.

»Geht weg«, sagte William. »Laßt mich allein.«

»Ich werd' dir dein verdammtes Fell gerben«, brüllte Harold mit geballten Fäusten.

»Halten Sie die Schnauze«, sagte Helen. »Holen Sie eine Leiter. Und halten Sie bloß den Mund. Das hat er nicht verdient. Ihr Sohn verdient weiß Gott Besseres.«

Ihr wutverzerrtes, schmutzverschmiertes Gesicht war ihm zugewandt, ihre Augen funkelten, Harold wich erschrocken zurück. Er ging auf die offene Tür zu, Bernadette folgte ihm gehorsam.

»Alles in Ordnung«, sagte William zu Helen. »Ehrlich, alles in Ordnung. Ich komm' schon raus. Will nur noch ein bißchen hierbleiben. Bis er sich beruhigt hat.« Sie nickte zustimmend.

Und dann näherten sich von der Kneipe her Lichter und der Lärm rücksichtsloser Schritte von Leuten, die in großer Hast durch die Büsche brachen, Männer, die mit lauten Stimmen riefen. Helen stand neben der Falltür. »Warte hier, William. Bald wirst du draußen sein. Und du wirst keine Schwierigkeiten kriegen, das verspreche ich dir.« Und sie lief hinaus, weil sie glaubte, eine vertraute Stimme gehört zu haben, und Bailey finden wollte. Sie sah nichts als die Lichtkegel der Taschenlampen, die sich dem Sommerhaus näherten, hörte ununterscheidbare Stimmen von Männern, jemand fing an zu laufen, der schwankende Schein einer Taschenlampe fiel zuerst auf ihr Gesicht, dann auf etwas, was sich ein Stück weiter entfernt befand.

»Dort ist sie, dort ist sie.« Bailey, der sie – kaum zu glauben – im Laufen an der Schulter streifte, nicht tröstlich, sondern um sie aus dem Weg zu schubsen, und an ihr vorbeirannte. Im Dunkeln, außerhalb ihrer Sichtweite fand ein Handgemenge statt, mehrere drängende Körper vermischten sich in einer Orgie von Berührungen, Helen und die Featherstones standen reglos, horchten auf das, was am Rand des Felds geschah und sie nicht sehen konnten. Dann schwankte ihnen ein wütend kreischendes, von vielen Händen gehaltenes, wie eine Katze fauchendes Mädchen entgegen; sie blieben nicht weit von ihnen entfernt stehen, noch immer miteinander kämpfend. Der Platz vor dem Sommerhaus war plötzlich voller Menschen. Bailey übergab einem Polizisten den Arm des Mädchens, den er gehalten hatte, und Evelyn Blundell ließ sich zwischen die zwei Beamten fallen, die ihren Griff um die dünnen Arme verstärkten, um sie aufrecht zu halten. Drei weitere Männer tauchten atemlos hinter ihnen auf. Baileys Gesicht war eine Maske der Ungläubigkeit, seine Stimme klang atemlos, aber anklagend ruhig, als er seine Taschenlampe zuerst auf die totenblasse Bernadette, dann auf den schwitzenden Harold und schließlich auf Helen richtete. Er sprach und klang dabei unendlich erschöpft. »Was zum Teufel tust du hier, Helen? Geh nach Hause.«

Evelyn blickte auf, das Gesicht verzerrt, zu Helen, zu den Featherstones, zu ihren schrecklichen Wächtern. Helens Reaktion auf Baileys Worte, diese verbalen Hiebe gegen ihre Existenz, wäre zweifellos hörbar gewesen, hätte sie das Mädchen nicht unterbrochen, den Kopf nicht nach hinten geworfen, sich nach vorn durchgebogen. Dann richtete sich der geschmeidige Körper in einem Augenblick enormer Kraft wieder auf wie ein Klappmesser. Ein Polizist zog ihren Arm brutal nach hinten. Sie schrie nicht deswegen, sie schrie wie ein heulendes Tier, lange, laut und schmerzgeplagt, die böse Harmonie ihres Gebrülls wurde von klar verständlichen Worten zerschnitten.

»William ... du Schwein! Du hast geredet, du hast geredet, ich hasse dich ...« Sie schrie und schrie, bis ihr Bailey hart ins Gesicht schlug. Ihr Kopf schleuderte nach hinten, und sie verstummte. In aller Ohren klang dieser Schrei und seine Botschaft und der Haß nach, sein Echo schwebte herab, drang ein in schwitzende Körper und verblüffte Geister, bis langsam, sehr langsam die Gruppe wieder zum Leben erwachte. In Helens betäubtem Bewußtsein tauchte das Bild von William auf, der unten in seiner Höhle saß, dieses Crescendo mitangehört hatte und jetzt träge darüber nachdachte. Zuerst hatte ihn sein Vater in den Dreck getreten, und dann hatte Evelyn ihn zum Abschied verflucht. William, der nach den Streichhölzern suchte, die sicher in Helens Tasche lagen, der wieder und wieder dachte: Evie ist zurückgekommen, sie ist zurückgekommen, und sie haßt mich. Evie wollte mich umbringen, und ich hab' geglaubt, sie liebt mich. Niemand liebt mich. Diese Gedanken beunruhigten Helen, sie fühlte sich einsam, erst recht, weil Bailey sie wütend anstarrte.

Die Beunruhigung verwandelte sich in Furcht, sie wandte sich um zur Tür des Sommerhauses. Sie lief ein paar Schritte darauf zu, rief : »William, William, alles in Ordnung.« Bernadette lief neben ihr, beide fühlten sich schuldig, weil sie ihn vergessen hatten, weil er ihrer aller Opfer war. Als sie bei der Tür anlangte, explodierte das Sommerhaus, als ob sich die Flamme in einem Gasofen mit langer Verzögerung entzündet hätte. Sie spürte, wie Bailey sie mit gewaltiger Kraft zurückriß und auf den Boden warf, während Bernadette weiterlief. Kein Sommerhaus für ein Kind. Ein Pulverfaß.

Von der Ferne sah es aus, als ob die Flammen in den Himmel aufloderten wie ein Signalfeuer. Nur die, die am nächsten standen, hörten den leisen, kurzen, im Knistern des Holzes verlorenen Schmerzensschrei.

Schluß

Regen prasselte gegen die Fenster. Der Wind riß braune Blätter von dem einzigen Baum vor dem Revier und wehte sie gegen die Scheiben, wo sie kleben blieben. Tot sahen sie aus, tot und abermals tot, erbärmlich. Bowles wollte nicht aufstehen, empfand in der Wärme der Revierskantine den Anblick und die Geräusche der herbstlichen Einsamkeit draußen auf düstere Art tröstlich. Er hatte den Schock immer noch nicht ganz verwunden, und er trauerte. Laß gut sein, hatte seine Frau gesagt, du hast Schlimmeres gesehen. Nein, hatte er geantwortet, habe ich nicht, nichts Vergleichbares. Und Schlimmeres gehört hatte er auch nicht. Ihm war aufgefallen, daß sich Bailey in einem ähnlichen Zustand befand, er mochte ihn um so mehr dafür, beide standen unter Anspannung, alle Bilder, alle Geräusche wurden in den Hintergrund gedrängt von der Erinnerung an einen Schrei. Schock, hatte der Arzt zu ihm gesagt, Sie werden sich bald erholen. Aber er wußte, daß sein Leben und seine Wahrnehmungen nie wieder so sein würden wie früher. Er wünschte, er wäre Alkoholiker wie der Vater des Jungen, und er hatte es sich angewöhnt, seine Kinder ständig und zwanghaft im Auge zu behalten, hätte sie am liebsten die ganze Zeit in die Arme genommen, haßte es, wenn sie außer Sichtweite waren, tätschelte und küßte sie, war häufig zu Tränen gerührt. Die Angst hinter seiner Aufmerksamkeit irritierte sie. Bowles zwang sich, sein Gegenüber anzublicken. Er hatte sie nicht aufgefordert, sich zu ihm zu setzen, war jedoch zu träge gewesen, um Einwände zu erheben.

»Natürlich habe ich mir immer gedacht, daß dort irgendwas nicht in Ordnung ist«, sagte Amanda Scott. »Alles ein bißchen zu glatt, verstehst du. Aber wenn der Chef das auch gedacht hat, hat er es jedenfalls nie gesagt. Zumindest gibt es keine offiziellen Beschwerden. Worüber auch? Nichts, was wir hätten unternehmen können. Auch nicht wegen des Jungen. Woher hätte ich das wissen sollen?«

Er verstand nicht, woher sie die Energie nahm zu plaudern. Es war völlig untypisch für sie, daß sie bei uniformierten Kerlen wie ihm saß; sie bemerkte seinen gleichgültigen Blick nicht und erkannte auch nicht, was er damit zum Ausdruck bringen wollte – Verachtung. Er hatte Amanda Scott unbekümmert gebilligt, weil er sie bewundert und nicht weil sie ihn bezaubert hatte, aber sein früher argloser Blick war jetzt kalt. Schließlich war sie auch nur eine Nutte. Hatte sich den reichen Witwer angeln wollen. Sah schneller als eine Elster, wo was zu holen war. Nicht ein Wort des Mitleids in ihrem zehnminütigen Monolog, kein Wort zu dem toten Jungen, den Brandstiftungen, all den bedauerlichen Ereignissen. Was für ein Preis war das, eine Karriere ohne Mitleid? Was für einen Sinn hatte ihr Beruf? Bowles blickte auf die Blasen auf seinem Tee, rührte in der Tasse, während diese verzweifelt beiläufigen Worte einer Frau an seine Ohren drangen, die niemand sonst hatte, der ihr zuhörte, die mit ihm nur sprach, weil sonst niemand mehr mit ihr redete, und entschied, daß hier Mitleid fehl am Platz wäre. Sie verdiente es nicht. Als er so etwas wie ein Opfer war, hast du versucht Blundell den Hof zu machen, aber ich wette, daß du jetzt nichts mehr mit ihm zu tun haben willst. Machst du dir Sorgen wegen offizieller Beschwerden? Hoffentlich hängen sie dich. Er stieß seinen Stuhl zurück und ging wortlos. Sie blieb sitzen, wo sie saß, umgeben von einem Ozean leerer Stühle. Auf ihrem Schoß zerknüllte sie das Stück Papier, das sie mit kaltherziger Höflichkeit wieder auf die Straße schickte, von der sie gekommen war.

Bailey verließ voller Neuigkeiten die Gerichtsmedizin. Ja, die Eltern konnten die Leiche bestatten lassen, nachdem er – seine Strafe – die Überreste identifiziert hatte, den einzigen Schmerz, den er den Eltern hatte ersparen können. Wie sehr sie auch versagt haben mochten, weder Harold noch Bernadette verdienten den Anblick der gewundenen, schwarzen obszönen Überreste ihres Sohns, der auf die Größe eines verkohlten Fötus geschrumpft war. Helen hatte angeboten, ihn zu begleiten; er hatte abgelehnt, fragte sich, ob das eine freundliche Geste gewesen war. Vielleicht war er nicht der einzige, der die drückende Last der Schuld exorzieren mußte. Nie in seinem ereignisreichen Leben hatte er eine so kritische Empfindung des Versagens gespürt, war von solchen Träumen heimgesucht worden. Er hatte gerichtsmedizinische Untersuchungen und Obduktionen miterlebt, hatte physische Folgen von Grausamkeit und Verrat gesehen, war bedrückt, krank und wütend darüber gewesen, aber nur in diesem Fall kam er sich als Verräter vor. Er saß in seinem Auto kurz vor Branston, wartete über eine Minute gelähmt an einer Kreuzung. Der Fahrer hinter ihm hupte; er fuhr auf die neuen Häuser zu, die einen solchen Kontrast zum schäbigen Gebäude der Gerichtsmedizin im East End bildeten. »Ich mag dieses alte Haus«, hatte der Gerichtsmediziner gesagt. Bailey hatte sich ihm angeschlossen. Ich hasse Neues, weil es neu ist, dachte er. Der Betrug, der sich hinter neuen Sachen versteckt, widert mich an, alle diese Versprechungen, daß sich der Zustand derselben alten Menschheit verändern wird, indem man die Menschen glücklicher oder netter macht. In der vergleichsweisen Armut seiner Kindheit hatten die Leute wenigstens keine materiellen Dinge besessen, die sie davon ablenkten, was ihre und Nachbars Kinder gerade anstellten. Mit ein bißchen mehr wären sie möglicherweise glücklicher gewesen, aber sie hätten sich gewiß weniger umeinander gekümmert und weniger aufgepaßt. Hier in diesen neuen Häusern hatte niemand aufgepaßt.

Als er die Hauptstraße entlangfuhr, blinzelten ihm

die Fenster von Invaders Court wie ein blindes Auge nach dem anderen zu. Er hatte versagt, weil er nicht wie ein Vater aufgepaßt, weil er nicht gehandelt, nicht analysiert hatte, er verdiente lebenslange Alpträume, aber die Selbstkritik und die Schuld würden einen Platz neben den restlichen Tatsachen des Lebens finden müssen. Er konnte es sich nicht leisten zu zerbrechen, dazu war er zu zäh, zu praktisch veranlagt, aber er war empfindlich genug, um von Kopf bis Fuß mit Mitleid und Selbstvorwürfen erfüllt zu sein. Er dachte an Helen, die weniger gefeit gegen Kummer war, und fast bedauerte er sein dickes Fell. Es war ein Jahr des Versagens für sie beide gewesen, und wenn er auch nicht zerrüttet war, so war er doch nicht mehr in der Lage, Entscheidungen für die Zukunft zu treffen. Außer einer: Sie mußte ihn führen, und er würde demütig folgen. Nur verlaß mich nicht, Helen, nicht jetzt, nicht in der Zukunft. Verlaß mich nicht. Es war ein Fehler hierherzukommen. Das neue Leben in Branston hat unser Wachstum gehemmt, meine Weltsicht verarmt, deine Karriere verfinstert, und dazu noch dieser Horror am Schluß. Daran ist nichts mehr zu ändern: Der Junge ist tot; du weinst nicht mehr für die Eltern, die nicht weinen wollten oder konnten, und wir brauchen einen weiteren Horizont und größere Anonymität für unser Leben. Wir können nicht nach dem Strickmuster der anderen leben, wir scheitern dabei. Du mußt mich annehmen mit all meinen Mängeln – ich bin nicht perfekt, nicht großartig oder gut, und ich habe Schuld auf mich geladen. Hier bin ich ein Störfaktor. Ich bin reif dafür, in die dreckigen Tiefen Londons zurückzukehren, ich will hier aus dem Weg. Komm mit mir. Bevor ich noch mehr Schaden anrichte. Armer Junge, armer, kleiner Dummkopf. Ich muß versuchen, mit jemandem wie dir besser auszukommen.

Er wechselte den Gang, warf im Rückspiegel einen Blick auf den ungeduldigen Menschen hinter ihm, war sich jeder Bewegung seiner Hände bewußt, der Kraft, die diese nebensächlichen Ereignisse beeinflußte, diesen Fortschritt auf ein Ziel, von dem außer der nächsten Haltestelle nichts bekannt war. Es gab keine andere Möglichkeit, sein Leben zu leben. Der Schatten William Featherstones, der sich um ihn gelegt hatte, lichtete sich etwas. Es gab die Pflicht zu leben; er hatte zu viele Fehler gemacht, um sich jetzt überwältigen zu lassen. Er merkte, daß die Sonne auf die nasse Windschutzscheibe schien, die Regentropfen an ihren Rändern blitzten auf wie Williams Schmuckstücke.

»Und jetzt?« fragte Redwood. »Und jetzt? Gesetze sind ein Scheißdreck.« Er sah Helen an, gab ihr die Schuld für seine mangelnden Fähigkeiten, schob ihr halb die Verantwortung für eine verzwickte Lage und die Ohnmacht der Justiz zu. »Antony Sumner steht bereits unter Anklage, aber wir werden die Beweise zurückziehen und das Verfahren gegen ihn einstellen. Er war noch nicht mal dankbar.«

»Warum sollte er auch dankbar sein?« sagte Helen. »Er war fast drei Monate im Gefängnis.« Ein Hochsommer seines Lebens vergeudet, eine wichtige Liebesbeziehung in Schutt und Asche, sein Ruf für immer zerstört. Wofür sollte er dankbar sein? Sie schwieg.

»Und dann der Rest«, fuhr Redwood fort. »Eine jugendliche Psychopathin, die schweigt wie ein Grab, abgesehen davon, daß sie darauf beharrt, daß ihr niedergeschriebenes Geständnis völlig unbedacht war und natürlich ein Werk der Phantasie.«

»Daß sie den Goldschmuck ihrer Mutter hatte, war keine Phantasie. Das reicht aus, um sie des Mordes anzuklagen.«

»Ja, und das werden wir auch, nur leider fehlt uns William Featherstone, der zu tot ist, um den Anklagen, die ihr erfindungsreicher Verstand seinem Andenken anhängen wird, zu widersprechen. Unsere

Chance, daß sie verurteilt wird, ist nicht größer als vierzig Prozent. Die Verteidigung geht sogar von einer noch geringeren Chance aus. Ohne ihn können wir nicht mal nachweisen, daß die Brände nicht von ihm gelegt wurden. Sie hat es getan, um ihn in Verruf zu bringen, sollte er jemals den Mund aufmachen, von der Leiche erzählen oder jemanden auf ihre Spur bringen. Ich kann sie nicht wegen Brandstiftung anklagen.«

»Und ihr Vater?«

»Ah. Mit einer Anklage wegen Begünstigung einer Gesetzesbrecherin kommen wir nicht durch. Außerdem wissen wir tatsächlich nicht, ob er gewußt hat, daß sie es war. Er wußte nur, daß sein Liebling den Schmuck hatte, und die Implikationen hat er ignoriert. Er hat den Schmuck am Tag nach dem Mord in ihrer Tasche gesehen, hat er zu Bailey gesagt, er wußte also, daß sie ihn hatte. Erstaunlich ist, daß beide, Vater und Tochter, durchaus zufrieden waren, daß Mama tot war. Wahrscheinlich hat er geglaubt, daß der Mord das Geschäft in die Höhe treiben würde, aber leider hat ihn seine Tochter begangen.«

Und dann, als das Offensichtliche über uns hereingebrochen ist, haben Sie und ich und wir alle versagt. Das Kind, das die tödlichen Stiche verabreicht hat, hat uns ausgetrickst. Redwood war von Amanda Scott abgerückt und hatte sie von jeglicher Verantwortung freigesprochen, aber wie sie ignorierte er die zweite Tragödie, weil ihn die Aussicht auf Kritik, Vorwürfe, Schuld erschreckte und weil er sich aus der Sache herausziehen und ein Urteil bekommen wollte. William hatte ihm diese Möglichkeit genommen. Ich werde wahnsinnig, dachte Helen. Nur Bailey und ich empfinden William als Verlust, als den einzigen Unschuldigen, getötet von unser aller bornierter Blindheit. Nur William trifft keine Schuld. Er wird nicht wieder lebendig, wenn man seine Mörderin verurteilt. Wenn wir uns nicht eingemischt hätten, würde er vielleicht noch leben, in wessen Schatten und unter welchen erbärmlichen Umständen spielt keine Rolle; so ist es ein verlorenes Leben.

Wenn ihre Fähigkeit, Schuld auf sich zu nehmen, unendlich groß war, besaß Redwood überhaupt keine. Sie hätte es sich denken können, aber weil sie sich schuldig fühlte, konnte sie ihn nicht kritisieren. Dazu hatte sie kein Recht.

»Wir werden zu vermeiden suchen, daß Sie als Zeugin auftreten müssen.«

»Danke. Ich sehe zwar nicht, daß Sie es werden vermeiden können, aber Sie werden es zweifellos versuchen. Sie wissen ja, daß ich mich nach London zurückversetzen lasse.«

»Ja.« Er war so anständig, kein Bedauern zu heucheln, sah sie mit Respekt, ja sogar eine Spur liebevoll an. »Tut mir leid. Wann gehen Sie?«

»Morgen, wenn es ginge. Wahrscheinlich in ein, zwei Wochen.«

»Wenn ich Sie wäre, würde ich mich an ein Verkehrsgericht versetzen lassen«, sagte er mit viel Sympathie in der Stimme. »Dort geht's weniger traumatisch zu.«

»Nein«, sagte Helen, überrascht und empört. »Ich habe hier eine Menge gelernt.« Und noch während sie es sagte, bemerkte sie, daß es sich um den ersten positiven Gedanken in mehr als drei Wochen handelte.

Ach, Bailey, was soll ich jetzt mit dir anfangen? Der Wolkenbruch, der den Himmel verdunkelt und den Boden getränkt hatte, wich zurück vor dem gleißenden Sonnenlicht, das sich auf dem Teer des Parkplatzes widerspiegelte. Der Regen hatte den wochenalten, klebrigen Staub von ihrem Wagen gewaschen. Sauber genug für eine Beerdigung. Geht nach Hause, Featherstones. Kehrt zurück in die Stadt, wo ihr zumindest euresgleichen findet. Die letzte Ehre mußten sie ihm erweisen, bestimmt mußten sie das, wiewohl Bernadette in letzter Zeit zu dem gleichen flüssigen Allheilmittel gegriffen hatte wie ihr Mann und John Blundell, alle waren sie auf der Suche nach Vergessen. Warum leben? Warum die Augen überhaupt aufmachen? Weil man damit sieht, und weil es weh tut wie das plötzliche Sonnenlicht in ihren müden Augen.

Während sie den Wagen anließ, dachte sie, daß von all den allgegenwärtigen Alpträumen, die in den letzten Wochen ihren Schlaf gestört hatten, keiner so unwiderstehlich und selbstsüchtig war wie derjenige, in dem Bailey, während er einen Kriminellen verfolgte, auf sie zulief und sie gleichgültig beiseite stieß. So verfangen war er in der Dringlichkeit des Augenblicks, daß er handelte, als ob sie nie existiert hätte.

Verlaß mich jetzt nicht, Bailey. Wir haben beide Augen, um zu sehen, wir haben die Pflicht zu leben und es besser zu machen, wir können uns unseren hochnäsigen Überblick über die Welt nicht leisten: Sieh, wie blind wir sind. Wir hätten nicht hierherkommen sollen; dieser Ort paßt nicht zu uns. Vielleicht entspricht es uns auch nicht, gemeinsam unter einem Dach zu leben; wir sind beide so verschlossen. Ich war so wütend auf dich, so voller Schuld, weil ich meinen Mund gehalten habe, bis ich bemerkte, daß es unfair war. Und dann schaue ich mich um und sehe, daß du, wo immer du auch versagt haben magst, soviel besser bist als der Rest. Und wenn ich deine Methoden, dein Seelenleben auch nicht ganz verstehe, wenn mich auch manchmal deine Scheuklappensicht, der harte Realismus deiner Polizistenpsyche, die manchmal nur dem unbedingt Notwendigen nachgeht, weil sie sich Neugier nicht gestatten kann, von dir entfremden, so verstehe ich dich doch besser als sonst irgend jemanden, und wie unvollständig dieses Verständnis auch sein mag, so stellt es doch so etwas wie ein Privileg dar. So wie du mich auf deine Art nahezu akzeptierst, sogar bewunderst. Manchmal gehst du sorglos mit mir um, weigerst dich zu teilen, bist oft genug so unachtsam, mich zu verletzen und mich in Wut zu bringen, aber du kennst mich besser als irgendeine andere Menschenseele. Mit dir bin ich weniger eine Fremde als mit sonst irgend jemandem. Ohne dieses Gefühl möchte ich nicht leben. Du wartest darauf, daß ich beginne zu sprechen. Ich habe meine Koffer geholt, mein Zuhause auf meine Rückkehr vorbereitet, aber ich werde dich jetzt nicht verlassen. Warum war unsere frühere Unentschlossenheit falsch? Warum sind wir hierhergekommen? Warum sind wir dem universellen Glauben angehangen, daß man das Leben immer verbessern kann? Du hast zu viele Gifte in mein Gehirn injiziert, Chefinspektor Bailey. Du hast mir eingeredet, daß die Mühlen der Justiz vergeblich mahlen, während ich weiß, daß dem nicht so ist. Aber jemand, der dafür gut ausgestattet ist, muß sich darum kümmern, nicht jemand, der geneigt ist aufzugeben. Weißt du was? Im Moment fühle ich mich nicht so, als würde ich dich lieben, aber ich weiß, daß ich es tue. Es gibt Zeiten, da muß ich es sagen, um es zu fühlen.

Sie stieß die Tür von Invaders Court Nummer 15 auf, blickte sich in der vollautomatischen Küche um, stellte sich erleichtert vor, daß dieses Leben in Schachteln verpackt würde. Neben dem Spülbecken lag glitzernd wie eine Warnung eines von Williams Armbändern, daneben Käse und ein halber Laib Brot, Baileys eher hoffnungsvoller als geschickter Beitrag zu einem Abendessen. Helen legte ihre Akten und Einkäufe ab, hörte Schritte von oben.

Den nächsten William würde sie retten. Bailey wäre vorsichtiger, würde sich am Hinterkopf Augen wachsen lassen. Bisweilen zuhören. Und sie würde eines

Tages zu einem sich ständig einmischenden Miststück.

»Komm schon, Bailey«, sagte sie laut. »Wir können es eigentlich besser.«